庆祝世界贸易组织成立二十周年

中国法学会世界贸易组织法研究会　组织编写

WTO法与中国研究丛书

孙琬钟　总主编

我们在WTO打官司

——参加WTO听证会随笔集

杨国华　史晓丽◎主编

知识产权出版社

全国百佳图书出版单位

图书在版编目(CIP)数据

我们在 WTO 打官司:参加 WTO 听证会随笔集/杨国华,史晓丽主编. —北京:知识产权出版社,2015.1
(WTO 法与中国研究丛书/孙琬钟总主编)
ISBN 978-7-5130-3182-0

Ⅰ.①我…　Ⅱ.①杨…　②史…　Ⅲ.①世界贸易组织—经济纠纷—案例　Ⅳ.①F744

中国版本图书馆 CIP 数据核字(2014)第 274594 号

内容提要

本书收录了参与 WTO 专家组和上诉机构听证会的学者、律师、官员等的随笔,他们以各自的视角,向读者展示了在 WTO 专家组和上诉机构听证会上第一次出庭或抗辩的经历、如何准备和应对磋商程序、专家组和上诉机构采用的工作模式及其特点、专家组和上诉机构成员的人格魅力与气场、律师出庭应该采取的抗辩和应对技巧、第三方和法庭之友在争端解决程序中的地位与表现、WTO 为何没有将争端解决机构命名为"法庭"、WTO 争端解决方式与民商事案件争议解决方式的差异、WTO 案件有哪些幕后推手、启动 WTO 案件需要评估的因素、常驻日内瓦 WTO 使团外交官在前方的工作内容、WTO 业务对律师体力的考验等。他们用生动的语言轻松漫谈在 WTO 打官司的感受,以求达到以深入浅出的方式向广大读者介绍 WTO 的目的。

责任编辑:宋　云　　　　　　　**责任校对:**谷　洋
封面设计:张　冀　　　　　　　**责任出版:**刘译文

我们在 WTO 打官司——**参加 WTO 听证会随笔集**

杨国华　史晓丽　主编

出版发行 知识产权出版社有限责任公司	**网　　址** http://www.ipph.cn
社　　址 北京市海淀区马甸南村 1 号	**邮　　编** 100088
责编电话 010-82000860 转 8388	**责编邮箱** songyun@cnipr.com
发行电话 82000860 转 8101/8102	**发行传真** 010-82000893/82005070/82000270
印　　刷 三河市国英印务有限公司	**经　　销** 各大网上书店、新华书店及相关专业书店
开　　本 787mm×1092mm　1/16	**印　　张** 21
版　　次 2015 年 1 月第 1 版	**印　　次** 2015 年 1 月第 1 次印刷
字　　数 396 千字	**定　　价** 49.00 元

ISBN 978-7-5130-3182-0

总　序

2015 年 1 月 1 日是世界贸易组织（WTO）成立 20 周年的日子，这是一个值得庆贺的时刻。

20 年来，世界贸易组织取得了举世瞩目的成就。虽然多哈回合谈判举步维艰，但是，2013 年底达成的"巴厘岛一揽子协议"使我们再次看到了多边贸易体制的曙光。WTO 不仅是制定自由贸易规则的平台，更是解决贸易争端的平台。成立 20 年来，WTO 受理了将近 500 件贸易争端，为世界贸易的平稳发展做出了重大贡献。尽管世界贸易组织谈判中也存在强权政治和大国利益，但在争端解决程序中，任何利益的实现都要以对规则进行合理解释为基础，这是法治社会的重要表征。毋庸置疑，WTO 是成功的，它推动了世界经济的发展，也为世界的和平与进步发挥了积极作用。

2001 年 12 月 11 日，中国加入世界贸易组织，成为现已拥有 160 个成员的世界贸易组织大家庭的一分子。13 年来，中国的改革开放不断深入，经济突飞猛进，社会不断进步，法制日趋完善，这与我国突破西方世界的壁垒加入到世界经济贸易的大市场是分不开的。实践充分证明，我国政府加入世界贸易组织的战略决策是英明和正确的。

13 年前，正当我国即将加入世界贸易组织之际，中国法学会审时度势，向中央提出报告，经朱镕基、胡锦涛、李岚清、罗干、吴仪等领导同志的同意，成立了"中国法学会世界贸易组织法研究会"。研究会的成立，为从事世界贸易组织法研究的专家学者提供了施展才能的平台，大大促进了我国对世界贸易组织法的深入研究，扩大了世界贸易组织法的影响。随着我国经济的发展以及对世界经济贸易的深入参与，世界贸易组织法在我国逐步发展成为一个具有完整理论框架和丰富案例资源的独立法学学科，中国法学会世界贸易组织法研究会也逐步发展成为我国 WTO 法律事务的智囊和人才库。

　　为了庆祝世界贸易组织成立 20 周年，中国法学会世界贸易组织法研究会将我国 WTO 专家学者的近期研究成果编辑成册，出版了这套《WTO 法与中国研究丛书》。尽管这套丛书仅仅展示了我国 WTO 法研究的一个侧面，但是，我们希望这套丛书能够为有志于 WTO 法研究的读者们提供有价值的参考和借鉴。

　　最后，我们要向为这套丛书提供出版机会的知识产权出版社表示深切的敬意！向为这套丛书的编写工作付出辛勤劳动的专家学者表示诚挚的谢意！

中国法学会世界贸易组织法研究会

2014 年 11 月 5 日

编写说明

2014 年 6 月初，我邀请一些朋友就参加 WTO 专家组和上诉机构听证会的感受写写随笔，用通俗易懂的形式宣传 WTO。他们中，有负责中国 WTO 争端解决工作的商务部条约法律司官员和中国常驻 WTO 代表团外交官，有代表中国"打官司"的律师，还有作为法律顾问赴日内瓦参加听证会的法学院教授。2014 年 10 月 18 日，在"WTO 法与中国论坛暨中国法学会世界贸易组织法研究会 2014 年年会"期间，在中国政法大学举办了一次"我们在 WTO 打官司"高端论坛，11 位学者、律师和官员与 200 余名师生面对面交流参与 WTO "诉讼"的感受。10 月 30 日，在"2014 中国国际经济法学术研讨会暨姚梅镇先生百年诞辰纪念会"期间，在武汉大学又举办了一次"国际法论坛：名师面对面"活动，4 位律师面对 300 余名师生，"理性漫谈 WTO 诉讼经验，激情评说 WTO 经典案例"（引自该活动海报）。此处汇编的，就是大家提供的文章，包括本人先后记录的几篇开庭感想，以及这两次大型活动的记录。

在我看来，WTO 争端解决机制，是人类社会和平共处的伟大创举，而这个创举就发生在过去 20 年间。人类社会的发展，尤其是国家之间关系的发展，经历了"丛林规则"时代（武力征服，弱肉强食），"书面规则"时代（从格劳秀斯国际法学说的提出到一系列条约的签订），"国际秩序"时代（以联合国建立为标志）。而只有到了 20 年前，即 1995 年 1 月 1 日 WTO 成立的时候，人类社会才开始进入"国际法治"时代（因此我认为，这一天是国际法历史的重要分期点）。也就是说，只有在 WTO 成立后，我们才看到国家之间的关系可以通过常规的、有效的法律途径解决。所谓"常规的"，是指大家对将争议提交 WTO 已经习以为常——WTO 成立 20 年来，已经受理了近 500 起案件。所谓"有效的"，是指这些裁决都得到了很好的解决：一半以上磋商达成了协议，其他案件则由 WTO 专家组和上诉机构做出了是非对错的裁决，并且得到了良好执行。毋庸置疑，国际法治不仅是法律人的"法治梦"，而且是人类社会的"大同梦"，因为有了国际法治，国家之间就不会发生战争，人类社会就能和平发展。

我们生而有幸，能够看到人类社会发展的这个阶段，能够看到我们这个世界不再是"无法无天"，不再是"纸上谈兵"，不再是"无能为力"。我们能够看到，在某些国际关系领域，已经实现"良法善治"。这给我们希望，让我们看到了曙光。

这些随笔的作者，都是这个领域的亲历者、参与者、建设者。这些作者，不论是政府官员、专业律师还是专家学者，都长期从事WTO争端解决的实务操作和研究教学工作，并且都参加过WTO专家组和上诉机构听证会，也就是在WTO"出庭"。他们以独特的视角，轻松的文笔，讲述着WTO争端解决的故事。他们是历史的见证者，也试图将读者带入真的、活的历史中。他们不是在炫耀自己的经历。他们知道，读者的理解和支持，事关这个领域的健康发展，事关国际法治的兴衰成败。

清华大学法学院教授　杨国华

2014 年 10 月

前　言

到 2015 年 1 月 1 日，被誉为国际经济"联合国"的世界贸易组织（WTO）进入第 21 个年头。成立 20 年来的事实证明，WTO 是世界上运行最为成功的国际组织之一，尤其是其完善的争端解决机制更是发挥了巨大作用！如果说，"WTO 是模范国际法"（杨国华教授对 WTO 的评价），那么，WTO 争端解决机构就是模范国际"法庭"。从 1995 年 1 月 1 日到 2014 年 10 月 31 日，WTO 争端解决机构共受理了 484 起案件，平均每年受理 24 起。通过专家组和上诉机构对部分案件的审理，WTO 规则得到了进一步澄清和解释，成员方与 WTO 规则不符的行为得到了纠正。从这个意义上讲，WTO 争端解决机制极大地巩固了 WTO 多边贸易谈判的成果，各成员方承担的多边义务通过争端解决机制得以落到了实处！

众所周知，我国在经过 15 年的艰苦谈判之后最终在 2001 年 12 月 11 日加入 WTO。入世 13 年来，中国全面履行了 WTO 义务，展现了负责任大国和尊重国际规则的形象与诚意，中国在 WTO 中的良好信誉得到了国际社会的充分肯定，中国在国际政治和国际经济舞台上的地位得到进一步提升。尤其是我国充分利用 WTO 争端解决机制，更是极大地促进了 WTO 规则在各成员方的执行和我国相关法律法规的不断完善。

与许多国家类似，我国参与 WTO 争端解决机制经历了从被动应对为主到攻防兼备的主动利用过程。从 2001 年入世到 2006 年 2 月是我国这个新成员与其他 WTO 成员的"蜜月期"，WTO 争端解决机构受理的中国申诉案件和被诉案件仅各有 1 起。为了积累更多的争端解决经验，我国在这一时期主要是以第三方身份参与到其他 WTO 成员之间的争端案件解决程序中。从入世到 2014 年 10 月 31 日的 13 年间，我国以第三方身份参与了 113 起争端案件。其中，入世前 4 年参与的第三方争端案件数量高达 54 起，占我国参与第三方案件总量的 48%。2006 年之后，我国在 WTO 的涉案数量大幅度增加，对 WTO 争端解决机制的参与进入有勇气、有信心独自申诉和沉着应对被诉案件的阶段。

从 2006 年 3 月到 2014 年 10 月 31 日，中国共提起了 11 个申诉案件，平均每年提起 1.4 个。被诉案件 31 个（涉及我国采取的 18 项大的措施），平均每年被诉 3.9 个。中国申诉与被诉案件之和占 WTO 当年受理案件总量的比例在 2007 年和 2011 年为 38%，2012 年为 37%，2009 年则高达 50%，以至于有学者将 2009 年称为 WTO 争端解决的"中国年"。经过 13 年的历练，我国已经成为 WTO 争端解决机制的主要参与者，中国不仅学会了如何充分利用 WTO 争端解决机制维护自己的权利，也学会了如何更好地承担 WTO 义务和执行 WTO 裁决。尤其值得注意的是，国务院办公厅在 2014 年 6 月 9 日特别印发了《关于进一步加强贸易政策合规工作的通知》，要求国务院各部门、地方各级人民政府及其部门加强贸易政策的合规性审查工作，以实现"坚持世界贸易体制规则"的目标。这充分表明了我国政府坚决维护和执行 WTO 多边贸易规则的诚意和决心！

在我国，商务部作为主管部门为 WTO 争端案件的解决进行了大量的协调工作，付出了巨大努力。商务部在条法司设立了两个世贸组织法律处，专门负责处理涉华 WTO 申诉案件和应诉案件，参与和跟踪与我国密切相关的其他 WTO 成员之间的争端案件（即第三方案件）。庞大复杂的 WTO 规则体系和满负荷的工作强度为我国造就和培养了一批敢打敢拼、满怀国家使命感的学者型官员与律师。经过多年的摸索，商务部形成了一套行之有效的 WTO 争端案件工作机制。即对每一件涉华 WTO 争端案件，商务部条法司将牵头设立一个由商务部和国务院相关部委、相关地方政府以及中介机构（包括相关行业协会和律师）等组成的工作组，共同协商确定 WTO 争端案件的应对和申诉策略，以确保我国在 WTO 规则下的权利得到维护和实现。鉴于 WTO 规则的复杂性，商务部通常聘请具有丰富办案经验的外国律师与中国律师和条法司的主办官员共同处理涉华争端案件，其中，外国律师主要负责出庭抗辩和回答各方提出的问题。为了培养我国律师在 WTO 争端案件中的办案能力，商务部已经尝试在有关案件中大胆起用我国律师对部分诉点直接出庭抗辩，取得了可喜效果。商务部还充分发挥学者的智囊作用，邀请相关学者参与 WTO 涉华争端案件的研讨，请其为政府出谋划策。经过十多年的摸索，处理 WTO 争端案件的工作组机制取得了很好的效果，涉案信息和意见的沟通更加通畅和深入，从而有效地确保了我国在 WTO 争端解决程序中能够从容应对和有的放矢。

到 2014 年 12 月 31 日，WTO 成立满 20 周年，我国入世也已 13 周年。经过多年的发展，WTO 从一个 76 个创始成员组成的国际组织发展成为拥有 160

个成员并涵盖所有贸易大国的巨型国际组织，中国也从入世时的世界第六大货物出口国发展成为世界第一大货物出口国，这是史无前例的进步！为了纪念这一重要时刻，在商务部工作多年并长期负责 WTO 争端解决事务的商务部条法司前副司长、WTO 争端解决机构专家组指示性名单成员、刚刚加盟清华大学法学院的杨国华教授用其独到的视角策划了这部在国内和国外、从内容到风格都是独一无二的作品。❶ 此外，为了培养更多的专门人才，这些 WTO 人还在杨国华教授的带领下深入到各个高校，举办 WTO 论坛，宣讲国际规则。在此，我们将嘉宾们的论坛发言也一并收录本书中。我们希望，通过作者和嘉宾们以漫谈方式娓娓道来的文字和语言，向广大读者展现一个生动和鲜活的 WTO "法庭" 镜像、一个在圈外人看来神秘而又特殊的从业群体。

本书是一份非常珍贵和不可多得的 WTO 文献资料，正如柳驰同学所言："同国内法领域唾手可得的实践机会相比，任何来自一线的 WTO 诉讼经验都极为珍贵。" 它以每一个小 "我" 为视角，真实地记录了作者和论坛嘉宾们在 WTO 打官司的亲身经历和各种感悟。这些作者和嘉宾有 WTO 争端解决机构专家组指示性名单成员，也就是 WTO 争端解决机构的候选 "法官"；有负责我国 WTO 争端解决事务的政府官员；有在我国常驻日内瓦 WTO 代表团负责争端解决工作的外交官；有代表我国政府在 WTO 出庭的中国律师；有在 WTO 争端解决机构内部工作过的人；有我国 WTO 事务智库中的学者和研究人员。可以说，这些作者和嘉宾几乎囊括了我国参与 WTO 争端解决程序的各路精英！这些参与者要么是我国 WTO 领域的顶级专家，要么是 WTO 领域的青年才俊，他们的作品和声音在很大程度上代表了我国 WTO 规则研究和应用的最高水平。

---

❶ 为了纪念我国入世十周年，时任商务部条法司副司长的杨国华教授曾经组织和策划出版了如下两本著作：(1)《入世十年法治中国：纪念中国加入世贸组织十周年访谈录》，人民出版社 2011 年出版，吕小杰、韩立余、黄东黎、史晓丽、杨国华编写。围绕 "加入 WTO 对中国法治建设的影响" 这个主题，编写者们访谈了 13 位中外 WTO 法著名专家：外经贸法规 "元老"，原商务部条法司司长张玉卿；"GATT/WTO 之父"，美国乔治城大学教授 Jackson；中国常驻 WTO 代表团公使张向晨（现任商务部部长助理）；美国首席谈判代表 Barshefsky；"从贸发会到 WTO 的国际官员" 唐小兵；"多边体制的虔信者"、美国负责中国事务的助理贸易谈判代表 Stratford；"WTO 总干事的顾问" 王晓东；"WTO 首任大法官" Bacchus；"中国复关先行者" 王磊；"负责中国事务的美国要员" Freeman；"WTO 的中国大法官" 张月娇；"欧洲反倾销之父" Bellis；"WTO 政治经济学家" 张汉林等。这 13 位 WTO 专家向读者展示了我国 "入世" 背后许多鲜为人知的故事和插曲，并针对 "入世" 十年给中国法治建设带来的影响发表了高见。(2)《日内瓦倥偬岁月：中国常驻 WTO 代表团首任大使孙振宇口述实录》，人民出版社 2011 年出版，孙振宇口述，杨国华、史晓丽整理。该书全面生动地介绍了中国首任常驻 WTO 代表团团长孙振宇大使以及使团其他成员在 WTO 总部日内瓦开展多边外交工作的情况，使读者进一步了解那些工作在 WTO 一线的外交官。

　　作者们虽然是WTO领域的行家和潜心研究者，但是，本书确定的写作基调是用生动的语言轻松漫谈在WTO打官司的感受，以达到以深入浅出的方式向广大读者介绍WTO的目的。这对习惯于写学术文章、工作汇报、法律意见书等严肃作品的学者、官员和律师们来说，是一个不小的挑战。但是，你会在阅读本书的过程中时不时地发现，作者们的文学功底令人刮目相看！这些漫谈性的杂文在保持专业严谨性的同时，不失幽默风趣，甚至有些火辣！作者和嘉宾们以各自的视角，向我们展示了在WTO专家组和上诉机构听证会上第一次出庭或抗辩的经历、如何准备和应对磋商程序、专家组和上诉机构采用的工作模式及其特点、专家组和上诉机构成员的人格魅力与气场、律师出庭应该采取的抗辩和应对技巧、第三方和法庭之友在争端解决程序中的地位与表现、WTO为何没有将争端解决机构命名为"法庭"、WTO争端解决方式与民商事案件争议解决方式的差异、WTO案件有哪些幕后推手、启动WTO案件需要评估的因素、常驻日内瓦WTO使团外交官在前方的工作内容、WTO业务对律师体力的考验等。我想，用"文采飞扬""高屋建瓴""启迪思考""予人玫瑰"来形容作者们的作品并不为过。以至于刘敬东教授在读完本书初稿后直呼"这本资料让我欲罢不能，甚至读到最后一页，仍无倦意，久久不能入睡——我承认，我已被其中蕴含的精神和情感所打动！"

　　我们希望，这本书的面世将使读者透过作者引人入胜的文字和嘉宾的精彩讲述揭开WTO的神秘面纱，认识一个与众不同的国际贸易"法庭"，认识一群有WTO信仰而又值得尊敬的人。这些作品将激励更多的学子和有识之士投身到WTO事业，并为日后有志在WTO打官司的后辈提供无法从书本上获得的宝贵经验。从这个意义上讲，这些"用WTO的语言在WTO讲故事"的人不仅是开拓者，更是传播者，是引路人！我们深信，有了这样一群热爱和执着于WTO事业的人，我们在WTO争端案件中的申诉能力和应对能力将更加娴熟，我们的WTO事业将人才辈出！

中国政法大学国际法学院教授　史晓丽

2014 年 10 月

WTO 争端解决与中国

——在中国法学会世界贸易组织法研究会
2014 年年会上的主旨报告*

2014 年 10 月 17 日

商务部条法司司长　李成钢

今天是 WTO 法的盛事，在座的有我的很多老领导、老前辈。十几年以前，是张玉卿司长带着我参加中国"入世"谈判，然后我们又在他的领导下开始启动中国参与 WTO 争端解决的实践。应该说，这十多年来，商务部条法司和我们的法学界、我们的律师团队以及方方面面共同组成的中国法律团队，也就是世贸组织争端解决团队，在 WTO 争端解决舞台上历经了很多很多。在过去的十多年，我们对 WTO 争端解决机制从逐步了解、逐步参与到深度参与，经历了一个很长的过程，我们从 WTO 争端解决舞台上的无名之辈变成了现在的重要角色。所以，今天借这个机会，首先，我代表商务部条法司，感谢各位领导、各位老前辈、各位专家学者对商务部条法司参与 WTO 争端解决工作的长期关注和支持。

每年这个时候，以前杨国华还在我们司里的时候，我们一直都说，每年的这个会对我们商务部条法司来说，是一个机会，每次我们收到邀请到这里来，对我们来说是一种荣幸，我们有机会向各位领导、各位专家学者，包括各位年轻的学者，报告我们在一线工作的情况，报告我们在一线的所想所得，我们希望通过这个机会，进一步加强我们这个部门和专家学者、实务界更深度的交流与沟通，我们期待能够从你们这里吸收更多的养分，我们期待商务部条法司能够集合中国国内 WTO 法这个领域各方面的力量，使中国法律团队在 WTO 争端解决舞台上扮演好自己的角色，捍卫好国家利益。

下面，我给大家简要报告一下"WTO 争端解决与中国"。

---

* 本文稿由中国政法大学 2014 级国际法专业硕士研究生张婉祎、曾瑞韵、罗曦整理，清华大学杨国华教授、中国政法大学史晓丽教授统筹审定。

　　WTO 争端解决机制被视为多边贸易体制的稳定器，这个大家都是有共识的。WTO 首任总干事鲁杰罗曾经说过："争端解决机制是 WTO 这顶王冠上的明珠。"新任总干事说："WTO 争端解决机制取得了巨大的成功。"这个成功体现在若干的数字上。在最初的 16 年里，WTO 争端解决机构处理了涵盖 1 万亿美元贸易量的争端，2/3 的成员参与其中，至今已经有 483 起案件，平均每年 24 起左右，截至目前，已经做出了 155 份专家组报告。应该说，从涉及的贸易量、案件总量、参与方来说，与目前国际上的各种国际组织相比，WTO 在争端解决方面可以说是"一骑绝尘"。也就是说，从案件量，从它的影响，从参与的广泛性来说，其他的国际组织可能是无法与其相比的。当然，其他领域的争端解决也各有各的特色，但是我觉得，WTO 的争端解决确实有它独到的特点。

　　WTO 的现任总干事，来自巴西的阿泽维多，在今年 9 月 26 日日内瓦召开的争端解决机构会议上做了一个报告，它对 WTO 争端解决机构当前面临的形势有一个分析和展望。他预计，未来每年将有 10～12 起案件提出上诉。现在，WTO 案件日趋复杂，第三方的参与越来越多，一个案子参与方有七八个、十来个已经是越来越常见的事。一方面的原因是，WTO 成员对规则领域越来越关注，也就是对规则如何解释、规则如何适用，对这些问题越来越关注。另一方面，大家也注意到，正是因为全球化这种利益的广泛联系，决定了 WTO 成员对争端解决机制实践的更多关注，所以，参与方越来越多。现在，WTO 面临着几家欢乐几家愁的情况，业务的增长带来压力，WTO 秘书处现在非常缺高级律师，我们的冯雪薇律师从日内瓦回来了，WTO 就又少一个（高级律师）。现在，WTO 就很困窘，他们缺工作人员，而且也受到编制和预算的限制。根据现任总干事的判断，目前的上诉机构，它的整个人力资源，难以支撑同时办理三个以上上诉案件的审理。WTO 争端解决机构已经有点不堪重负，大家对它的信赖越来越多，它的成绩越来越好，就是有点不堪重负了，所以，这就面临着改革的问题，也就提出了一些改革的设想。

　　改革哪些呢？比方说，增加人手，进一步招聘高级律师。这对于中国的法律人来说，也是一个机会，我们这几年一直在尝试多推动中国籍的法律人员到 WTO 任职，现在已经有一些了，但是，从国内去的还不算多，有很多是在国外留学以后直接就去 WTO 应聘了。下一步，WTO 还准备简化程序，比如说，现在大家拿到的专家组报告都比较厚，下一步准备把专家组报告的事实介绍部分予以简化。说实在的，我在看到这一点想法、这一点建议的时候，觉得这个方向可能有一点问题。如果专家组报告把事实部分简化了，那么对于后来研究这个报告的人来说，缺少了关于事实方面更充分的信息，也就缺少了对专家组以及上诉机构针对特定事实适用法律的准确性进行判断的价值基础，所以，我倒不认为这是一个很好的方向。但是，这也许只是现阶段的一个 idea，只是一个想法。还有建议说要进一步简化程序，更严格的限制口头发言时间。这个实际上和 WTO 特别是西方法治传统中的 due process 似乎有一些隐隐的冲突，因为这样做可能无法让当事方充分阐述己方的意见。现在，WTO 争端解决机制就面临着这么一个状况，这是 WTO 成员以及它的整个运行机制所不得不面对的一种现状。

在未来，WTO 争端解决机构以及机制的改革和完善是一个回避不了的话题。我觉得关键的问题在于，对于改革的方向来说，我们究竟是以加法还是减法的方法来处理。如果你基于现有的资源，那么，随着大家越来越信赖多边争端解决机制，争端解决机构的压力就会越来越大，你只好压缩听证会的时间、口头发言的时间，把专家组报告写得越来越短，用减法的方法来应付越来越多的案件。那么这样从长远来说，会不会减损 WTO 争端解决结果的质量，从而在更长远的角度将影响 WTO 成员对争端解决机制的信心和信赖？所以，我的初步反应是，应该更多地考虑用加法进行改革。现有的改革建议和设想里也有这类的建议，比方说，把 WTO 上诉机构的成员增加到 9 个人，现在是 7 个人。增加到 9 个人以后，上诉机构审理案件的专家在人力资源方面就会稍微丰富一些。

现在，中国对 WTO 争端解决机制的参与不止是在打官司，我们同时还在参与 DSU 改革的谈判。所以，我们期待我们的专家学者多关注这一块，给我们多提提建议和想法，出出主意，WTO 争端解决机制该怎么完善，该向何处去？从中国的利益，从 WTO 成员的利益，从世界贸易组织发展的方向，我们该如何去推动改革？从这几年的金融危机可以看出来，金融危机之后之所以没有大面积地爆发非常严重的全球贸易保护主义局面，也就是说像上世纪 30 年代那种以邻为壑的贸易政策大量出现，我觉得 WTO 机制一系列的规则以及它对规则的执行和监督保障，起到了非常重要的作用。中国，一个日益开放的中国，一个日益深度介入全球化的中国，受益于多边贸易规则的执行，受益于多边贸易体制的良好运行，所以，中国在维护多边贸易体制方面应该坚定不移。经济学理论已经表明，在这种全球化的时代，各国从全球化中的受益是不均衡的，大国应该更容易受益。所以，中国作为一个大国，作为一个经济大国，维护多边贸易体制应该是一个坚定不移的立场。我想这一点，一会儿世贸司的赵宏司长会更多地去阐述，我就不多涉及了。

第二个方面，我想报告一下在WTO争端解决这个舞台上中国的角色。回想过去十多年的时间，特别是从2006年，与中国相关的世贸争端进入多发期以来的这8年，应该说，中国的角色现在逐步演变成WTO争端解决机制的深度参与者。2004年，我们第一起案件被诉，就是集成电路案件被诉。2004年，我们的集成电路增值税政策被诉，那是我们在WTO第一次被诉，可以说，那个时候我们很忐忑、很惶恐。我们对多边贸易体制有很深很深的敬畏，那个时候，案子的每一次开会协调都是三个部级领导一起，商务部、外交部、工信部的领导，每次都是三个人开会来协调处理案件的解决方案。这个案子最后通过磋商解决。后来，案子越来越多，相应的，部领导直接参与的次数就越来越少，随着案子更多了以后，司一级成员介入案件细节的情况也越来越少。实际上，之所以说从最初的案件有部级领导介入，到现在，我们更多的是依赖处级团队在处理案子，其实它反映了中国对WTO争端解决规则了解程度的变化。一开始，上上下下我们都对这个规则的运用掌握得很少，没有一手的经验，所以，当时张司长在司里的时候，在我们还没有成被告的时候，就力主推动中国多参与作为第三方的案件。所以到目前为止，在WTO案件的参与，特别是作为第三方案件的参与数量上，应该说我们大约排在第三。所以我觉得，这些年来，我们对规则的了解越来越深入。

在WTO争端解决这个舞台上，我们的参与有攻有防。在2006年之前，张司长在司里的时候，我们共同加入了一个八国诉美国钢铁保障措施案，在这个案件中，我们基本上是练手了。后来一段时间，我们基本上是以被诉为主。进入到2006年以后，这个情况就开始慢慢地转变，我们确定的目标是要实现有攻有防，攻防渐趋平衡，在WTO舞台上，我们要实现这么一个目标。所以，我们在WTO的角色有两种：一个是亮剑、一个是举盾。

就亮剑来说，大家可能已经注意到，今年7月份是WTO公布案件比较多的一个月份，7月7日公布了一个案了，7月14日公布了一个案子，这两个案子都是我们告美国的。一个是告美国的GPX法案，也就是美国在2006年11月份启动对中国的反补贴调查，但同时又在反倾销程序中把中国视为非市场经济国家。根据它的国内法，我们认为，它对非市场经济体的反补贴调查是没有得到法律授权的。针对这个问题，中美双方一直纠缠，后来，美国被我们的企业在美国国内法院通过美国国内法挑战他们的做法。为了解决这个问题，美国仅用了3个多月的时间就通过了GPX法案，而且这个GPX法案还溯及既往。它规定，从2006年11月20日之后启动的反补贴调查都要去做这种所谓的避免双重救济的处理，实际上等于是通过后面的立法去溯及之前贸易救济案件的合法性，去确认它的法律授权。对于这个案子，我们在WTO把他们的法案告过去了。从结果来说，我们告这个案子的主要目的是，我们想把他们的法案推翻。我们推翻GPX法案是基于《关贸总协定》第10条的透明度条款，这也是为数不多的以透明度条款为依据来挑战另外一个成员措施的案件。我们差那么一步，窗户纸还差那么一点没有捅开，这和美国国内现在打的一些案子所处的状态有关系

那么，在7月7日、7月14日这两起案件的专家组报告公布之后，它达到了一个什么样的效果呢？大家就从媒体上看到了，商务部部长高虎城就中国诉美WTO争端解决案件发表谈话。那一段谈话整个篇幅不长，国华替我数过，大概"规则"二字的出现次数有11次。从DS379诉美国到现在历经了7年，在这7年的时间里，我们用规则证明了美国从2006年11月20日针对中国启动第一例反补贴调查到现在，没有一例是符合WTO规则的。这7年，它所有的案件，共20多起案件，没有一例是符合WTO规则的，这些案件涉及中国对美上百亿的贸易。而且在这些案件中，我们中方关注的几个系统性问题，比方说，美国的双重救济（double remedy）的问题、公共机构（public body）的认定标准以及它的适用，都被WTO专家组和上诉机构裁定违反规则。在一定意义上讲，它改变了我们在对美贸易救济双边对话中的态势。以往，在没有这些案件裁决结果之前，我们和美方交涉时，美方都是认为，他们是严格按照法律办，他们的法律是与世贸规则一致的，就这些问题，中方不能干预它的调查。而今，历经7年之后，我们用多边规则证明了美国对我们发起的调查没有一起是符合多边规则的，现在，美国人也得跟我们商量，如何改进它的贸易救济调查。

应该说，通过这一系列案件，我觉得我国是取得了初步的成果。当然，除了对美以外，我们把欧盟的反倾销条例也告了，应该说，这也是一个巨大的成就。

从防的角度来说，这些年，我们一共被告了20起案子，我们告了别人12起，我们被告了20起。知道今天要开WTO年会，昨天，加拿大又告了我们一起（笑），告我们一起反倾销案件，昨天，加拿大提出了磋商请求。在WTO，我们被告的案子和我们攻的案子有所不同，就是领域非常广泛，措施涉及的类型具有多样性。在今年8月7日公布的稀土案中，上诉机构报告指出，中方的措施违反了WTO规则。稀土案是近几年来各方面关注度比较高的一个案子。在这个案子里面，应该说有法律问题，有规则问题，包括涉及中国加入WTO议定书与世贸规则的关系问题。其中一个问题就是，你能不能用

WTO 的例外条款证明政策的合理性？很遗憾，到现在为止，我们援引 GATT 第 20 条一般例外条款打的几个案子都没有成功。最近，我在和美国、欧盟谈投资协定，投资协定里边也有例外条款，而且美国在投资协定里的例外条款和 WTO 的例外条款模式不一样。WTO 的例外条款叫一般例外（general exception），美国在它的投资协定范本中设计的是嵌入式例外（build-in exception），是针对每个具体条款的例外规定，美国人把它描述为嵌入式的例外。近一段时间，我们在就中美投资协定中该写什么样的例外条款进行了多方探讨，目前，这个条款还没有谈完。经过交流之后，我有一个感觉，WTO 的例外条款涵盖面很宽，确实能给 WTO 成员心理上的安全感，可以更好地鼓励成员去开放市场。但作为打官司来说，到目前为止，WTO 争端解决机制的历史上，鲜有援引例外条款胜诉的案例。所以我说，从打官司的角度来说，这一条只是"看起来很美"。而美国在它的投资协定中采用的嵌入式例外，效果如何呢？美国在投资领域一共被告了 17 个案子，美国人骄傲地对我说，他没有输掉一个案子。在这些案件中，有四五个案子就涉及对例外条款的援引，美国就是援引的嵌入式例外，而且它都赢了。所以从功能上说，嵌入式的例外条款有它的特点。最近，我们也在做分析，我们究竟是要那种看起来很美的例外条款，还是要用起来得力的工具？实际上，中美投资协定谈判过程对于中方来说也是一个学习规则的过程。

在稀土案结束之后，有一些评论，很多的关注点都值得我们去很好地学习体会。但是，有一些方面我是确信的，第一，WTO 没有反对、没有裁定中国保护自然资源这个想法、这个政策目标是不当的，它确认中国保护自然资源的目标是正当的，我觉得这一点就使得我们未来有了一个合法的空间去探索这方面的政策。第二，在 WTO 规则的框架下，并不是没有除了我们被裁定违反规则措施之外的可用的能够有效保护资源的措施。这几年进行的调整，相继出台的一些措施，是不违反规则的，而且已经慢慢产生效果。所以我觉得，凭着中国人对规则的这种理解，这种能力，我们应该有这种信心。

2006 年以来，WTO 涉及中国的案子大概一共占到 1/3，中国一共参与了 112 起第三方案件，位列 150 多个成员中的第四位，而且我们在积极参与 WTO 争端解决机制的改革。赵宏司长前不久在 WTO 日内瓦任公参，她在谈判中发挥了非常重要的作用。我们中国还推荐了一批专家进入 WTO 专家组名册，张司长已经审理过著名的香蕉案。我们的前任张月皎司长，现在是现任上诉机构成员。我觉得，上一届总干事拉米在和李克强总理的一次见面中说的一句话，值得我们中国法律界骄傲。他说，中国在并不长的时间内，培养了一支有能力的法律人才队伍，世贸组织法律方面的人才队伍。我觉得，这个应该是值得我们中国法律人欣慰的一件事。当然，从实践来说，从我们参与争端解决的能力和水平来说，我们还有差距，比方说，大家在"法治理想国"的微信圈里讨论的比较多，为什么中国律师承担的工作量还不够，为什么不让中国律师多承担工作量，等等。其实对这个想法，我们注意到了，包括从张司长在的时候，我们就开始推动，现在的每一起案子，我们都是由中外方律师共同参与，然后各自分工。我觉得现在的关注不仅仅是参与问题，而是中国律师是不是可以扮演更重要角色的问题。跟大家做一个报告，在今年的一些案件中，我们已经开始在探索，由中方的律师就某些议题在听证会上直接抗辩。我们金诚同达律师事务所的彭俊律师就已经做这个尝试了，他自己的感觉还是不错的，我们观察的效果也是很好的。他说，当他作为直接抗辩人的时候，他那种代表祖国维护国家利益的责任感和使命感更强了。我们也在跟参与案件的律师们在沟通，在商量，未来，我们将在更多的案件中，在可能的领域、可能的议题上，做更多的这种探索。但是，有一点我还是想很直率地说，就目前来说，我们中国的WTO律师界的法律团队与世界一流相比还有差距，与我们过去相比有很大的提高，但是与世界一流相比还是有差距。这个方面不是说我们不努力，因为WTO争端解决历史持续跨越了半个多世纪，六七十年，它积累的案例非常多，而且又都是外文资料，所以它本身的基本要求就很高。另外，WTO案件对于律师来说，案件来源不是很丰富，律师费也不是很高，而律师产业是一个需要赚钱的行业，如果说没有足够的案件来支撑的话，要求律师长期投入，不符合市场规则。

对于和学界的沟通，如果说，商务部条法司这些年在处理WTO争端解决案件上取得了点点滴滴，我们也得益于与国内学界非常频繁、非常深入的交流。我们从国内WTO法研究界汲取了很多的养分，我们很多案子都比较及时地跟专家学者去探讨，我们的一些专家学者现在已经参与在日内瓦的开庭，深入到一线。从商务部条法司来说，我们将继续坚持我们的这种做法，我们期待未来除了律师，我们的专家学者也能有更多的这方面的积累。

谢谢大家！

目　录　CONTENTS

五、高端论坛："我们在 WTO 打官司"

六、国际法论坛："名师面对面"

附　录

一、学者

特殊的"法庭"

——中国涉案争端解决听证会散记

张乃根[*]

　　2013年6月中下旬，我在日内瓦参加"发展中国家知识产权教师研讨班"活动时，根据商务部条法司的安排，以中国代表团顾问（Advisor）的身份，在世界贸易组织（WTO）先后出席了6月18日"美国、欧盟和日本诉中国稀土案"（案号WT/DS431、432、433，简称"稀土案"）第二次专家组听证会和6月26日"美国诉中国对美汽车反倾销及反补贴税案"（案号WT/DS440，简称"汽车双反案"）专家组听证会。对我而言，这是难得的机会，亲身体验WTO争端解决的听证会这一特殊的"法庭"氛围，通过旁听，了解案件争议焦点及当事方的法律推理，增进对WTO争端解决机制的感性认识。

　　WTO争端解决的特殊"法庭"设在日内瓦湖畔的WTO总部大楼内，平时也用于各类会议。我出席的两次专家组听证会均在该大楼的D室。专家组3位成员（根据WTO规则，专家组应由3位资深的政府或非政府人士组成，除非争端各方同意为5位）在室内前方主席台就座，WTO争端解决机构秘书处人员在旁协助专家组审理。每位专家组成员的席位前均有其姓名的席卡，首席成员（主席）在中央席位。这类似于法庭的法官席。然而，争端各方的席位与惯常的法庭完全不同，均是与主席台形成垂直方向的长席。

　　在"稀土案"中，中国作为被申诉方，席位是面对主席台而言的左侧（靠门口）的第一、第二排。出席该案第二次听证会的中国代表团由商务部条法司杨国华副司长领队，来自商务部、发改委、工信部、财政部、国土部、海关总署、五矿商会、有色金属工业协会、钨业协会、稀土协会等政府主管部门及相关产业行会负责人以及中方律师和顾问，近30人，故两排座位满满当当。该案申诉方美国、欧盟和日本的代表团分别坐在右侧靠窗口的两排。

---

　　[*]　复旦大学法学院特聘教授，WTO争端解决专家组指示性名单成员。

在"汽车双反案"中，同样中国是被申诉方，代表团成员共 17 位，席位却换到了右侧靠窗口的第一排，左侧靠门口的第二排是该案唯一申诉方美国的席位，中间一排是第三方席位，包括哥伦比亚、欧盟、印度和日本等。每一排只有成员名称的席卡，没有任何代表团成员的个人姓名席卡，但是，每个席位均配有麦克风，以便于发言和听筒收听，还有供记录的笔和纸。可见，不同于国际法院或国内民事审判法庭的原、被告席位固定地分列面对法官席的左侧、右侧，WTO 特殊"法庭"的争端双方席位并无固定安排。

这种听证似乎让争端双方可以相视而坐，更像是一种谈判、磋商，而专家组则有一点居中调解的模样。在我看来，这多半秉承了 1995 年 WTO 成立之前，早已在《关税与贸易总协定》（GATT）的临时生效时期（从 1948 年 1 月 1 日起至 1994 年 12 月 31 日），上百起由专家组解决的贸易争端中形成的兼有外交谈判、仲裁与司法裁决的惯例。尽管 WTO 争端解决机构被称为"世界贸易法庭"，但与联合国国际法院等国际司法机构大相径庭。由于 WTO"反向一致"（争端解决机构一致决定不通过裁决报告）的新规则，使得该组织 1995 年以来所有裁决报告均获通过，因而该争端解决类似司法审判，故亦可称为"准司法"程序。自 19 世纪末、20 世纪初先后成立常设仲裁法院和国际常设法院以来，在和平解决国际争端的实践中，WTO 的特殊"法庭"可谓独树一帜。这一独特性是该组织在近 20 年已受理 480 余起案件并裁决其中约 180 起的根本原因。这远远超过国际法院近 70 年的受理及判决案件数量。就此而言，WTO 法不愧为"模范国际法"。

因我参加另一学术活动，未能全程旁听"稀土案"和"汽车双反案"的听证。不过，在我有限观察的 WTO 争端解决现场，有一些片断令人印象深刻。记得在"汽车双反案"听证时，美方以先前诉告"中国对美输华取向硅电工钢双反案"（WT/DS414，简称"GOES 案"）的 WTO 争端裁决为例，诉称中方对美输华的某些汽车采取反倾销和反补贴措施同样违反了 WTO 有关充分披露调查信息的义务。专家组成员也数次就此问题向双方提问。中国政府高薪聘请的外籍资深律师作为出庭律师，代表中方抗辩和回答问题。他不时地与中国代表团负责人商量，以清晰的表达方式，从容应对。在听证过程中，指定代表团人员（可以是几位）宣读当事方的口头陈述（均发给所有参加听证会人员）有点照本宣读的味道，然而，争端各方围绕关键争议问题的临场争辩和回答专家组提问，对出庭律师的专业素质和语言能力（工作语言是英语）是极大的挑战。据说，参与商务部应对 WTO 争端解决的中国律师总体上还达不到出庭要求。这使得我对过去近 20 年国内诸多法律院校设立专门的

WTO 学院或开设有关课程所采取的 WTO 法人才培养方式, 有了更进一步的反思性认识。

1996 年 10 月至翌年 10 月, 我曾在 WTO 法学界泰斗约翰·H. 杰克逊教授所在的密歇根大学法学院从事富布莱特基金项目的研究, 旁听了他开设的 WTO 争端解决研讨课。课上多为来自世界各地的硕士留学生, 围绕 WTO 已决案件（如美国汽油标准案、日本酒税案）展开模拟法庭式的讨论, 学生们阅读重点案例和大量相关资料, 课上发言和辩论。他课上的很多学生毕业后成为 WTO 争端解决的律师或相关专家（包括数名争端解决上诉机构成员）。这说明他的教学是很成功的。我回国后也"照着葫芦画瓢", 为复旦国际法硕士生开设过类似课程。早期的选课学生中也不乏有毕业后去商务部工作的, 成为中国驻 WTO 使团负责争端解决的官员, 但是, 这毕竟屈指可数。中国需要一批（也许有那么二三十个）WTO 争端解决的出庭律师。具有高起点的基础和有志于从事 WTO 法实务的学生（恐怕应具有硕士生水平）, 加上全英文和注重出庭技巧训练的教学, 持之以恒, 才可能达到培养这方面人才的效果。

WTO 争端解决的专家组听证会这一特殊"法庭", 不仅体现于其独特的形式和程序以及高端法律人才的需要, 而且具有内在特殊的"判理学"（jurisprudence）, 即先前裁决所具有的法理指导作用（也可称为"准判例"）。在"稀土案"和"汽车双反案"之前, 分别已有 GOES 案和"美国、欧盟和日本诉中国原材料案"（案号 WT/DS394、395、398, 简称"原材料案"）。美方在这两起案件的听证会上均强调先前裁决的作用, 中方也援引了许多 WTO 裁决, 尤其是在"稀土案"中, 采取以出口配额（而不是出口税）为抗辩重点, 进而依据以"与保护可用尽的自然资源有关的措施"为由的 GATT 第 20 条（g）款, 为可能违反 WTO 有关义务的出口配额措施抗辩。这要求出庭律师需熟知大量相关案例。诚然, 国际法院的诉讼（中国未接受该法院的任择普遍强制管辖权, 也尚未在该法院起诉或应诉）也有同样要求, 但是, 仅从如今 WTO 争端解决报告通常均包括一份先前裁决清单来看, 其准判例作用远甚于国际法院, 因而在听证时熟练地援引先前相关裁决, 极其重要。

此外, WTO 争端解决专家组听证时的举证责任及其技巧也构成了该特殊"法庭"不可或缺的要素。"稀土案"和"汽车双反案"涉及中国出口税和出口配额、反倾销和反补贴税等国内法律制度或措施均属于"国内法"范畴。如同国际法院, WTO 争端解决机构在审理案件时, 也将国内法当作事实, 因而在听证时争端各方围绕有关事实的举证、对证和反证过程, 成了"兵家必争之地"。但是, WTO 争端解决的举证范围可能比国际法院更加宽泛, 因而不无特殊之处。譬如，在"稀土案"听证时，中方列举了2013年6月9日国务院关于促进稀土产业可持续及合理发展的若干意见等规范性文件和稀土价格的更新数据等作为证据，论证中国强化稀土生产的科学管理，以符合GATT第20条（g）款规定的一般例外要求。美、欧、日三方则分别列举了一些发达国家所谓稀土问题专家的论文和证词以及中国国内或海外的新闻报道或分析等，作为证明中国限制稀土等原材料出口导致国际市场有关产品价格飙升的证据。由于我国对稀土等原材料的开采、加工等产业的管理确有不足之处，而新的改进管理措施相对较晚，短期实效尚不显著，因此很难说服专家组接受中方的抗辩理由及证据。特别值得关注的是，对于以英文为工作语言的WTO争端解决而言，很多相关英文论文的证据力相对更大些。这在客观上也对国内WTO法的专家学者提出更高要求，争取在国际上多发表一些有关论文，以便我国政府应对争端解决时作为有利的证据采用。

在"稀土案"听证会后，杨国华副司长和我等几位老朋友在靠近中国使团人员住所的一家意大利比萨饼店吃了一顿便餐，然后去附近的日内瓦湖旁散步。夜色渐浓，湖中灯光映衬的人工喷水以及环湖的典雅建筑，构成了格外秀丽的日内瓦风光。我们边散步边继续谈论着白天的听证会，几乎忘却了周围的一切。WTO特殊"法庭"的听证会，确实值得回味。

379案上诉听证感想

韩立余*

一

这次有机会实际参加379案件上诉听证全过程，切身感受了上诉庭审理案件的方式及争端方、第三方的反应与表现，对世贸规则的理解与应用有了更深的感知。上诉听证持续了整整两天。由于问题繁多、个人的听力问题以及上诉庭成员的口音问题，不能掌握上诉庭提出的所有问题以及争端方、第三方回答的每一问题，因此，此处只是根据自己的理解情况提供一个初步的感想。

纵观上诉庭提出的问题，大概可以分为如下几类：第一，规则条文的理解问题；第二，对专家组分析的认同问题；第三，国内调查程序中的举证问题及相关条款适用的举证问题；第四，上诉机构报告的理解与应用问题。具体到本案，还涉及两大问题：第一，中国入世议定书的相关性问题；第二，国际责任条款能否适用的问题。这两个问题，实际上涉及整个世贸规则的体系性问题：如何理解世界贸易组织诸规则之间的关系，如何理解世界贸易组织规则与非世界贸易组织规则之间的关系。

就争端方及第三方的立场与观点看，体现出的是利益关系，而不是传统的发达国家与发展中国家的关系。如同在专家组程序中及提交的上诉材料中所反映的那样，不同成员在不同问题的立场有交叉、有对立，并非绝对地认同上诉方或被上诉方的观点。但传统上视为发展中国家的成员，却比较反常地支持美国的观点。这反映出了中国面临问题的复杂性，提示我们要针对性

---

* 中国人民大学法学院教授，WTO争端解决专家组指示性名单成员。

地处理与世贸成员之间的关系，建立最广泛的同盟战线。

一、条文理解问题

世贸规则条文是成员权利义务的最基本表述。如何理解规则条文，成为争端解决的最基础问题。通过听证可以看出，基本概念的含义、相互之间的关系，不同条款之间的关联性，是重点探讨的问题。从上诉庭的提问看，提问涉及的条款远远超出上诉方或被上诉方提及的条款，反映出整体协调的特点。

与此同时，利用案件事实，来说明对相关条文的理解，是非常重要的一个方面。这实质上已经开始了规则适用的过程。世贸争端解决机制呈现出的案例法方法，意味着条文解释是基于具体事实的个案解释，而非像我国司法解释那样的抽象解释。从这一点上来说，从字典中查找抽象概念，是不足取的。如果纯玩文字游戏，非母语成员没有优势。

二、专家组报告的理解

上诉的对象是专家组报告，即专家组作出的法律解释和结论。根据争端方对专家组报告的争辩，考虑第三方的观点，上诉机构通过对专家组报告的质疑性分析，得出自己的认识，即维持、修改或撤销专家组的法律调查结果和结论。通过实际参与上诉听证，对这一点领会得更深刻了。

上诉庭在提问中，直接引用专家组报告中的具体段落，约为22处，听取争端方对相关段落的意见。这些段落，多是专家组分析方法、基本观点和核心结论性的内容（现在还没有时间仔细核对这些段落是否就是上诉针对的段落）。这种提问，对于我们阅读专家组报告、把握专家组报告中的核心问题，具有重要的指导作用。有些要求争端方直接作出"是"或"否"、"同意"或"不同意"表态的提问，背后可能包含着上诉庭对专家组报告的态度。

三、对上诉机构报告的理解问题

世贸争端解决机制的案例法方法，决定了前案对后案的影响。但就其他案件的专家组和上诉机构报告而言，本案上诉庭的提问，主要关注对以前的相关上诉报告的理解，而不太关注对其他专家组报告的理解。其原因可能包括以下两个方面：一是专家组与上诉机构具有不同的位阶，上诉审是二审；二是上诉庭更关注上诉机构观点的协调与一致，避免出现相互矛盾的情形出现。

这提示我们，相对于专家组报告的研读，应加强上诉机构报告的研读。这一研读，不仅包括案例法方法涉及的事实与法律问题的类比与区分，还涉及其他一般性的问题，如专家组的权限、专家组的职责、上诉机构的职责、举证责任等。从这一意义上说，所有的上诉报告都是相关的，都应作为上诉中提出主张或抗辩的重要依据，也是掌握争端解决基本法理的关键。

四、举证责任的分配与承担

法律问题，一言以蔽之，是权利义务界定和举证责任分配问题。对相关条款的理解、对专家组报告及上诉机构报告的理解，主要侧重于权利义务的界定。在认定一方是否违反义务、侵犯另一方权利从而承担法律责任时，证据证明是最核心问题，而由谁举证则是最根本的问题。本案上诉庭的提问，突出了这一问题的重要性。

无论是在原始调查程序中，还是在专家组程序中，均涉及一些所谓的"推定"和"反驳"问题，实质上是举证责任承担问题。对于一些还缺乏共识性的问题，如"公共机构"的理解，如果像美国商务部那样使用推定，则将使被调查方处于被动、不利的地位。而美国商务部的这种做法，可否在世贸争端解决程序中被认同，又反过来取决于对整个权利义务的理解。因此，我们发现，对成员权利义务的理解，不是直线的、平面的，而是交叉的、立体的。我们在提出对概念、条款的理解时，要结合举证问题一起考虑。

五、中国入世议定书的适用

本案中，中美双方都没有提及中国入世议定书第15条（b）。该条款允许进口国调查当局在一定条件下使用外部基准来确定补贴利益。虽然双方都没有提及，但是否为SCM的上下文？这也是上诉庭在本案中提出的问题。

中国入世议定书是中国承担的特殊义务。如果考虑该议定书去解释其他一般条款，如SCM条款，其结果很可能是增加了一般条款的内涵，加重了一般条款的色彩，将来对其他成员适用时存在困难。另一方面，如果不考虑中国入世议定书的内容，似乎又削弱了美国调查当局对中国使用外部基准的基础。所以，上诉庭在本案中是否考虑中国入世议定书第15条（b），将成为将来中国涉诉案件处理方法的一个导向标。

六、非世贸规则的适用

本案中，中国提出《国际责任条款草案》（ICL Draft）作为论证归因的一个依据。上诉庭就这一问题向争端方、第三方提问，回答并不统一。中方特别邀请了该草案的特别报告人 James Crawford 作为顾问出席。该草案能否在本案中适用，亦成为非世贸规则能否在世贸争端解决程序中应用的试金石。

在以前的许多案件中，包括中国汽车零部件案件中，争端方都提到了非世贸规则，并努力以此来论证自己的观点。但除了第一个上诉案件——虾龟案之外，似乎很难看到上诉机构接受这种做法，使人对如今的上诉机构是否继续接受虾龟案的立场表示怀疑。但《国家责任条款草案》的特殊之处在于，其部分条款包含了所谓习惯国际法的内容。如果本案上诉庭采纳所谓的习惯国际法，则习惯国际法的认定将成为下一步的努力方向。这对我国的诸如自然资源管理案件，或许是一个利好。

二

随着 3 月 11 日上诉机构报告的公布，中国诉美国对中国产品适用最终反倾销税和反补贴税案（DS399 案）暂时告一段落。从美国贸易代表被上诉机构报告 deeply troubled 来看，美国如何对待上诉机构的这一裁决，目前还是未知数。从欧盟等第三方积极参与该案看，上诉机构报告对其他成员的影响，也需待以时日。此处主要就上诉报告和专家组报告谈一点看法。

一、从上诉机构报告看，中国获得重大胜利

对专家组报告，中国提起四个上诉诉求。上诉机构支持了两个。表面上是胜负各半，但实际上是我们既赢得了理（里子），也赢得了势（面子）。该案警告那些想随意对中国出口产品适用双反的成员，依它们国内法、按它们的理、摆它们的势，行不通！

中国的胜利，在于中国打赢了规则，取得了话语权。人们经常说，世贸规则主要是西方主要发达国家制定的，它们经验丰富，对规则的含义有更大的话语权。而本案上诉机构报告在规则方面的裁决，恰恰是支持了中国提出的法律理解。这表明，除了在谈判中可以参与规则制定外，在争端解决中也可以影响规则理解。这也许是一些成员频频发起、参与争端解决案件的原因，而中国在这一案件中打了一个漂亮的翻身仗。

中国的胜利，还在于我们赢得了对我们至关重要的核心点，这就是对国有企业的定性、对双反措施的定性。上诉机构在这两个问题上的裁决，如唐

僧的金箍紧紧地套在了孙悟空的头上，使其他成员不能恣意妄为。

中国取得重大胜利，并不代表中国大获全胜。在中国政府的实际做法中，在我们的理念中，还残存着不尽符合世贸规则要求的内容。因此，我们还要进一步改善。

二、专家组不讲政治、不服务大局

对比专家组报告和上诉机构报告，结合争端方和第三方的不同观点，联系世界上政府投资企业的普遍性，可以得出这样一个结论：专家组视野狭隘，不讲政治，不服务大局。

固然，处于一审地位的专家组，决定了其不可能像上诉机构那样摆脱鸡毛蒜皮的羁绊与纠缠，内在地不具有上诉机构的高度。但专家组应树立"虽不能至心向往之"的信念，只有这样才能找到与上诉机构的沟通点，否则将因缺乏共同语言而被上诉机构漠视。

政府投资企业在世界具有普遍性。如果随意将这类企业定性为公共机构，等同于政府，除违反 GATT 和 SCM 确立的补贴与反补贴权利的平衡外，还将招惹众怒。因而，无论从法律上考虑，还是从现实上考虑，都需要表现出一定的政治智慧，不能只低头拉车不抬头看路。如果说在规则谈判中需要谈判者的妥协，在规则理解与解释中也需要体现出包容性和灵活性。专家组在公共机构的解释上，正是犯了这样一种绝对化的错误，其结论被推翻应在预料之中。

在双反问题上，连被诉方的美国（包括美国法院）也承认存在双反的可能性，但专家组采取了鸵鸟政策，无视这一问题的存在，不解决这一问题。这在方法上是不可取的。这种僵化的、片面的、无为的解决问题的方法，不符合 DSU 提出的"积极有效"解决争端的要求，不服务大局。上诉机构不赞同这一方法，毫不奇怪。

在对待世贸规则及世贸义务上，专家组忘记了规则的并存性、义务的累加性，忽视了"上下文"这一"望远镜"的利用。这种狭隘视野，导致专家组不能完成对双重救济进行审查这种挑战性的任务。从一定意义上说，中国在上诉阶段的胜利，得益于专家组分析方法的不足。

三、相对于专家组务实，上诉机构更务虚

专家组认定事实的高尚职责，决定了专家组容易纠缠于复杂不清的事实，陷入低级的事务主义。在救济措施案中更是如此。而上诉机构负责法律审，

决定了其相对超脱的地位，更容易对现有规则添色涂彩。

在一些确立理念的案件中，如"整个调查产品"、归零，379 案中的公共机构和双重救济，上诉机构更重在建立一套逻辑，进行说理，具有较强的理性特征。另外，由于上诉机构的二审地位，其较少受到以前专家组、当前专家组理念、观点和方法的约束，甚至较少受到争端方主张的约束，表现出较强的独立性和自主性。虽然世界贸易组织争端解决中存在案例法的方法，但上诉机构自己解释自己的裁决，为上诉机构的创造性提供了基础。

上诉机构的这种做法，提醒我们不仅要关注当前案件的事实、争端双方的争点以及专家组的分析与裁决，还要跳出案件本身，进行相对抽象的、合乎逻辑的论证。在这一论证过程中，政治的、经济的、法律的，发展中国家的、发达国家的，实然的、应然的，各种因素都可以予以综合考虑。上诉机构是否采纳，是上诉机构的问题，而是否提出这样的分析，则是争端方自己的问题。如果争端方不做出这方面的努力，不进行这样的分析，无异于主动投降或弃地。

四、相对于决策机构的拖拉与无为，上诉机构更积极、更进取

在现有 WTO 体制下，规则的制定主要是通过回合谈判进行和完成的。而回合谈判的久拖不决，谈判条文的妥协、晦涩，加之现有争端的迫切解决，使争端解决机构不得不勇于担当。上诉机构在争端解决体系中的地位，争端解决机构通过争端报告的方式，决定了上诉机构施展才能的广阔空间。

二审终审的体制设计，意味着上诉机构的裁决成为标准。尽管有多个专家组试图偏离这一标准，但最终裁判人仍是上诉机构。没有上诉到上诉机构的专家组裁决，由于上诉机构没有机会发表自己的意见，对上诉机构来说，相当于不存在。因此，对上诉机构的裁决或推理，应遵循上诉机构的裁决，发挥上诉机构的观点；可以提出自己的理解，但不能试图削弱上诉机构裁决或观点的作用。能够纠正上诉机构裁决的，是决策机构，是整个世界贸易组织成员，而不是处于争端中的争端方。在 399 特保措施中，中国似乎想降低上诉机构裁决的相关性（专家组报告第 7.144 段）。

在决策机构的官僚主义式的拖拉与无为中，面对不断增加的贸易争端，争端解决机构冲在了规则解释的最前线。而最前面的，是上诉机构的 7 名战士。研究上诉成员的经历、思想、理念、方法乃至性格，仔细研读他们的著作，对我们来说是很有帮助的。James Bacchus 曾经对其上诉机构的同事有过记叙。我们应继续这一工作。如果与上诉机构成员的知识结构相比，我们还

存在欠缺，应及时弥补，或及时在团队中增加这样的人员。知己知彼，在此也适用。

五、379案只代表着初步胜利

379案我们取得的重大胜利，是目前取得的胜利，是漫长战役中的初步胜利，是万里长征的第一步。如果我们由此沾沾自喜，从而低估了对手的韧性与狡猾，我们将成为蛇嘴下的农夫。

379案只是规则层面上的胜利。由于我们自身存在的某些不足，在规则适用层面我们将面临着艰巨的任务。从某种意义上说，任务更艰巨、斗争更复杂、举证更困难。有些问题可能超出了争端解决团队自身的能力和职权。因此，未雨绸缪，强化在调查国国内程序中的应对，提高在多边争端解决程序中的能力，同时夯实中国管理模式、产业政策合法性的根基，至关重要。在学术领域，应进一步推动这方面的研究。

六、支持欧盟关于完善专家组选任程序的提案

379案突出显示了专家组成员素质的重要性。现有的专家组选任程序，特别是总干事指定阶段，争端方已经失去控制力。在争端解决规则的谈判中，欧盟提出并不断完善的专家组选任程序的提案，是有利于中国利益的。

这一提案的好处在于，中国可以通过打分的形式，在数量有限的可认知的候选人中，发表自己的意见。即使去掉最高分和最低分，也能选出相对满意的人选。而现有的总干事指定机制，是不透明的。通过欧盟建议的这种机制，即使选不到对中国最有利的专家组组成人员，也能避免选到对中国最不利的人员这样的结果。

顺便指出，对于美国提出的由成员控制程序、合意删除不满意裁决部分的提案，中国不宜支持。世界贸易组织争端解决机制的存在，是在双方斗力之外，设置了第三方的独立判断，提供较为客观的说法。如果允许删除不满意的部分，首先在双方是否真正合意这一问题上就会出现模糊，私下交易或威胁就会产生，第三方独立性判断的价值就会丧失。还有一个关注是，争端双方不满意的，并不一定是其他成员不满意的。争端解决程序还承担着澄清规则的"造法"功能。这是多边争端解决机制的价值和活力所在。

拔草瞻风

——观中国律师在 WTO 当庭抗辩首秀有感

全小莲[*]

在中国，研究国际法的人常常"被赵括""被叶公"，言下之意是说，国际法乃屠龙技，再高端再冷艳也是派不上用场的摆设。的确，除了 WTO 以外，很难找到中国政府接受国际法上的第三方争端解决机构管辖的案件，尽管我们还向其中的一些机构推荐过多位法官或者仲裁员，并成功获得任命。也曾经有国内一流律师事务所敢为天下先——在荷兰的海牙开设分所意在开拓国际法领域业务，但国际法领域案源受限。幸好，还有 WTO！中国入世短短十余年间已有当事方案件三十余起、第三方案件百余起。这些与老牌国际法大国、强国短兵相接的案件让我们这些笃信法律的独立价值并为法律推理和分析而沉醉的中国国际法人有所寄托，避免了一生都在纸上谈兵的悲剧命运。

曾有友人说我定是福泽深厚之人，参加日本、欧盟诉我无缝钢管案（DS454/460）专家组阶段第一次和第二次听证会的经历也印证了这一点。如前所述，作为一个国际法专业的高校教师能够参加 WTO 争端案件的听证会本就是难得的机缘，更何况这个案子是中国政府首次启用中国律师当庭抗辩。要知道，以往案件中中国律师在听证会上从未以律师的身份发言，那些冲在最前面和美国人、欧盟人当庭对抗的可都是如假包换的老外。当然，这些老外可不是白求恩一样的共产主义战士，而是中国政府聘请的外国律师。这些外国律师在国际公认的权威排行榜——钱伯斯排行榜上位列前茅，技术精湛且经验丰富。

---

[*] 西南政法大学国际法学院副教授，2013 年 3 月至 2014 年 7 月期间在商务部条法司挂职锻炼。

厉害的对手

和以往案件一样，欧盟委员会法律总司派出了一位资深律师带领着一个工作团队从布鲁塞尔赶到日内瓦。领头的这位律师是爱尔兰人，身材高大、声音沉稳、有着迷人的微笑和幽默感，以英语为母语更使得他在抗辩时能够随心所欲地驾驭语言工具。在美国和欧盟之间两个大飞机补贴案的混战中，他是欧盟主要负责的律师，在一系列欧盟的重要案件中也都有他的身影。这样一位专业素养高深、临场经验丰富的律师坐在我们的对立面，所带来的压力不言而喻。

日本人是我们在这个案子中的对手之一，他们也聘请了国际一流的律师团队提供法律服务。这个团队我们并不陌生，曾经在影响力极大的案件中战胜了美国政府，赢得了辉煌的胜利。然而，尽管大家都知道日本人高薪聘请了这样一支装备精良、水平高超的"雇佣军"，但是他们却从来不允许外国律师出现在日本代表团的座位上。于是，雇佣军们在 WTO 总部的咖啡厅里喝着咖啡就把钱挣了。不禁让人感叹，日本政府不差钱。

日本政府不仅不缺少金钱，也不缺少在国际法领域的雄心。在第一次听证会上，日本代表团里面主要的几位发言人都是看上去很紧张、英语发音生硬的年轻人。听着日本人用炒黄豆一样的英语照本宣科地读着技术上并不完美的稿子，我心生疑窦——日本的国际法水平不应该仅止于此，雇佣军也不应该是这个水平。在第二次听证会上，日本代表团的主要发言人则换成了更资深的律师，无论是对语言的驾驭还是对案件事实和法律基础的把握都远超出第一次听证会的水平。这很可能是因为第一次听证会往往是当事方澄清事实和己方立场，可以照本宣科，而第二次听证会则会出现针锋相对的攻防局面。日本显然有利用第一次听证会锻炼新人的意图。这样一个不差钱、有计谋、有雄心的对手，也不好对付。

第一个在 WTO 出庭抗辩的中国律师

其实，中国自 2002 年起诉美国钢铁保障措施以来，一直秉承着借鉴其他成员做法聘请外国高水平律师，同时聘请中国律师的思路。中国律师在调查中国情况、整理并翻译案卷材料等方面有着得天独厚的优势。十几年来，通过在具体的争端案件中与国际顶尖律师合作，经过实战，中国律师在世贸组织诉讼领域的专业素养和技能也得到了飞速提高。中国律师当庭抗辩缺的只是一个合适的试水案件，这个案件最好是技术性较强而政治敏感性较低、中国国内事实情况对案件裁决有重要影响以便中国律师发挥优势的案件。另外，这位律师也应当是英语和专业素养都过硬且不计较时间投入成本的律师。要知道，自己当庭抗辩所需要承受的压力和付出的工作小时数，和别人抗辩自己从旁辅助的工作小时数是有很大差异的，而律师们的工作小时数就是他们最大的成本。

日本、欧盟诉我国无缝钢管案（DS454/460）无疑是一个合适的案子。此案中，中国政府是被告，而原告方花了很大一部分精力来指责中国政府在反倾销调查过程中存在的错误。这种抗辩拼的就是谁对案件的事实、细节把握得更清楚。中国律师对于本国政府的措施更加了解，也不存在翻译和理解上的错误，这就使得中国律师在当庭抗辩时进退有据、胸有成竹，更何况在本案中我们也同时聘请了相关领域的国际顶尖律师共同出谋划策、共同进行抗辩。在听证会上，当欧盟的律师使用一个又一个精心设计的比喻来指责中国调查机关违反世贸规则时，中国律师能够通过描述整个调查过程来说明调查机关已经满足了勤谨的条约义务；当日、欧一致指责中国的披露不充分时，中国律师也当场指出中国在何时通过哪一份文件进行了披露；当一位多年从事贸易救济工作的专家组成员进一步追问中国能否指出具体的数据并据此得出运算结果时，中国律师也准确地报出了运算结果并指出了明确的数据源。这种有理有据的抗辩取得了很好的效果，在欧盟的高手面前未见下风。

有了合适的时机和案子，没有人和，中国律师当庭抗辩的事儿就做不成。中国有语言过关、业务过硬且不计较金钱得失的律师吗？答案是肯定的。中国的 WTO 法律师基本上都有在海外攻读法律学位并在外资所从事相关工作的经历，或者是外语专业出身又在 WTO 法领域进修学习并经营多年，语言和业务能力是过关、过硬的。这些律师愿意花大把的时间做书面工作并当庭抗辩吗？答案也是肯定的。在中国，有一群崇尚法治理念并热衷于 WTO 法事业的来自不同律师事务所的执业律师，他们赚着几千块一个小时的律师费，却甘愿为了某个 WTO 案件的研讨而打破律所之间的门户之见，利用午休时间聚在一起，匆匆啃个三明治、喝几口可乐或者咖啡便开始讨论几百页的英文案例。他们不仅分文不取有时还要自己出三明治和可乐钱。他们还愿意拿出大把的工作时间，主持或参加纯粹的 WTO 法的技术流研讨会、担任高校 WTO 模拟法庭竞赛的评委。我常常在想，如果要花钱邀请这些人参加两个小时的研讨会，仅律师费一项就要十几万。这是一群对国际法、对 WTO 法有信念的律师；这是一群有使命感、有国际视野，同时有高水平的职业素养的律师；这是一群能够在今天当庭抗辩并在未来独立担纲中国在世贸组织的诉讼事务的律师。

执两用中的智慧

两次听证会开完，双方继续向专家组提交后续的书面文件和针对对方文件的评论，接下来就看专家组怎么裁了。律师的工作到此告一段落。由于中国律师在当庭抗辩中的表现出色，我们的对手在听证会结束后跑过来握手打招呼；我们在日内瓦的同事们也为中国律师终于在听证会上登台表演而高兴；在经历了近一周的紧张备战和作战后，参加听证会的代表团团员们也终于可以睡个好觉了。

时差使然，清晨我在莱蒙湖边散步时想了想：中国律师在 WTO 听证会上的首秀应当如何解读？套句时髦的话，本案中启用中国律师当庭抗辩的经验和模式，是可复制、可推广的吗？以后是否还继续使用外国律师为中国政府提供法律服务？

我想，中国律师在 WTO 听证会当庭抗辩的首秀是一个标志性的事件，它标志着中国律师经过多年实践和积累，如今在世贸组织诉讼方面的水平有了大幅增进，虽然与国际顶尖律师尚有差距，但已经可以开始部分地由幕后走到台前。此外，中国律师开庭抗辩的首秀也向世人展示了中国律师在世贸组织诉讼业务中具有的优势——对中国的了解、对涉华案件案情的了解。这种了解是外国律师无可匹敌的。在涉华案件中，当外国律师被海量的文件、数据和细节所困扰时，中国律师往往可以基于对整个事实的把握而向专家组和上诉机构提供一个完整而清晰的对案件事实的梳理。

然而在中国政府为原告的案件中，我们应该更多地依赖中国律师吗？我想这个问号是必须要保留的。中国做原告的案子诉的是别人的措施，与专家组裁决紧密相连的是别国的有法律效力的措施或者制度。中国律师和外国律师当中哪一个对别国的法律体系、措施及实施情况更加了解？显然还是外国律师。此外，除了当庭抗辩以外，世贸组织争端案件的解决还需要用英文起草长篇的书面陈述和评论意见，需要熟练地掌握并合理运用争端解决程序，做这些英文的笔头工作，还是外国律师更擅长。

在上诉程序中，我们应该更多地依赖中国律师吗？我认为这个问号也是必须保留的。根据 DSU 第 17.6 条的规定，上诉机构程序是"法律审"。这就决定了在上诉机构听证会中，各方争议的焦点不是事实问题，而是对于法律条文及其适用的理解。在上诉机构听证会上常常出现的情况是对方援引一个案例，上诉机构直接把这个援引的案例丢过来问你怎么看，或者当你说此时举证责任在对方时，上诉机构会追问上诉机构何时说过这样的话。这考验的不是各方对案件事实的熟悉程度，而是对规则以及上诉机构既往判决的掌握程度。而传闻中某位极牛的外国律师面对上诉机构的追问，把案卷一合直接通过大段背诵上诉机构判决回答了在某某案中上诉机构在什么情况下说了这样的话的问题。中国律师对于 WTO 案例的阅读量足以支撑在上诉机构听证会上的临场反应吗？这是一个事实判断，也是一个对于时机的判断。这个判断留给高位者去做吧。

《礼记·中庸》有云"执其两端，用其中于民，其斯以为舜乎？"在面对如何使用中国或者外国律师的问题时，也应该继承古人传下来执两用中的智慧。根据不同的立场、程序和技术要求，结合中国律师和外国律师的专长，进行有所侧重的使用。一味地强调外国律师的技术优势不可取，一味地强调本土律师政治上可靠也不可取。也正因为这样，孟子所说的话也应当被牢记："执中无权，犹执一也。所恶执一者，为其贼道也，举一而废百也。"

拔草瞻风，我所见到的只是 WTO 历史上的一个瞬间，然而定格的却是中国 WTO 律师的群像。这个定格的画面也触动我不断地思考未来中国的 WTO 法律师需要具备怎样的素质，以及应当如何培养国际法专业的学生，以使他们能够真正地"屠龙"，盼望中国律师独担大纲的日子早日到来。

穿梭于洛桑街上的人

——"中国稀土出口限制案"上诉听证会的一个侧面

廖诗评*

从我个人的经历和认识来看，欧洲的国际化城市一般可以分为两类，一类是诸如布鲁塞尔、巴黎、法兰克福、米兰这样的国际化大都市，这些城市是欧洲的政治、经济或时尚中心，虽不至于"每分钟几十万上下"，但人们生活的整体节奏相对是比较紧凑的；另一类则是日内瓦、海牙这样的袖珍型国际化城市。这些城市之所以国际化，完全是因为它们是很多国际机构，尤其是国际争端解决机构的所在地，因此也被称为"和平之城"。这类城市里生活节奏较慢，很多商店到了早上11点仍然"关门大吉"，超市的大型停车场则空旷得像中国男足的荣誉室。对于每年都可能在北京和日内瓦之间往返的人而言，如果在北京感叹的是"时间都去哪儿啦"，在日内瓦，有时候感叹的却是，时间倒是有，可人都去哪儿啦？

尽管日内瓦的老百姓过得悠然自得，但在这个城市里，你永远能发现有一群西装革履、行色匆匆，若有所思、拖着行李箱的人，从工作日的早8点到晚8点，不停地穿梭于洛桑街（Rue de Lausanne）周围。每次看到这个场景，都会让我想到北京国贸和嘉里中心附近同样穿着打扮的行人，原因很简单，他们的职业都是律师。区别在于，北京的律师在工作期间，似乎是不会随身携带行李箱的。于是大家不禁要问，这些穿梭于洛桑街上的律师们，为什么还带着行李箱呢？

这次去日内瓦，目的是到WTO参加"中国稀土出口限制案"的上诉听证会，也就是我们通常所说的上诉机构庭审会。这种场合，自然少不了这群穿梭于洛桑街上的人。开庭前一天的准备会上，我们在国际著名顶级律所的会议室内，就见到了这群人——中国政府为了本案应诉工作而高薪聘请的律师

---

* 北京师范大学法学院副教授。

团队。团队的主要成员包括 C 律师、I 律师、J 律师和 S 律师，以及两位实习律师。

C 律师是个德国人，不到 40 岁，身高有 1.9 米左右，面目整体轮廓有点像是赫迪拉和诺伊尔的结合体。从递过来的名片信息来看，他拥有法学和经济学两个博士学位，但头衔只不过是助理律师（associate），应该刚到这个律所工作不久吧。尽管如此，他负责的可是我们这次上诉的核心问题——GATT第 20 条的可适用性。与上诉中的其他法律问题不同，这个问题是纯粹的理论问题，不涉及过多的事实证据。在四天的开庭过程中，争端各方几乎用了一半的时间争论这一问题，为此，C 律师不得不在"举牌发言—喝水—再举牌发言—再喝水"的节奏中度过了将近两整天，期间还不断地从携带的行李箱中取出各种材料翻阅。刚开始的时候，我还担心他招架不住上诉机构成员咄咄逼人或绵里藏针的提问，暗自为他捏把汗，但他迅速进入了角色，开始一边与美、欧、日三方的律师纠缠，一边向上诉机构成员澄清中国的立场。开庭结束之后，我与他闲聊，才得知他曾经在牛津大学出版社和《美国国际法评论》等刊物上出版和发表过很多学术著作和论文，来律所工作之前，曾在WTO 上诉机构秘书处、IMF 法律部、联合国国际贸易法委员会、德国司法部等地方工作，是一个兼具理论功底与实践经验的"复合型人才"。对了，忘了交代一句，C 律师在团队里还有一项重要的工作，那就是负责拉行李箱。

与 C 律师不同，I 律师则已经在这个行当里浸淫有些年头了，他操着一口浓重的新西兰口音，说话时总是习惯性地以"ah…"开头，喜欢直视对方的眼睛，而自己的眼神也比较丰富。与他对话聊天，总是让我想起周华健的那首"有故事的人"。事实上，他身上确实有很多丰富的故事：做贸易律师起家，后进入上诉机构秘书处工作，然后为新西兰政府工作，顺便还弄了个澳大利亚最高法院出庭资格，随后忝列于专家组指示性名单；当过教授，编过刊物，参与各种谈判；打过反倾销反补贴官司，处理过出口限制争端，最绝的是，尤其擅长 TBT（《技术性贸易壁垒协定》）纠纷，圈内人都知道，能处理 TBT 的人，能力上绝对"太变态"！I 律师负责的是 GATT 第 20 条 g 项中"关于"一词的解释问题，他需要向上诉机构阐述和证明，中国的稀土保护措施是与环境保护有关的，一审专家组的解读存在漏洞。这一任务，由于涉及对很多中国国内法律和措施的分析，所以对于一个外国人来说，不可谓不艰巨。果不其然，在开庭时，上诉机构问了一个具体问题，这位仁兄如临大敌，以"ah..."开头，洋洋洒洒说了 11 分钟之久，随后，各争端方围绕这一具体问题展开混战，一时间，WTO 总部最大的会议室内硝烟弥漫，人声鼎沸，时不时有路过会议室的其他 WTO 工作人员打开门缝，一探究竟。好不容易等到他所负责的部分结束，I 律师在法庭后排找了个座位，直接瘫倒，我过来问他具体感受，他不由得苦笑道，涉及中国的案件，总是没有最复杂，只有更复杂！

J 律师是团队里负责庭辩的唯一女性，也是唯一的黑人律师。初次见面，她给我留下最深刻的印象是关于她的国籍——圣卢西亚，一个位于加勒比海，只有 17 万人口的小国，这可是连国足都没有办法普及的地理知识啊！相比于其他人，J 律师的经历相对比较简单，在加勒比地区的区域组织工作一段时间之后，到上诉机构工作了 6 年，随后被律所招募。在本案中，她主要负责GATT 第 20 条 g 项中"一道实施"一词的解释问题，这同样也是一个涉及大量事实材料和证据的问题。不过，与 C 律师和 I 律师不同，J 律师的庭辩有着独树一帜的风格——轻松、细腻。第一天和第二天开庭的时候，J 律师始终芳踪难觅，直到第三天下午开始就"一道实施"标准展开辩论时，她才姗姗来迟，进来时，还不忘向坐在台上的上诉机构成员和工作人员微笑致意，一副大牌范儿；在庭辩过程中，无论上诉机构成员提出何种问题，她的第一反应总是轻轻一笑，露出一口整齐而漂亮的牙齿，然后娓娓道来；当上诉机构关于此部分的庭审结束后，她居然快速收拾了自己的案件材料，背着包"扬长而去"，当然，临走前，还不忘再次向庭上的法官展示自己标志性的微笑。事后聊起个中缘由，她双手一摊，长篇大论几分钟，大意就是手头案件多，工作太忙，还得回办公室加班，大有一副"姐实在没空陪他们玩儿"的架势。后来得知，由于她刚刚从上诉机构离职不久，工作期间与上诉机构成员合作处理了很多执行裁决的合理期限仲裁案件，整天在各种加班中朝夕相处，自然与上诉机构成员和其他工作人员之间都比较熟悉，这可能也是她能在庭上轻松自如的原因之一吧——把开庭当原来工作时的案件讨论会，不就行了嘛。

团队最后一位执业律师是相貌儒雅的 S 律师，他不仅是这个团队的首席律师，还是整个律所的"龙头老大"。在这个团队中，S 律师年龄最长，经验也最为丰富。在开庭前的准备会上，他说得最多。S 律师早年也是做律师业务起家，后在美国驻 WTO 使团工作，参与了多项谈判和争端解决工作，还曾在美国国际贸易委员会长期负责处理反倾销、反补贴事务。由于这些事务中不乏与中国进口产品有关的贸易救济案件，从这个意义上说，S 律师也算是中国出口企业遭遇美国贸易壁垒血泪史的见证人。也许是觉得老给美国政府打工没意思，他在十几年前创办了这家设在日内瓦的律所，开始把有限的精力，投入到无限的贸易争端中去。

在庭审过程中，S律师的主要任务，是把控整个律师团队的抗辩节奏，这可是庭审中最为重要的事情，当然应该由团队中最有经验的人来承担。具体而言，S律师需要根据庭审的具体进展情况，结合上诉机构成员的问题和起诉方律师的具体陈述，调整抗辩的重点，决定哪些话应该说，哪些话重点说，哪些话反复说，哪些话少说，哪些话干脆不说。有时候，美、欧、日三个起诉方的律师噼里啪啦说了一大通，S律师会迅速在纸条上简明扼要地写清楚反驳的要点，把这张小纸条递给负责发言的律师参考（没错！开庭时可以递纸条！）；❶ 有时候，面对上诉机构成员所提出的刁钻问题，团队可能会准备不足，这时，S律师就会成为团队的焦点，频繁与团队律师和中方代表团成员"交头接耳"，听取大家的意见，表达自己的观点，从而帮助确定这些刁钻问题的"答案"，再由负责发言的律师向上诉机构作出陈述。此外，令我记忆犹新的是，有两次，起诉方在陈述中不仅存在法律错误，还存在明显的逻辑漏洞，负责该部分抗辩的C律师做出了迅速反应——举牌表示要发言，但坐在旁边的S律师不紧不慢地将举起的发言牌又放了下来，同时跟C律师耳语了几句，然后对着台上的上诉机构成员耸了耸肩，来了一个无可奈何而又意味深长的微笑，意思是"他们不讲道理，我也没有办法，跟他们说不清。法官们，你们得想办法了"。末了，S律师还不忘朝着他觉得"不讲道理"的欧美律师所坐的位置摇摇头，叹口气，"此时无声胜有声"，俨然一副前辈对后辈"恨铁不成钢"的态势。看到这里，我忽然明白了S律师在法庭上的一言不发，似乎与核武器的作用有异曲同工之妙：最厉害的武器，厉害之处往往不在于杀伤力，而在于威慑力！也就是说，在日内瓦这个圈儿里，S律师属于那种"刷脸型"律师，只要他往庭上一坐，哪怕一言不发，无论是对方律师，还是上诉机构成员，多少都会对他"另眼相待"，至少言语上，基本上都是客客气气的。总而言之，S律师绝对是团队中的"垂帘听政"者，他之所以不太说话，一方面是碍于身份，另一方面，更是为了给团队其他律师坐镇打气，同时培养他们的实战经验。事后，我从与C律师和J律师的交流中得知，S律师在WTO江湖中绝对属于绝顶高手，他们也正是冲着S律师，

---

❶ 与国际法院、国际刑事法院、国际海洋法法庭等国际法庭不同，WTO开庭时没有那么正式，换句话说，争端方的出庭人员的举止比较随意（但绝不是随便）。在回答上诉机构成员问题时，律师可以要求先和团队商量一会儿再作答（所以我们经常能够看到律师和中方代表团成员"窃窃私语"），代表团成员也可以随时把自己的想法写在纸条上递给律师；在不影响其他人发言的情况下，参加开庭的人员还可以离席走动，或是倒水，或是出门方便；当然，如果你愿意，也可以发个短信，或者看看朋友圈。不过，尽管大家都比较随意，但法庭的秩序仍然是井井有条的。

才毅然决然地投奔了他的律所，目的就是更多更快地在 WTO 争端解决业务中"涨姿势"。

穿梭于洛桑街上的人，既有我们的团队，也有我们的对手。这次"中国稀土出口限制案"的上诉听证会之所以精彩，也要归功于我们的对手，正是他们用自己精湛的技艺，与中方律师团队一道，联手为我们奉献了一幕幕庭辩的华彩乐章。他们之中表现最为精彩的，当属欧盟的资深律师 JF。

JF 律师毕业于伦敦政治经济学院和欧洲大学（College of European），曾在一些国际律所和 WTO 短暂工作过，自 1995 年加入欧盟委员会法律事务部之后，"自从一见桃花后，直至如今更不疑"，迄今已经代表欧盟参与了 90 多个 WTO 争端案件的出庭事务（要知道，WTO 自成立至今，也就处理了 480 多个案件，其中正式开庭的，也就一半左右），是欧盟委员会处理 WTO 法律事务的头牌律师。此君身材高大魁梧，说起话来声若洪钟，底气十足。在本次上诉听证会中，JF 律师负责总揽全局，其中重点是 GATT 第 20 条的可适用性问题。尽管在本案中，只有美国一个起诉方针对专家组的裁决提出了上诉，但 JF 律师在开庭过程中非常活跃，频繁举牌发言，回应中方各项主张，以至于第二天的法庭辩论基本变成了中欧单挑的格局。眼见 JF 律师如此抢镜，美国和日本的律师知趣地躲在一边，只能时不时地用"我完全同意欧盟同事的观点"等词句来刷一刷存在感。由于在 WTO 出庭的经验十分丰富，JF 律师俨然将法庭当成了自己的主场，谈笑风生间，不断地用各种方式提醒上诉机构成员，中方关于 GATT 第 20 条可适用性的观点和论据实际上是各种弱爆了的陈词滥调，了无新意，其本质无非是要求上诉机构重新审理在"中国原材料出口限制案"中已经做出确定判决的问题，中方巧言令色，目的就是把上诉机构往沟里带，上诉机构英明神武，肯定不会被中方蒙蔽，否则就会贻害无穷，云云。说到"义愤填膺"处，JF 律师甚至转身面对中方代表团所在的席位，开始了他的"碎碎念"，念完之后，双手一摊表示无奈，直到他的目光与中方坐席上的 S 律师相对，他才似乎觉得有些不好意思，嘿嘿一笑，就此作罢，这一举动不由得引发了全场出庭人士的会心笑声。四天的开庭结束后，我抓住机会和他闲聊了一阵，他告诉我，与中国在 WTO 打官司已经变得越来越困难了，不仅是案子本身复杂，需要做很多的准备，中国政府请的律师个个也都不是善茬，与他们在庭上交锋，极费脑细胞。他举例说，就在十天前，他在 WTO 二楼的法庭参加另一个中欧贸易争端的专家组程序，看到中方出庭的 P 律师（中国籍）是个生面孔，不由得放松了警惕，认为只要凭自己这张脸，就可以把控局面，谁知甫一交手，才发现对方对自己丝毫不惧，要不是自己

"常在河边走"，差点吃了大亏（其实这话说得极具外交辞令，在夸 P 律师的同时，也把他自己一道夸了）。当我问到中欧贸易争端中哪个案子是他觉得最为遗憾的案子时，他毫不犹豫地说，当然是紧固件那个，因为那个案子打完后，他回到自己布鲁塞尔的办公室，足足睡了一整天，目的就是忘记那些"不愉快"。末了，他还不忘补上一句，回头他要是自己到律所单干了，有好的案子，可别忘了介绍给他。看来 S 律师的经历，对他还真是有点触动。

在经过一番激烈的混战之后，为期四天的上诉听证会终于结束。上诉机构宣布听证会结束之后，各方代表团成员倒也没有急着离场，而是彼此三三两两攀谈了起来。是的，做 WTO 业务的圈子这么小，涉及中国的案件又这么多，大家早就抬头不见低头见了，即使不认识，过一段时间，也能做到"一回生，二回熟"。大家都有着共同的业务对象，在庭上也在用同一套话语体系说话，虽是对手，但也惺惺相惜。只不过这些寒暄攀谈的人中，并不包括我们的 S 律师——他早就提前预订了下午 6 点的机票，开庭一结束，他立马从座位上弹起，离开法庭，头也不回地直奔机场，飞到法国度假去了。

至此，大家可能对穿梭于洛桑街上的这群国际律师有了一个大致的了解：业务纯熟、工作强度高、收入不菲，等等。与公司上市、并购、融资等大家耳熟能详的传统律所业务不同，WTO 法律业务对于律师的专业水平要求极高，律师培养的周期较长，加上案源较少，因此，这项业务往往属于律所中的"高冷型"业务。要想成为他们之中的一员，需要付出的努力可着实不少。仅以阅读量为例，300～500 页的 WTO 个案裁决，充其量只是基本的必读材料。要想从头到尾打完一个案件，律师的阅读量实际上是没有上限的——国内著名的 WTO 律师 F 女士曾告诉我，在她就职于 WTO 秘书处处理"欧盟荷尔蒙案"时，光是关于荷尔蒙生物学知识和含有荷尔蒙产品介绍方面的基础材料，就足足阅读了数千页！而这仅仅是这个案件的基本知识！而在著名的"美欧大飞机案"（也有人称为"波音空客补贴案"）中，双方律师团准备的案件证据材料和各种诉讼文书，更是足足装满了十几个大行李箱！律师在开庭期间，不得不拖着这些行李箱，在寓所和 WTO 总部之间不停穿梭，以至于开庭结束之后，其中一个行李箱终于不堪重负，就地散架，光荣退休。不过，能够被 WTO 成员雇佣，到 WTO 打官司，从而影响成员方的贸易政策，这确实也有一种巨大的成就感。所以，从事这个行业的律师们，很多人都养成了一方面叫苦连天，另一方面乐此不疲的双子座分裂型人格。

读到这里，不知那些有志于献身 WTO 事业的年轻学子们，在初步了解了这项业务的艰巨性之后，是否仍然觉得热血沸腾，决心迎难而上呢？如果是，我要毫不犹豫地给你们点32个赞，毕竟，很难实现的才叫梦想才要决心！如果是，那么也请注意了，你所要做的第一件事情，不是疯狂地刷托福、考雅思，也不是向美欧各个名牌法学院海撒申请信，而是要从现在开始，想办法拥有一只属于自己的行李箱！

少有人走的路：我的 WTO 上诉机构实习经历

——兼论 DSU17 条

高树超[*]

> 树林中间有两条岔道，
> 我选择了少有人走的那条；
> 这也使我在此后的旅途之中，
> 能够欣赏到不同寻常的风景。
>
> ——笔者节译自 Robert Frost：The Road Not Taken

楔子

收到国华兄的约稿邮件时，笔者正在翻阅几周前在北京见面时他送笔者的礼物——前上诉机构成员巴克斯（Bacchus）先生的《贸易与自由》一书新出的中译本。翻开前言，巴克斯先生第一句就提到，该书的缘起，是他当年在我们共同的母校——美国范德堡大学（Vanderbilt）所做的一场讲座。无独有偶，这场讲座，也是笔者真正涉足 WTO 领域的缘起。

1999～2002 年，笔者负笈美国，在范德堡大学攻读法律博士（JD）学位。在当时的美国法学院，最热门的是公司证券法，WTO 法远远算不上是显学。不要说一般法学院，就连范德堡大学这样的前二十名的顶尖法学院，都很少有专人开设 WTO 法课程（乔治城大学是一个例外）。与班上的大部分同学一样，笔者也大量选修了公司证券法的课程。但是，"梁园虽好，终非故乡"。作为班上唯一一名来自中国的热血青年，笔者常常关注关于中国的问题，并对同中国有关的法律问题，特别是国际法问题保持了浓厚的兴趣。也正因于此，笔者在法学院二年级就竞选为院国际法协会主席，并于次年连任

---

[*]　新加坡管理大学法学院终身教授，WTO 秘书处 WTO 教席项目顾问委员会委员。

至毕业。

作为国际法协会主席，笔者的主要职责就是组织有关国际法的活动，比如各种讲座、联谊等。2001年，当笔者在网上搜索下一个讲座的可能人选时，一份简历引起了笔者的兴趣：这位美国绅士，现任"世界贸易的最高法院"——WTO上诉机构的成员，同时还曾经担任过国会议员、贸易律师和美国贸易代表办公室的官员。更巧的是，他还是范德堡大学的校友！笔者马上向他发了一份邮件，邀请他到范德堡大学讲学。

几个小时之后，笔者就收到了简历的主人——巴克斯先生的热情回复。他欣然接受了笔者的邀请，因为除了母校这层关系之外，还有一个（他后来告诉笔者）他没法拒绝的理由：他的爱子当时也在范德堡大学本科就读，这个讲座可以让他公私兼顾，多好的机会！

经过一番紧张的筹备，数月之后，在范德堡大学的演讲厅，巴克斯先生终于结束了他那篇名为"桌边谈话"的妙趣横生的讲座（这就是本文开头提到的那个讲座）。在陪同他到休息室歇息的时候，他问起笔者的背景。得知笔者来自中国，巴克斯先生高兴地说，"中国刚刚加入WTO，你有兴趣到WTO秘书处实习吗？"

原来，WTO有一个实习生项目，但是只有WTO成员的公民才可以申请，因此在中国2001年底入世之前，从来没有中国公民参与这个项目。

当时美国的主要律所刚刚经过一轮加薪潮，法学院刚刚毕业的学生就可以拿到16万美金以上的基本工资以及为数不菲的年终分红。因此，大部分同学都选择加入律所。但此前在英国安理等律所暑期实习的经历，让笔者觉得做一个公司证券法律师，就像选择了弗罗斯特（Frost）诗中的那条可以一眼望到底的主流大道，实在没有多少意思。而WTO更像一条少有人走的路，能让人欣赏到不同寻常的风景。当然，笔者相信当时同学中希望选择不同道路的人很多，但是不是人人都有选择的自由。美国法学院的学费昂贵是出了名的。即使在十几年前的当年，光是三年的学费就要8万美金。大部分学生被迫借下高额贷款，毕业之后不委身律所很难还清这笔利息高达两位数的巨款。幸运的是，笔者连续三年获得法学院颁发的院长奖学金，因此不用担心学费问题，可以选择真正想做的事业。

经过慎重考虑，笔者向WTO提交了申请。几个月后，接到WTO秘书处一份简短的电邮，通知笔者9月到上诉机构秘书处担任实习律师。

2002年9月的日内瓦，秋高气爽。笔者在WTO人事司办好手续，接着就到上诉机构秘书处向Valerie Hughes司长报到。踏进她的办公室，她微笑着同笔者握手，"欢迎加入上诉机构秘书处。你很幸运。你知道你这个职位有多少人竞争吗？""我不知道。""今年总共有 847 人申请，只有你被我们选中了"。原来，莱蒙湖畔的这条小路，并不像笔者想象的那样乏人问津。

上诉机构的实习律师

按照 DSU 的规定，上诉机构负责审理对专家组裁决的上诉，可以说是位高权重。但与此同时，作为 WTO 成立后新设的机构，上诉机构缺乏其他机构的辉煌历史，为免树大招风，又有意识地保持低调。这首先体现在名称的选择上，把这个机构称为平淡无奇的"上诉机构"而不是先声夺人的"世界贸易法院"，把案件的审理者称为普普通通的"成员"而不是令人景仰的"大法官"，都可谓是用心良苦。就连其办公地点的选择，都是别具匠心。同秘书处的其他部门一样，上诉机构也在 WTO 位于日内瓦洛桑大街 154 号的总部———栋名为"威廉－拉巴德中心"（Centre William Rappard）的佛罗伦萨别墅风格的建筑中办公。但是，上诉机构同其他部门相比，可以说是两个世界。首先，从位置上来说，上诉机构僻处大楼的东北角，从办公室望出去，近观莱蒙湖，远眺勃朗峰，仿佛不食人间烟火，尽得湖光山色之妙；同时，上诉机构位于大楼顶层，仿佛超然独立于整个秘书处，就连总干事的办公室，也只能屈居其下一层。其次，秘书处的其他部门，从来都是"谈笑有鸿儒，往来无白丁"，各国外交官和秘书处职员来往穿梭，热闹非凡。而上诉机构则恰恰相反。每当笔者走到上诉机构的楼梯口，就感到仿佛有一道无形的屏幕，将外面的熙攘之声自动隔开，而代以冷静肃穆之感。这里几乎见不到形形色色的来自各国使团的陌生面孔，只有一个个埋头"调素琴，阅金经"的上诉机构成员以及秘书处的律师们。

如果说上诉机构采取"低调奢华"的风格是有意为之的话，那么，上诉机构秘书处这么做则是不得已而为之。如果大家细心研究 WTO 秘书处的官方文件，就会发现他们同上诉机构秘书处似乎很"见外"。任何时候提到后者，总要特别指明其为"上诉机构秘书处"。而秘书处的其他部门，则从来没有受到过这种"特殊礼遇"。究其原因，WTO 秘书处的成立，有马拉喀什建立 WTO 协定第 6 条的明文规定，可谓名正言顺；而上诉机构秘书处，就没有这么幸运了。尽管 DSU 关于上诉机构的第 17 条包含了总共 14 款，是该协定最长的一个条款，但其中并无任何一款提到为其专设秘书处。只是在第 7 款模糊提到，"如上诉机构需要，可为其提供适当的行政和法律支持"。因此，上诉机构秘书处自身存在的法律基础，可谓先天不足。

尽管如此，上诉机构位高权重，手握 WTO 案件的最终裁决权，因此，WTO 秘书处也对上诉机构秘书处采取了敬而远之的态度。在 WTO 秘书处的组织架构中，就明确指出，上诉机构秘书处仅就同争端无关的行政性事务受总干事管辖。言下之意，凡是涉及争端解决的问题，都由上诉机构及其秘书处乾坤独断。笔者认为，这样安排有两层原因：第一，防止总干事作为最高行政首长干预上诉机构的司法独立。第二，这也是由 WTO 法律体系的复杂结构决定的。总干事一般由总理事会任命并对其负责，而上诉机构则由争端解决机构（DSB）设立。总理事会和 DSB 各司其职，平起平坐，互不隶属，因此，如果总干事对上诉机构指手画脚，颇有越俎代庖之嫌，也有违于总理事会和 DSB 的分工安排。

同"一案一设"的专家组不同，DSU 第 17 条第 1 款明文规定上诉机构为"常设"机构。但是，这并不意味着上诉机构成员也必须是全职工作。第 17 条第 3 款虽然规定，上诉机构成员应该"随时待命"，但并没有要求他们一直待在日内瓦。在实践中，许多上诉机构成员平时很少出现，需要审理案件时才赶赴日内瓦。为了保证他们能够"随时待命"，秘书处存有他们的最新联系方式，以备不时之需。这种"非全职"的工作方式，也得到了 DSU 的默许。第 17 条第 8 款"上诉机构成员包括旅费和生活津贴在内的任职开支，应依照总理事会在预算、财务与行政委员会所提建议基础上通过的标准，从 WTO 预算中列支"的规定，就是这种安排的反映。

由于每年的上诉案件数量不一，因此，上诉机构成员每年的工作量也旱涝不均。按照秘书处的统计，在上诉机构成立后的第一个十年，其成员每人平均工作量为 138 天。工作量最大的是 2001 年，人均 231 天；最小的为 2004 年，人均 99 天。这也直接影响了他们的收入，因为他们的报酬也是按照每年花在具体案件上的工作天数，再加上每月固定的预聘订金计算的。平均来说，上诉机构成员的年薪为 13 万美金左右。而联合国国际法院等其他国际司法机构的法官，年薪大多为十六七万美金。相较之下，上诉机构成员似乎吃了亏。但是，如果考虑到这是一个兼职工作，那么，待遇仍不失为优渥。

这种"多劳多得、不劳不得"的制度，也是为什么上诉机构成员大多不愿留在日内瓦的原因之一。因此，笔者刚到的几天，好几个上诉机构成员的办公室都是重门深锁。但是不久之后，上诉机构突然热闹了起来。

2002 年 10 月 18 日，美国提交通知，对专家组在"美国持续倾销与补贴抵销法案"的报告提起上诉。该案涉及的法案由美国参议员伯德（Byrd）发起，所以又称为"伯德修正案"。该案原起诉方共有 11 个，而且囊括了欧盟、加拿大、日本、巴西、印度等重量级成员，是当时当事方最多的案件。

其实在美国提交正式上诉通知之前，我们已经通过非正式渠道，得知美国将会上诉。因此，早就开始进行有关准备。

按照第 17 条第 1 款的规定，一个上诉案件，应依"轮值"方式，由三名成员组成合议庭。至于所谓"轮值"方式的具体含义，DSU 语焉不详，只是说要在上诉机构工作程序中加以规定。而工作程序也没有说明具体的遴选方式，只规定了三个原则，即随机选择、不可预测和人人有机会参与的原则。其实这三个原则中，最重要的是第三个原则。为了保证工作量的平均分配，司长在分配新的上诉案件时，往往会优先考虑那些目前没有案件审理或者手头其他案件即将结案的成员。

按照这一原则，该案被分配给来自意大利的 Sacerdoti，来自巴西的 Baptista 和来自澳洲的 Lockhart 三位成员组成的合议庭。三位成员性格各异，相得益彰。Sacerdoti 热情奔放，不拘小节；Baptista 文质彬彬，不苟言笑；而 Lockhart 则像一位典型的英国绅士那样举止有度。

同时，根据前述 DSU 的规定，上诉机构秘书处也应当为合议庭提供"适当的行政和法律支持"。按照惯例，通常由一位资深律师、一位年轻律师和一位实习律师组成三人秘书团。刚刚加入秘书处的笔者，有幸成为伯德修正案团队的一员。

合议庭成立后的第一件事情，就是确定本案的日程表。按照第 17 条第 5 款的规定，上诉机构一般应在上诉通知正式提交之日起 60 日内发布其裁决书。但是，上诉各方提交书状以及举行听证会就需要大约三四十天，因此，如果严格按照 60 天的规定，上诉机构只有二三十天的时间做出裁决。考虑到上诉案件的复杂性，这显然很不现实。在实践中，合议庭往往援引该款第三段、第四段，通知 DSB，将时间延长为 90 天。

由于本案涉案成员太多，自然也延长为 90 天。然后，合议庭再从第 90 天，倒推出上诉方、被上诉方、第三方等各方提交书状的截止日期和听证会的日期，通知涉案各方。按照当时的惯例，从上诉通知正式提交之日算起，上诉方应于 10 日内提交书状；被上诉方以及第三方应于 25 日内提交书状，而听证会则在第 40 日左右举行。但后来上诉机构越来越忙，留给各方提交书状的时间越来越短。现在一般来说，上诉方在提交上诉通知的同时就要提交书状，而被上诉方则要在 18 日内提交。

其实，就算在区区 90 天内做出裁决也是不容易的。因此，我们的准备工作，早在上诉程序正式启动之前就已经开始了。在该案的专家组报告于 9 月 2

日公布后，相关人员就已经开始研究该裁决。这既是为可能提起的上诉做准备，也是第17条第3款对上诉机构成员的明确要求，即"应随时了解争端解决活动和WTO的其他有关活动"。而在上诉通知正式提交后，总干事就会按照上诉机构工作程序第25条的规定，转交给上诉机构一套专家组程序的完整档案。这套档案包括争端各方的书状和相关证据材料；听证会上的书面发言稿、会议实录以及对专家组问题的书面回复；专家组和秘书处同各方的往来函件等，以使合议庭对案情有充分了解。

囿于DSU第17条第10款"上诉机构的程序应当保密"的规定，笔者在此无法透露该案审理的实质性细节，只能选择一些无关宏旨的花絮以飨同好。

1. 不是"涵盖协定"，胜似"涵盖协定"

熟悉WTO规则的人都知道，"涵盖协定"（covered agreements）一词可以称作是DSU的灵魂。"涵盖协定"指的是规定WTO成员的权利义务，为WTO成员提供诉讼理由的那些协定。该词极为重要，在DSU中共出现多达79次。按照DSU第1条第1款和附件一的规定，"涵盖协定"只包括建立WTO的协定、货物贸易多边协定、服务贸易协定、与贸易有关的知识产权协定和DSU本身，以及只适用于有关成员的四个诸边贸易协定。任何其他国际条约，即使再怎么重要，由于没有列入"涵盖协定"，在WTO也是废纸一张。那么，请允许笔者问一句，上诉机构提到最多的，是哪一个"涵盖协定"？

很抱歉，答案既不是关贸总协定，也不是DSU。纵观近20年来的上诉机构报告，提到最多的不是什么"涵盖协定"，而是词典。更确切地说，是由一家出版社出版，解释一种特定语言的词典——简明牛津英文词典（Shorter Oxford English Dictionary）。

在报告起草期间，上诉机构成员经常围坐在秘书处唯一的一个会议室中一张以美国胡桃木制成，沉稳厚重的大圆桌旁，对报告字斟句酌。他们翻阅最多的，不是那些"涵盖协定"，而是这本词典。词典就摆放在圆桌旁的一个小书橱里。但是在上诉机构合议的时候，词典往往从在书橱里的侧立姿势，变成平躺在大圆桌上。

为什么这本词典会得到上诉机构的如此青睐？难道享受到与七位成员"亲密接触"待遇的，不应该是那些"涵盖协定"吗？

是的，从常理推断应当如此。但事实是，一方面，作为WTO专家，这些协定已经深深印入了上诉机构成员的大脑，因此无需经常翻阅；另一方面，在审理案件的过程中，他们不可避免地要对相关协定的用词加以解读，而这些用词出于WTO在起草协定时"建设性模糊"（constructive ambiguity）的优良传统，往往语焉不详。并非语言学家的上诉机构成员，自然要求助于词典。

比如说在伯德修正案中，上诉机构就对《反倾销协定》第 18 条第 1 款和《补贴与反补贴》协定第 31 条第 1 款中提到的"应对倾销或补贴的具体措施"中的"应对"（against）一词，做了不厌其烦的分析。对该词的具体含义，两个协定都没有做出任何解释。在这种情况下，词典成为解决问题的关键也就情有可原了。

有鉴于此，那些将来有志于 WTO 研究和实务的青年学子们，除了要懂法律、经济和外语之外，最好还要兼修语言学（linguistics）。

2. 差点被"抵销"掉的"抵销"法案

经过合议庭成员和秘书团一轮又一轮触及灵魂的互相拷问和对报告每一个段落和用词"鸡蛋里挑骨头"般的咬文嚼字，报告终于定稿。我们随即把改好的文本发给主管打印的语言与翻译司。整整 106 页的报告印好之后，分管本案的 Loungnarath 律师兴冲冲地发给大家，"再看最后一遍，如果没有问题，明天就作为正式文本，交给合议庭三名成员签字"。

说实话，笔者当时已经看过几十遍报告的各个版本，实在没有再看一遍的兴趣。但是职责所在，只有强忍住胸口泛起的种种不适，逼着自己看下去。仔细看完第一遍，没有找到诸如拼写错误、时态、语法等问题，但总觉得有点不对。于是快速看了第二遍，还是没找到问题，但仍是感觉不对。再看第三遍，粗粗扫过封面标题"UNITED STATES—CONTINUED DUMPING AND SUBSIDY ACT OF 2000"，还没来得及接着向下翻页，就发现了问题。赶快跑到 Loungnarath 律师的办公室，"报告有问题，不要付印！""什么问题？""标题有问题。"Loungnarath 律师看了一眼标题，又用疑惑而又同情的眼神看了笔者一眼。虽然他没有说话，笔者也能自动脑补他当时想说的话，"这怎么可能？看了这么多遍，标题——用最大字体、全部大写并且黑体标注的报告标题竟然还会有问题???！！！"当然，从他的眼神来看，他忍住没说的可能还有另一句话，"多好的小伙子，就这样被上诉机构沉重的工作压力逼疯了"。没办法，笔者只好伸出食指，点到他面前的标题上，"这里，倒数第三个词前面，少了一个'OFFSET'"。

少了这个"抵销"一词，该法案的意思完全变了，从制裁持续倾销与补贴，变成了欢迎持续倾销与补贴。这么关键的一个词，在我们六个人反反复复、你来我往地对各个版本的修改中，不知怎么就被"抵销"掉了。如果报告就这么公布，那将是上诉机构有史以来最大的乌龙事件。幸运的是，笔者在本科学习期间，有幸在一个杂志社兼职近三年，练就了校对文件的火眼金睛。

因此，笔者对青年学子们的第二个忠告是，若想胜任 WTO 的文牍工作，先要练好校对的基本功。

3. 签字仪式上的"同类产品"

第二天（12 月 17 日）下午，一切就绪，我们在秘书处的会议室里举行了该案上诉机构报告的签字仪式。这是上诉机构秘书处的一个传统，一方面为合议庭的三名成员在报告上签下自己的大名提供一个比较正式的场合，以示郑重其事；另一方面也为我们过去这两个多月为报告寝食难安的六位以及上诉机构其他同事，提供一个放松和交流感情的机会。由于 DSU 第 17 条第 10 款的限制，此时还无法公开报告，因此这个仪式也只是内部仪式。尽管缺少了正式招待会上长短不一的话筒和亮瞎双眼的闪光灯，但是有美酒小食相伴，大家也其乐融融。

前一天，Sacerdoti 教授就说，他要给大家一个惊喜。等到三位合议庭成员相继龙飞凤舞签好自己的大名，只见他从墙角拿起一个瘦长的纸袋，不慌不忙地从里面拿出一瓶足有半人多高、脖子长、肚子大的红葡萄酒。在大家的惊叹声中，他露出骄傲而又顽皮的笑容，"这是我们意大利的特产。""那么，这算不算普通葡萄酒的'同类产品'？"笔者三句不离本行。巴克斯先生见笔者孺子可教，打趣道，"你知道我们在日本酒案中，是怎么确定日本的烧酒和进口洋酒是否是同类产品的吗？""哦，你们是综合考虑了他们的物理特性、消费者喜好和最终用途几个因素吧……""没那么复杂。我们到日内瓦的外交官免税店，每种都买了几瓶，回来之后就开始'实证研究'……第二天早上大家酒醒之后，一致同意它们都是'同类产品'。""……"

虽然说巴克斯先生是日本酒案合议庭的成员，笔者还是对这个"权威解释"持保留态度。直到一年之后，笔者又从松下满雄教授（他可是韩国酒案上诉机构合议庭的主席）那里得到了同样的说法，才很不情愿地接受了这个让技术宅男慨叹英雄无用武之地的解释。

因此，第三个忠告是：如果要解决 WTO 法最核心的问题之一——"同类产品"问题，先要练好酒量。当然，酒量不好也不要紧，因为酒量再好，喝得够多，迟早也要醉的。不过 Sacerdoti 教授的那瓶"同类产品"，我们十几个人共同努力，也没能当天喝完。直到很久以后，它才完全变成"非同类产品"。

尾声

按照 WTO 秘书处的规定，在秘书处任何部门的实习不得超过三个月，期满必须离开或转到其他部门。因此，2002 年的圣诞节来临之际，笔者在上诉机构的实习期也即将告一段落。虽然舍不得离开上诉机构亲如家人的同事，但笔者觉得自己已经很幸运，不但能够以秘书处内部人员的身份，亲身参与一个上诉案件的审理过程，而且能够从提交上诉机构通知直到签署上诉机构报告，全程追踪一个案件的发展进程。这是许多上诉机构实习律师也无法得到的机遇。

2003 年 1 月 27 日，DSB 正式通过了该案的上诉机构报告。作为该报告的起草者之一，笔者并没有参加这次 DSB 会议，因为笔者又踏上了另一条人迹罕至的小径：作为服务贸易司秘书团的一员，协助以 Petersmann 教授为主席的专家组审理 WTO 有史以来的服务贸易第一案——墨西哥电讯案。

迷人的 WTO 争端解决机制

胡建国[*]

WTO 争端解决机制总能给人惊喜。实体方面，直接涉及动物保护的案件就有海龟、海豚和海豹等三个贸易争端。反倾销归零、目标倾销、成本调整、双重救济、补贴传递、公共机构、外部基准、网络博彩、电子支付、"政府创造市场"例外、中国不能援引 GATT 1994 第 20 条等，无不给人惊喜。程序方面，前有香蕉案欧共体自己启动第 21.5 条程序（只有一方参加的诉讼）、荷尔蒙案欧共体被迫起诉美国和加拿大持续报复措施（结果导致欧共体需要自己证明执行措施符合 SPS 协定），后有欧盟成员国丹麦（代表法罗群岛）诉欧盟鲱鱼案和新近出炉的欧盟诉印度尼西亚（丁香香烟）DSU 程序事项案（欧盟质疑印度尼西亚径直提出报复请求和拒绝欧盟提出的作为第三方参与报复仲裁程序的请求）。

WTO 争端解决机制的迷人之处在于，大多数贸易争端往往会涉及全新的法律问题，争端各方、第三方特别是 WTO 裁决机构（专家组、上诉机构、第 21.3（c）条合理期限仲裁员、第 22.6 条报复仲裁小组等）都需要发挥聪明才智，严密地进行法律解释和推理论证，从而得出一个在各自来看最为有利或合理的法律结果。本文拟对欧盟诉印度尼西亚（丁香香烟）DSU 程序事项案的来龙去脉作一简要梳理，说明 WTO 争端解决机制的迷人之处。最后，结合本人 2013 年 8 月赴日内瓦参加中国诉美国 GPX 法案（DS449）专家组第二次听证会的情况，谈几点体会。

一、印度尼西亚诉美国丁香香烟案裁决及执行情况

本案源于美国国会于 2009 年 6 月 22 日通过的《家庭吸烟预防与烟草控制法案》（Family Smoking Prevention and Tobacco Control Act，FSPTCA）。该法案被

---

[*] 南开大学法学院讲师，2012 ~ 2013 年曾在商务部条法司挂职锻炼。

并入《美国联邦食品、药品和化妆品法案》（United States Federal Food, Drug and Cosmetic Act, FFDCA）。涉案的 FFDCA 第 907（a）（1）（A）节规定了有味香烟禁令（禁止在香烟或其任何组成部分中添加任何口味），但允许销售薄荷香烟。由于美国国内主要生产薄荷香烟，印度尼西亚主要出口丁香香烟，印度尼西亚遂将美国诉至 WTO（DS406）。2012 年 4 月 24 日，DSB 通过专家组和上诉机构报告，认定美国措施违反了 TBT 协定第 2.1 条和第 2.12 条。

2012 年 6 月 14 日，印度尼西亚和美国同意本案合理期限为 15 个月，于 2013 年 7 月 24 日到期。2013 年 7 月 23 日，美国在 DSB 会议上表示已经遵守了相关裁决，但印度尼西亚认为美国尚未实现遵守。美国没有采取措施撤销或者修改涉案条款。但美国在 7 月 23 日的 DSB 会议上声称，美国已经且正在针对薄荷香烟采取一系列措施：（1）美国食品药品管理局（USFDA）正在就薄荷香烟的可能管制方案发布公告，寻求公众评论；（2）USFDA 正在发布关于薄荷与非薄荷香烟的潜在公共健康影响的初步科学评估；（3）USFDA 正在发起年轻人教育活动，从而预防和降低烟草产品和薄荷香烟需求；（4）对于薄荷香烟产生的健康风险，国家癌症研究所正在教育公众。美国认为，美国健康管理当局的这些行动使美国在合理期限内遵守了本案 DSB 建议和裁决。

二、印度尼西亚开启报复程序

争端双方没有达成有关执行程序与报复程序关系的顺序协议。据美国表示，印度尼西亚最初向美国提供了一份关于顺序协议的建议，美国表示原则同意。但印度尼西亚后来表示不再对达成顺序协议感兴趣（WT/DSB/M/335）。

2013 年 8 月 12 日，印度尼西亚向 DSB 请求报复授权。印度尼西亚打算中止 GATT、TBT 和《进口许可协定》项下的义务，但没有列明具体报复数额（据 WTO 官网 2014 年 6 月 13 日报道是 5050 万美元）。

2013 年 8 月 22 日，美国请求第 22.6 条报复仲裁。美国反对印度尼西亚提出的水平，并声称印度尼西亚没有遵循 DSU 第 22.3 条规定的原则和程序。

2013 年 8 月 23 日，DSB 举行会议考虑印度尼西亚的报复授权请求。鉴于美国反对印度尼西亚的请求，相关事项被提交第 22.6 条报复仲裁。

2013 年 9 月 2 日，仲裁小组组建。仲裁小组由原专家组成员担任。2014 年 3 月下旬，仲裁小组举行了听证会。

根据 DSU 现有文本，仲裁员应在合理期限结束后 60 天内完成仲裁。由于投诉方仅能在合理期限结束之日起 20 天后（补偿谈判期）请求报复，加上被诉方的反对以及 DSB 将报复事项提交仲裁、组建仲裁小组等需要一段时间，仲裁小组实际进行仲裁的时间大大短于 40 天。如果争端方就被诉方实施措施发生争议，那么合理期限结束后 60 天内完成仲裁几乎变得不可能。实践中，争端双方一般会通过顺序协议约定仲裁小组应在交付仲裁后 60 天内完成仲裁。DSU 改革谈判的 2008 年案文即规定，仲裁小组应在仲裁员确定后 60 天内发布裁决。

即便是考虑到本案报复仲裁牵涉执行程序（一般 3 个月），仲裁小组最迟应于组建后 5 个月（2 + 3）作出裁决。仲裁小组没有在前述时间内发布仲裁裁决。

三、欧盟质疑并最终起诉印度尼西亚没有遵守 DSU 程序

印度尼西亚提出报复请求以来，欧盟一直强调争端双方应以正确的方式处理本案涉及的顺序问题，并要求作为第三方参与相关程序。在 8 月 23 日将报复交付仲裁的 DSB 会议上，欧盟强调，美国与印度尼西亚之间就美国是否执行丁香香烟案裁决存在分歧，应当通过诉诸第 21.5 条执行程序加以解决。只有在就执行行为做出多边认定之后，才可以中止减让或其他义务。欧盟希望美国和印度尼西亚确保，本案中的执行和中止义务等 DSU 程序以有效且正确的顺序进行。欧盟忆及，欧盟作为第三方参与了本案专家组和上诉程序，根据 DSU 第 10 条第 1~3 款，欧盟保留作为第三方参与任何后续程序的权利，包括执行程序（WT/DSB/M/335）。

仲裁小组开始工作之后，欧盟申请作为第三方加入印度尼西亚与美国之间的报复仲裁，未获批准。在 2014 年 1 月 22 日的 DSB 会议上，欧盟提及，仲裁小组决定似乎认为，争端双方之外的任何其他成员都不得在报复仲裁程序中发挥任何作用或者了解有关此类程序的信息。欧盟认为这违反了 DSU 第 10 条规定的第三方权利（专家组阶段的第三方权利，欧盟应该是指执行专家组程序中的第三方权利）。

2014 年 2 月 23 日，欧盟致函 DSB，表达了对美国丁香香烟案报复仲裁中的第三方权利和顺序问题的关注（WT/DS406/15）。

2014 年 6 月 13 日，由于不满印度尼西亚在美国丁香香烟案中不经第 21.5 条执行程序（没有请求"执行专家组"考虑美国采取的措施是否遵守了 DSB 建议）径直请求报复、拒绝在报复仲裁程序（在欧盟看来是"执行 + 报复"程序）中接受欧盟的第三方权利请求，欧盟单独发起了一个新的案件（WT/DS481）。

2014 年 6 月 26 日，巴西请求加入欧盟与印度尼西亚之间的磋商。澳大利

亚认为，作为 WTO 的活跃成员，澳大利亚对于澄清各成员在 DSU 项下的权利义务具有利益，因此澳大利亚在该案中具有实质性利益。本争端涉及对 WTO 全体成员具有根本体制性意义的一个问题（WT/DS481/2）。6 月 30 日，巴西也请求加入欧盟与印度尼西亚之间的磋商。巴西表示，巴西是美国丁香香烟案中的第三方，在第 22.6 条报复仲裁中也请求作为第三方加入。此外，巴西对本案提出的法律问题具有体制性利益。这些法律问题会提出对 WTO 各成员明显具有重要性的程序性和文本解释事项（WT/DS481/3）。

四、对本案的简短评析

DSU 没有明确处理"顺序"问题（采取报复措施之前是否需要等待执行程序的裁决结果）以及执行或报复程序中的第三方权利问题，但它们都是具有制度性影响的重要问题，受到 WTO 各成员广泛关注。虽然目前已经通过实践做法解决了部分问题，但各成员仍需在 DSU 谈判中就这几个问题设定明确规则。

执行与报复程序之间的"顺序"问题。香蕉案之后，各成员通过签订所谓的"顺序协议"处理这一问题。一般是起诉方同时开启执行和报复两个程序，但约定执行程序裁决结果出来后再进入报复程序。这一做法有效解决了"顺序"问题。

执行程序中的第三方权利问题。DSU 仅以第 21.5 条简单规定了执行程序，许多程序性问题都在实践中加以解决。目前的做法是允许第三方参与执行程序。

报复程序中的第三方权利问题。DSU 中没有任何具体条款处理报复仲裁程序中的第三方权利问题。从实践来看，仲裁小组在个案基础上考虑有关因素后基于所享有的裁量权决定是否赋予相关 WTO 成员第三方权利。仲裁小组考虑的因素主要有：争端方的观点、相关报复仲裁程序对请求方权利的影响、允许第三方参与对争端方权利的影响。总体来看，如果争端方表示反对，仲裁小组似乎倾向于拒绝给予第三方权利。❶

本案特殊之处在于，由于认为美国没有采取任何执行措施，印度尼西亚在与美国未就顺序问题谈成协议的情况下径直启动了报复程序。关于第三方权利，虽然现有案例法不支持欧盟在报复程序中获得第三方权利，但却支持欧盟在执行程序中作为第三方参与案件。由于本案执行/报复程序合二为一（与香蕉案报复仲裁类似），很难说欧盟立场站不住脚。

---

❶ 以上相关内容可参见胡建国著：《WTO 争端解决裁决执行机制研究》，人民出版社 2011 年版。

本案走向值得关注。鉴于美国丁香香烟案报复仲裁裁决不久将公布，很难理解欧盟发起此案的动机。欧盟将会获得何种救济？即便专家组或上诉机构判定欧盟有权作为第三方参与执行程序，判定印度尼西亚需要首先启动执行程序，由于届时美国丁香香烟案的报复/执行程序已经结束，实际意义不大。❶ 欧盟发起本案顶多获得宣告性判决，较难获得法律救济。无论如何，欧盟此举足以引起 WTO 各成员更加关注这些问题，并就这些问题展开谈判，具有一定的积极意义。

需要指出，如果说第三方权利问题与欧盟密切相关，那么顺序问题纯粹涉及欧盟的体制性利益。按理说最好由美国发起类似于本案的诉讼，而不应由与本案顺序问题没有直接利益关系的欧盟发起。值得注意的是，美国在2014 年 1 月 22 日的会议上表示，DSU 没有任何条款禁止一成员直接诉诸报复仲裁。本案可谓"皇上不急太监急"。

本案进一步彰显了 WTO 争端解决机制的吸引力和可信性。不论何种争议，如果协商解决不成，WTO 成员都愿意诉诸争端解决机制。本案至少从两个方面展示了 WTO 争端解决机制的迷人之处：第一，WTO 建立了一套完整的裁决执行机制。虽非完美，但各成员依然能够依照 DSU 规则处理争议。第二，对于 DSU 未尽事项（第 21.5 条执行程序与第 22.6 条报复程序的顺序问题），WTO 各成员通常表现出合作态度，业已形成了固定做法（签订顺序协议）。欧盟起诉旨在维护既有做法，这是不同寻常的。从某种程度上说，本案就是一种"公益诉讼"。根据 DSU，请求作为第三方加入争端双方之间磋商的成员需要表明其对磋商具有的实质性贸易利益。本案中澳大利亚和巴西均认为自己对于本磋商涉及的法律问题具有体制性利益。换言之，它们请求加入磋商是出于对 WTO 体制性利益的关注。WTO 法治已经达到了相当高的水平。

五、日内瓦之行随想

2013 年 8 月，我有幸赴日内瓦参加了中国诉美国 GPX 法案（DS449）的专家组第二次听证会。该案涉及全新的法律问题：GATT 1994 透明度规则（第 10 条）是否禁止追溯性立法？在我看来这是一个 GATT 缔约方最初谈判第 10 条时未曾预料到的问题。由于是第二次听证会，专家组的问题更为集中

---

❶ 2014 年 10 月 3 日，美国和印度尼西亚向 DSB 发出通知，双方达成了 MAS，但没有通报 MAS 的具体内容。10 月 8 日，仲裁小组根据双方请求决定终止工作。美国和印度尼西亚之间的丁香香烟争端告一段落。由于美国和印度尼西亚之间的报复仲裁程序终结，欧盟与印度尼西亚之间有关 DSU 程序的争议也应告一段落。

和尖锐，也非常难以回答。在专家组问题的引导下，中美双方围绕本案事实、第 10 条相关条款的解释和适用等问题展开了激烈争论，焦点最终集中于第 10.2 条项下的基准问题（baseline）。一个非常扎眼的事实是，中方主要由一名美国律师负责应对，美方则是多名政府雇员轮番上阵，各自负责一块。

虽然事前大量阅读了该案的相关材料，听证会回答问题阶段的激烈交锋还是让我不得不一直问自己：如果我作为中国政府律师，能够表现出如此水平吗？能够做得更好吗？答案显然是否定的。问题出在哪里？这是更加令人需要思考的问题。原因可能是多方面的。作为教师，是否应该深刻反思教学理念和教学方法呢？法律不是一种机械的科学，其内容绝非一成不变或者清楚明了，而是需要不断地加以调整、充实。WTO 法更是如此。前文论证了一个核心观点：WTO 争端解决机制总是面临全新的法律问题。这需要法律工作者极强的学习能力（深入全面地掌握已有 GATT/WTO 案例法）和创造性思维（创造性地解释和适用 WTO 涵盖协定条款）。以传授知识为最终目标的讲授式教学似乎与这些词汇无关。近两年兴起并在曲折向前发展的 WTO 案例讨论式教学法有望破局，将带来教学理念和教学方法的深刻改变。

我们离单独应对 WTO 贸易争端还有多远？

欧盟海豹案：谁赢谁负及关于本案执行的思考

胡建国[*]

上诉机构在欧盟海豹案中承认欧盟海豹产品禁令的合法性，仅仅根据 GATT 1994 第 20 条前言谴责了 IC 例外的三个方面。从实际角度看，本案谁赢谁负？欧盟又会如何执行本案裁决？类似案件的执行存在哪些问题？本文梳理了 IELBLOG（作者在该博客中的署名是 Liberality）的相关讨论，以飨各位。

一、谁赢谁负

欧洲委员会认为，WTO 确认了欧盟依据与动物福利及海豹被猎杀方式有关的道德理由禁止海豹产品的权利。然而，上诉机构确实批评因纽特人猎杀例外得以设计和适用的方式。欧洲委员会将会审查有关禁令的这些例外的裁决并考虑执行选择方案。总体而言，欧洲委员会欢迎上诉机构，因为它支持欧盟为了回应欧盟公民的真实关注而施加的禁令。

《全球贸易观察》认为，WTO 宣布国内法不能保护的动物（海豚、海龟）增加了一个：有绒毛的白色小海豹。这些国内法违反了"贸易"规则，这为怀疑此类所谓贸易交易的公众和政策制定者提供了弹药。

Clark 主张加拿大获得胜利，认为"欧盟赢得海豹小战役，但正在输掉整个战争"。Clark 认为，尽管上诉机构裁定欧盟禁令由于对保护公共道德必要而具有正当性，但是，上诉机构根据第 20 条前言认定，实施土著猎杀例外的许多方面需要做出改变。

Howse 主张欧盟获得胜利，认为"加拿大赢得海豹小战役，但正在输掉整个战争"。首先，加拿大获胜之处的实际意义不大。Howse 认为，加拿大"获胜"的地方在于上诉机构关于第 20 条前言的裁决。但是，上诉机构要求欧盟做出改变的前两个方面——欧盟必须留意土著猎杀中的非人性做法，且

---

[*] 南开大学法学院讲师，2012～2013 年曾在商务部条法司挂职锻炼一年。

必须堵住 IC 例外中的任何漏洞以防止商业海豹产业规避禁令——对加拿大商业海豹产业没有什么帮助。这些改变无论如何不会导致加拿大海豹产品获得更大的欧盟市场准入。上诉机构根据前言要求的第三个改变是欧盟便利加拿大土著海豹产品进入欧盟市场。但是，加拿大因纽特人坚持认为，如存在一般禁令，由于市场太小，不值得对欧盟销售海豹产品。因此，即使加拿大因纽特人也能利用 IC 例外，也是一种得付出极大代价的胜利。

其次，加拿大输掉了整个海豹战争。由于反映在禁令本身之中的欧盟公民的道德信仰（上诉机构认为该信仰是正当的），欧盟海豹产品市场很大程度上已经萎缩。加拿大的核心诉求之一是，禁令与土著例外一起有利于格陵兰岛，因为格陵兰岛拥有大规模的土著海豹产业。但是，格陵兰岛自己的海豹产品日益难以销售：尽管存在例外，欧盟海豹禁令出台后格陵兰岛出口产品下降了 90%。这些统计表明，加拿大发起 WTO 诉讼的主要目标不是在逐渐萎缩的欧盟海豹产品市场上与格陵兰岛展开竞争。相反，加拿大的利益在于打击禁止非人性猎杀所获海豹产品的全球趋势。加拿大希望 WTO 设立一个有助于加拿大在全球斗争中保护这一正在消失的残忍商业。从这一角度看，加拿大战略完全适得其反。第一，加拿大失去了道义高地。加拿大一贯谴责关心海豹的活动家和公民，主张没有理由或科学依据担忧海豹猎杀是非人性的。但是，上诉机构根据广泛的专家证据认定，商业猎杀海豹导致了显著的较差动物福利后果。第二，上诉机构承认了海豹产品禁令的合法性。上诉机构给予 WTO 各成员基于公共道德理由禁止海豹产品的广泛自由，上诉机构裁定的唯一 WTO 法缺陷不是禁令本身，而是欧盟实施土著群体例外的具体方式。这些关注为欧盟管理所特有，并不会影响全球禁令这一趋势。

二、欧盟将会如何执行本案裁决

本案中，上诉机构承认欧盟海豹产品禁令的合法性，仅根据第 20 条前言谴责了 IC 例外的三个方面。上诉机构认为，欧盟海豹制度的许多特征表明该制度以构成条件相同国家间武断或不正当歧视手段的方式得以适用。首先，欧盟并未证明，欧盟海豹制度处理 IC 猎杀所获海豹产品（相比"商业"猎杀所获海豹产品）的方式能够与措施的目标（处理欧盟公众的海豹福利道德关注）相协调。其次，IC 例外的"生存"（subsistence）和"部分使用"（partial use）标准存在较大模糊性。鉴于这些标准的模糊性以及运用这些标准的公认机构因此享有的宽泛裁量权，事实上应该被恰当定性为"商业"猎杀的海豹产品可能根据 IC 例外进入欧盟市场。欧盟并未充分解释在适用 IC 例外时如何能够阻止此类情形的发生。特别是，MRM 例外和旅行者例外均有反规避条款，但 IC 例外没有类似规定。最后，欧盟没有做出"可比努力"（comparable efforts）便利加拿大因纽特人利用 IC 例外，正如欧盟对格陵兰岛因纽特人所做的那样。对于加拿大因纽特人而言，建立满足《实施条例》第 6 条各项要求的"公认机构"在某些情况下可能意味着显著负担（上诉机构报告第 338 段）。

欧盟在执行本案裁决时需要改进受到上诉机构谴责的 IC 例外的所有三个方面吗？特别是第一个方面，由于无法完全消除 IC 猎杀中的非人性因素，很难想象欧盟不完全消除 IC 例外本身而能够使其与欧盟海豹制度的目标相协调。

欧盟更好的选择是维持 IC 例外，如此欧盟仍可在遵守 WTO 裁决时保护因纽特人的生存。但是，欧盟需要对受到上诉机构谴责的 IC 例外的三个方面做出一系列改进。Sungjoon Cho 认为，欧盟在遵守上诉机构裁决时需要以最小化 IC 例外的模糊性和巨大裁量权的方式收紧 IC 例外。欧盟也需要做出严肃的努力与加拿大因纽特人接触，帮助他们最大限度地利用 IC 豁免。Howse 认为，上诉机构要求欧盟在管理 IC 例外的方法上做出某些额外的善意姿态。这些姿态旨在确保具体适用的欧盟海豹制度的完整性和真实性。欧盟必须以排除任何偏袒或武断性怀疑的方式管理欧盟海豹制度。具体来讲：

第一，关于 IC 例外与欧盟海豹制度的目标没有合理联系问题。在维持 IC 例外的情况下，欧盟可能需要采取措施帮助因纽特人改善 IC 猎杀中的海豹福利。Howse 认为上诉机构质疑欧盟对 IC 猎杀所导致的动物福利担忧漠不关心。此种解读是可行的。他建议欧盟设立一个委员会，以改进土著猎杀中的海豹福利，同时欧盟应寻求相对较长的合理执行期。换言之，他认为可以继续维持 IC 例外，但需要对 IC 猎杀所导致的动物福利关注做出回应。此种思路似乎可行，可在海豹福利保护与土著群体传统生存方式保护之间达成一定平衡。最大问题在于，此种方式可能要求改变土著群体的传统生存方式，难免存在干预主权之嫌。在这方面，产品标签（注明是 IC 猎杀，提示可能存在的海豹福利问题）似乎是一种较好的方法。政府要做的仅仅是告知消费者信息，由消费者自行做出决定（同情动物福利还是同情土著群体）。问题在于，在普遍禁止商业猎杀所获海豹产品的背景下，对于 IC 猎杀所获海豹产品采取标签做法（不对商业猎杀所获海豹产品采取标签做法）是否恰当？

第二，关于 IC 例外可能被滥用问题，欧盟需要在以下方面做出改进：细化"生存"和"部分使用"标准；引入反规避条款；规定公认机构发布证明文件的程序。值得注意的是，关于"生存"标准，专家组和上诉机构都没有表明对"商业因素"的态度。专家组裁定，"IC 猎杀的生存目的不仅包括作为它们文化和传统的一部分直接使用和消费猎获海豹的副产品，而且包括一种商业元素，因为因纽特人或土著群体也出于商业利益而交换猎获海豹的某些副产品"。专家组进一步裁定，IC 猎杀的这一商业方面更多地与"因纽特人群体对现代社会作出调整的需要有关，而不是继续它们的易货交易文化遗产"。在专家组看来，IC 猎杀的商业方面"类似于商业猎杀的目的，也就是通过销售猎获海豹的副产品赚取收入（及获利）"。专家组因此指出，"商业"猎杀与 IC 猎杀的目的存在一定程度的重叠。专家组同时认为，"IC 猎杀的商业方面……就其范围而言不同于与商业猎杀相联系的商业方面"。上诉机构在援引专家组前述裁决后没有表明态度，仅认为"生存标准缺乏准确定义将一定程度的模糊性引入到欧盟海豹制度的 IC 例外各项要求之中"。欧盟可以博一把，在定义"生存"时纳入商业因素。

第三，关于欧盟没有做出"可比努力"问题，欧盟可能需要从两个方面做出努力：（1）调整"公认机构"认定标准以考虑加拿大因纽特人群体在申请成为公认机构方面的特殊障碍；（2）继续做出努力，便利加拿大因纽特人海豹产品进入欧盟市场。

三、相关评论

上诉机构前言裁决隐含允许多重公共政策目标并尊重国家选择优先目标。上诉机构隐含承认因纽特人的生存优先于海豹福利。关于因纽特人的生存利益的性质，秦娅教授指出，本案中实际上存在两种需要保护的公共道德：主要的公共道德是海豹福利，第二个公共道德是土著群体的福利。秦娅教授还指出，上诉机构隐含承认 IC 例外的基本理由的合法性与上诉机构结论"IC 例外无法与海豹福利目标相协调"之间存在明显矛盾。

Sungjoon Cho 认为，GATT 第 20 条前言检验的基本原理是承认管理国可有多种路径实现既定管理目标（保护公共道德），同时避免对其贸易伙伴的负面贸易影响。前言检验分析的焦点在于措施得以"适用"的方式。实现管理自主权与自由贸易之间的平衡存在多种方式。

"禁令＋例外"类型的措施如果禁令本身合法，仅例外被裁定违反 WTO 规则，该如何执行 WTO 裁决？此类案件不胜枚举，例如美国赌博案、巴西轮胎案、美国丁香香烟案。TBT 案件也存在类似问题，例如美国 COOL 案、美墨金枪鱼/海豚第二案。原则上，由于是出于公共政策理由采取的措施，倒退（撤销禁令、放宽技术法规要求）并不是一种可行执行方案。因此，只能就措施受到谴责的方面做出调整，取消或改善例外，或者加强技术法规。从实践来看，美国赌博案、美国丁香香烟案、美墨金枪鱼/海豚案第二案尚未得到有效执行。美国在 COOL 案中加强了 COOL 标签要求。如不执行此类措施，还带来报复额计算方面的难题：专家组在何种反事实假设下计算起诉方的利益丧失或减损？是取消禁令还是消除例外？在美国赌博案报复仲裁中，仲裁小组多数意见认为反事实假设是消除受到上诉机构谴责（根据第 20 条前言）的《州际赛马法》跨境博彩禁令。一名仲裁员则认为反事实假设是消除所有跨境博彩禁令。在正在进行的美国丁香香烟案报复仲裁中，争端双方就此问题发生了类似分歧。该案仲裁小组如何裁决值得关注。

二、律师

我们在 WTO 打官司

——我的理想我的国

张凤丽*

　　2005 年，在我对 WTO 争端解决还没有任何概念的时候，学外语出身的我"阴差阳错"地开始从事 WTO 争端解决工作。至今回首当年入行际遇，完全可以用一场美丽"邂逅"来形容。如今，应邀提笔写"我们在 WTO 打官司"系列随笔时，竟一时语塞，纵有千言万语，却不知从何说起，宛如近乡情怯。九年时光过去，接手的中国政府作为第三方和当事方的十余个 WTO 争端解决案子一一在眼前浮现，无数个有关中国涉案措施的备忘录、查法条、读案例、开部门协调会、专家研讨会以及于日内瓦磋商、开庭、欧洲读书深造的图景一一划过脑海。这些年，案件总结和点评的辣文写过一些，但说到写一篇关于在 WTO 打官司的随笔，既满腔热血又迟迟不知该如何落笔，不知如何于一篇小文中书写出这九年来印刻心间的画面。想来，在这个系列里会有众多律师和官员讲他们在 WTO 打官司的故事，进而为读者就 WTO 争端解决的程序、规则及某些技术问题描画出一个大致的轮廓。而以一篇小文来为 WTO 争端解决普法或讲解其法律技术详情，实在是小女子所不能企及的效果。何况，目前国内外高校专家云集，中英文教材众多，对此领域均有较多深入、详尽的探讨。索性，作为为数不多的代表中国政府在 WTO 打官司的女律师之一，我仅想通过绵薄之力，利用女性感性思维的纤细，从律师角度特别是从一个女性律师角度，蜻蜓点水地讲一些 WTO 争端解决业务所带给我的书本上没有的思索，以及世俗社会律师印象外的情怀。

讲故事的人

　　首先，毫不谦虚地说，我不知道该如何向不熟悉这块儿业务的人来介绍

---

* 北京君泽君律师事务所资深律师。

我们的工作。亲朋好友、法律同行甚至 WTO 专家，都觉得代表中国政府从事争端解决工作去 WTO 打官司是个很"高端""冷艳"的活儿。尤其早些年，每被问及我们能帮客户——中国政府做些什么，我经常不知如何说起，想来按照委托合同上的工作事项一一说起，也必把人听"蒙圈"了。后来学聪明了，"科普"的时候，会说一句中国老百姓都明白的话——我们是去 WTO 用人家的语言和思维，把中国自己的故事和道理讲给世界的人。

最初这句话半是戏言，但这些年来，从中国出版物案、原材料出口限制措施案以及银联案一路走来，再眼睁睁地看着如今的稀土案打得"剑拔弩张"，就更感叹：我们在 WTO 打官司的很大一部分内容（尤其是在应诉时），的的确确是跑到 WTO 的法庭上，用西方人的语言和思维、用 WTO 的法言法语讲清楚中国自己的故事和道理。而为了讲清楚这个故事，其中的工作内容也就不仅限于厘清中国涉案措施、分析 WTO 法条及案例、与当事方进行磋商、审阅书面陈述乃至开庭的准备及答辩这些海量而又细琐的工作。它更需要一种吃透所有事实细节后的提纲挈领与娓娓道来。更可以夸张地说，一场没有故事可讲而漫无目的与对方纠缠于技术细节的 WTO 官司，注定会以失败告终。

这并不仅仅是一句笑谈。尽管 WTO 争端解决机制已经走向了它的第二十个年头，如今的 WTO 官司打得比早年更富对抗性、更花哨好看，但这改变不了 WTO 争端解决机制本身兼具仲裁庭和法院的双重特征的事实。它的目的是及时、迅速地解决 WTO 成员间的贸易争端，从而维持 WTO 的有效运转、保持各成员权利和义务的平衡（DSU 第 3 条第 3 款）。事实上，香蕉案之前，并未有争端当事方聘请非政府部门的私人领域律师出席听证会。据圈内人士回忆，当初私人领域律师作为案件当事方代表团成员首次在 WTO 听证会亮相时，众多涉案成员方官员及 WTO 秘书处工作人员备感震惊（shocked）。值得一提的是，在该案中，起诉方甚至还援用了《维也纳外交关系公约》（Vienna Convention on Diplomatic Relations）来对此进行反对。而即便是私人领域律师被允许出席听证会后，日韩等国也常常会将其高薪聘请的美国律师留在咖啡厅做"幕僚"。另外，众多曾经在区域或国际性法庭上有过工作经验的法律人待转战 WTO 开庭之后会惊讶于其与前东家相比的高度随意性，比如：法官不必衣着法袍，当事方发言更像是上课举手发言，不用起立"游走"，直接"坐着唠嗑"。

这就很好地解释了一个问题：尽管我们是以中国政府所聘请私人领域律师的身份出现在 WTO 争端解决的舞台上，我们更像是中国政府的"临时官员"，我们要讲中国故事、为中国"代言"。脱离了这一根本认识，仅凭花哨的法律技巧和技术水平，即便能够凸显私人领域律师的个人"风采"及深厚的WTO法律功底，这种个人身份与国家身份的脱节，也对提升中国故事的可信度及中国形象无益。

换句话说，无论是中国政府官员、中国政府所聘律师团队中的中国律师还是外所律师，我们在WTO打官司的过程中其实都被"中国"附体，讲自家故事，辩自家道理。我想这个顶着中国"title"讲故事的比喻也很好地说明了一点：与其他领域诉讼不同，在WTO打官司，打的不仅仅是纯法律的官司，即便是时隔二十年在WTO诉讼技巧有了成熟发展的今天，WTO诉讼依然带有浓重的政治及外交色彩。

所以，在WTO打官司我们像是去"打架"又不像是去"打架"的，我们的工作核心是，无论起诉应诉都要讲出WTO语言及思维包装过的、符合WTO规则的"中国故事"。而我们则是脑门上写着"中国"二字去WTO讲故事的人。

点到为止的智慧

故事怎么讲，这又是一门学问。是声泪俱下、怨妇骂街，还是句句必争、咄咄逼人？当然，这在很大程度上取决于我们要讲的故事是什么样的。一个有意思的现象是：庭上听故事的上诉机构的三个成员的年纪要普遍长于当事方律师，且均被认为是"具有公认权威"的、在"法律、国际贸易和各适用协定所涉主题方面"的高手。此处且不论那些需要常年积累的技术功底与辩论技巧问题，就谈一个更需要境界的topic——点到为止的智慧。

至少在上诉听证会上，常常形成的局面是上面三个成员"坐山观虎斗"，看着各方"混战""斗法""打乒乓"。其问题常常是围绕着相关法律点循序渐进、不着痕迹地"扔出骨头"或是挖出坑来。此三人常常是笑颜观战，下面的当事方律师却常常在答复问题后再次交战，辩得面红耳赤。这个时候我们面临的问题是：故事怎么讲？还完整不完整？跑偏没跑偏？此时，你是不是还顶着"China"这个"title"就变得格外重要。往往这个时候，一些年轻的、名校毕业的律师骨子里法律人的"小野心""小宇宙"就全都跑了出来，非要抓住不放不可。我也曾底下戏言，某些律师的风格是"couldn't stop arguing until he wins"。某次TBT的听证会上，我亲眼见着下面墨西哥的年轻女律师（应为法律出身官员）一番唇枪舌剑后把英文越说越乱，西班牙语的大舌音口音和节奏越发明显，脸也越来越红，而上面来自墨西哥的那位上诉机构成员听得手里都不自觉地玩起了小纸条。而第三方日本，回答问题的语速越来越快越来越快，最后逼近案板上剁菜之节奏的时候，直接被上诉机构成员喊"cut"。

"事不辩不明"，但没有任何一个人能保证自己在经历了如此充分的辩论后对所有法律点的所有理解、所有角度无一疏忽，更难说在抵得住对法律问题如此狂轰滥炸的同时还能记得自己的身份与故事。这需要远超法律技巧与功底的东西。且别忘了，正当下面各方辩得激动忘情之时，上诉机构那三位高手依然有条不紊。他们常常是"娓娓道来"地，甚至有时是"和风细雨"地给你解释、拆分、追问他们的问题，同时又端坐"钓鱼台"听着故事。

法律圈儿谈判界有一句话，叫最好的谈判家是一个 humble 的人。我觉得最好的律师亦是如此。这道理，话糙理不糙地说，感觉和两只狗遇到了一起狂吠的总是那个小只的心虚者一样。当然，水平之外，这又和一个人的年龄、性格及格局有关。如一位资深的 WTO 争端解决律师所言，一个格局小的律师，再优秀，也不可能百密无一疏，如对自己刚刚失误的一个问题念念不忘地纠结着，导致越来越急、自乱阵脚，在庭上就先把自己打败了。而另一方面，几次开庭，我又见得一些老面孔、老人家，待对方律师慷慨陈词越辩越high 而漏出明显 bug 后，戛然而止，笑而不语。因为他明白，上面那三个高手比他听得还明白，又何必咄咄逼人咬住对手不放。何况，在庞大的案件和庞杂的事实问题面前，有些时候，什么都说，很可能意味着人们已经不知道你在说什么了。又比如，当听故事的人已听了三天三夜（某些夜晚时光）疲惫不堪之际，就不要再不抓重点，滔滔不绝。

所以，WTO 法庭上所见的优秀律师大多自信而不自负，夯实而不花哨。宛如华山论剑，不断寻求"truth"。尤其女律师，若真喊得脸红脖子粗，最后呈斗鸡状态甚至成了灭绝师太，也太"失态"，且更有可能降低其内容被倾听率及论辩的 credit。此外不得不提的是，历任上诉机构女性成员提问题和追问都是言简又温柔地给你"一刀"，直接捅在法律问题的症结处。

言多必失与百密一疏

攻与守，破与立是法律诉讼中不灭的话题。和上文点到为止的智慧密切相关的一个体会是"言多必失"与"百密一疏"。如果说点到为止是一种庭辩智慧，那么无论是在攻还是守的过程中，牢记"言多必失"与"百密一疏"则似乎是对在 WTO 开庭律师的一项基本要求。然而，原则大家都记得，但什么时候还记得，什么时候还能把握住这一点却非易事。法律思维、表达和技术层面的知识和技能，是 WTO 律师的必要条件，但绝非充要条件。

如上文所说，即便是再优秀的律师，一味咄咄逼人、点点攻破是不现实的。应诉之时，一味去辩驳，则容易落入人家的陷阱，按照人家的思维讲故事，甚至是容易抛弃了自己的故事，讲起人家的故事；起诉之时，抓住对手不放，特别是不断地追问，则可能给对手更多的辩驳与解释的机会。

事实上，这么多个案子走下来，从书写、阅读书面陈述及庭辩过程中，我们也感受到，如果重点不够突出，火力全开地试图做到面面俱到，则很有可能导致只让读者或是听众记住了你那 100 个点中最荒谬的 1 个点，强其所难地弱处出手只能降低自己的 credit。

有句话说，世界上没有不讲道理的人，只是大家讲着不同的道理。这句话，用在 WTO 打官司似乎也尤其合适。还是那句话，攻与守，破与立，因个案而不同；但片面的、单向思维的攻与守、破与立，无论是书面陈述还是庭辩，都很有可能导致漏出自己的 bugs 来。

You can't win a case by drama

我们是讲故事的人，但更是真诚地讲故事的人。如前所述，由于顶着国家的"title"，与其他法庭相比，我们在 WTO 打官司更不能花哨地、哗众取宠地炫技，我们再喜欢有感情色彩的东西也要以法言法语进行包装。由于整个代表团代表的是中国政府，该主张的要主张，该抗辩的要抗辩。但带有过多的律师个人表演色彩、卖弄法律技巧则很可能会减损可信度。

因此，个人体会是，就 WTO 打官司而言，要把个人律师身份与所代表的国家身份合为一体。此时，国家与私人律师间并不仅仅是简单的委托人与被委托人之间的关系。如前文所提，上诉机构在香蕉案中裁决，成员方政府如何组织，包括组织何人参加自己的代表团出席听证会，这是成员方主权范围之内的事情，WTO 不应当予以干涉。这从另外一个角度上说明了，此时政府外聘的私人领域律师是一个主权国家代表团的一分子，代表一个主权国家。因此，WTO 打官司更不可能是律师的一场个人秀，无论在团队中处于何种位置，代表一个主权国家发言，除分析案件、解决事实和法律问题外，个人再喜欢的东西、个人再激烈的情绪，都要有所收敛。但另一方面，该身份特殊性又决定了我们必须站在国家的鞋子里思考问题。某些问题，即便不是法律问题，介于政治和外交影响，任何与个人无关但对国家形象及国家利益有伤害的言论（换言之，国际法庭上更高规格的"人身攻击"），律师及其他代表团成员都需要"国家灵魂附体"，表达应有的愤怒与回击并非失态。这时候如果没有 drama，再做谦谦君子反而会特别的虚假和"窝囊"，进而显得中方于所涉贸易争端中有多"没理没据"。

和为贵

老祖宗留给我们的诉讼文化是，"和为贵"。前面说得这么多，仿佛还是在说中国人的谦逊与内敛，其实不然。

从宏观来看，中国在 WTO 打官司已经走过了一个完整的 decade。比起早年被告时的忐忑与"炸开锅"，如今，提起在 WTO 打官司，我们再也不会觉得 Don't trouble troubles until trouble troubles you 了。我工作这九年来，亲眼目睹了中国运用 WTO 争端解决机制的心态趋向成熟的过程。中国对 WTO 规则的理解及运用方面已经从一个青涩新人成长为一个成熟智者，我们开始习惯于并在某种程度上依赖于运用 WTO 的规则来维护自身正当权益。

从微观来看，经过大量的涉中案件，无论是在书面陈述，还是在听证会上，中国已经从早期的"水土不服""束手束脚"紧抓 WTO 既往规则解释来解决所面临的"troubles"，到如今的敢于表达、乐于阐释自己对 WTO 规则的理解（特别是在目前的稀土案中所做出的积极努力）。我们也更无惧于给 WTO 法官（特别是上诉机构）制造 troubles、主动提出条约的解释及法律问题的解决方案，进而为 WTO 法官指出明路，供其参考。可以说，在这众多案件的工作及努力的过程中，作为一个负责任的 WTO 大国，中国不仅为 WTO 争端的迅速有效解决做出了积极贡献，同时也为 WTO 规则的解释与澄清、增强 WTO 多边贸易体制的可靠性和可预测性做出了积极贡献。

从这个角度而言，无论是前面提出的细微处"点到为止"、还是刚刚所提及的"百密一疏"和"言多必失"，都并不妨碍当今的中国在 WTO 打官司过程中展现出负责任的大国风范，可以说，经过这一个 decade，我们更敢想、敢说、敢表达，并敢于和乐于为整个多边贸易体制的发展做出应有的贡献。

而与此同时，作为在 WTO 打官司的法律人，我发现这也是众多 WTO 官司参与者（包括各成员政府官员、律师、WTO 法官及秘书处工作人员）的追逐与信仰。我们都是讲故事的人，但讲故事的框架和线索必须是围绕着 WTO 规则的。来来往往这些年，遇见的都是些熟面孔，大家的位置、代表的利益可能会因时而异，讲出不同版本的故事。但这几年来，十几年来，大家共同致力于澄清规则的含义。而事实上，在 WTO 打官司的人所说的很多话，也只有同样在 WTO 打官司的人才听得懂。当然这其中还不仅仅包括对条约和既往案例的解释问题，还包括八卦、笑话。所以，较小的圈子和共同的信仰，又使得我们这些在 WTO 打官司的人于剑拔弩张之后惺惺相惜。毕竟，如果没有对条约和既往案件解释的争议，也不会进一步澄清规则；没有八卦和笑话的"分享"与"交流"也未免太不江湖、无从娱乐。官司背后，包括书面陈述、庭辩及后续的案评，正是这致力于共同信仰的无数个"过招"与"切磋"、使真理"越辩越明"的过程，才在很大程度上使得我们这些在 WTO 打官司的人免于枯燥、乏味地淹没在海量案件事实和书面文件中，进而逐步成长为成熟、可信且有趣的"讲故事的人"。

我的理想　我的国

九年工作间，我并没有对在 WTO 打官司的观察与体会进行过系统性的梳理。但对于我个人而言，我深切地感受到其对从事这些业务的中国律师个体的影响。

无论是花众多个通宵去准备案件事实、梳理中国措施、对涉案措施做出全面快速的 WTO 规则一致性法律分析，还是为了准备开庭时对相关事实的快速反应制作表格，或是审阅几百页的书面陈述及专家组报告，正是这不同于一般法律业务的海量事实和书面工作让我们变得纤细，更让我们具备了于庞杂事实中独立思考的力量与思辨的勇气。而多轮书面陈述及听证会的 brain storming，更让我们热爱上追求真理、辨明真理的过程而进化为更纯粹的法律人。此外，多年案件准备过程，与委托单位、相关政府部门及国外合作律所沟通协调作战的过程，又使得我们具备了超越一般的诉讼律师仅需坐在自己的椅子上思考问题的素质。

这一切的一切，让不管是男性律师还是女性律师，逐渐磨炼出富有东方色彩的以柔克刚的能力。并且，于 WTO 打官司的过程中，对真理的执着与追求，以及个人职业理想与国家代言人身份、国家利益的常年高度合一，使得我们这些法律人更具有了理想主义的浪漫情怀，以及更宏大的视野与格局。

说到这，不得不提的是，在 WTO 打官司的过程中，来自中国的 WTO 律师不仅仅是拿着律师费进而向客户"出卖"法律技巧、提供法律服务的一群人，更是一个中国政府内部部门间协调、中国与所聘外国律师协调甚至是在特定争端中中国与世界沟通协调的使者，代言人。因为我们拥有黄皮肤黑眼睛，因为我们是自己所代言国家的国民，因此更懂国情、更懂故事、更具说服力，我们的担子也应该比外国合作所重。在中国加入 WTO 以后这个历史时期，我们要利用好历史机遇，面对并且敢于承担这个重大的历史责任，我们的路还很长。我们希望中国律师能够更好地和外国律师在一个平台上对话，能有自己独到的见解，能与专家组和上诉机构法官进行有效的交流，可以使对方通过思想交流改变他们原来先入为主的看法。我们希望自己是这个负责任的大国的负责任的律师，更好地维护好自己国家的合法权益，在国际贸易法的舞台上成为追求公平正义的一股新生力量。

如果说加入WTO对中国而言意味着找到了改革开放的方向和目标的话，那么，在WTO打官司则让我们这些中国法律人找到了自己职业发展的方向和目标。在WTO打官司，是一个很窄或者说很高贵、冷艳的一个领域。但正如中国入世是给天朝打开了一扇门一样，在WTO打官司，那一幅幅颇具成效的智识交流和思想碰撞的闪亮风景，何尝不是给小女子的人生打开了一扇走向世界的门？它让我阔步向前、流连忘返。说实话，从事WTO争端解决工作九年以来，我不认为这项工作让我变得枯燥乏味，而恰恰相反，所有的观察、磨炼、思索，让我获益良多……

我知道，这很大程度上是一篇充斥着理想主义或者是浪漫主义色彩的小文，甚至是充斥着满满的女性纤细和"柔情万种"的"抒情散文"。或者又会有众多的法律人士，读后觉得太naive。但这也正是我作为一个从事WTO争端解决的律师所骄傲的地方。因为，这恰恰证明了过去九年的WTO争端解决业务使我保有了一份纯真的赤子之心，一份实现个人人生价值的理想，以及一份国际视野下的家国情怀。这项业务一路伴随着我的青春岁月，陪我成长，促我进步。于我而言，它早已不是一份简简单单的需要咬文嚼字、挑灯苦读、"打鸡血"上战场的工作……它是一种带着使命感的、有方向的生活方式，是一种值得玩味的脑力游戏，甚至是一座通往人生幸福的桥梁。与智者同行，一路耳濡目染。业内人士的智慧光芒与梦想，早已使得它承载着太多内涵，而那里，更有我的理想，我的国。

我在无数个场合说过，愿用WTO的语言和思维把中国的故事及道理讲给世界，愿用中国人听得懂的语句，将世界舞台上的故事说给中国。愿做不拍砖，只加瓦，点滴实干的法律人，给时光以生命，给岁月以文明。

愿更多的法律人，找到他们热爱的舞台和他们的心之所向。也愿我们都随着国家的发展与进步，变得更智慧、更开放，拥有更广阔的视野和格局。

较量

——记中国阻击美国双反调查的"七年抗战"

肖　瑾[*]

一周前，WTO 上诉机构发布了中国诉美关税法修正案的裁决；今天，WTO 向全体成员散发了中国诉美反补贴措施案的专家组报告。接连两周的裁决似乎又把中国在 WTO 诉美双反措施的系列争议拉回到聚光灯下。

在过去的七年里，我有幸参与了这一系列 WTO 争议的全过程。如果我是一个勤于笔耕的人，那么，这七年来跌宕起伏的故事足以拍几季律政剧了。在这一系列案件即将告一小段落的时候，请允许我记录下这个故事的大致脉络，以纪念中方团队一起奋战的那些日日夜夜。

争议的由来

2006 年 10 月，美国一家叫"新页"的公司向美国商务部提交了申请书，要求对进口自中国的铜版纸发起反倾销和反补贴调查。这一事件在太平洋两岸引起了业内人士的广泛讨论。焦点问题之一是，美国商务部是否具有法律授权对来自所谓"非市场经济国家"的进口产品发起反补贴调查并采取反补贴措施。

这个问题还得从 30 年前说起。

20 世纪 80 年代初，美国商务部碰到了类似的问题。1984 年，商务部对进口自波兰和捷克的碳钢线材反补贴调查做出了否定性裁决，它认为"无法在非市场经济国家中裁定存在《关税法》第 303 节所规定的补贴或赠款"。针对捷克的裁决后来被美国国内产业诉诸美国国内法院，并产生了著名的"乔治城钢铁案"。在 1986 年的判决中，美国联邦巡回上诉法院确认了美国商务部的观点。法院认为，在非市场经济国家中，由于资源配置基本由政府完成，

---

[*] 北京金杜律师事务所合伙人。

因此，补贴的概念没有实际的意义。法院甚至认为，即使可以把一些激励视为补贴，政府事实上是在补贴自己。法院还认为，国会通过立法，允许对非市场经济国家适用替代国价格方法计算倾销幅度，其意图是通过这一手段对美国国内产业提供救济，而不是通过反补贴法提供救济。

在此后将近 20 年的时间内，美国商务部的一贯立场是，只有当一个非市场经济国家被给予市场经济国家地位后（所谓的"毕业"），反补贴法才可适用于它。这一点在 1998 年美国商务部规章的前言得到了确认，并且在 2002 年匈牙利磺胺酸案得到了重申。

到了 2004 年，美国国内暗流涌动，主张使用反补贴法来阻击中国企业低价出口产品的呼声不断。美国政府问责办公室（GAO）对此问题进行了研究，得出了两个结论：（1）美国商务部应当首先承认中国的市场经济地位，在此前提下，其可以对华发起反补贴调查；如果美国商务部不承认中国的市场经济地位，则由于 1986 年乔治城钢铁案的先例，其对华发起反补贴调查的法律授权将受到严重的质疑；（2）即使美国商务部对华发起"双反"，在法律和实践层面上，商务部将难以解决后文将详细描述的"双重救济"的问题。

在政府问责办公室的报告作出后，美国国会甚至试图通过立法来解决前述问题，但是，该立法最终未提交美国参议院投票。

回到铜版纸案，在调查过程中，美国商务部于 2007 年 3 月做出了一份备忘录（这就是著名的"乔治城钢铁案备忘录"）。商务部认为，当前中国的经济现状与乔治城钢铁案讨论的"苏联式"的中央控制经济的状况有很大不同；商务部已经可以在中国的经济中裁定存在可被采取反补贴措施的补贴，因此，其可以同时对华发起反倾销和反补贴调查。在此基础上，美国商务部分别于 2007 年 4 月和 10 月做出了铜版纸案关于补贴的肯定性初裁和终裁。

通过对这一历史的回顾，我们不难发现，美国商务部在继续将中国认定为非市场经济国家的情况下，单方面改变了其过去 20 年的做法，对华发起了反倾销和反补贴调查。这一决定建立在两个"松软"的地基上：（1）在对非市场经济国家发起反补贴调查方面，美国商务部缺乏国内法层面的授权；（2）在同时发起双反的情况下，对于极可能存在的双重救济，美国商务部未考虑清楚其是否有国内法的授权去避免双重救济，以及如何避免双重救济。

美国商务部这一仓促的决定注定为日后的争端种下了"祸根"，也为中国政府和企业阻击双反调查提供了机会。

插曲——中方诉美国铜版纸双反案初裁（DS368）

美国商务部发起双反调查的决定引起了中国政府和业界的极大愤慨。在双边场合，中方与美方进行了强势的交涉，但美国商务部已是骑虎难下，不可能收回成命。在立案后不久，中国政府旋即在美国国际贸易法院起诉美国商务部，要求法院禁止商务部发起双反调查，但美国法院以乔治城钢铁案语焉不详为由，拒绝给出禁令（2007年3月）。

2007年9月14日，中国在WTO正式就铜版纸案的初裁向美国提出磋商请求，开始了中国政府与另一WTO成员"单挑"的历史。DS368案注定是一个"插曲"。在WTO机制下，挑战双反措施的初裁往往不可能取得有意义的结果。与实际效用相比，这一案件的宣誓意味更浓，反映了中方对美国做法的坚决反对。中方的本意是在铜版纸案终裁后，再启动一起争端解决程序，挑战其一系列不符合规则的做法。

历史和各方开了一个小小的玩笑。2007年11月，美国国际贸易委员会裁定进口产品并未对美国国内产业造成损害。在缺少这一法定要件的情况下，商务部无权采取双反措施。相应地，案件也走向了终结。在多边，已经提起的WTO案件也没有跟进的必要。

艰苦的首战告捷——中国诉美国反倾销反补贴案（DS379）

铜版纸案的无损害结案并不意味着双反的消失。恰恰相反，在铜版纸双反案立案调查的"鼓舞"下，美国国内产业在一个月的时间内（2007年6月28至7月31日）分别针对标准钢管、薄壁矩形钢管、编织袋和非公路用轮胎发起了四组双反调查。这些案件相继于2008年5～7月间做出了肯定性最终裁决。

针对这些调查，中国政府和企业在双边场合进行了顽强的抗辩，提交了大量的证据材料，为日后在WTO的诉讼奠定了坚实的基础。与此同时，中国政府的WTO法律团队密切跟踪这些调查的发展，并对美国商务部的裁决进行了细致的研究。在中方看来，美国商务部的裁决违反规则之处多如牛毛，如何在纷繁的事实背景下给其以致命一击是一项需要勇气和谋略的系统工程。在决定起诉范围时，中方采取了如下筛选标准：解决美方对华反补贴调查中反复出现的系统性问题；关注法律标准问题，避免涉及大量事实判断的做法；关注对反补贴税幅度影响较大的项目；关注能够突出美国商务部的做法对中方明显不公平的程序性问题。

2008年9月19日，中国政府正式在WTO对美提起争端解决程序，这就是著名的DS379案。

DS379案挑战了截至磋商请求时已经做出终裁的四起双反案件：标准钢

管、薄壁矩形钢管、编织袋和非公路用轮胎。在该案中,中国政府对"原材料补贴""政策性贷款""提供土地使用权"等三个补贴项目从补贴的三个构成要素(财政资助、利益和专向性)进行了挑战。这三个补贴项目几乎毫无例外地出现在该四起反补贴调查中,并且在被裁定的补贴幅度中占比95%以上。如果能够解决这些补贴项目,势必将遏制美国国内产业发起调查申请的势头。

中方的另一项诉请是双重救济问题。中方认为,在反倾销调查中,美国商务部采用替代国价格来计算出口产品的正常价值,而替代国价格通常不应受到任何补贴的影响。在此基础上计算得出倾销幅度并据此加征反倾销税,已经将出口价格恢复到没有补贴时的价格。如果此时再基于计算的补贴金额征收反补贴税,则将导致对同样的补贴进行了两次救济,即"双重救济"。如果中方关于双重救济的诉请能够获得成功,则将在很大程度上起到釜底抽薪的作用——美方在补贴调查中认定的任何补贴幅度将需要从倾销幅度中扣除,反补贴调查的效用将被极大地降低。

在多边诉讼过程中,极具戏剧性的一幕出现了——美国国际贸易法院于2009年9月18日做出了GPX Ⅱ案的判决。在该判决中,法院认为,同时适用非市场经济方法计算倾销幅度和适用反补贴法将极有可能出现双重救济,美国商务部应采取适当的步骤避免双重救济。这一案件标志着在双反系列案件中美国国内法律程序与WTO争端解决程序的第一次交汇,国内诉讼结果给多边诉讼提供了强有力的支持。

在庭审过程中,美方继续采取其在调查程序中采用的"迂回策略",极力回避双重救济问题,认为该问题只是中方的猜测,中国政府和企业没有提出具体的证据证明双重救济的存在。直到五年后的今天,庭审的那一幕仍历历在目。中方律师对专家组说,今天,除了在场的美国代表团外,整个美国都承认存在双重救济:美国政府问责办公室2004年的报告早就指出这一点;美国国会也试图通过立法来解决双重救济的问题;美国法院更是公开承认双重救济的存在。

2010年10月22日,DS379专家组发布了最终报告。专家组的报告几乎一边倒地偏向了美方,在中方核心关注的双重救济和公共机构问题上未完全支持中方的主张。

在双重救济问题上,从事实层面上,专家组接受了中方的主张。专家组认为,非市场经济方法计算的倾销幅度中不仅反映了倾销幅度,还反映了能够影响生产成本的经济扭曲行为;以非市场经济方法计算的反倾销税会对倾销和补贴同时进行救济，非市场经济方法和反补贴税的同时适用将会导致对补贴行为的"双重救济"。在得出这一结论时，专家组考虑了中方提出的若干关键证据，包括美国政府问责办公室的报告以及国际贸易法院 GPX Ⅱ 案的判决。

尽管专家组认为可能存在双重救济，但在条约解释方面，专家组认为中方提出的诸多法律条款均不解决双重救济的问题。专家组的主要观点是，反倾销税和反补贴税是两种相互独立的税，而《反倾销协定》和《反补贴协定》分别规范这两种税，但并不解决两者共存可能出现的问题。

对中方另一核心诉点——认定公共机构的标准，专家组同样不支持中方的观点。在《反补贴协定》中，提供补贴的主体包括三类：狭义的政府、公共机构和受到广义政府委托或指示的私营机构。在提供原材料和贷款等补贴项目中，美国商务部认为，中国政府控股了国有企业和国有商业银行，因此，该等实体构成了可以提供补贴的主体。在 DS379 案中，专家组完全忽视了中方提出的诸多条约解释的证据，包括联合国国际法委员会关于国际责任的条款等。专家组进而认为中方没有证明美国商务部关于公共机构的裁决违反了WTO 规则。

裁决做出后，中方法律团队经受了前所未有的压力。彼时，对中方团队的诉讼策略和 WTO 专家组公正性的质疑不绝于耳。但是，中方团队并没有乱了阵脚，而是按既定策略越战越勇。早在 2010 年 6 月份专家组中期报告发布时，中方团队已经开始谋划着下一步的上诉。经过半年的精心准备，中方于 2010 年 12 月 1 日提起上诉，问题涉及中方关注的公共机构、利益外部基准、双重救济等。

2011 年 1 月 13 日、14 日，在日内瓦 WTO 总部举行了上诉听证会。为期两天的听证会累计进行了约 19 个小时。在第一天的听证会上，上诉机构严格限定了各方口头陈述的时间（合计 3 个小时）。在剩余的 16 个小时中，上诉机构大约提出了 200 个问题，上诉机构和各方围绕上诉的五个法律点进行了充分而热烈的讨论。

2011 年 3 月 11 日，上诉机构做出裁决，在中方核心关注的公共机构和双重救济问题上，均支持了中方的观点，并裁定美国涉案的裁决违反 WTO 规则。在裁决中，上诉机构对专家组在这两个问题上的分析提出了批评。在公共机构问题上，上诉机构认为专家组提出的大多数论点都未能支持其结论；在双重救济问题上，上诉机构另辟蹊径，重点分析了《反补贴协定》第 19.3 条关于"适当金额"的措辞，并指责专家组对《反补贴协定》和《反倾销协定》的切割理解有悖于对 WTO 适用协定进行协调一致解释的理念。

WTO 争端解决机制被誉为多边贸易体制"皇冠上的明珠"。上诉机构的裁决极大地维护了这一盛誉,并坚定了中方参与多边贸易体制的决心和信心。在当天的新闻稿中,商务部条法司负责人表示:"该裁决是中方在世贸争端中取得的重大胜利,中方对此表示欢迎。……在中方严重关切的双重救济问题上,……在过去五年间,中方多次与美国政府进行交涉,而美商务部不顾中国企业、美国进口商的反对,不顾美国法院的判决,拒不改正显失公平的双重救济做法,对中国出口企业造成了极大的困扰。上诉机构这一裁定肯定了中方一贯的主张。"

历时 903 天,中方终于首战告捷!

复杂的扩大战果之路——中国诉美国反补贴措施案（DS437）和中国诉美国关税法修订案（DS449）

自中方针对四起双反案件提起 DS379 案的前后,截至 2012 年初,美国商务部又累计发起了 26 起双反调查,年涉案金额高达 70 余亿美元。在这些案件中,美国商务部的裁决犹如"俄罗斯套娃",在关键问题上运用相同或类似的违反规则的法律标准和分析方法。对此,中方在 DS379 案获得重大胜利的基础上,运用上诉机构给出的法律武器扩大战果便提上了议事日程。

与此同时,美国国内诉讼与 WTO 多边诉讼再次产生了有趣的交集。在 GPX 诉美国商务部的案件中,美国联邦巡回上诉法院于 2011 年 12 月 19 日做出了判决（GPX V）。上诉法院重申了 1986 年乔治城钢铁案的判决,认为美国商务部在国内法项下缺乏对非市场经济国家采取反补贴措施的法律授权。这一判决结果对美国政府而言是毁灭性的。如果判决最终生效,美国商务部将不得不撤销其业已发布的 24 项反补贴税令。

对于这一情况,美国政府上下其手,意图力挽狂澜。一方面,美国政府通过程序问题拖延上诉法院判决的生效时间。另一方面,美国商务部和美国贸易代表办公室向美国国会发出了联署函,要求美国国会修改关税法,追溯性地授权美国商务部对来自非市场经济国家的产品发起反补贴调查。它们声称,如果不这样做,商务部将不得不撤销所有反补贴税令（24 项）,并终止正在进行的反补贴调查（七起）。

强敌面前,美国两党空前团结,参众两院分别于 2012 年 3 月 6 日和 7 日通过 112 – 99 公共法（下称 GPX 法）,并由奥巴马总统于 3 月 13 日签署生效。在不到三个月的时间内,美国国会在政府的帮助下,炮制出了 GPX 法,而这种"高效"也为日后中方在多边的挑战种下了"祸根"。

大洋这边，中国政府和企业炸开了锅：原来规则还可以这么玩儿的?! 这就好比：比赛结束了，中方2:0大胜美国队，而裁判宣布，刚才美国队违规进的3个球根据比赛结束后修改的规则都可以算数，美国队胜利!

"中国队"不会轻易认输。一方面，中国企业继续在美国国内法院对GPX法提起违宪之诉，这场战役至今仍未结束。另一方面，中国政府继续走上了到多边"讨说法"的道路。

2012年5月和9月，中国政府分别在WTO提起了DS437案和DS449案。

中国诉美国关税法修订案（DS449）

DS449案的核心诉点有两项：其一，中方认为，GPX法溯及既往的规定违反了《关贸总协定》第10条一系列有关透明度、正当程序和独立司法复审的规定；其二，美国商务部在25起双反调查中未能进行避免双重救济的税额调整，违反WTO规则。毫无疑问，第二项诉请是在DS379案的基础上乘胜追击扩大战果之举。

在GPX法问题上，中方的主要诉请包括：（1）由于GPX法第1节的生效时间为2006年11月，早于其公布的时间，因此违反了GATT第10:1条关于迅速公布贸易法规，使各国政府和贸易商能够知晓的义务；（2）美国在正式公布这些条款之前便执行了这些条款内容，违反了GATT第10:2条的规定；（3）美国未能确保其国内法院的判决得以执行，且未能确保此类判决在其所涉事宜方面规范美国政府的做法，违反了第10:3条（b）款。

如果中方的起诉能在前述三个法律条款下获得任意一个条款的支持，则其法律后果是美国必须修改GPX法第1节第（b）小节的追溯生效条款，使其仅能从GPX法颁布之日起生效。虽然中方的胜诉不一定能直接导致美国在国际法层面上负有终止2006年11月至2012年3月期间发起的反补贴调查的执行义务，但是，一旦美方执行DSB裁决、修改GPX法的生效条款，则前述调查在国内法层面上就丧失了法律依据。届时，中国企业和美国进口商可以将所有这些反补贴税令在国内法院提起诉讼，要求终止措施，甚至追回已缴纳的反补贴税。

除了商业利益考虑，本案在WTO胜诉将具有深远的系统性影响：（1）它将向全体成员揭示美国对华双反措施的不公平性，遏制美国商务部2006年以来对华滥用反补贴措施的势头；（2）如通过国内诉讼程序颠覆GPX法颁布前的所有反补贴措施，中国可以不必再到WTO挑战这些案件中的实体内容。该案的胜诉可能带来的收益远非挑战个案中的若干实体问题可企及。

2014 年 3 月 27 日，专家组发布了裁决，在双重救济方面，遵循了上诉机构的先例，判定美国违反规则。但是，在 GPX 法方面，专家组的多数派意见未支持中方的各项诉请。多数派一方面接受中方的主张，即第 X：2 条必须被解释为禁止将相关措施适用于其正式公布之前的事件或情形。但另一方面，他们又认为，在认定涉案措施是否提高了关税税率时，比较的基准是之前"既定和统一的做法"确定的税率。他们明确指出，中方提出应以之前的美国国内法作为比较基础的主张既无必要也不准确。

但是，一名专家提出了不同意见。该专家认为，GPX 法第 1 节提高了进口产品的关税税率也实施了新的或更难于负担的要求。其指出，第 X：2 条要求比较的是涉案措施和其替代、修改或以其他方式取代的国内法。因此，本案应比较在 GPX 法第 1 节生效之前和生效之后存在的美国关税法案。该专家还着重反驳了美国关于 GPX 法是对《1930 年关税法案》进行澄清的主张，其认为 GPX 法毫无疑问构成一种改变。

历史总是惊人的重复。在这一系列双反案件中，中方的第二次出击还是不能顺利地从专家组阶段突围。不过，与 DS379 不同，这次专家组中有了一名无法坐视多数派错误裁判、勇于挺身而出的成员。这让中方团队看到了一线曙光。

2014 年 4 月 8 日，中方提起上诉。中方上诉的诉点只有一个，即第 X：2 条的比较基准问题——究竟是行政机关之前的实践，还是之前的国内法？

就在提起上诉前夕，美国的国内诉讼又与 WTO 诉讼产生了第三次交集。

上文提到，在 GPX V 案中，美国联邦上诉法院认为当时的美国国内法未授权美国商务部对非市场经济国家采取反补贴措施。此后，由于 GPX 法的生效，该上诉法院根据美国国内法的原则，适用了溯及既往的 GPX 法对该案进行了重新审理（GPX VI），最终认定美国商务部有权使用反补贴措施。因此，GPX V 在国内法项下处于尚未最终生效的状态。美国和专家组也是在 DS449 中抓住这一问题大做文章。

在美国国内法庭，中国出口商广东 Wireking 公司就 GPX 的违宪问题提起了诉讼。2014 年 3 月 18 日，美国联邦上诉法院做出了判决。为了分析违宪的问题，法院同样需要解决 GPX 法之前的美国国内法状态问题。法院明确指出，尽管 GPX V 的判决没有最终生效，但是它仍然构成对之前的美国国内法的阐述。这一裁定彻底抽掉了美国抗辩 GPX 法的主要论据。

回到多边，美国国内法院的判决来得有点晚了。3 月 18 日判决的时候，专家组的最终报告早已散发给争端双方，而且，按照 WTO 的争端解决规则，中方也不可以在上诉阶段提交新的、专家组未考虑过的证据。

2014 年 7 月 7 日，上诉机构发布了 DS449 案的报告。在报告中，上诉机构明确推翻了专家组的条约解释，认为专家组错误地将"根据既定和统一做法"这一表述认定为在第 X：2 条下判断一项普遍适用的措施是否提高了进口产品关税税率的比较基准。上诉机构指出，第 X：2 条的文字表述表明，在第 X：2 条下应该比较的是被指称提高了关税税率或实施了新的或更难于负担的要求的措施和一种相关的基准，后者通常见于已公布的普遍适用的措施之中。上诉机构的解释全盘接受了中方在专家组阶段以及在上诉阶段提出的观点，也与前文提及的专家组少数派意见相同。但是，由于专家组多数派在审理过程中适用了错误的法律标准，因而没有根据正确的标准对案件的相关事实做出明确的裁定。最终，上诉机构以无法完成分析为由未对 GPX 法是否违反 GATT 第 X：2 条得出结论。

如何理解上诉机构裁决是个见仁见智的问题。我个人认为，上诉机构给了中方一个"道义上的胜利"，即中方的条约解释是正确的。假如专家组采纳中方的解释对在案事实进行分析，中方本应可以获得全面的胜诉。与通常的国内法律程序不同，WTO 的程序法（DSU）并未规定发回重审的制度。这一问题是 DSU 谈判中的热点问题。本案是证明 DSU 需要规定发回重审的最佳例证。如果有了这一制度，中方只需要再经过较短的时间即可获得全面的胜诉，而在当前的制度下，中方唯一的选择是再行提起诉讼，从磋商请求开始。

因此，接下来中方需要决策的问题是，中方是否应当就本案再次提起诉讼。在我看来，这样做绝对必要！从贸易利益考虑，中方提起 DS449 时的考量仍然存在。在当前，GPX 法仍关系着二十多个反补贴税令的合法存续问题。从胜诉把握考虑，美国法院已经送来了压倒骆驼的最后一根稻草——法院于 7 月 10 日发布了 Wireking 案的正式命令（Mandate），Wireking 在国内法项下已经毋庸置疑地生效了。从体制性考虑，中方需要向专家组、上诉机构、秘书处，乃至全体 WTO 成员证明，中方的起诉从一开始就有充分的把握，中方在多边追求公平正义的决心不会因为一时的挫折、某些人的偏见、某些成员的胡搅蛮缠以及程序法的不完善而动摇！中方需要 WTO 告诉美国政府，不仅美国商务部的个案裁决违反了 WTO 规则，而且作为反补贴调查的法律依据也存在严重的瑕疵，损害了中国企业的正当程序权利，违背 WTO 所推崇的透明度原则！

"法不溯及既往"本是文明国家应有的基本法制原则之一。我们有信心也有能力帮助美国在这个问题上回到文明国家的队列！

中国诉美国反补贴措施案（DS437）

DS437 案是在 DS379 案基础上扩大战果的又一尝试。该案除了挑战商务部在后续双反调查中错误适用公共机构认定标准外，还挑战了若干其他重要的法律点：美国认定公共机构的法律标准本身、立案标准、补贴专向性、补贴利益计算（外部基准）、可获得的不利事实、土地使用权的专向性、出口限制措施构成财政资助。这些法律点大多数与所谓"低价提供原材料"补贴项目有关。其中，如果中方通过诉讼可以加严认定补贴专向性和补贴利益的纪律，则美国认定存在提供原材料补贴的难度将会大大增加，进而可以起到有效降低我国出口企业的反补贴税率的效用。此外，考虑到近年来美国频繁使用可获得的不利事实对应诉企业裁定高额反补贴税率，中方还对美国商务部在 13 起反补贴调查中的 42 处裁定提出了挑战。

2014 年 7 月 14 日，专家组将裁决报告散发全体 WTO 成员。在这份最终报告中，专家组支持了中方的如下诉请：（1）12 起案件的公共机构裁决违反了《反补贴协定》第 1.1（a）(1)条；（2）美国商务部在厨房用搁板和网架调查中所述的将政府拥有多数股权的实体推定为公共机构的政策，作为一项措施本身，违反了《反补贴协定》第 1.1（a）(1)条；（3）美国商务部在 12 起调查中未考虑《反补贴协定》第 2.1 条（c）项中所述的两个因素，违反了第 2.1 条（c）项；（4）美国商务部在六起调查中关于土地专向性的裁定违反了《反补贴协定》第 2.2 条；（5）美国在两起调查中对特定出口限制措施发起调查的做法违反了《反补贴协定》第 11.3 条义务。

毋庸讳言，在立案标准、补贴专向性（部分诉请）、补贴利益计算、可获得的不利事实方面，专家组并未支持中方的诉请。与 DS379、DS449 案的专家组报告以及以往笔者接触的许多案例形成鲜明对比的是，本案的专家组报告在分析的仓促程度上几乎创下了历史纪录。例如，在补贴的专向性问题上，中方提出了四项诉请，专家组用了五页纸就把争议给"解决"了。要知道，对于这些仓促的分析，专家组用了整整半年，而且还花了五个月来处理双方对细枝末节问题的评论意见以及翻译。

面对专家组炮制的这份报告，我想说：瓦团的同事们、美国的同事们、秘书处的同事们，日内瓦见了！（未完待续）

细心的读者可能会发现，在 DS379 案的部分，我跳过了美国商务部的执行措施。事实上，美国商务部的执行措施并未让中方满意，而在 WTO 争端解决机制下，胜诉的起诉方只能通过 DSU 第 21.5 条的执行程序去判定被诉方的执行是否完好，并在获得进一步胜诉后通过授权报复迫使对方执行。执行难，在 WTO 也是如此！但是，由于种种原因，中方尚未就美方的执行措施提起第21.5 条的程序。这是本系列争议第一个"未完待续"的部分。

第二个"未完待续"的部分是中方是否继续挑战 GPX 法的问题。我的观点已经阐明，不再赘述，只希望中方能早日续上这一笔。

今天刚刚做出的 DS437 案，仍有上诉程序要走。而且，上诉之后，美国也还需要执行 DSB 的裁决和建议。

很多年前我在一个研讨会上就说过，WTO 争端解决程序是一剂中药，如果你期待今天喝下一剂药就能把顽疾治好，那你最好不要走这条路。这个困难不仅仅存在于中国，也存在于其他成员。历史上这样的案件不胜枚举：欧盟、加拿大、日本等通过十余年孜孜不倦的诉讼最终迫使美国商务部完全放弃归零做法；欧盟等成员挑战美国的 DISC/FSC 也是打了 n 年才得以解决。

回头看这些年的多双边诉讼，中方已经有了诸多斩获，推动了多边规则的发展，迫使美国国会修改了立法，挤压了美国商务部滥用贸易救济措施的空间。在这条并不平坦的道路上，我们仍需继续努力，一步一个脚印，坚定前行，不破楼兰终不还！

2014 年 7 月 14 日

中国律师首次 WTO 庭辩记

彭　俊[*]

1. 任务

在 2014 年 DS454/460 的听证会上，我作为中国律师对部分诉点直接出庭抗辩。

从 2001 年加入 WTO 至今已经 13 年，中国作为当事方参加了 40 多起案件，作为第三方参加的案件更是超过 100 起。中国律师在案件中的参与度和作用越来越大：从事实证据的收集、翻译和整理到法律、案例和诉点的研究，从诉讼策略的讨论和制定到书面陈述的评论和起草。但是，在 WTO 听证会上代表中国当庭辩论的还都是外国律师，从未有中国人以律师的身份出庭辩论。

尽管参加了十多起 WTO 第三方和当事方的案件，我 15 年的律师生涯从事的都是以案头工作为主的非诉业务。第一次出庭就出到 WTO，要直接用英语在庭上代表中国政府与外国政府的法律官员和律师辩论，我感受到这个历史性机会后面沉甸甸的责任和压力。

2. 准备

有丰富诉讼经验的符欣律师与我组成了中方"辩手团"，而与我们并肩作战的 JD 律所的 R 律师担任了指导老师。我们达成了一个对庭辩效果有着重要影响的共识：出庭不是去吵架，而是去讲一个中国好故事。庭辩的目的不是为了说服对手，而是为了说服裁判。客观描述一个正面的故事可能更会得到裁判的信任。

其实，欧盟的书面陈述也在讲故事。它的策略在于描绘一个恶意的中国调查机关——抓住应诉企业首次答卷中提交的某些不完美的数据不放，不顾应诉企业的反复解释和说明，做出对应诉企业的不利裁决。

基于相同的事实证据，我们需要运用 WTO 的规则和逻辑说一个相反的故

---

[*] 北京金诚同达律师事务所合伙人。

事。我们希望在故事中给专家组留下的印象是一个客观的讲述者，从而向专家组呈现一个善意且讲理的调查机关。因此，在承认裁决所依据的数据并不完美的同时，我们主张，专家组应该审查调查机关在面对这些不完美数据时的做法是否合法合理，而不是根据完美的数据重新裁决案件。我们向专家组呈现的事实是，中国调查机关面对不完美数据时，没有简单地决定接受或拒绝，而是尽到了勤谨的条约义务，给予应诉企业解释和说明的机会。然而，应诉企业只是喋喋不休地顾左右而言他，并没有利用这些机会给予明确的回复。这个"中国好故事"在庭辩现场起到了非常好的效果，甚至作为欧盟战友的日本代表团中的有些成员在我们陈述时也频频点头。

3. 现场

2014 年 2 月 25 ~ 26 日，DS454/460 专家组的第一次听证会在 WTO 总部二楼的 D 会议室举行。专家组三名成员和秘书处的工作人员高坐在主席台上。台下有三列垂直于主席台的座位。欧盟代表团坐在靠窗的一列，日本代表团在中间一列，中国代表团则在靠门的一列。起诉方和被诉方相向落座。每个座位都有耳机和话筒。发言者可以坐而论道，无需起立。

听证会的两天呈现出明显的对比。第一天，当事方和第三方宣读各自事先准备好的口头陈述，白天在平淡中度过。当事方都在等待专家组晚上发出的问题单。这些精心抛出的问题会将第二天的听证会变成唇枪舌剑的"战场"。

第一天晚上 8：27，电脑发出"叮"的一声，专家组问题单到了。53 个问题的内容及其排列次序首次透露了专家组的关注点和可能的考虑思路。尽管事前已有准备，但整个团队仍需要连夜针对问题单准备答复口径，并同时准备对方可能的答复和我们的辩论方案。

第二天早晨 7：45，问题单答复口径和结案陈述全部完成。早晨 10：00，第二天的听证会开始。各方根据问题单的要求分别回答专家组的问题。其他方如需要发言，则将印有自己国家名称的铭牌竖立起来，辩论由此展开。往往一方陈述还没有结束，对方国家的铭牌早已跃跃而起。专家组也不时插问，唯恐辩论不够深入。

4. 对手

我们负责诉点的辩论对手是欧盟法律事务部的 JF 律师。这位来自苏格兰的顶尖高手曾代表欧盟参加了 WTO 百余起案件的出庭，他发言时语调平和，冷静地将案件事实和法律依据娓娓道来，完美展现了 WTO 权威专家的高水平专业素养。

JF 律师还不时在庭辩中使用比喻和类比，以博人眼球。例如，在谈到价格削减问题时，为了说明不是进口价格下降而低于国内价格，而是国内价格上涨过快使得进口价格"被下降"了，JF 律师直面专家组主席侃侃而谈："主席先生，您要求我把您的提包放到椅子下面。而我却是举起椅子放到您的提包上面。这难道是相同的情形吗？"

对手往往是值得学习的榜样，更何况如此强大的对手。初次过招，JF 律师的庭辩技巧和风度的确使我获益良多。

5. 庭辩

庭辩开始，JF 律师首先回答专家组提出的问题。

我感受到的不是紧张，而是亢奋。我代表的是中国，我要说话！我一定要把 JF 律师说的每一个论点、每一个论据和每一个类比都反驳回去。可是没多会儿，我却感觉不对劲了，锱铢必较的反驳会使我方被对方的逻辑牵着走。我们的观点似乎变成碎片，无法串成完整的故事。我必须迅速做出调整。

屏息凝神、稍作停顿后，我向专家组缓缓地说到："尊敬的主席先生，尊敬的专家组成员，我方认为，您提出的问题单反映了专家组对此问题所关注的法律点，即（1）应诉企业提供的数据是否属于'实际的数据'（actual data）；（2）调查机关是否已给予应诉企业机会以说明实际的数据；（3）应诉企业是否正面回答了调查机关的问题；（4）是否……（n）是否……中方将逐一回答专家组的关注点，并根据具体情况对我们欧盟同事的评论进行适当的反馈。"由此，辩论回到了我们原先设定的"中国好故事"的逻辑框架。

时间过得飞快。主席不得不打断庭辩，要求双方后续通过书面形式递交意见。这时，我注意到，JF 律师由于高度紧张的思考和辩论已经红光满面，还在举牌要求继续辩论。我也迅速举起写有'China'的铭牌要求应战。主席无奈地说："大家还要赶飞机，今天的会议到此为止。"

听证会一结束，坐在我前面负责递条子和做记录的符欣律师兴奋地站起来对我说："我们今天连续辩论了 3 个多小时，其中有一个问题双方相互辩诘长达 74 分钟。今天最突出的是，我们没有漏掉任何一个点！"

6. 体会

中国律师在 WTO 的出庭首秀超出了我的预期，也得到了相关方面的好评。印象最深刻的是，第二次听证会结束后我们与专家组成员逐一握手告别时，专家组主席对我竖起了大拇指。

这次庭辩证明，中国律师在语言和逻辑上、对涉及中国的事实证据的把握上并不弱于欧美律师。但是扪心自问，中国律师与顶尖的欧美 WTO 律师相比还存在不小的差距。我认为，这些差距表现在：（1）是否能够全面和独立地负责一个被诉案件；（2）是否能够主导和控制一个起诉案件；（3）相对于以事实为核心的问题，是否能够全面和深入地辩论以法律为核心的问题（例如上诉机构的法律审）；（4）是否能够在巨大的压力之下坚持长达两至三天的高强度连续用脑的庭辩？

这些差距的弥合需要我们进一步加强以下能力：（1）对于条约词句的分析能力和外文用词含义的精准把握能力；（2）对于事实证据的完整掌握能力和条分缕析的总结能力；（3）对于法律和案例既有深度也有广度的研究能力；（4）对于庭辩的技巧和适度性的掌控能力；（5）充沛的体力。

尽管前路漫漫，但我并不认为这种和欧美WTO顶尖律师之间的差距是不可逾越的鸿沟，因为我们从未放弃努力，而我们迈出的每一步都坚实且自信。

7. 结语

据说亚里士多德曾言，法律是没有激情的说理（Law is reasoning without passion）。可是，作为WTO"皇冠上的明珠"的争端解决舞台，既有高水平的法律说理，又有代表我们祖国的激情澎湃。这是我们中国律师的幸运和机遇！有圈内人告诉我，巴西政府长期采用鼓励培养自己法律人才的政策。2013年9月1日接任WTO总干事的巴西人阿泽维多正是在多起WTO争端解决案件中建立起了自己的声望和地位。毫无疑问，我们需要培养更多可以在WTO舞台上大放异彩的中国法律人。亲爱的读者，也许你就是下一个阿泽维多！

对 WTO 争端解决机制的一些随感

李法寅[*]

作为一名一直专业从事贸易法的律师，WTO 争端解决一直是我心目中的"皇冠上的明珠"。无论是从对贸易体制的影响、对成员贸易利益的影响，还是对律师对于法律的研究和运用能力的考验来讲，WTO 争端解决的重要性和挑战性都是普通的贸易案件所无法比拟的。幸运的是，自 2010 年以来，我先后有机会在四个中国作为当事方被诉的 WTO 争端解决案件中作为政府律师参与工作，在不同的案件中涉及专家组阶段、执行阶段、合理执行期仲裁等各个方面。通过在这些案件中的具体工作，我才真正从 WTO 争端解决的"门外"走入了"门内"。虽然经验仍然非常有限，但毕竟有机会从内部窥探到了一些 WTO 争端解决运行的实际情况，这是仅仅进行学术研究而没有从事案件实务的时候所无法掌握的。利用这个机会，我分享一下我在具体案件中的实际经历和感受，既希望能够帮助对 WTO 争端解决感兴趣的人士从一个新的角度增加了解，也是帮助我自己梳理一下过去工作的体会。

一、以贸易救济为例看 WTO 争端解决机制对于保证各成员从实质上落实 WTO 相关协定义务的作用

WTO 争端解决这个特殊体制的有效性和对于保证 WTO 体制的作用也被无数次充分地阐述过了。对于 WTO 争端解决案件的作用，我个人最深切的感受是争端解决案件的裁决在实践中很大程度上起到了将协定的原则性规定细化的作用，更加具体地指导同时也是约束了成员的具体实践，从而使 WTO 的规则在现实中变得更加有效。这应该是 WTO 争端解决案件裁决的最核心作用之一。

我参与的四个 WTO 争端解决案件中有三个涉及反倾销和反补贴措施。以

---

* 北京君泽君律师事务所合伙人。

反倾销和反补贴措施争端解决案件为例能够非常清晰地看到这一作用。虽然和之前 GATT 的相应多边规则相比，WTO 的《反倾销协定》和《反补贴协定》已经大大地细化了具体的程序和实体要求，但是，具体到某个方面的义务，仍然是只能够做到原则性的规定，详细程度仍然有限，无法涵盖各个成员反倾销和反补贴调查机关在调查实践中碰到的各种具体问题和采取的各种不同实践做法。从各成员自己的反倾销和反补贴立法情况看，有的成员在 WTO 协定基础上进一步细化了具体要求，有的成员基本照抄了 WTO 协定的文字，而有的成员则引用了 WTO 协定的主要原则而没有纳入一些具体的规定。从各成员实践情况看，很多成员有自己独特的并在各个调查中一贯使用的实践做法，相互之间差别就更大，也有一个成员在不同案件中针对类似情况采取不同实践做法的。

虽然 WTO 并不要求其成员采取完全统一的做法，只要其做法满足 WTO 相关协定中规定的义务就可以，但是，在就各成员的具体做法是否满足 WTO 中的义务规定存在争议时，就只有通过争端解决来进行评判，也只有通过争端解决，才能对各成员方进行约束。从这个角度来讲，争端解决可能通过针对某个成员的反倾销和反补贴措施的争端解决案件的裁决对其他成员起到约束作用。虽然一个争端案件是诉某个成员的，但是，该成员被诉且被判违规的某做法可能与其他某些成员在法律上和实践中的做法是一样的或非常类似的。虽然从法律上讲，争端解决案件的裁决不构成对协定的解释，也不构成有约束力的先例，但是，其他成员从裁决中意识到自身做法很可能被认定违规，就有可能主动对自身的做法进行调整，以免自身的做法在未来可能被诉违规。但是，我们也会看到，在很多情况下，WTO 的裁决起不到对其他成员约束的作用。这可能有多种原因。有可能其他成员的调查机关并没有及时掌握针对其他成员的 WTO 裁决情况；有可能是不同成员的实践存在差异，对于 WTO 的裁决是否能适用自身的实践做法有不同理解；有可能对一个裁决本身存在不同的理解；也有可能是既然自己没有被告，从法律上讲没有形成执行和修正的义务，因此选择性忽视，这种情况也是非常多的。我们可以看到，如果一个成员的贸易救济调查措施一直没有被诉至 WTO，就很容易形成一套约定俗成的习惯做法，而其中一些甚至很多实践做法有可能和 WTO 相关协定的规定以及已经做出的裁决存在冲突。正反两方面的例子都存在。

一个例子是中国。近年，我在 WTO 代理中国政府做了三个中国反倾销和反补贴措施被诉的案子，在被诉前，中国调查机关已经比较认真地跟踪 WTO 对其他成员案件的裁决，力争使其做法和 WTO 裁定的原则保持一致。但是被诉以后，经过几个案件的裁决，仍然看到具体的做法在细节上没有完全满足WTO相关协定的义务要求，在一些中国调查机关一贯使用的程序做法上更加明显。例如，对起诉书公开摘要充分性的要求不够严格；对所有其他税率适用可获得事实的依据和可获得事实的选择没有全面考虑相关协定规定的具体条件；对倾销幅度计算方法的披露采取描述的方式而不披露具体计算数据和公式是否能够满足保护应诉企业抗辩权利考虑得不够充分，特别是在未接受部分应诉企业提交数据的情况下披露可能不足以使应诉企业了解调查机关所依据的基本事实等。这些实践做法在几个被诉案件中被反复挑战，部分被认定违规。以上述的起诉书公开摘要为例，WTO《反倾销协定》第6.5.1条仅规定了"合理理解""实质性内容"，针对起诉书中的不同部分的信息，什么构成了"实质性"内容，摘要到什么程度才达到了"合理理解"则是只有通过WTO专家组的裁决才明确下来。由于这些被诉案件以及WTO的裁决，中国调查机关在实践中认真考虑并切实开始调整其在未来案件调查中的相关实践做法，而且就如何调整实践做法认真征求了各方面专家的意见，以保证在未来案件中相关做法符合其在WTO的相关义务。这就是一个很典型的WTO争端解决的裁决起到了细化和具体落实WTO相关协定义务，从而对成员政府起到实际约束作用的例子。

另一个相反的例子是加拿大。加拿大是最早使用反倾销措施的国家，其反倾销调查方法和裁决一直都没有被其他成员在WTO争端解决机制挑战过，在一定程度上形成了和其他成员不同的比较独特的具体实践做法。我代理中国企业应诉过很多国家的反倾销调查，因此，对各国的实践做法有比较深入的了解，但是，在做第一个加拿大反倾销案件，开始对加拿大法律规定和实践做法进行研究时，还是很吃惊。加拿大规定，在调查中获得零税率的企业仍然可以被复审，这与墨西哥牛肉大米案中上诉机构的认定明显矛盾；加拿大规定，如果某种产品内销只卖给一个客户，则在计算正常价值时会将这些交易排除掉，这项规定很难与WTO《反倾销协定》第2.2条的规定协调起来；加拿大还在实践中对在调查期没有销售的产品的"正常价值"（加拿大使用正常价值来征税）适用可获得事实来确定，这与WTO《反倾销协定》第6.8条和附件二的相关规定有比较明显的冲突。类似的情况还存在于所有其他税率、关联出口价格的确定等许多具体调查方法中。这些特殊的做法在反倾销调查中会给应诉企业带来很大的困难或负担，也和大多数成员的做法不同。在和包括加拿大律师在内的专业人士的讨论中，大家的一个共识是，加拿大一贯采取这些做法是由于它在WTO从来没有被诉过，即使加拿大调查机关认识到其一些作法可能有问题，但是，没有任何压力和动力去认真研究是否需要对其法律和实践进行修改，才形成了今天的局面。我在代理企业应诉加拿大调查时，在抗辩中引用 WTO 争端解决案件裁决的原则对加拿大调查机关在倾销幅度计算和征税中的具体做法提出了质疑，但是，加拿大调查机关基本上采取了回避的态度。恐怕只有某个成员在 WTO 对其做法提出挑战，而且 WTO 裁决其违规，才能够促使其认真考虑改变其某些一贯的实践做法。

从以上正反两个方面的例子来看，很明显，WTO 争端解决机制的作用是非常大的，一定程度上只有通过争端解决机制，才能够保证各成员从实质上在实践中落实 WTO 相关协定规定的义务，否则，某些协定义务可能只能是维持在纸面上。这对于应诉各国反倾销、反补贴调查的中国出口企业来讲也有着重要的意义，否则，各国可以在调查实践中扭曲或忽视 WTO 相关协定规定的义务，使规则失去确定性和可预见性，应诉的中国企业和我们这些从事贸易救济的律师都会无所适从，加大了以贸易救济调查为名进行贸易保护的空间。

二、对 WTO 争端解决程序的一些感受

我基本全程参与了代理过的 WTO 争端解决案件的整个过程。在此不是想完整系统地介绍 WTO 争端解决的程序，这方面的权威介绍已经很多了，只是想把在案件工作中累积起来的对于争端解决程序某些方面个人的一些感受整理一下。

（一）磋商

还记得我在参加做第一个争端案件的磋商之前，感觉压力非常大，很紧张，唯恐在磋商中出问题，但实际上当时并没有对在实际案件中磋商的作用和目的有明确的认识。通过几个案件的磋商一定程度上摸到了磋商的一些规律。

首先，磋商的目的是解决争端。这就需要在磋商前有个基本判断，具体的争端是否可能通过磋商来解决，或者部分解决。我本人参与过的案件中没有完全通过磋商解决的，但是，在一个非贸易救济的案件中，通过磋商解决了部分争议问题，最后，起诉方在专家组请求中没有包含这些问题。如果在磋商前判断有可能通过磋商解决某些争议问题，则需要就此类问题进行详细的准备，在磋商中提供充分的证据材料，并争取改变起诉方的一些错误的理解。如果通过磋商解决部分没有必要或因误解引起的争议事项，则可以使争端进入专家组程序后集中在有意义的问题上，避免分散双方和专家组的精力，

还是有实际意义的。而另一些争端从本质上讲可能只有通过取消措施才能够在磋商阶段解决，如反倾销和反补贴措施很大程度上是这样。如果被诉方不可能接受取消措施，则对于被诉方来说，磋商就没有什么实质性意义了，磋商主要也就是澄清部分问题，给起诉成员提供一些可以提供材料的场合。实践中也会出现被诉方对起诉方关心的某些问题不希望给出太多信息的情况，实质上对于起诉方来说意义也不大。

当然，磋商还是初步摸清对方基本策略的一个场合。对于被诉方来说，根据对方磋商问题单和磋商中侧重的问题，可以初步推测对方所诉的重点问题和方向，也可以推测对方不掌握的情况和存在的事实漏洞。对于起诉方来说，也可以通过被诉方对磋商问题的回答来初步掌握被诉方的辩护思路。当然，实践中，被诉方很可能选择在磋商阶段不暴露自己的抗辩思路。

对于双方都知道不能通过磋商解决的争端，有时感觉磋商真的就是在走形式，甚至是对时间和金钱的浪费。有一个我参加的争端，原计划两天的磋商最终在半天内就结束了。与这个争端性质类似的争端，此前双方已经磋商过几次，双方在磋商前都知道必然会走到专家组程序，也完全了解对方能说什么不能说什么，因此，没有出现追着问的情况，气氛良好，半天就结束，给双方都省下了时间去看看日内瓦或改机票早点儿回家。但问题是，在双方都对磋商没有期待而且心知肚明的情况下，双方还都要组个代表团花几天时间来趟日内瓦有多大意义？这是个很大的问号。

（二）专家组

专家组成员的选择对于争端的当事双方以及争端的解决还是有很大意义的。

首先，专家组成员都有自己的日常工作和不同的工作背景，很多情况下，他们的工作背景和争端涉及的事项还有一定的或紧密或松散的联系。专家组成员在自身的工作经历中形成的对某些问题的看法或多或少会对他们在争端解决涉及的问题上的态度和立场产生影响。虽然争端必须在 WTO 相关协定义务的框架下解决，并有之前案件中专家组和上诉机构的裁决做参考，而且有 WTO 秘书处的律师对专家组提供协助，但是，争端当事双方都不能忽视专家组成员的背景。因此，在争端中经常可以看到双方提出的专家组选择标准有各自的倾向性，提出的多轮备选名单中的各位专家被一方接受而被另一方否掉，或被双方否掉。

不同争端案件专家组的工作风格可能有很大的差别，这实际上也会对争端的解决产生直接的影响。由于专家组成员都是临时根据争端的需要选定的，平时都有自己的工作，有的专家对争端涉及的 WTO 法律问题有较深入的研究，有的则不一定，个人风格也不一样，这样就会出现强势的专家组和弱势的专家组。我参加的争端解决案件就两种情况都有，专家组的特点在听证会上表现得最为明显。有的专家组在听证会上基本只是照着事先准备好的问题单发问，而且问题单也基本是秘书处准备的，一个问题回答完了，基本不管当事方如何回答，直接就进入下一个问题。一旦当事方提出对问题进行澄清，专家还得向秘书处的律师去问，很明显对自己提的问题都不完全清楚，恐怕对争端案件涉及材料的了解也有限。对于弱势的专家组，秘书处律师的影响力就会比较大。碰上此类专家组，有时律师就比较郁闷。在听证会前，律师就争议的重点问题准备了多套方案和策略，反复演练，希望通过听证会上的现场辩论对专家组的裁决形成有利的影响，结果却发现，专家组或者根本没有涉及这个问题，或者一带而过，根本没有机会施展。也有的专家组表现得很强势，在听证会上不仅鼓励当事双方就一个问题反复辩论，也会现场根据问题答复中的内容不停地向双方追加问题，直到把一个问题的各个法律和事实角度都涵盖到，甚至把当事方问得表示无法当场回答，只能过后书面回答。这类强势的专家组会让律师感到很过瘾，也容易做出有独到见解的裁决。我感觉，如果专家组成员自身的工作背景和争端涉及的事项联系很密切，出现强势专家组的可能性就大一些。在涉及贸易救济案件的争端中，如果专家组成员曾经在本国调查机关工作过或者有相关法律的从业经验，则从专业角度找到争议的核心法律和事实问题并能够深入下去的可能性就大。

WTO 争端解决程序从本质上是一个法律程序，是从法律角度解决现有协定条款的具体适用问题，而不是协定谈判所需要的协调和外交工作。我个人感觉，既然叫做"专家组"，既然是"专家"，就应该是对争端涉及的法律和事实问题有较深研究的权威人士或者有相关工作背景的资深人士，只有这样的专家才能够结合自身的专业知识对争端问题做出有水平的裁决，才应该是设立专家组这一机制的目的。然而，当事方基于各自的利益，往往会从判断某个专家是否会在某个争端中对自己有利的角度出发筛选专家组成员，这样，真正的对争端事项有研究的专家由于其工作背景或形成的观点经常容易被争端的某一方认为可能潜在对其不利而被否掉，有时，真正的法律和业务专家反而很难进入专家组。在贸易大国间的争端中，包括其他贸易大国在内的公民也经常会被当事方拒绝，因此导致专家组成员选择的范围更加受到局限。

（三）听证会

WTO 专家组程序中的两次听证会（正式的叫法是"实质性会议"）是当

事双方在专家组面前面对面交锋的机会，大家可以唇枪舌剑，它是既重要又枯燥的法律工作中比较有意思的场合。

听证会的第一步程序是当事双方读各自事先准备好的口头陈述。我听到不少参加过听证会的人说过这个程序没有必要且浪费时间，既然就是读事先准备好的材料，而且在读的时候所有人手里都拿着一模一样的书面材料，一听就是半天过去了，还不如事先发下来可以节省时间。我个人感觉，听本方读口头陈述确实是一种折磨，作为律师已经事先完全参与了口头陈述稿的起草和反复修改，基本对其中的每个细节都非常熟悉了，还要坐在会议室里"认真"地听上至少一个多小时，真的是对定力的考验。但是，对于对方的口头陈述则完全不同。在听证会现场拿到对方的口头陈述稿，当场进行研究和据此调整听证会策略对律师来讲则是很大的挑战。我代理过的都是被诉案件，第一次专家组听证会上，对方的口头陈述是被诉方首次听到起诉方对被诉方第一次书面陈述做出的反应和提出的相应论点和策略。在听证会前，律师都会预判对方可能选择的论点和策略，并相应准备各种预案，拿到对方口头陈述稿后，就可以比较全面地确认对方的选择，以及是否存在没有预料到的情况。每次听证会上，一拿到对方的口头陈述稿，我都是直接去读自己主负责部分的议题，同时还要排除对方朗读人的声音干扰，迅速确定是否存在没有准备到的地方，以及对方陈述在法律、事实和逻辑上的漏洞，考虑是否以及如何对原来准备的策略进行调整，从而更好地向专家组指出对方的问题和引导专家组。记得有两次在对方还没有读完时，我就和负责同一议题的商务部聘请的国外律师使个眼色溜出会场，到外面找个地方直接把意见沟通好了。虽然有些不太尊重对方一直在努力读稿子的人，但是，效果和效率都挺好。

听证会的另一个主要内容是专家组向双方提问，问题有的是提给起诉方，有的是提给被诉方，有的是提给双方，每一方都可以对对方的回答进行评论、反驳，有时，一个问题会有多次交叉评论，有时，专家组会根据双方的发言追加问题。回答问题是听证会上最重要的一环，我个人感觉，对于当事方来说主要有几个作用：一是可以根据专家组提出的问题分析判断专家组对某个争议事项的基本思路，甚至立场，来调整未来针对这个事项的抗辩思路和方向。例如，专家组的问题是针对争议条款和其他条款的法律关系解释，这就反映出来专家组在考虑将其他条款作为争议条款法律解释的背景，在未来的抗辩中就需要重点对法律条款之间的关系进行合理和有利的解读。再比如，专家组在涉及某争议事项的众多事实中选择某个事实在听证会上发问，则可以判断专家组认为这个事实问题对其认定有重要作用，未来抗辩中围绕这个事实就需要多花精力。二是帮助专家组解决其困惑和澄清问题。但是，有时当事方认为很重要的有争议的问题，却发现在听证会上专家组基本不就这个问题发问，则很有可能是专家组已就这个问题形成了立场，不认为还有需要澄清的法律和事实问题。听证会上双方的表现虽然不能直接决定结果，但毕竟是双方当着专家组的面直接进行抗辩，推动专家组进行思考，对专家组的判断会产生一定的影响。

　　听证会的最后是双方的总结陈述。总结陈述一般都不会太长，有的总结陈述尽量全面地把己方就主要问题的观点都简要陈述一遍，有的总结陈述则避免重复在口头陈述和回答专家组问题时已经说过的观点，不求全面，而是集中在一个或两个最核心的问题上。通过参加几次听证会起草总结陈述和听双方的总结陈述，我个人觉得，在总结陈述中求全，效果不好，经过两天的听证会，专家组已经很疲倦了，再重复听一遍对多个问题的简要陈述几乎不会留下什么增加的印象。把有限的时间集中在一两个最重要的问题上，把最需要专家组注意的观点和角度突出强调，可能效果好一些。

不起眼的开始

——从我的第一次 WTO 案件磋商说开去

苏　畅[*]

　　每一个精彩的故事都有一个不起眼的开始。如果把每一个 WTO 案件都比作一部连续剧，那么，磋商就是那个开始。今天，我们就来聊聊这个不起眼的开始。

　　2012 年 7 月，国航还没有开通从北京到日内瓦直飞的航线，去日内瓦只能先飞 10 个小时到法兰克福，在那个欧洲最大的机场等上两个半小时，然后再继续乘坐最后一个小时的航班飞抵日内瓦。乘坐了 10 个小时的经济舱，在法兰克福机场等待转机的时候，我已是饥寒交迫，又累又困。好在托肖瑾肖老板的福，得以进到贵宾休息室吃点东西填填肚子。当我睡眼惺忪、一脸麻木地就着凉水往嘴里塞面包的时候，脑海中想起了在法兰克福当地出生的伟大诗人歌德说过的话，"凡不是就着泪水吃过面包的人是不懂得人生之味的人"。然后，瞬间就有了一种好似"懂得人生之味"的感觉。以上，就是我人生中第一次去日内瓦参加 WTO 案件磋商之行的开始。

　　说到 WTO 案件磋商，首先要插播一点背景知识。大家知道，我们通常所说的 WTO 争端解决是指围绕 WTO 适用协定而展开的一系列为解决 WTO 成员之间的贸易争端而进行的活动。一般而言，WTO 争端解决程序分为四个步骤：磋商、专家组、上诉和执行。上述这些程序都必须依照 WTO 协定的附件 2《关于争端解决规则与程序的谅解》（简称 DSU）的规定而进行。DSU 第 4 条明确要求"争端双方必须真诚地进行磋商，以达成双方满意的解决办法"；第 6 条进一步规定起诉方必须在专家组请求中指出"是否已进行磋商"。由此可见，磋商是 WTO 争端解决机制中规定的必经程序，是在 WTO 框架下提起争端的第一步，其强制性有制度保障，因为磋商的内容在一定程度上可能影响专家

---

　　* 北京金杜律师事务所律师。

组的职权范围，理由是，在原则上，专家组不能审理"未经磋商"的争议事项。在此，请允许我稍作联想。其实，从人类文明发展的历程来看，将"磋商"作为 WTO 争端解决机制中的强制性前置程序，是非常自然的一种制度设置。众所周知，早在人类的军事民主制时期，部落和部落之间打仗就有"宣战"的传统。"宣战"的作用在于告知对方及相关第三方，战争要开始了，让大家事先有所准备。这类"宣战"是建立在人类社会道德层面的行为规范之上，不宣而战被视为不义之战。在近代国际法诞生之后，宣战被正式纳入国际法的原则之一，不宣而战就成了违反国际法的非法行为。从性质上来看，WTO 成员之间的争端究其实质就是一场场的"贸易战"。因此，我们经常看见新闻报道中的 A 国在 WTO 争端解决机制框架下就 B 国的某某贸易政策发起"磋商"，就等同于准备打仗之前的"宣战"环节。甚至，与"宣战书"或"最后通牒"类似，"磋商请求"也必须列明本次案件中的被诉措施（你做错的地方）以及法律依据（我攻击你的理由）。正是在这个意义上，磋商请求给争端双方提供了一个评估思考的机会，特别是被诉方会基于磋商请求的内容仔细衡量一下自己的防守利益、防守成本、防守成功的可能性、失败的代价等，这些都会影响案件最终是否有可能通过磋商得到解决。

于是，在 7 月下旬一个阳光明媚的某一天，我就带着刘姥姥第一次进大观园的那种心情，以及 7 小时的时差，走进了位于日内瓦的 WTO 总部大楼的会议室，作为中国代表团中年龄最小的成员（不能不强调这一点，那一年我 24 岁），开始了中国诉美国多种产品反补贴措施案（DS437）的磋商。

DS437 是一起影响 22 类中国出口产品、累计涉案金额达 72.86 亿美元的中美贸易大案。中国在该案中起诉美国商务部自 2006 年开始对华产品实施反补贴以来的几乎所有反补贴调查。我说这些，只是为了渲染一下故事发生的背景。正因为 WTO 争端解决机制处理的是国家间的争端，因此，凡是能告到 WTO 的案子，都来头不小。确实，没有哪个国家会因为一点儿鸡毛蒜皮的小事儿撕破脸闹上国际仲裁庭，一纸诉状的背后那必然都是真金白银。在这里，我不想过多介绍该案涉及的复杂的 WTO 法律问题，因为这不是本文的重点。简言之，美国商务部在其对进口自中国的各类产品的反补贴调查中，采取了一系列在中国看来违反世贸规则的做法，损害了那些中国出口产品生产商和出口商的利益。毫不夸张地说，每一个中国政府提起的 WTO 争端，都是一场为了捍卫产业利益而发动的"自卫反击战"。

"感谢美方接受中方于 2012 年 5 月 25 日提出的磋商请求，并同意在接下来的时间里与中方就该案进行磋商。"随着中方代表团团长平稳、厚重的嗓音在会议室里响起，我人生中的第一次 WTO 磋商就正式拉开帷幕。悄悄环顾四周，这是 WTO 总部大楼无数种风格各异的会议室中最常见的一间。这间屋子位于地下一层，现代化的装修、高高的天花板、浅色的桌子、黑色的椅子，就像个密室，没有窗户，关上门让人不分昼夜，隔音墙让人与世隔绝。房间一角的桌子上放着许多水壶和一次性杯子，那意思就像是在说，喏，喝的都给你们备足了，你们就在里面昏天黑地地磋商吧。其实，这体现了 WTO 为了鼓励争端双方能够充分开展磋商而要求磋商秘密进行、不受外界打扰的后勤保障。中美双方的代表团成员在房间里面对面地坐着，一字排开，每个人的座位前都有耳麦、话筒，想发言必须按下你座位上话筒的按钮，小红灯亮起来，话筒才有声音。说完话以后，必须记得把话筒关掉，否则，别人想要打开他的话筒，那小红灯就亮不起来。

继中方代表团团长率先打破沉默之后，中美双方代表团分别进行自我介绍，而后，双方代表团团长再分别进行开场陈述。所谓磋商的开场陈述，说白了就是在开始讨论细节问题之前首先发表一下各自的总体性意见。起诉方一般会告诉对方为什么来磋商的原因，表达希望对方能够配合磋商的期望；而被诉方一般会象征性地表达一下已注意到起诉方提出的关注，希望磋商能够消除彼此之间可能存在的误会之类的意思。在这些流程走完之后，才算是真正进入了磋商的核心阶段：对磋商问题单的回答。

我们知道，磋商最主要的意义在于信息的沟通与收集。因此，在磋商之前，起诉方一般会向被诉方提前发放一个磋商问题单，列出起诉方所关心的、与案件争议事项相关的事实问题，以供被诉方提前进行准备。前面说过，磋商是 WTO 争端解决机制下必经的环节。虽然法律条文是这么规定的，但是，在大多数涉及重大贸易利益的 WTO 案件中，争端的被诉方都不会配合起诉方进行"实质性"磋商；同时，争端双方都会为了避免过早暴露自己在案件中的抗辩思路和杀手铜而在磋商的信息交换过程中有所保留。因此，虽然在当下的 WTO 争端中，争端双方都是举着"最大程度地消除双方之间可能存在的任何误解"的大旗去磋商的，然而，大部分磋商其实是为了完成争端双方在 DSU 项下的程序义务而进行的"逢场作戏"，按照时下的流行语来说，认真你就输了。从 WTO 官网公布的数据来看，截至 2014 年 6 月 25 日，正式提起 WTO 争端解决程序的案件共有 481 个，通过磋商进而以和解备忘录或各方同意的解决办法解决的案件共 91 个，占全部案件的约 19%。这个数字说大不大，说小也不小，看起来有些尴尬。不过，20 年前——WTO 的前生 GATT 时期，这一数字就要大很多。Robert E. Hudec 教授曾经在他的书中统计过，在

1948 年至 1989 年之间的 207 个 GATT 案件中，通过磋商解决的案件数量为 64 件，达到 31%。若刨除 27 个起诉方撤诉的案件，则这一比例达到 42%。我想，这大概是因为 GATT 阶段的争端解决机制采用"协商一致"的原则，这就使得被诉方可以轻易地以"一票否决"的方式拖延或阻挠专家组的成立及专家组报告的通过。因此，考虑到将案件提交至专家组而言可能付出的更高代价（费时费力），争端双方（特别是起诉方）更有动力通过磋商来解决自己的关注。

不出意外，美国人果然给予了非常有限的配合："我们认为，我们的商务部在裁决中写得非常清楚，不言自明。"针对中方"请针对每个调查指出美国商务部认为足以支持申请人主张的相关证据"的提问，美国人这样回答。面对这种局面，我只能在心底默念那句至理名言："认真你就输了"，以此平息心中的怒火；而久经沙场的团长先生就显得淡定多了。他首先重申美国在 DSU 项下应当履行的"真诚磋商"义务，表达中方对该种回答套路的不满，同时继续不卑不亢地刨根问底。

事实上，被诉方不主动承认自己的"错误"，这在 WTO 争端解决中实在是再正常不过的了。当面对指责的时候，为自己辩护说我没错，这简直就是人之常情。国家间的行为模式也不外乎人之常情。只是我早就听说，美国的情况更为极端——在涉及贸易救济措施的 WTO 争端中，美国商务部即使承认自己犯了错误，也没法做到"知错就改"，直接修正或撤销相关的裁定，因为存在美国国内法上的障碍，以至于美国商务部不能在没有 WTO 专家组/上诉机构判决的情形下随意撤销或修正自己所做的行政裁决。这是真的吗？在美国作为被诉方、涉及其所采取的贸易救济措施的 WTO 争端解决中，历史上真的没有过与起诉方在磋商阶段达成和解、直接修改或撤销措施的先例吗？答案并非"是"或"不是"那么简单。

通过在 WTO 的数据库里进行搜索后我发现，在美国的 WTO 应诉历史上，真正在专家组/上诉机构报告通过前以"磋商达成和解协议"的方式解决的贸易救济案件只有 7 个，分成两组：第一组是加拿大诉美国对加拿大软木实施的反倾销和反补贴措施系列案，共 6 个（包括 DS236、DS247、DS257、DS264、DS277、DS311）；第二组是墨西哥诉美国水泥反倾销措施案（DS281）。在上述两组 7 个案子中，第一组的 6 起软木系列案都是通过美国和加拿大政府之间签订的同一个全面的《软木协定》及其补充协定而和解的；第二组的水泥案则是通过与墨西哥最终签署《水泥贸易协定》达成和解。从这两组案件的纠纷性质以及和解协议的内容来看，他们之间有着非常显著的特点：美国、加拿大和墨西哥都是《北美洲自由贸易协定》（NAFTA）的缔约方。在这些 WTO 案件进行的过程中，加拿大/墨西哥都同时在 NAFTA 的框架下并行提起了与软木/水泥贸易相关的多起专家组程序。可想而知，作为被诉方的美国一定是忙得焦头烂额、应接不暇。由于争议的核心事项是一样的，花费大量人力物力在两个不同的争端解决机制下逐一进行抗辩显然成本过高。此时，与争议对方缔结一个一揽子协定，不仅能一了百了地解决争端，还能更进一步地促进两国间的货物贸易，成本低效益高，有百利而无一害。

由此可见，在没有 WTO 专家组/上诉机构判决的情形下，要求美国商务部直接修正或撤销相关的裁定，并不存在所谓"制度上"的障碍，完全可以通过双方政府之间签订的一个协定得到执行。恰恰相反，由于美国三权分立的政治体制所决定的，美国在 WTO 案件磋商中真正的难题是对涉及法律法规的修改做出承诺，因为这得最终受制于国会的决定。因此，当被诉措施仅仅是涉及行政机关的行政行为时，问题的关键在于磋商解决争议的成本是否确实远低于通过专家组程序解决争议的成本。只有在被诉方内心的天平明显地倾向于磋商这一边时，案件才有通过磋商达成和解的余地。

DS437 的磋商就是以符合大家预期的方式结束的。美国人完全没有让我们失望，在磋商的整个过程中维持着其惯有的自信姿态，毫无忏悔的意思表示。经验丰富的代表团成员们早已习惯了这样的磋商结果，这本来就是一场必定会走向专家组甚至是上诉机构的持久战，磋商就像宣战，只是战争的开始。他们收起散落一桌的资料，提着公文包，目光平静如水，大步离开了那个暗无天日的会议室。听着他们一步一步远去的脚步声，我仿佛听见了中国从入世之初 WTO 世界里安静的旁观者直到十年之后这个体制规则的积极利用者成长的声音。是啊，任何一个精彩的故事都有一个不起眼的开始。中国主演的 WTO 故事本身不就是从那个最不起眼的开始拉开序幕的吗？看着大家依次把各自的 WTO 访客牌交还给门卫、换回自己的护照，我意识到，我人生中的第一次磋商之行正式结束了。刘姥姥的大观园之行到此为止。

日内瓦 7 月的傍晚，湛蓝的天空中一枚浅浅的月牙早已悄悄爬上枝头。环视 WTO 总部大气威严的大楼，我不由得默默地想，不知道什么时候能有更多的中国人可以真正作为主人而不是过客，站在这里？也许这一天还很遥远，但是，就像肯尼迪家族的 Ted Kennedy 说的那样：

"The work goes on, the cause endures, the hope still lives and the dreams shall never die."

像一个人走向一束光

——我的第一次 WTO 上诉听证会随想兼工作 3 周年纪念

苏　畅[*]

很长很长的序

当我看到杨国华教授给我发的信息，让我再写一篇关于在 WTO 打官司的文章，以便结集出版的时候，我正在北京东城区的一条老胡同里的一家小店，与朋友一起饥肠辘辘地准备开吃羊蝎子火锅。朋友见我忽然拿着手机发呆，关切地问怎么了。我向他描述了这个从天而降的任务，苦恼地说，我实在是受宠若惊，也实在是不知道自己对于这个话题还有什么可说的（因为之前已经写过一篇，而我本就属于菜鸟级选手）。朋友立马一脸机智地说，你不是昨天刚从日内瓦回来吗，就写写你参加 WTO 上诉听证会的感受吧。

那是 10 月深秋的一天，恰逢京城重度雾霾，火锅冒出的热气和窜进屋内的雾霾交织在一起，眼前的一切既虚幻得令人恍惚、又真实得恰到好处。确实，看着火锅汤里正上下浮沉若隐若现的羊蝎子，耳畔充斥着周遭热热闹闹的京腔，实在无法想象，就在一天以前，我还在日内瓦的 WTO 总部大楼里，身处一群西装革履的官员和律师之中，坐在一块写着"China"的小桌牌后，参加中国诉美国多种产品反补贴措施案（DS437）的上诉听证会。这个案子是我作为一名从事 WTO 法的律师，从头开始真正深度参与的第一起 WTO 案件，那次听证会也是我人生中的第一次 WTO 上诉听证会。就像是亲自参与出演了一部纪录片一样，从两年前开始直至今日，我亲身经历着这个故事的起承转合，而故事的情节发展也伴随着我的成长。这种成长所带来的欣喜、感动、惶恐与不安交织在一起，浓烈而又新鲜。我知道自己的内心深处不舍得让这些感受随风淡去，却又好像找不到合适的抒发窗口和理由。偏偏碰巧此

---

[*]　北京金杜律师事务所律师。

时收到杨教授约稿，不然就以外促内，也算是给自己一个交代？想到这儿，我虽然深知自己在高贵冷艳的 WTO 圈内是个乳臭未干的小毛孩，还是立马回了杨教授的短信答应了约稿，然后，就像是一位接到了下个周一要在升旗仪式中向全校同学做一次"国旗下的讲话"任务的小学生一样，带着一种光荣和压力并存的使命感，心不在焉地戴上一次性手套，啃起了早已在火锅汤里煮得快不耐烦了的羊蝎子。

在开始这个国旗下的讲话之前，我想先进行一下自我介绍。我自 2011 年从美国乔治城大学法学院毕业之后，直接加入了北京的金杜律师事务所，一直从事 WTO 法律事务工作，到现在工作刚满 3 年。对于 WTO 法这个圈子来说，3 年的时间并不长，这是因为 WTO 法所包含的条约规则繁多冗长、复杂晦涩，且独立于任何法系，自成一体。要想真的掌握个中精髓，那注定是一场漫长而又艰难的修行。但是，正是由于这个领域的特殊性，3 年的时间也不算短，因为从职业发展的角度来说，许多年轻人在涉足这个领域的一两年过后就会敏锐地意识到，这是一个门槛高、不赚钱、市场小的行业，进而迅速地逃离这片苦海，转投他门。因此，非常客观地说，在绝大多数法律从业人员的眼里，WTO 法是一块很贵又难啃的饼，常常是啃到牙都动摇了，饼的味道还没尝到。那么问题来了，我怎么就阴差阳错地啃上了这块饼呢？是机缘巧合，还是主观选择，也许答案并不重要。重要的是，我已经啃上了，我的牙还没掉，我准备继续啃下去。说了这么多铺垫，我其实只是想为自己开脱一下，因为我意识到自己资历尚浅，在这篇"国旗下的讲话"中说不出什么有深度的观点，所以希望正在听我说话的你不要对此怀有任何期望；对于我即将要说的这些，你并不需要认同或是觉得意义匪浅，我所能尽力做到的是，让你不会在听完之后摇摇头，觉得我与你的分享不够真诚。

日内瓦、WTO、上诉听证会，这三个词足以让我的小伙伴们在任何聊天对话中把我屏蔽了，因为在他们看来这些事情实在是令人发指地不接地气。是啊，如果很多很多年以后，我不幸变成了一个大忽悠（希望是不会啦），我也许会在介绍自己时不经意地透露一句，"在 26 岁时，作为中国政府的律师在日内瓦参加 WTO 上诉听证会"。相信大多数不明真相的群众看到这句话的第一反应应该会是，"听起来很厉害的样子"。但是，请相信我，虽然这句话所包含的所有信息均属实无误，然而在我写下这句话的此时此刻，我并没有感到不可一世的骄傲；与之相反，充斥我内心深处的是不可言说的沮丧。之所以说是"不可言说"的沮丧，是因为也许很少有人能够体会并相信我所感受到的这种沮丧背后的真诚。在别人眼中，我是幸运的，能够在入行的最开始就紧跟在业界最好的律师身后，走在 WTO 争端解决的第一线，作为代表自己祖国的律师团队的一员，为捍卫国家和产业的利益而在国际争端解决的舞台中与高手过招。没错，我当然意识到自己的幸运，并对此心怀感恩之情。但是，我心中的沮丧，正是源于自己与这些真正的高手共处一室的时候，亲眼所见的差距，以及随之而来的那种望尘莫及的自卑。这么说可真的不是我欲扬先抑、过分谦虚，在我人生中的第一个 WTO 上诉听证会中，我那平日里自我感觉良好的玻璃心可是被打击得碎了一地。

当我坐在那块写着"China"的小桌牌后，凝视着窗外日内瓦初秋的空旷蓝天的时候，其实我首先是进行了一番自我肯定的。因为我回想起了两年前为这个案子第一次出差来到日内瓦，与被诉方美国磋商的场景。那一次是我第一次在磋商中为中方代表团的团长担任翻译，耳旁似乎还可以回想起当时的自己因为紧张而透过麦克风被放大了的、微微颤抖的声音。如今两年过去了，这个案子一步一步从磋商，到专家组，直到走到了今天的上诉。我环顾四周，觉得自己已经可以做到落落大方地对周围认识的不认识的人们问好、微笑，欣喜于自己终于不再是当初那个第一次走进 WTO 大楼连手都不知道往哪儿搁的小姑娘了。但是事实上，没过多久，这些小小的自我肯定很快就被如潮水般涌来的自我否定给淹没了。

离上诉听证会正式开庭时间还有 5 分钟。坐在我斜前方负责口头陈述的中国政府官员正在心中最后默念一遍马上要进行的发言；坐在我对面负责庭审答辩的外国律师正一脸轻松地翻着他面前厚厚几卷装订成册的案件资料；房间的另一边、来自美国的政府官员和律师们也都各就各位了。除了中国和美国这两个案件当事方的代表团成员，这个硕大的会议室还坐满了以第三方身份参与本案，来自澳大利亚、巴西、加拿大、欧盟等 11 个 WTO 成员的代表。忽然间，屋里坐着的人们开始起立，我知道，是审理本案的上诉机构成员进屋了。第一位走进来的是小个子的韩国大叔——首尔大学法律系的张胜和教授；紧随其后是高个子的比利时人——荷兰马斯特里赫特大学的范登博氏教授；最后进屋的是包着头巾的前印度驻 WTO 大使——巴蒂亚先生。他们就座的主席台离我很近，可那一刻我却看不清他们的容貌，因为他们头顶的光环实在太过耀眼。我回想起自己在美国上学的时候旁听过的一次美国联邦最高法院的庭审。当时的我还是一名法学院的学生，坐在听众席的最后一排，有如仰望奥林匹斯山上的众神一般，呆若木鸡地仰望着很远的前方那 9 个小小的身影。WTO 的上诉机构号称世界经济的最高法院，4 年前呆若木鸡的我当然没有想到在 4 年后的某一天，自己会离他们只有 5 米之远。

"欢迎各位参加本案的上诉听证会。"在所有人再次入座后，审理本案的主席范登博氏教授首先打破了沉默。按照程序，中美两国作为本案的争端双方，率先进行口头陈述。随后，各个第三方也依次陈述了其对于本案的总体立场。在听完了所有的开场发言之后，上诉机构开始就案件的几个争议法律问题依次进行提问。由于案件的保密性，上诉机构在庭审中具体问了些什么问题我不能说（估计你们也不感兴趣），概括来说，这些问题涉及与案件有关的方方面面——既包括对条约规则的解释、对案件事实的审查，也包括对既往案例的解读、对政策取向的判断……《阿甘正传》里的那句经典台词说，"人生就像一盒巧克力，你永远无法知道下一个是什么口味"。上诉听证会也是这样，你永远无法知道上诉机构成员的下一个问题是什么，是难是易，会围绕什么而展开，会将他们的思考引向何处……而你所回答的一字一句又将被记录在案，作为他们最终裁决的分析推理的基础。面对这样的压力（当然了，如果你是理查德·波斯纳的粉丝，你也相信在许多开放的法律问题上法官们的司法裁决最终都会由他们的情感、人格、政策直觉、意识形态、政治背景及人生阅历来决定，那么也许压力会小一些……），我真不知道跟我共处一室的那些大律师们是怎么做到出口成章的，我一次又一次地折服于他们机智的回答、敏捷的思维和从容的自信之中，一次又一次地觉得他们跟我并非来自一个星球。就比如坐在我身后一排，来自欧盟（本案的第三方）的那位赫赫有名的 F 先生，他的面前只有那本被 WTO 法学界视为圣经的《乌拉圭回合多边贸易谈判结果法律文本》，除此之外别无他物。他思考的时候习惯拿着一支铅笔抵着脑袋，时而低头翻一翻书，时而抬头看一看天花板，然后，好像天花板上写着答案似的，立马就在听完上诉机构的问题后比争端双方的律师更为积极地第一个竖起小牌子请求发言。他的声音不大，语气平缓，但是他每一次发言，无论是因为内容的角度、高度、深度，还是因为他本人的举止、神态、表情，都有一种能让人不由自主就想要侧耳倾听的魔力。我想，这种魔力的另一个名字，叫做权威。他的每一次发言都仿佛只是在娓娓道来一个众所周知的事实那样不费吹灰之力，而并非在挖空心思竭尽全力地说服上诉机构认同哪一种观点。看着他，我听见自己的自信在地上碎成一片两片三四片，有一种像是"地上的蚂蚁在仰望空中的大象"那样的感受。

如何成为权威？如何做到让大家在你开口说话的时候都侧耳聆听？他们是怎样成为权威的？他们在成为权威的路上都经历了什么？看着这些大律师们一脸的轻松自如，我完全没有任何线索。我唯一确定的是，为了这样的一次听证会，发言的律师们必须要做的功课，就是将与本案相关的每一个先例、每一款条约条文、案件中自己和对手已经递交的每一页陈述和证据、案件进程中发生的每一个细节都烂熟于心。做到这些还不够，你还要有风度，能够有礼有节地反驳在你看来荒唐可笑的观点；你还要懂幽默，能够在恰当的时候说几句政治正确的玩笑；你还要像个雷达一样，能够感知并体味听证会中上诉机构成员眉眼之间情绪的微妙变化，或是言语之中的隐含意图，并相应调整自己将要给出的反馈。而这一切的一切，都需要建立在对英文的掌握达到近乎为母语程度的基础之上。想到这里，我心中的沮丧就像是刚刚投放的一枚烟幕弹似得无孔不入地在心底弥漫开来——我跟这些大律师们之间的差距，真的可以通过后天不断的努力来弥补吗？我，作为一个土生土长的中国人，身体里到底有没有成为像欧美那些大律师们那样的人的基因？如果最终不能成为像他们这样的人，不能在上诉机构面前侃侃而谈地为自己的祖国发言，我这3年来的选择是否还有意义，3年之后是否依然有坚持走下去的必要？这些问题，犹如一场猝不及防、突然而至的倾盆大雨，在一瞬间毫不留情地把毫无防备的我淋成了一个落汤鸡。

就是带着这样潮湿的心情，我结束了我人生中的第一次WTO上诉听证会。在那个重度雾霾的晚上，在收到杨教授的短信约稿之后，我边啃着羊蝎子，边对身边的那个朋友聊起了我的感受。这是我第一次跟别人描述心中的那种沮丧，我本不期待他能够体会我的心情，没想到，朋友听完却淡然一笑，对我说出了瞬间驱散了我心中所有雾霾的一席话。他说，要相信，你正在做的事情一定有意义，而这些事情的意义和价值，并不需要通过最终的结果来衡量。你读过《宽容》的序言吗？朋友问我。我点点头，我明白他的话中之意。

《宽容》的序言讲的是这样一个故事：在一个被岩石包围着的无知山谷中，坐落着一个小村庄。那里的人们臣服于禁锢思想的守旧律法，满足于自己的安逸生活，同时又害怕未知世界，因此，没有人胆敢去攀登那挡住太阳的岩石高墙，探索山谷外的陌生世界。直到有一天，有一个最先向黑暗和恐怖的未知世界挑战的勇者，他遍体鳞伤地跨过了无知山谷的岩石高墙，发现了山谷外的新鲜土壤。虽然直到他死，他都没有能够说服他的族人相信山谷的另一边有一片美丽世界，但是他在先行的道路上，在丛林和无际的荒野乱石中，用火烧出了一条宽敞大道。直到在许多年后，村里的人们因为天灾而终于被逼无奈地走上了投奔陌生世界的旅程，他们沿着先行者用血与泪开辟的大道，最终到达了新世界的绿色牧场。

朋友意味深长地看着我说，明白吗，这就是先行者的价值，而你应该感到荣幸，因为你已经有幸站在了先行者的队伍中间。

先行者，这个词几乎让我热泪盈眶。那份从日内瓦带回来的潮湿心情终于在这个火锅店里被涮成了一份坚定又外加一份温暖。是啊，也许今天，中国的律师与欧美的律师相比而言还有差距，尚且不能独当一面地在 WTO 上诉听证会中为自己的祖国抗辩，但是我选择相信，这一天一定会到来，并且这一天并不会太远，因为在今天的中国，已经有了一群带着勇气和激情探索未知世界的 WTO 法先行者们。他们有着坚定的信念、扎实的功底、崇高的理想，他们正在一步一步地试图翻越那个高墙。至于我自己，我希望能够陪伴在这群先行者们的身旁，也许有一天，需要我接过他们手中的火把，继续把通往新世界的大道点亮。

回顾我的 WTO 法律生涯的第一个 3 年，就像是走在一条很长很长、不知道通向何方的隧道里，期待隧道的尽头会有一束光。这一路上，收获了常人无法体会的喜悦，代价是要学会面对枯燥的黑暗，学会与无尽的孤独为伍，学会与偶尔的沮丧和平共处。看着眼前这条走了一段、却还不能够一眼看到光的隧道，我想起丘吉尔曾经说过的话：我能奉献的没有其他，只有热血、辛劳、眼泪与汗水。我想，对于我自己来说，走在这条终点处可能有、也可能没有光的隧道里，面对这份未尽的 WTO 事业，丘先生能奉献的也应该是我能奉献的，除此之外，也许，还有那么一点点坚持。

后记

我从来就不是一个会讲故事的人，我只能谈谈我的那些混乱的、复杂的、也许并不那么特别或是可贵的感受。很显然，这不是一次成功的国旗下的讲话，这看起来更像是一次不成功的喃喃自语，因为我甚至都不知道自己有没有把这些感受清楚地表达出来，但我依然希望读到这里的你至少体会到了我的真诚。最后，还是要感谢杨教授的约稿，让我得以在隧道里艰难前行的道路上，停下脚步，审视一下自己已经走到了哪里，然后再闭上眼睛，静下心来想一想自己最初为什么要出发。

当然了，也要感谢我的那位朋友，那顿羊蝎子火锅真是好吃到没齿难忘。

2014 年 11 月 6 日

三、官员和外交官

一切，才刚刚开始

杨骁燕[*]

必须承认，有的时候，尽管自己的内心盛满感慨和感动，也不一定能够完全以言语或是文字来表达。表达的基础是回忆，而记忆总是容易自动筛选，因人而异。我们中的每一个人对 WTO 打官司的记忆和感受不可避免地会标上个人经历的标签，我也不例外。

从 2009 年在布鲁塞尔的中国驻欧盟使团开始，自己就常常被领导和同事开玩笑，"欧盟"和"贸易救济"就像我身上的两个标签，是那么的鲜明，几乎忘了我曾经在更长的时间里从事多边谈判以及与美国打交道。虽然自己不喜欢被标签化，但自己参与 WTO 争端解决的经历的的确确与欧盟以及中欧之间的贸易救济案件紧密关联。从中国诉欧盟紧固件反倾销措施案（DS397）到中国诉欧盟皮鞋反倾销措施案（DS405），从欧盟诉中国紧固件反倾销措施初裁案（DS407）到欧盟诉中国 X－射线设备反倾销措施案（DS425）……感谢当时的国内外领导，非常例外地允许我作为海外争端解决团队的一员，让我有机会参与这一系列的中欧争端案件，提前"预热"。

在那些往返于布鲁塞尔与日内瓦之间的 Brussels Airline 航班上，总是很容易与欧委会法律总司或贸易总司熟识的欧盟同事相遇，愉快交谈之余甚至被他们戏称："自从 Connie 到了布鲁塞尔之后，中国和欧盟的贸易争端就从布鲁塞尔打到日内瓦来了。"自己往往莞尔一笑或是开玩笑反问："那你们喜欢还是不喜欢到日内瓦来旅行呢？"虽说"旅行"，但任谁也不会轻松。玩笑过后，往往看到欧盟同事或是打开电脑继续修改文件或是抓紧时间阅读材料，为开庭做最后的准备，紧张程度并不亚于我们。只可惜，当时的自己囿于经验，只能为首都同事们提供非常有限的支持。但这段源自布鲁塞尔的经历，却在不知不觉之中为多年后自己真正从事 WTO 争端解决工作做了难得的铺垫。

---

[*] 商务部条约法律司副处长。

今年夏天，我终于幸运地加入条法司争端解决团队，成为代表中国政府在 WTO 打官司的争端团队成员。毫不意外，自己的工作与"欧盟"和"贸易救济"再度相连。有点意外，由于在手案件各自不同的工作程序，自己第一次作为案件主办官员赴日内瓦开庭的对手不是欧盟，却是曾经无比熟悉的美国，但是，那种熟悉已是在很久以前，心下不禁忐忑。幸运的是，我们总是"集团作战"。我们的团长曾经在美常驻，并拥有多年的涉美争端经验；我们聘请的外国律师也来自美国，一位精于争端解决诉讼，另一位则非常巧合，正是我多年前应对美国对华双反调查中的合作伙伴，老先生年近七十，依然身体康健，思路清晰，再次携手作战，分外亲切；一同开赴日内瓦的还有我们经验丰富的贸易救济调查官团队和中国律师团队。一切似乎准备就绪，我的第一次正式的开庭经历就此展开。

最好的庭审来自最好的准备。在飞往日内瓦之前，无论在国内开过多少次讨论会，相互间发过多少封邮件，都不能取代团队全体成员坐在日内瓦的同事为我们提前预定的 WTO 总部大楼里的会议室里，面对面热烈地交换意见，甚至坦率地争个面红耳赤。从开庭时我们政府代表需要发表的口头陈述，到专家组成员可能提出的具体问题，从疑难技术问题答复的反复演练，到具体数据事实的反复核对，我们在为寻找最佳的表达方式、最佳的句式以及最佳的词汇琢磨了再琢磨，论证了再论证，直至找到公认的最好的解决方案。整整两天里，大楼的玻璃窗外时风时雨，变幻莫测，而屋里的讨论气氛却无比热烈。当我们抱着资料沿着日内瓦湖边那走过无数次的小路往住处走时，心里默默祈祷，希望开庭一切顺利。

再多的准备也总有要上战场的一刻。开庭前五分钟，中美双方代表团成员陆续落座，美方 5 人，中方超过 10 人，人数气场上我方略占上风。主席等三位专家组成员以及一众秘书处规则司官员鱼贯而入，和双方代表团中的熟人寒暄，其中一名官员也朝我微笑点头，定睛一看，正是曾经与我在布鲁塞尔相熟多年并合作过多起欧盟对华反倾销案件的主办律师。但此时此刻，他在台上，我在台下，身份不同，立场有别，保持距离是必然的。

主席宣布完规则，双方代表团介绍完各自成员后，立即进入口头陈述阶段。作为被诉方，我们的发言在美方之后。30 多页的陈述稿，一人读完实在太累，于是，团长和我各负责一半。虽然开庭前的晚上，自己已经在房间里悄悄练习了几次，但真正坐在专家组面前进行陈述，才突然感觉自己也不由自主地紧张起来。原来，角色转变和庭审分工所带来的压力是不言而喻的。由于开庭结束后还将提交书面版本，因此，很多人认为，口头陈述只是一个例行程序，并无继续存在的特别必要。但恰好在两周前WTO主办的争端解决高级研讨班上，有秘书处官员表示，应当将口头陈述视为与专家组成员面对面直接沟通的一次重要机会，并非毫无意义，反而值得好好把握。所以，自己努力按捺住紧张的情绪，义正词严地反驳美方主张，尽可能引起专家组倾听的兴趣。双方读完口头陈述，已近中午。主席拿出秘书处准备的一份问题单，散发给双方代表，并表示下午将按照问题单进行问答环节，但希望问题单不会毁掉我们的午餐时光。而我们知道，这显然只是良好的愿望而已。匆匆吃过午餐，马上和律师进入问题单答复的准备工作。大部分问题未超出前两天我们讨论的范围，但也有部分问题显然问得更加技巧，草率作答可能坠入陷阱，也可能言多有失，必须慎之又慎。再次回到开庭的会议室，看得出我们的律师都有点紧张。问题单上，针对我们的问题远远多于针对美方的问题，可以想见，专家组希望通过当庭问答了解与我们的立场、解释、推理相关的更多信息，以便做出符合事实和规则的公正裁断。在部分核心问题上，中美双方展开了激烈辩论。台上的专家组成员显然更乐于看到这样的场面，兴致盎然地听着双方辩论确实比"提问—回答"的沉闷程序来得有趣，也许他们也坚信，"真理越辩越明"吧。六点左右，第一日听证会结束，问题单上最困难的部分已经结束。饥肠辘辘的我们返回住处补充能量，政府聘用的律师则要抓紧时间继续准备第二日问答及结束陈词，以便我们能在第二日一大早拿到最新的版本。

第二日相对轻松，几个第三方成员发表完口头陈述后立即退场。中美双方继续就专家组问题单上的剩余问题进行作答。之后是双方代表团团长做结束陈词，提纲挈领地再次陈述己方立场，驳斥对方观点。中午时分，在主席宣布了一系列的文件提交截止日期之后，听证会顺利结束，双方只能交叉手指祈愿几个月后的专家组报告尽可能判定自己多赢几个点。步出WTO大楼时，阳光灿烂，律师笑着说，终于可以踏踏实实地吃顿午饭再补个觉了，而团长和我还得奔赴常驻团赶写内部报告，以便首都在第一时间了解和把握案件情况和走向，为下一步工作早作打算。

最后一日，返京航班将于傍晚起飞，白天为全团休整时间。而我们另外一个团队的同事将与美国政府在同一幢大楼的不同会议室里继续奋战，不同的是，这一场我们是原告，而美国是被告。在上诉机构面前如何就艰深晦涩的法律问题辩论，这样的机会实在太难得。于是，我们毅然放弃采买巧克力等礼物的计划，加入中方代表团，感受了一场令人头脑高速运转、难以停歇的上诉听证会。而正如我的同事所描述，上诉机构的三名著名"法官"以其个人学识、经验、风度、魅力，也同样轻而易举地征服了我。而我们聘请的全球最好的争端解决律师对阵 USTR 资深争端解决官员，也使这场听证会显得格外精彩。认真聆听、飞速记录的同时，自己也不禁思索：什么时候中国律师甚至我们主办官员才可以在上诉机构面前这样镇定自若地与对手激辩呢？期盼这一天不要到得太晚！

　　加场的听证会尚未结束，我们的团队已到了要赶赴机场的时间。以最快的速度换下正装，招呼着团队成员，飞快地拖着皮箱，裹着夜色，冲进机场。安检、出关、登机、落座、起飞……飞机飞离日内瓦还没多久，自己终于扛不住五天来连日作战的疲惫，不等空姐们端上晚餐，早已沉沉睡去。但我知道，当我们飞越换日线的那一瞬，又将是崭新的一天。而自己在 WTO 打官司的全新体验，才刚刚开始！

追寻生命中的双彩虹

——世贸组织争端解决案件上诉听证会杂感

王　蔷*

半年内参加了三次上诉听证会，起诉方、被诉方、第三方一一当遍，从开始感觉神秘、充满敬畏，到最后对上诉听证会产生缠绵悱恻的眷恋之情。上诉听证会为何有如此之魅力？

一、准时

时间观念强是上诉听证会给我的第一感受。细节上的严格要求绝对有助于维护权威，营造敬畏。

开庭准时。第一次出席上诉听证会前就被告知，一定要准时，因为上诉听证会是准时开始的。相较于专家组听证会上常有人姗姗来迟，上诉听证会开庭前10分钟各方基本已到齐，上诉机构成员已提早到场。只等预定开庭时间一到，主席立即宣布听证会程序与纪律，场面还没有预热，就以迅雷不及掩耳的速度进入口头陈述阶段。

口头陈述时间限制严格。上诉听证会前，当事各方会收到指引，告知各自口头陈述的时间。可千万不要小看这个时间限制，执行非常严格。时间一到，不管你说到哪里，是否结束，都会被立即打断。而且开庭前的指引和主席宣布的纪律中都会说明，即使交了口头陈述的书面材料，上诉机构成员也仅以当场发言的记录为准。如果不幸没念完，不好意思，即使剩余的部分妙笔生花，上诉机构也不会考虑。因此，你的语速不能太慢，太慢就会念不完；也不能太快，主席要求你照顾翻译和记录。别无他法，只能事前多加练习。

结束准时。上诉机构成员要全面了解上诉涉及的法律问题，自然耗时长久，虽然我仅参加了三场八天的上诉听证会，但没有一天能按照世贸组织职

员下班的时间结束。万幸的是，主席对时间的掌握已臻炉火纯青的境界，总在我们觉得应该结束时茶歇，然后告诉我们，今晚结束不会晚于八点，而且的确会在八点结束。因此，上诉听证会期间，你很少有机会欣赏日内瓦的夕阳与落日。

二、大法官的风采

对世贸组织争端解决机制上诉机构成员的认识，从詹姆斯·巴克斯的《贸易与自由》开始。作为创始成员之一，詹姆斯·巴克斯眼中的其他六位上诉机构成员，各具个性，但都是那么的睿智与博学，令人高山仰止。

据说，每个上诉案件审理成员的组成是基于一种古老的算法，没有规律可循，这更为上诉庭增添了神秘色彩。这也意味着在案件中见遍上诉机构成员不是一件那么容易的事情。幸运的我在三个案件中见到了全部六位成员（除了最新选出尚未审理案件的毛里求斯成员 Shree Baboo Chekitan Servansing）。在我紧张地追随上诉机构成员缜密的思路，饱受他们密集提问折磨的同时，不妨碍我如追星族般欣赏他们不同的风采。韩国成员张胜和，温文儒雅，每次都面带和蔼的微笑提出犀利的问题。墨西哥成员 Ricardo Ramirez-Hernandez，时而咄咄逼人，时而温和幽默，也可能是我基于被诉方和第三方不同身份的不同感受吧。印度成员 Ujal Singh Bhata 带着东方古国特有的神秘，问题一语中的，我还发现，他每次带的头巾颜色都不一样。美国成员 Tomas Graham 满头银发，一副传说中的智者模样。中国成员张月姣，上诉机构成员中唯一的女性，中国女性的骄傲，优雅从容，智慧敏锐。欧盟成员 Peter Van Den Bossche，神一样的存在，法学家里偶像级的人物，2014 年上半年的 4 个案子他都没有参与，直到最近的一次上诉才隆重登场，极度兴奋的我却发现，他没有我想象中英俊潇洒，因而略有失望，很快，他就以缜密的法律思维、敏锐的反应征服了全场，连他发际线略有退后的额头都仿佛闪耀着睿智的光辉。

在这些高度智慧头脑的循循善诱下，各方为了一个词、一句话反复争论，听证会的现场与其说是法庭，更像是研讨会。但如果你以为上诉听证会的主调是轻松愉快的，那就大错特错了。

三、问题的迷宫

上诉听证会的重头戏，是回答上诉庭成员的问题。不同于专家组阶段，上诉听证会的问题全部都现场作答，不事先提出，也不接受会后的书面回答。

虽然在听证会前，我们和律师团队已做了充分准备，可还是会很紧张，就像参加高考时复习得再充分，出题老师总能考到你没有复习到的那部分。

不要以为上诉只审法律问题就不会再涉及事实问题，上诉机构成员可以问任何他们想问的问题，你难道能对他们说，你们无权问事实？更何况，事实问题是上诉机构作出正确法律分析的基础。所以，千万不能以为到了上诉阶段，就可以彻底摆脱那无比复杂的案件事实带来的噩梦。实际上，上诉机构问的事实问题只会比专家组更尖锐、更切中要害。

过了事实问题的考验，上诉机构成员的法律问题更是一环扣一环，一个陷阱连着一个陷阱，问得你求生不能，求死不得。从协定之间的关系、条约解释原理，到一个词、一句话的解释，宏观微观，无一漏网。一个表述单数还是复数含义是否有所不同，会问遍协定内所有出现过此种表述的条款；为解释专家组报告中的一句话，需要寻遍其他上诉机构报告的类似表述。上诉成员身后的显示屏上随时会跳出一段话，要求你作出解释，可能是专家组报告，可能是某个多边贸易协定的条款，可能是专家组报告引过的上诉机构报告，还可能是专家组报告没引用过的报告。总之，一切皆有可能，你只有熟悉所有的案例，所有的报告，所有的条文，才有可能通过这个考验。

即使你顺利地答出上述问题，上诉机构成员也有本领让你瞬间崩溃。如果上诉机构问你为什么在其他案件中没有做此抗辩，你还徘徊在崩溃边缘，他们再追加一问：上诉机构为什么没这么考虑这一问题？你就会立即凌乱……万能的上诉机构成员啊，您老人家不这么推理，我怎么知道您是怎么想的呢？

在这海量的头脑风暴过后，我的头脑居然由最初的一片混乱，变得脉络清晰，问题的关键到底在哪里，我方的整个论证推理有什么不足，对方的答辩有什么缺陷，一目了然。这可能就是上诉机构成员的高明之处吧，这也正是上诉听证会的魅力所在。

四、什么是最好的论辩技巧

能克敌制胜的论辩技巧，自然就是最好的论辩技巧，问题是在世贸争端解决案件的上诉听证会上是否有这样的技巧？是应主动出击，咄咄逼人；还是后发制人，沉着应战；是滔滔不绝，还是沉默是金，避免言多必失？

条条大路通罗马，每个策略都有利有弊，很难一概而论。最重要的是，看你面对的是谁，你要说服谁？在上诉听证会上，我们面对的是国际贸易法律界的权威，世贸规则七个顶级人物之三的上诉机构成员不是很容易被感情、被非理性操纵的陪审员。所以，无论你说什么，用什么技巧，恐怕上诉机构都会在心中暗笑：在我面前耍花招，还以为我知道你们要说什么，又落入我设的陷阱了。

说了这么多，什么是最好的技巧呢？我也没有答案。但我始终坚信，再好的律师，再好的口才，再好的策略，也不能颠倒是非黑白。虽然绝对的正义只存在理论之中，但是，真正的公理始终不会超越正常理性人的合理认知。真正符合世贸规则精神的措施，也许才是打动上诉机构成员的制胜法宝。而我们所做的努力，无论是起诉还是被诉，都是为了让更多的措施更加符合世贸规则，促进贸易的进一步自由化。

五、斯德哥尔摩征候群？

每一天的听证会都是高强度的，经常要从早上九点半到晚上八点，如果哪天居然在七点前结束，则是意外的惊喜。但越是临近结束，我的心情就越复杂，似乎盼望听证会可以再迟一点结束，上诉机构成员可以再多问几个问题。当我把这种心理跟同事朋友分享时，被他们诊断为斯德哥尔摩征候群。

但我想，这个心情应该不是我独有的。在一场听证会上，我看到我方律师团队的一个很感性的女律师在听总结陈词时已经泪凝于睫。是啊，一个世贸组织争端解决案件从磋商走到上诉机构公布报告，需要多长时间？从理论上说，最少需要 510 天。实践中，很多案件要长于这个时间。我国经历的争端解决案件（从磋商到世贸组织争端解决机构通过上诉机构报告）目前历时最长的是出版物案，共 2 年 9 个月 10 天。每一个案子的诉讼过程中，有多少人共同奋斗，多少思想火花的碰撞，多少次加班到东方泛白，多少失望痛苦欣喜交织，其间，有人加入，有人离开，几多感慨。也许结果并不能每次都尽如人意，但我们用不懈的努力，捍卫多边贸易体制规则的尊严，维护世贸组织争端解决机制的权威性。能够坐在上诉听证会会场"China"牌子后面见证这历史的一刻，想到这是多少人努力的结果，怎么不百感交集！参与这项工作，于有荣焉！

六、追寻生命中的双彩虹

在《贸易与自由》一书中，我最喜欢的一章是《双彩虹》。巴克斯在日内瓦第一次见到双彩虹，透过美丽但又稍纵即逝的双彩虹，他领略到了生命的真谛。

我在参加上诉听证会期间，也有幸见到了这传说中的双彩虹。那是在一天冗长的听证会结束后，整天都在晴雨中变换的莱蒙湖畔出现了两道无比绚丽的彩虹，仿佛是对我们一天辛勤工作的奖励。我震惊、迷醉于这自然的美景，并眼见这双彩虹一点一点淡去。我似有所悟，每一个争端解决案子的结果就像这雨后的双彩虹，你不知道它是否会出现，很可能不会出现。但为了追寻这无上的美丽，我们就要不懈努力。我更加理解巴克斯在《双彩虹》中写道的"这些瞬间不可再现，但是，它们也不可磨灭。从此以后，这些瞬间就在我们中间"。

上诉听证会的结束并不是终点，很可能是新的起点。上诉机构报告通过后，还有合理执行期谈判、执行，可能还会有执行之诉、专家组、上诉、赔偿或授权报复……前路漫漫，我们一直在征程上，为了追寻到真理的双彩虹！

欧盟剑指执行之诉与报复仲裁顺序问题

孙　昭*　张凤丽**

2014 年 6 月 13 日，欧盟将印度尼西亚在丁香烟案（DS406）中未经执行之诉、直接申请报复授权的做法，诉诸世贸争端解决机制（DS481）。消息传出，一片哗然。对，没写错，丁香烟案中互掐的是印度尼西亚和美国，但就该案的执行和报复问题，作为原始程序第三方的欧盟竟然怒而诉之，并铿锵有力、斩钉截铁地放话称："俺不是在开玩笑（have fun）。"

欧盟这回是剑走偏锋，出人意料，不过，一切缘由还得从丁香烟案说起。印度尼西亚认为美国未执行丁香烟案裁决，故决定不签《顺序协议》（Sequencing Agreement），不启动执行之诉程序，直接申请报复。此举再次引爆争端解决中著名的"顺序争议"，即争端胜诉方对败诉方执行措施不满时，是否必须先完成执行之诉程序（第 21.5 条程序），再启动报复授权程序（第 22.6 条程序）。《争端解决谅解》（DSU）对此"顺序"无明文规定，实践中，各国通常会签署《顺序协议》，确定先完成执行之诉，再寻求报复授权。美国的传统立场是可以签署《顺序协议》，但刻意维持条文上的模糊性，保留其直接寻求报复的权利，所以不愿在 DSU 谈判中澄清顺序规则，却没想到苦果自服，今日遭小国暗算。正在其他人默默幸灾乐祸时，欧盟横空出世，当起了世贸组织中的警察先生，对印度尼西亚提出磋商请求，启动世贸争端解决程序。我向来喜欢奇奇怪怪的东西，看着这份精心措辞的磋商请求，忍不住切开来瞅瞅。

主要涉案措施与法律依据

The measures at issue are Indonesia's decision to have recourse to Article 22. 2

---

　*　中国常驻 WTO 代表团成员。
　**　北京君泽君律师事务所资深律师。

of the DSU and its request to that effect, as evidenced by WT/DS406/12, notwithstanding the existence of a disagreement with the United States as to compliance, together with Indonesia's omission in not initiating and pursuing compliance proceedings pursuant to Article 21.5 and Indonesia's omission in not requesting and procuring suspension of the arbitration panel proceedings pending the outcome of the compliance panel proceedings.

直接援引这段英文是因为这段话在磋商请求中类似地出现了三遍，显得十分重要。粗略分解，涉案措施应该包含三个要素：（1）在被诉方对执行问题尚存争议时，请求报复授权；（2）未发起执行之诉程序（不作为）；（3）未等待执行之诉结果，就请求报复仲裁（不作为）。欧盟的诉讼主张为，以上措施违反 DSU 第 21.5 条、第 23.1 条和第 23.2（a）条。从法律条文和 Hormones Suspension 案（DS320）的裁决看，后两个条款的义务是虚的，只有违反了 DSU 的其他义务，才可能违反第 23.1 条和第 23.2（a）条（该两个条款难以构成独立的法律依据）。所以，欧盟主攻的法律点应当为第 21.5 条。

将某个成员的"不作为"诉诸世贸组织，应该没有什么悬念，上诉机构已经裁过（DS244）。但由于 DSU 执行阶段条文的先天缺陷，对照欧盟此案的诉讼主张，很多问题是逃不过去的：

（1）如何判断存在执行争议？只要被诉方不同意，就算存在执行争议么？现实的考虑，被诉方即便没有任何执行措施，亦可能出于拖延程序的目的宣称已经执行原审裁决。

（2）假设执行争议以当事方宣称为准，第 22.2 条规定的合理执行期过期后 20 日内请求报复授权在实践中还有什么实际意义？执行之诉是必须发起的么？第 21.5 条中，有何法律依据要求报复仲裁必须等待执行之诉的结果？

（3）以欧盟主张来看，若报复仲裁前必须有执行之诉，那么以往的《顺序协议》还有什么意义？对第 21.5 条和第 22.6 条之间关系的解释还有什么意义（参照《维也纳公约》）？我理解，如果此案正常推进，"顺序争议"的所有技术问题和难点，都将集中爆发。

欧盟的痛苦记忆

通常来说，即便丁香烟案的"顺序"再有争议，对争端方以外的国家似乎也不算个大事，为什么欧盟不惜得罪印度尼西亚，从第三方变为当事方挑起战火？如此蹊跷的行为，可能是因为勾起了其 EC—Banana 案（DS27）的痛苦记忆。在那个案子中，美国以潜在出口者搅局，不仅打赢官司，还要求报复，利用"顺序"规则上的漏洞，通过报复仲裁实际上获得了一个"执行专家组（compliance panel）＋仲裁（arbitration）"的裁决报告。由于最终形式是仲裁报告，当事方无法上诉，变相剥夺了欧盟作为被诉方执行之诉的上诉权。与此同时，欧盟在同案中，以原始被诉方身份提出设立执行专家组请求，欲走执行之诉程序（第21.5条程序），却遭遇了原始起诉方的集体拒绝参与。于是，在欧盟的独角戏中，专家组裁出了一份世贸争端解决历史上备受争议的报告：其一，专家组无权强迫其他成员参与世贸争端解决程序；其二，原始被诉方是否能援引第21.5条程序，世贸规则不清；其三，DSU第21、第22和第23条之间的关系应当由世贸组织成员谈判解决，专家组无法裁"顺序"争议。最终结果是欧盟败诉。由于欧盟是此专家组程序中的唯一当事方，故决定不提交DSB通过，于是，该报告成为世贸组织历史上唯一一份没有通过的专家组报告（但需留意，这些裁决结论多数被上诉机构在Hormones Suspension案（DS320）中推翻）。

所以，欧盟的诉讼策略是聪明的，一石三鸟：第一，通过争端解决机制，为"顺序"问题寻找最终答案，敲实Hormones Suspension案的上诉机构裁决；第二，争取打破美国在香蕉案中树立的糟糕先例，即"执行专家组＋仲裁"的裁决报告模式；第三，也算是对自己的痛苦历史有个回应，让美国搬石头砸自己脚，有苦难言。而且后续局面也挺有意思，假设欧盟真的推进下去并胜诉，且在此期间，丁香烟案模仿香蕉案的模式裁出一个"执行专家组＋仲裁"的报告，那么，丁香烟案仲裁报告是一个起诉方和仲裁员以违反世贸规则的方式形成的报告？印度尼西亚如何执行此案的败诉？重新按"顺序"，打一遍执行之诉程序，再报复仲裁程序？已经生效的报复措施怎么办？美国是否还需忍受丁香烟案报复？欧盟扁的是印度尼西亚，美国似乎更难过，复杂的局面就在前方。

所以说，我们有理由相信，欧盟真的不是为了"have fun"才发起此案，而是在一个最佳的历史时机，抓住了一个最佳案件的最佳事实，选择在世贸争端解决机制下"大胆举手发言，苦练杀敌本领"，进而抛出了如今我们看到的这份华丽丽的、必将载入史册的磋商请求。

不过，欧盟的磋商请求还有些反常的特征，例如，援引了大量的上诉机构裁决报告，写得有点像书面陈述。估计他们判断印度尼西亚抵抗不住，最终屈服走第21.5条程序，抑或在设立专家组之前，仲裁员就沿着香蕉案的模式一股脑儿的都裁了，欧盟可能也认为没有实际意义，无须推进了。所以，欧盟的磋商请求更像是一份立场和法律理由的宣言，不一定有什么具体的后续结果。

　　无论如何，即便不提中方在本案中的系统性关注，仅欧盟的这份磋商请求就活生生地向我们展现，在世贸争端解决背景下，"想象力""创造力"很重要，了解技术、熟悉规则学游戏怎么玩是一回事儿，而玩游戏的态度和高度，却需要一份更广阔的视野与格局。放眼望去，特别是结合前不久美国于稀土案中的上诉请求，真可谓"落霞与孤鹜齐飞""极品共奇葩同在"。

上诉听证会：提问题的艺术

孙　昭[*]

世贸争端解决上诉听证会的突出优点是高强度对抗，其中的灵魂是上诉机构的问题。曾经听美国国际贸易委员会法官（337 调查）说，庭审的乐趣在于，看着律师在连续的逼问面前颤抖。不清楚美国法院庭审有多紧张，但世贸争端的上诉机构听证会，绝对能让准备不良的律师结巴。

考虑到海豹案（DS400/401）尘埃落定，且其为公开听证会，就以它为例来展现上诉机构式的讨论。争议是如何界定技术法规（Technical Regulation），上诉机构首先将《TBT 协定》附件一的定义投射在正前方的大屏幕上，估计所有人都能背下来，但为了行文方便，这里也列举一下：

Technical regulation

Document which lays down product characteristics or their related processes and production methods, including the applicable administrative provisions, with which compliance is mandatory. It may also include or deal exclusively with terminology, symbols, packaging, marking or labelling requirements as they apply to a product, process or production method.

第 1 道问题，某个"措施"（measure），有无可能包涵很多要素，例如，关于产品特征、消费者要求、生产者要求？这是个入门级（entry level）问题，非常简单，当事方通常都会回答"是"，要的就是这个效果。

第 2 道问题，如果该"措施"包涵了技术法规要素、标准要素、生产者资质要求，那么，这个措施应该整体来分析考虑还是应该将这些要素分开来分析？这个问题立即提高了难度，各国的回答开始变化，多数认为，应该参考石棉案（DS135）的思路，作整体分析；有的认为，条文上没有规定，此案是不同的要素在共同发挥作用，决定了措施性质。要的就是差异，慢慢来。

---

* 中国常驻 WTO 代表团成员。

第3道问题，如果应该整体分析，是不是应该分析"措施"的核心特征（essential aspects）？这个问题就有些杀伤力了，海豹禁令实质上由两方面构成，一个是默认的禁令，另一个是例外，问题在于单看欧盟的措施，从来没说禁止销售，只说符合了例外条件就可以上市销售。于是，当事方的答复就出现了明显不同，欧盟回答此案的核心特征是禁令，而加拿大和挪威认为涉案措施是禁止了含有海豹成分的产品。但别忘了，此时，上诉机构可能根本不愿听你的，法律适用是后面的事情，咱们现在讨论的是法律标准。

第4道问题，如果应该分析核心特征，那么什么叫"核心特征"？如何分析"核心特征"？中间步骤是什么？"核心特征"只有一个还是可能有若干个？现场所有人都意识到，这是个大坑。可以想象，答复五花八门，有人说要采取一个平衡（balancing）的思路；有的人想回避，往涉案措施的特征上拉；有人开始打比方，搅浑水，说例如核心特征是运动规则，但男运动员和女运动员不同规则，各自适用，不存在所谓混合规则。

第5道问题，列举石棉案的裁决，比较两案事实和适用？一片混战。

第6道问题，如何理解技术法规定义中的"their related process and production methods（PPM）"？PPM可以是关于（serve）排除性标签么？可以是关于产品特征么，或两者是互相排斥的么？这些问题是个崭新的视角，完全跳出了争议，潜台词又开始对比COOL案（DS384/386）和Tuna案（DS381）。尽管不应该揣测上诉机构的意图，但所有人都开始怀疑，难道海豹禁令是关于PPM的么？捕猎方式（Hunting method）有点像是生产方式啊。于是可以想想，当事方的答复再次五花八门。

第7道问题，如果上诉机构最终裁定，海豹禁令不构成针对产品特征的技术法规，那么，能依据现有事实完成关于PPM的分析么？这道题是关于"完成法律分析"（complete the analysis）的问题，上诉机构在探索各种裁决的方向，被诉方通常会告知缺乏无争议事实，起诉方通常会列举各种有益分析的事实（不过，本案的起诉方最终输在了技术法规要素上）。

以上只是高度概括了这个争议的系列问题，上诉机构针对当事方的答复还有很多后续问题。同时，这只是上诉机构提问的一个模式，记忆中还有很多精彩的问题，比如，此案后续的非歧视争议点，第一个问题就是，抽象来看，《TBT协定》的非歧视义务是否应该与GATT不同？立即引爆了现场，起诉方认为应当不同，《TBT协定》的非歧视义务须参照前言第6段自成规则体系；被诉方认为两个协定的"事实上歧视"（de facto discrimination）是相同的。我还记得轮胎特保案（DS399）上诉听证会的时候，中方上诉"快速增长"（increasing rapidly）的法律点，认为被调查产品的进口激增应该看相对数（增速），不应该看绝对数。上诉机构第一个问题根本没看条文，直接列了一幅抽象的表格，基数 100 的绝对进口量，每年增长 100，连续增长 4 年（增速从 100% 不断下调），问增长如何定性？当时，我就对此诉点有灰飞烟灭的感觉。

这可能就是上诉听证会最重要的价值。当事方为了自己的立场会支持各种或正确或奇怪的理论，再通过法律技巧追求逻辑自圆，James Bacchus 将这些理论和做法比喻成培根的 "frozen chicken"。我理解，正是把这些"冻鸡"挖出来煮熟，才给了当事方重新理解条文和辩护自身立场的机会，从而追求了看得见的正义，作为学习者，也使我们有幸观察了当事方的临机决断和律师的诉讼技巧。稀土听证会结束之后，有些感受，引用别的案子记录一些体会。

附：世贸争端上诉听证会的基本流程

每个争端由 3 名上诉机构成员审理，其选择方式据说是一种古老而神秘的抽签方法，任何人无法预判其结果，3 人中的 1 人为该案主席。听证会过程中，主席台还会坐着 4 ~ 5 名上诉机构律师和秘书，其中 1 名秘书负责播放PPT。听证房间为国际组织标准的大会议室，每个座位均有麦克风和耳机，可以选择频道收听官方语言的同声传译。主席台的每个桌子还有屏幕，上诉机构成员不必扭头看 PPT 展示。每名上诉机构成员、当事方和第三方设有名签。现场不设横幅，不着法袍，但配有法槌，通常只是在开庭和结束时敲一次。

听证会大体由四个部分组成：

第一部分，宣读纪律和日程安排。告知争议事项的听证顺序、预计的结束时间。告知只有庭审发言记录在案，会后不得提交任何文件的电子版和书面版，也不允许当事方会后检查、修改自己的发言。还提醒当事方不要揣测上诉机构的立场。听证会通常每半天茶歇一次，约 15 分钟。不管饭，也不管住宿。如果当事方辩论激烈，听证有时延长至晚上八九点，不设晚饭时间。每半天结束时，还可能布置家庭作业，让当事方就某个问题做检索，下次开会时答复。

第二部分，当事方口头陈述。如果只涉及起诉和被诉两个国家，通常各25 分钟或 30 分钟时间；如果涉及联合起诉方（起诉方有两个或以上的国家），起诉方的平均时间相对较短，例如 20 分钟。被诉方陈述时间相对较长，例如 40 分钟。第三方每家则有 5 ~ 7 分钟的时间。发言时间必须严格遵守，一旦时间结束，而某个参会成员口头陈述尚未结束，上诉机构会打断并终止其发言。当事方和第三方自行准备口头陈述的书面版，为每位参会人员提供一份作为参考。各代表团参会名单会通过电子邮件的方式，按照上诉机构的要求，提前互相通知，能够大致预判人数。开庭的时候不再介绍参会人员。

第三部分，问答和辩论环节。上诉机构就各个事实和法律争议准备系列问题，不提前披露，现场提问，现场回答。上诉机构成员随时还可能提出跟进问题。有的问题只针对某个当事方，有的问题针对所有当事方，还有的问题只针对第三方（不常见）。当事方可以互相评论，按举牌顺序轮流发言，不设时间和次数限制，但上诉机构会掌控整体进程，提醒当事方不必重复。第三方亦可随时发表意见，但通常只关注法律解释问题，不会就事实和法律适用作更多评论。

第四部分是总结陈词。由于听证会总体将持续 2~3 日（最长的两个大飞机案听证会各举行了两次听证，每个案子实际上有 7~8 日的听证），结束的时候，所有参会人员都很疲惫，各方观点亦表达得比较充分，发言通常简短，当事方每家不超过 5 分钟，第三方也有机会发言，但通常会知趣地不再发言。总结陈词结束之后，主席台上的上诉机构成员和秘书处人员起立，在座位前站直，各国代表团成员通常会按照礼节，随着团长上前，隔着主席台桌子，顺次与上诉机构成员和秘书处人员握手、寒暄、告别，亦会与其他代表团握手言别。

争端解决不只是争端方的事

程秀强*

沿着日内瓦的联合国欧洲总部前的道路向莱蒙湖信步而行，路的终点即是被誉为"经济联合国"的世界贸易组织。世贸组织承担着多边贸易规则谈判、贸易政策审议、争端解决等职能，分别类似于国内的立法、执法、司法。成立以来，世贸组织受理了 480 多个争端，在案件数量、审理时间效率和裁决执行方面都远超其他国际争端解决机构，被誉为多边贸易体制皇冠上的明珠和国际法治的典范。

世贸争端解决机制的设计类似于法院，却不是法院。争端方在《争端解决谅解》规定的磋商阶段仍未解决争议时，可请求专家组、上诉机构分别进行"一审"和"二审"。专家组和上诉机构的组成人员都是兼职审理案件，被称为"成员"而非法官；审理结果也不叫判决，而是"报告"，并在报告中提出"建议"或"调查结果"。一方面，只有在获得世贸组织成员全体认可后，专家组才可设立，专家组和上诉机构的报告才能转化为成员的执行义务。另一方面，为确保争端解决机制正常运转，《争端解决谅解》在关键环节上规定了争端解决机构"反向一致"的决策方法，事实上具有了自动通过的性质。

世贸争端解决机制的上述特性反映了制度创设之初，世贸成员继承并改造了关贸总协定的争议解决方法，希望由独立的专家组和上诉机构提出协助解决争议的建议，但最终仍由世贸全体成员共同做出认定，而不是理想化地创设一个国际贸易法院。这种设计决定了一个具体世贸争端案件的妥善解决，不仅是起诉方和被诉方的事，也涉及其他成员的参与。基于在体制上或贸易上的利益，世贸成员在不同的争端个案或案件的不同阶段发挥着不同的作用。

争端解决机构是总理事会履行争端解决职责时的名称，由全体世贸成员

---

* 中国常驻 WTO 代表团成员。

组成。争端解决机构有自己的主席，实践中由来自发展中成员和发达成员的常驻代表轮流担任，并在不同地区间轮换。争端解决机构主席任期一年，卸任后通常转而担任总理事会主席。争端解决机构有权设立专家组、通过专家组和上诉机构报告、监督裁决执行、授权报复等。为履行职责，争端解决机构通常每月召开一次例行会议，并可根据成员要求召开临时会议。

如果说，磋商是为协商解决争议再次提供机会，那么，设立专家组则是一个具体案件正式进入裁决程序并由争端解决机构介入的开始。通常，被诉方会在第一次争端解决机构会议上阻止专家组的设立，且不需要提供特别的理由。但当起诉方第二次提出要求时，则适用"反向一致"规则，使被诉方无法阻止设立专家组。如果起诉方急于设立专家组，而且不怕麻烦，则可要求争端解决机构召开特别会议审议其请求，不必等到下次例行会议。如果起诉方不着急，也可拖到很久后才第二次提出要求。例如，洪都拉斯在诉澳大利亚烟草平装措施案中，两次要求设立专家组，并且提出要求的时间间隔近10个月，引发了成员方的讨论。澳大利亚主张，该第二次请求不符合《争端解决谅解》第6.1条，不应自动设立专家组。其他世贸成员则从维护体制出发，反对澳大利亚的解释。当然，在争端方因发生执行争议而要求设立专家组时，被诉方通常根据双方事先签署的协议，同意在第一次提出请求的争端解决机构会议上设立。争端解决机构决定设立专家组后，为双方通过专家组及上诉机构判定涉案措施是否与世贸规则相符奠定了前提条件。

一旦专家组或上诉机构公开发布报告，争端案件则又转向了争端解决机构。通过专家组和上诉机构报告是世贸成员全体介入个案的重要环节，在形式上体现了涉案措施与世贸规则是否相符的结论由世贸成员全体做出的权力安排。《争端解决谅解》规定报告"应当"通过，但实践中仍需由成员将通过报告事项列入会议议程。通常，起诉方会要求争端解决机构通过报告，有时则由被诉方提出。例如，在美国轮胎特殊保障措施案的上诉机构报告散发后，作为起诉方的中国并未主动要求争端解决机构审议通过该报告，而是美国提出了该要求。如果没有成员方提出，则报告将不会获得审议通过，例如，1999年执行专家组就欧共体香蕉案做出的报告（WT/DS27/RW/EEC）就出现这种情况。

争端解决机构审议通过报告时适用"反向一致"原则，但不影响各成员对报告发表意见。实践中，起诉方和被诉方通常先后发言，除感谢上诉机构、专家组和秘书处的辛苦工作等客套话外，更多是对部分裁决（通常是对其有利的裁决）表示欢迎意见，对于对己不利的裁决则表示遗憾，甚至会指出部分裁决是错误的。有时，包括第三方在内的其他成员也对报告中的法律解释问题发表看法，或对体制性问题发表意见。近几年，部分上诉案件涉及的法律问题较为复杂，上诉机构的工作负担十分沉重，许多案件的上诉机构报告散发时间超出了《争端解决谅解》第17.5条规定的90天期限。美国、日本等成员在通过此类报告时，往往对超过90天期限事宜表达关注，要求上诉机构事先与争端方磋商、由争端方签署协议认可报告合法性、保持公开透明等。2012年6月，美国联合加拿大、墨西哥，要求争端解决机构针对上诉机构在美国原产国标签案中延期散发报告一事做出一个专门决定，将其视作依据《争端解决谅解》第17.5条做出的报告。考虑到上诉机构报告应以"反向一致"方式通过并被争端各方无条件接受，美国的行为及其影响在世贸成员间引发了激烈争论，部分成员甚至做好了反对争端解决机构做出决定的准备。最终，美国等成员主动撤回了该要求。

对于争端解决机构通过的报告和建议，被诉方有义务通报执行意向，并在确定的期限内执行裁决。目前，世贸争端裁决的执行情况总体令人满意。这除了得益于授权报复等制度设计外，全体世贸成员对裁决执行的强制监督也是一个重要因素。打开每月的争端解决机构例行会议议程，执行监督通常是第一项议程，显示了其在争端解决机构会议中的地位。每个案件确定合理执行期之日起6个月后，应当列入争端解决机构会议议程，并应保留在会议议程上，直至问题获得解决。被诉方应当在会议召开10天前，提交一份关于执行进展情况的书面报告。执行监督虽无法产生强制执行力，但被监督者需要每月在160个世贸成员面前"晒"进展，并接受其评议，也不是一件光彩的事，尤其是在合理执行期已经结束而仍未完成裁决执行时。例如，美国基于对古巴的经济封锁等政治原因，未执行1998年综合拨款法第211节案的裁决已达十多年，仅执行状态报告就提交了近140份。每次争端解决机构会议的前一二十分钟，几乎都是美国在接受古巴和其他成员的轮流批评，其不执行裁决行为被认为损害了多边贸易体制的信誉。

当然，被诉方宣布完全执行裁决以后，该案件通常就不再列在执行监督议题下，但这并不意味着该案即可远离争端解决机构的监督。根据争端解决规则，任何成员可随时在争端解决机构提出有关执行的问题。今年6月，欧盟、日本对加拿大未将新能源案列入争端解决机构会议监督执行并提交执行状态报告提出了异议，表示将把此案列入7月会议议程，要求加拿大解释为何宣称完成了执行工作。2006年，美国宣布完成了2000年持续倾销和补贴抵消法案的裁决执行工作，但欧盟、日本等成员并不认可。迄今，欧日仍要求将该案列入每次争端解决机构例行会议的议程，公开宣称美国未完成裁决执行工作。

争端解决机构还是世贸成员讨论个案中体制性问题的场所，并可就个案中偏离《争端解决谅解》规定的行为做出决定。执行专家组和报复两个程序间的先后顺序问题是《争端解决谅解》存在的漏洞，美国经常在争端方未签署关于顺序问题协议的情况下要求报复授权。在丁香烟案中，印度尼西亚也在未经执行专家组程序的情况下，直接对美提出了贸易报复授权请求，并进入了报复仲裁程序，且在该程序中拒绝第三方参加。欧盟作为该案第三方，在争端解决机构会议上对该案涉及的顺序、第三方参与问题表达了关注，引发了成员讨论。2011年和2012年，为缓解上诉机构的工作负担，多个案件的上诉截止日期推迟到了《争端解决谅解》第16.4条规定的专家组报告通过后60天内的期限之后。为确保延期上诉或通过专家组报告的合法性，争端解决机构在个案基础上根据争端方的要求，就延长相关案件的专家组报告通过日期问题做出了专门决定。

除争端解决机构外，世贸成员也可单独地、更加实质地参与个案，这就是《争端解决谅解》规定的第三方制度。第三方参与某个争端既可能因为涉及自身的贸易利益，也可能因为对适用协定相关条款解释具有体制性关注。与参与磋商需要被诉方同意不同，第三方参与专家组程序几乎是自动的。在争端解决机构会议决定就特定案件设立专家组后，世贸成员可当场举牌确认成为该案的第三方。专家组设立后10天内，其他成员也可书面通知争端解决机构主席希望成为该案第三方。如果超过了该期限，世贸成员也仍有可能成为第三方，但需由专家组与争端方协商后决定。第三方可通过提交书面陈述、在听证会上发表口头陈述、回答专家组问题等方式发表意见，专家组和上诉机构应当考虑其意见。第三方通常不对个案中的事实问题发表意见，更多的是阐明自己对法律问题和协定条款解释的看法。第三方基于自身利益和能力在不同案件中参与的范围和深度亦不相同。为保证第三方的参与机会，专家组在许多案件中应请求赋予了第三方多于《争端解决谅解》规定的权利，如出席争端方听证会、获得中期报告前的所有文件等。在个别案件中，某些第三方甚至呈现出比争端方更活跃的特殊情形。

此外，许多争端解决案件涉及贸易与其他公共政策的交叉领域，如动物福利、公共健康等，引起了世贸成员以外的其他行业组织、私营部门、专家学者的关注和浓厚兴趣。一些组织或个人还积极向专家组或上诉机构提交文件，表达自己的立场和观点，试图影响案件裁决，形成了所谓的法庭之友陈述。法庭之友通常代表了某个争端方的利益或观点，在事实上成为了一方之友。2000 年，许多发展中成员在总理事会上表达了对上诉机构认为其有权收取法庭之友陈述一事的关注。在目前的世贸争端实践中，专家组或上诉机构通常收取、但认为没有必要考虑单独提交的法庭之友陈述；如果某个争端方或第三方在其自己提交的文件中纳入了法庭之友陈述，则可予以考虑。为了解决公众对个案的关注，近年来，许多案件的听证会也在争端方同意的前提下通过视频方式对外公开，允许公众提前注册到世贸组织观看听证会情况。

经过近 20 年的实践和发展，争端解决机制已成为世贸组织引以为傲的成就之一，它促进了以规则为基础和平解决贸易争端，获得了世贸成员和国际社会的普遍认可。但是，世贸争端解决机制本身并非尽善尽美，世贸成员自该机制建立以来，一直积极探讨进一步改善与澄清的可能。争端解决谈判除涉及促进裁决的有效执行、明确顺序问题、增加报复撤销程序、发回重审等方面的建议外，还涉及进一步增强世贸成员对协商解决争议、执行裁决、实施报复措施的监督，扩大第三方的参与权利，通过公开书面陈述、公开听证会、规范法庭之友陈述等促进公众对争端的了解和参与等方面的建议。争端解决谈判虽尚未达成一致，但争端解决实践在稳步发展，相信未来的世贸争端解决机制会更加规范、有效、公正、透明。

管窥上诉听证会

张永晖[*]

其实，笔者参加上诉听证会不止一次，之所以说是"管窥"，实在是因为不知如何概全局，只能谈一些直接的感受。

第一次参加上诉听证会，是中国诉欧盟紧固件反倾销措施案（DS397）。会前准备过程中，我就像对待一次专家组听证会一样，虽感新鲜和期待，但是，从未真正想过或者问过别人上诉听证会是什么样子。

就这样懵懵懂懂坐到了会场里。上诉机构甫一发问，我立即感受到了冲击：还有比上诉听证会更"精细"的庭审吗？对协定文本的几乎每一个用词都要剖析，包括介词和连词都能提出一连串的问题，这让我大为惊讶。有很多词语，我在阅读的时候会一扫而过，认为是"虚词"，可是，虚词竟然也大有文章可做。

上诉审是法律审，审查专家组对法律的解释和适用是否存在错误。因此，通常会从对协定文本的解释开始。每每这个时候，我都觉得上诉机构把自己变身为一无所知者，抛出问题，让庭上那些精明的律师来解答。个人来讲，我也非常享受这个跟随一个看似"无知者"的思路去重新审视条文的过程（这总是会让我想起当年学习模糊控制的时候，课听得一知半解，中文教材读得似懂非懂，但是，英文教材通读一遍却立即清晰了然。因为英文教材的作者把读者当白痴，认定读者是一无所知的，故以简单明了的语言娓娓道来，什么复杂的理论也能讲得非常清楚）。

上诉机构是怎样看待协定文本的呢？试想，一个植物学家如何看一朵花？他绝不会像常人一样只看这朵花美不美；一个脑外科医生看到一具头骨，绝对不会感到害怕，而是会分析主人的年龄多大，可能有何种疾患。法律条文在上诉机构的眼里，是文本本身难以确定的"通常含义"、以往案例中的争辩

---

[*] 中国常驻 WTO 代表团成员。

和上诉机构曾经做出过的推理（或许上诉机构正在为曾经考虑不周的推理而头疼），是当事方常常针锋相对、截然相反的解释，是间或文本本身不完善带来的障碍和"别扭"。在这重围之中，上诉机构该如何条分缕析，踏平一个个疑难问题，扫除当事方为一己之利创造出的匪夷所思的论辩，走上一条经得住推敲、镇得住整个 WTO 法律界的光明大道？

想来实在不易！大概这也是为什么上诉机构常常从入门（entry level）问题开始提问，之后步步深入，以及为什么一场听证会下来会提出多达几百个问题（包括 follow-up questions）。而即使经验最丰富的律师，在庭上也忍不住多次"抱怨"上诉机构的问题是"tricky question"，总觉得问题背后是陷阱。

再来说说律师。律师对于庭审的重要性不言而喻，律师的水平对案件的走向有不可忽视的影响。参加过几次上诉听证会，对律师的表现印象非常深刻。首先，律师必须对系争法律问题做过全面、深入的研究，并且要在头脑中形成思路清晰、逻辑严谨的脉络。只有这样才能应付所有问题和对方异议，并且在第一时间做出强有力的回应。其次，辩论时须紧紧围绕己方立场，避免立根不稳，随着对方的虚招甚至上诉机构的发散性提问变成天马行空式的讨论。再次，律师的诉讼技巧很重要，强词夺理、胡搅蛮缠将使说服力大打折扣。有时候，对一方律师某些明显站不住脚的说法，上诉机构一笑而过，对方亦不予置评，更显狡辩之可笑、不足取。在这种情况下，对方也不会再穷追猛打，因为已毫无价值。

最后，关于上诉机构作为裁判者的处境，我常常猜测，上诉机构的成员接手一个案子到开听证会之前，该是有自己的基本立场的吧。开庭前，分庭主席往往会强调他们的提问并未预设立场，但是，经过阅读案卷、庭前准备，我想是难以避免形成一个基本立场的。听证会上，上诉机构（或分庭成员本人）是不是更多地试图印证已经形成的立场，而非解决未决问题？如果已经有基本立场，要改变也非易事，必须要能拿得出强有力的说理或不可忽视的辅佐观点。

再进一步，上诉机构成员本人的价值观、理念等主观因素对案件有多大影响？我们当然要信任上诉机构的中立性，此中立性主要在于独立于所在国家的立场和影响、坚守法律原则、维护正当程序等。如果是这些因素之外的其他因素又如何呢？毕竟需要裁判者运用"自由心证"做出判断的情况有很多。比如，对于什么构成"公共道德"，如欧盟海豹案（DS400、DS401）中，保护动物福利构成公共道德，那么，保护"人"的福利呢？欧洲消费者无法接受残忍猎杀海豹，所以，欧盟禁止商业捕捞的海豹产品交易。如果欧洲消费者无法接受孟加拉制衣厂工人的恶劣工作环境呢？或者某些国家的劳动者工作时间过长呢？按这个思路，还会有许多可能落入"公共道德"范畴的事情。不同背景的裁判者，会有相同的结论吗？

尽量影响裁判者，得到有利于己方的裁决，这将交由当事方去努力。

任重而道远，我们还有很长的路要走！

后记

惊悉前司领导杨国华教授在编书，并且我的上诉机构参会感受也收入其中的时候，此书"就要交印出版"了。但是，我依然在得知消息的第二天给杨教授发微信，"强烈表示我有更多话要说"。所以，这将是一篇篇幅略长、字数多于正文的"后记"。

回想起来，从中国刚刚入世时（我正读高三）参加辩论赛选拔被问及中国入世对中国的农民有什么影响而我完全不知其然，到在北大读法律硕士因为没有系统学WTO法而决定从中选论文题目；从加入商务部条约法律司WTO法律二处才第一次拿到一本WTO法的"圣经"——《乌拉圭回合多边贸易谈判结果法律文本》，到"绕道"以色列两年然后意外成为中国常驻WTO代表团的一员，这个过程充满了巧合和惊喜。2009年5月尚未毕业，提前到条法司"帮忙"报到的那一天犹如昨日，转眼间已经5年多了。如果要谈我对这份工作、对WTO法、对身处"前方"为"后方"服务的感受，那我怕是要来不及补交这份"后记"了。

好在我们拿到的是命题作文。我的《管窥上诉听证会》仅就参加上诉听证会发表了一些感想，如果要说参加WTO听证会的话，我确实"有更多话要说"。赴以色列之前在条法司的两年，参加的听证会并不算多。来到日内瓦后，机会大为增加。除中国作为当事方的案件外，还可以参加中国作为第三方的案件听证会。如此便利的条件，多少人艳羡不已，我亦倍加珍惜，所见、所思、所得自然应与他人分享。

最大的感受，在WTO打官司，对中国和中国人来讲，很难。语言鸿沟、法律体制与思维差异巨大、作为后来者与规则制定者"对决"、西方人对中国有意或无意的偏见等，都给我们带来了巨大的挑战。在可预见的未来，中国都将是用别人的语言、别人的规则在别人的战场上作战。

语言难关，无须多言。就算是WTO法专家，英语也是母语，也不见得就能听懂台上的人拿着纸条念出的一串串问题。美国、欧盟的律师在庭上请求上诉机构或者专家组重复问题也时有发生。听证会上，有的人说话像在喝疙瘩汤，有的人总是吞下一些词语的一两个音节，还有人喜欢用法律拉丁词汇，至于各路英雄所操各种口音带来的困扰，已经可以忽略不计了。这只是听，如果还要当庭辩论，难度当然更高。不说听和讲，单看阅读，就算你当年两小时能看半本哈利·波特，现在拿着字小行密的报告专心致志地啃，一个小时也只能读 10 页。而一个案子打下来，己方书面陈述、对方书面陈述、第三方书面陈述，一轮又一轮的问题单答复及评论，中期报告、专家组报告、上诉机构报告……需要读的书面材料加起来有千余页，仅阅读便需极大体力，而阅读材料只是打官司所做工作中的一部分。并且，有时候你以为你懂了，到庭上听上诉机构就那些冠词、介词都能问出一连串的问题，你就几乎只能傻眼了。每当这个时候我都默默感叹好在我们有外国律师。

我们的法律体制和法学教育与欧美截然不同。WTO 争端解决程序与欧美法系相似，欧美国家有天然优势。我们被考验的绝不仅是庭上能否侃侃而谈，自如应对，还有对海量案例、海量证据的掌握，以及对海量问题的事先设想和演练。此外，大家思维方式不同，有时难免出现"鸡同鸭讲"的情况，少不了费些口舌来澄清。这个问题在我们和所聘的外国律师之间沟通时就会出现，这也是我们需要外国律师协助的一个原因吧。

WTO 法不仅争端解决程序与欧美法系相似，其实体规则也是由欧美主导制定的，并且以其国内法为基础。目前，中国在 WTO 争端解决这个"战场"上并未多线作战，仍主攻欧美，防守的对象也主要是欧美。由于主导了规则制定，欧美在对规则的理解和把握上占尽先机，并且几十年前便有机会将于己不利的纪律排除在规则之外。而后来者，只能接受既定规则，并且还要多付"入场费"，做出更多承诺（WTO-Plus commitments）。套着枷锁，使用敌人制造的陌生武器，在对方的战场上作战，难度可想而知。

关于西方人对中国持有偏见的担忧，是我在参与 WTO 争端解决工作后慢慢产生的。我相信专家组成员，尤其是上诉机构成员会公平公正，依法依理裁决案件。可是有时候，就算一个人确信他自己是公平公正的，其判断却已然受到了偏见的影响。我想偏见在人类社会的任何时期、任何地域、任何群体都是存在的，只是程度不同。想想台湾同胞在电视节目里感叹大陆人吃不起茶叶蛋，看看 BBC、CNN 提到中国时的倾向，我在以色列期间甚至曾被一位当地的阿拉伯人问"How many men are you married to?"偏见可以无处不在、无比荒谬。"无知"会放大偏见，偏见又会使人对不喜欢的信息"视而不见听而不闻"，造成选择性的"无知"。有的人可能因为偏见或者利益给你扣上一顶大帽子，另外的人就可能因为偏见而坚持只看帽子不看脸。可以说，目前

WTO 争端解决这个圈子，还是西方人以及接受西方教育的人为主的。这些人年少时、价值观形成时，中国是什么样子的？关于中国，他们获得的信息和评价是怎样的？关于中国的改革开放，他们又了解多少，了解多深？看着其他国家给中国扣的一顶顶大帽子，他们会怎么想？我们的对手，不仅是坐在对面的人，潜在的也包括坐在主席台上的人。

此外，参加 WTO 听证会一个最大的感悟是，在 WTO 打官司，"人"的因素至关重要。今年 WTO 遴选上诉机构成员，我有幸参加了对候选人的面试。候选人要么是国际机构高级官员，要么是资深高级外交官，要么是业界专家。在面试过程中，我发现对同一个问题，候选人的答案可能截然不同。对原则性问题看法不一容易理解，对法律解释规则等问题的反应也极为不同则出人意料。有的候选人喜欢自由发挥、发表看法，还有人对每一个问题都寥寥数语便作答完毕。这种鲜明的差别令我甚觉惊奇。我知道很多问题都不该有标准答案，但是为什么不同的人会有不同的答案，以及这种不同会有什么影响却引人深思。

可以想见，同样的案子，换一个专家组或者上诉机构成员，换一个律师，极有可能有不同的走向，并产生不同的结果。我想说的并不是法律功底的差异，或者上述"偏见"之影响，而是"人"本身。这一点在律师这一重要参与者身上表现尤其明显。听证会上律师的风格不说是千差万别，也可以说是形色各异。有的人发言语调平缓、沉稳有力，有的人语速快、音量小；有的人时刻准备回归法律文本，有的人爱打比方、讲故事；有的人要点明确、思路清晰，有的人越说越多、云山雾罩……他们在庭上的表现各有特点，在诉讼策略制定、法律文件撰写、与客户沟通等方面想必也自成一体。这方方面面的差别有无强弱、优劣之分？哪个方面最为重要？一份完美的法律意见书是不是意味着完美的法律服务？"人"的因素该如何看待？……对这些问题，答案又会因人而异吧！

匆匆补就此后记，希望对读者有价值。

WTO 稀土案上诉听证会随想：为权利而战斗

陈雨松[*]

引人瞩目的上诉听证会

上诉机构是多边贸易体制从 GATT 到 WTO 发展过程中，在争端解决机制发展方面的一个重大成就。上诉机构通过对专家组报告的再次审查，可以统一不同专家组适用规则的标准，纠正专家组审查中的错误。上诉机构是 WTO 事实上的"终审法院"，它关于 WTO 规则的解释具有极大的权威，对于 WTO 成员和多边贸易体制具有重大影响。

六月的初夏，瑞士日内瓦。备受关注的美、欧、日诉中国稀土、钨、钼出口限制措施案（WTO 案件编号：DS431、DS432、DS433）上诉听证会在莱蒙湖畔的 WTO 总部悄然召开。

按照原定日程，本次听证会本来应当安排在 WTO 总部三层的 Room D 会议室，但是由于当事方和第三方报名参会人数众多，超过了 130 人，听证会转到了 Room W 会议室。Room W 会议室位于 WTO 主楼的一层，在新会议中心启用前，一直是 WTO 最大的一间会议室，也是传统上召开 WTO 总理事会的会议室。

本案中，美、欧、日认为，中国对稀土、钨、钼等采取的出口限制措施不符合 WTO 规则。专家组此前已经做出了中方违反的裁决。在上诉阶段，当事方关注的核心转向法律问题。特别是上诉机构审理的突出问题，从表面上来看，似乎并非中国对稀土、钨、钼出口限制措施本身与 WTO 规则的合规性，而是作为中国加入 WTO 的基础性的法律文件——《中国加入议定书》的法律地位。

---

[*] 中国常驻 WTO 代表团参赞，曾任商务部条约法律司世贸组织法律二处处长、世贸组织法律处处长。

此前，美、欧、墨诉中国原材料出口限制措施案的裁决，已经在 WTO 法律界引发轩然大波。来自日本上诉机构前成员松下满雄教授明确指出，上诉机构在原材料案中的裁决导致了严重的失衡。GATT 第 20 条，被认为代表了许多 WTO 成员应当享有的最基本的追求合法的非贸易政策目标的权利。例如，为了保护资源、保护环境、保护人类和动植物的生命和健康等，WTO 成员可以在必要的情况下，对贸易进行限制。在 21 世纪的今天，很难想象某个 WTO 成员会全面放弃这些显而易见的具有重大价值的政策目标。

中国加入的是什么？

GATT 第 20 条的适用，看起来似乎是一个简单的例外条款适用范围问题，但在实际上却牵涉到《中国加入议定书》的法律地位，以及《中国加入议定书》和 WTO 协定/WTO 诸协定的关系等重大的体制问题。2001 年 12 月 11 日，中国正式加入 WTO。这似乎是一个十分简单的法律事实。但是细究起来，却似乎异常复杂。

在英文中，"WTO Agreement" 和 "WTO Agreements" 是两个不同的名词，而在中文中均翻译为《WTO 协定》。但英文中的单数和复数形式显然是有区别的。前者（WTO Agreement）一般是指《马拉喀什协定》；后者（WTO Agreements）则是包括了《马拉喀什协定》及其附件的一揽子协定。

在稀土案中，中国向专家组和在上诉中提出了一个根本性的问题：在 2001 年，中国加入的究竟是单数形式的 WTO Agreement，还是复数形式的 WTO Agreements？中方列举了在 WTO 各协定中的不同用语，证明《中国加入议定书》第 1.2 条实际上是指 WTO Agreements。

"议定书"悖论

Protocol，英文的原意是（The original draft of a diplomatic document, especially of the terms of a treaty agreed to in conference and signed by the parties）。中文的标准翻译是"议定书"，《中国大百科全书》第二版的解释是，Protocol 是条约的一种形式或名称。主要有以下用法：①对先前一项条约作出修正或补充的单独文件，如 1949 年《和平解决国际争端修订总议定书》；②说明、解释、补充、修改或限制一项先前条约并作为其附件的国际文件，常采用附加议定书或最后议定书名称，如 1961 年 10 月中缅《关于两国边界的议定书》；③政府间就一些特殊事项或较次要事项达成的协议，如停战议定书、重建外交关系议定书等，除名称外，与协定并无不同；④国际间就某项重要问题缔结的正式条约有时也用议定书名称，如1928年《和平解决国际争端的日内瓦议定书》，其性质与国际公约相同。此外，议定书还可指外交会议的记录和外交文书的格式等。

此前，上诉机构在原材料案中，已经明确指出，GATT第20条有关一般例外的条款并不能适用于《中国加入议定书》中的有关出口税义务条款（第11.3条）。但中方在本案上诉中，又提出了新的强有力的抗辩。因此，上诉机构面临一个历史性的选择：是誓死捍卫自己此前做出的判例，不愿后退一步？抑或勇于担当，补充直至纠正自己此前的错误裁决？中国十分小心谨慎地确定了自己的上诉请求，将选择的机会留给了上诉机构。显然，下一步存在两种可能性：在错误的方向上越走越远，直至某一天彻底撞墙；及时回头，避免WTO出现真正意义上的法律危机。

法官知法？禁止反言？

法官知法（jura novit curia）是古老的拉丁法谚。国际法院在尼加拉瓜诉美国军事行动案中指出，法院的法律知识包括了法律，在特定的情况下识别和适用法律是法院的职责。在WTO争端解决诉讼中，上诉机构也明确承认了这一原则。因此，从理论上而言，当事方的举证责任仅限于事实问题，似乎根本不需要就法律的解释和适用提出主张。法律问题直接交给法官好了。事实显然并非如此简单，在所有WTO案件中，无论起诉方还是被诉方，在向专家组提交事实证据的同时，都会阐释其对WTO规则的理解，从而引导专家组作出对自身有利的解释。而对于上诉而言，由于WTO争端解决机制明确规定，上诉仅限于法律问题和法律解释，所以似乎当事方在不详细阐释自身法律主张的情况下，上诉机构可以依据自身的法律知识做出裁决。当然，专家组和上诉机构也可以无视双方的主张，做出自己的法律解释。

稀土案面临的一个现实问题是，上诉机构在不久之前刚刚在原材料案中就几乎完全相同的法律问题（GATT第20条是否适用于《中国加入议定书》第11.3条）做出了裁决，可谓"墨迹未干"。而且，关于GATT第20条的适应性问题显然又是一个法律问题。既然法官知法，那么显然法官不会就相同的法律问题做出不同的回答。如果中国坚持自身在稀土案中的立场是正确的，由此得出的结论就必然是，上诉机构在原材料案中关于GATT第20条适应性这一法律问题的裁决是错误的。那么上诉机构真的知法吗？上诉机构是否可以背离自己此前对法律的认知？我们拭目以待。

上诉机构的目标：个案公正还是法理一致？

上诉机构似乎认为，保持 WTO 法理的确定性和可预测性，是比个案公正更大的目标和价值。特别是，一个不争的事实是，上诉机构的判决，已经成为事实上的法律，所有成员在争端解决诉讼中，大量援引先前上诉机构的裁决来支持自己的观点。这种情况下，上诉机构哪怕是暗示过去某个裁决是错误的，也会动摇整个体系。如果第一个上诉机构的判决被推翻，就会有第二个、第三个。所以，上诉机构明确宣布，除非有"令人信服的理由"（cogent reason），他们绝对不会推翻自己的先前判决，甚至包括先前判决中的"推理"（reasoning）。一个著名的例子是，美国想掀翻上诉机构关于"归零"的裁决，连续在几个案件中提出上诉，但最终还是放弃了。

然而，上诉机构会不会犯错误呢？这个问题上诉机构也许永远不会回答，因为他们认为自己永远不会犯错误；或者在未来某个时间，当他们认识到错误将会导致显而易见的荒谬结论的时候，才会进行纠正。WTO 体制和法理的一致性是否以牺牲公正和法律上的正确性为代价？在最近的一份专家组报告（DS449）中，专家组小心翼翼地试图展开这个问题。随着 WTO 争端解决法理的发展，关于上诉机构此前法律解释的挑战会不断增加。实现个案公正和维护 WTO 法理一致，将是上诉机构面临的日益重大的挑战。

中国的权利

1872 年，德国学者耶林在维也纳发表了一篇题为《为法律而战斗》的演讲。他说，世界上一切法律都是经过斗争得到的。"为法律而战斗，就是为权利而战斗。"因此，法律上之权利，即使写入文本，也必须积极争取和实施，而不能消极等待。

中国作为 WTO 成立后加入的成员，既要遵守和履行 WTO 义务，但也享有所有 WTO 成员享有的权利。关于《中国加入议定书》第 11.3 条的解决，不能仅仅从该条文本身的文本出发，而必须考虑《中国加入议定书》在整个 WTO 体系中的法律地位。《中国加入议定书》并非是一个简单的类似于《反倾销协定》《SPS 协定》或者是《TRIPs 协定》这样的可以在形式上实现"自洽"（self-contained）的协定。如果割裂《中国加入议定书》和其他 WTO 协定的关系，《中国加入议定书》很难作为一个完整的成员之间的协定。

上诉机构在原材料案和稀土案的裁决，显然不仅仅将影响中国的权利和义务，而且也将影响整个 WTO 家庭中，新加入成员和原有成员之间的权利义务关系。作为新加入成员，即使上诉机构做出了关于第 11.3 条的解释，但仍然不应放弃自身本应享有的固有权利。正如耶林所言，法的目标是和平，而实现和平的手段是斗争。这也是中国 WTO 法律律师未来的职责和使命。

四、曾经的官员和外交官

WTO 争端解决杂感

任 清[*]

人生的长河，有时会突然拐一个弯，而你并不知晓前路将是一马平川还是激流险滩。2011 年，结束横跨亚欧为期四年的常驻外交官工作，我回到国内，诚惶诚恐地开始了一份全新的工作：WTO 争端解决。

说全新似乎夸张，因为在 2004 年入部之时即曾参与"诉美钢铁保障措施案"（DS252）的归档，满脸崇拜地听过高我两届的同事讲中国的"WTO 第一案"，后来在新德里常驻时，我负责处理双边贸易摩擦，并特意调研过印度参与 WTO 争端解决的做法和经验。但写下"全新"两字又绝非作伪。于我，531 页的乌拉圭回合法律文件和 847 页的中国入世法律文件是新的，当时已有的 430 多个争端解决案例是新的，这一套机制以及里面的人和事也都是新的。陌生造成忐忑，挑战带来动力。在办理多起中国起诉和被诉案件以及中国作为第三方的案件之后，一点点揭开了 WTO 争端解决"神秘"的面纱，我忐忑渐去，但内心的敬畏依然。

WTO 协定：硬的"软"法

国际法专业的师生有时会遭遇令人尴尬的问题：世界上真的存在国际"法"吗？在承认国际法存在的人中，不少人也认为，国际法对于主权国家尤其是大国缺乏强制约束力，是"软"法。如果说，国际法与国内法相比显得软弱，或者国际法中确有一些软性规则，那么，规范国家及单独关税区（仅为表述之便利，下文合称"国家"）之间贸易关系的国际法——WTO 协定无疑是"软"法中相对较硬甚至很硬的那一部分。

首先，表现在绝大多数成员都遵守 WTO 协定所确立的规则。WTO 协定是一个"一揽子协定"，广泛而深入地调整 WTO 成员之间的货物贸易关系、

---

[*] 北京中伦律师事务所合伙人，曾供职于商务部条约法律司、中国驻印度大使馆和驻比利时大使馆。

服务贸易关系以及与贸易有关的知识产权事宜。根据 WTO 协定第 18.4 条以及其他条款的规定，每个 WTO 成员都必须保证其法律、法规和行政程序与"一揽子协定"相一致。例如，为了符合 WTO 规则和履行入世承诺，中国在入世前后大规模地清理法律法规，中央政府共清理法律法规和部门规章 2300 多件，地方政府共清理地方性政策和法规 19 万多件。最近，国务院办公厅又特意下发通知，要求国务院各部门和地方政府制定的贸易政策措施必须符合 WTO 规则，在政策拟定过程中必须进行合规性评估。

其次，与不少国际条约和习惯国际法不同，WTO 法拥有强有力的争端解决机制。通过磋商、专家组审查、上诉审查和执行等一整套机制的科学设计，包括裁决报告的"反向一致"通过规则（除非全体成员均不同意，则通过）以及裁决未获执行时胜诉方享有报复权利等，违反 WTO 规则的行为基本都得到了纠正。即使是美国这一超级大国，尽管有时拖拖拉拉，有时留些小尾巴，也执行了它所败诉的绝大多数案件；对于尚未执行完毕的个别案件，美国不得不一月一度地接受胜诉方（哪怕是安提瓜和巴布达这样人口不到 10 万的小国）和其他 WTO 成员的"围攻"，并"态度良好"地表示，将"继续致力于寻求该争端的解决方案"。

正因为 WTO 法拥有"牙齿"，WTO 争端解决机制成为各成员进行规则博弈的舞台，也成为中国等发展中成员维护经贸利益的重要平台。截至目前，中国已经针对美国、欧盟等成员的相关措施起诉了 12 起案件，并在大多数案件中取得胜诉。

"法院"和"法官"：以理服人

看过律政剧或者去过法院旁听的人大多有这样的经验：法院的建筑往往气势恢弘。高远的穹顶，宽大的廊柱和一级级台阶，无声地散发着庄严和威压；审判庭内，法官席高高在上，法官进入法庭时，双方当事人和旁听人士须肃立迎接，如有不听法官招呼的，可以治一个"藐视法庭罪"。

WTO 全然两样。在位于瑞士日内瓦的 WTO 总部，希望找到一栋名为"世界贸易法院"的建筑的人们注定会失望。不但没有专门的大楼，甚至连专供开庭之用的房间都没有。每当开庭时，专家组或上诉机构的秘书就临时订一间普通会议室。这些会议室大多是按照 WTO 成员举行会议的需要设计的，前一天可能是 150 多个成员的代表在此举行总理事会会议，第二天就成了临时"审判庭"。如果与位于海牙的国际法院相比，WTO 的这个贸易"法院"寒酸得不能再寒酸了。

细心的读者已经注意到两个词："专家组"（panel）和"上诉机构"（appellate body）。这就是争端案件的审理机构，前者负责对案件的事实和法律问题作出"一审"，后者则应当事方的上诉请求对专家组报告中的法律解释和法律问题进行"二审"。通常为3人的专家组是在个案中临时组成的，与仲裁庭（arbitral tribunal）相似，但不拥有"法庭"（tribunal）的称谓。上诉机构是乌拉圭回合新设立的常设机构，由7人组成，担负着确保WTO规则解释的一致性、连贯性乃至多边贸易体制的可靠性、可预见性的重任，但仅被冠以中性的、几乎不具意义的"机构"（body）一词。相应的，审理争端案件的人也不被称为法官，而是专家组成员（panelists或者panel members）或者上诉机构成员（appellate body members）。

WTO成员吝于将"法庭"和"法官"的称谓授予专家组和上诉机构及其成员（根据《争端解决谅解》第17.3条，上诉机构成员可是具有公认权威并在法律、国际贸易和各适用协定所涉事项方面具有公认专业知识的人士），显然是不愿意设立凌驾于国家之上的司法者有意"矮化"专家组和上诉机构，而这种"矮化"其来有自。根据《1947年关贸总协定》第23条，争端是由"缔约方全体"调查并作出建议或裁决的，专家组的设立并无文本依据，不过是"缔约方全体"出于务实的考虑设立来协助其调查争端的临时小组。进入WTO时代后，虽然由于"反向一致"规则的确立，专家组报告和上诉机构报告几乎是自动通过，但在法律形式上，专家组和上诉机构仍然只是"协助"全体成员组成的争端解决机构（DSB）向当事方作出建议和裁决。通俗地讲，成员才是WTO争端解决机制的主人，专家组和上诉机构都是打工的。

尽管缺乏"法庭"和"法官"的称谓，上诉机构和大多数专家组却赢得了当事方、其他成员以及外界的普遍尊重。如果秘诀只有一个的话，我想是：以理服人。第一，上诉机构和专家组基本做到了以适用协定为断案依据，既不增加也不减少各成员依据适用协定所享有的权利和义务。第二，上诉机构根据《维也纳条约法公约》第31~33条发展出了比较完善的条约解释方法，对于有争议的条款、短语或单词的含义，都综合运用文义、上下文、条约目的、辅助材料等工具进行解释，所得的解释结果通常具有比较坚实的基础，或者至少透明和可以检验。第三，上诉机构和专家组总结出了审查标准和证明责任分配等一套事实认定和法律适用的原则。第四，上诉机构和专家组不仅仅提出其自身对于法律解释、事实认定和法律适用的观点，而且对起诉方和被诉方的几乎每个观点都给予回应，无论支持还是驳回都给出理据。第五，坚持程序的透明和公正，禁止与单方当事人联系，并通过多次的书面陈述、口头陈述和回答问题，向当事方提供充分阐述其观点的机会。拿到厚厚的裁决报告，例如，美国诉欧盟大飞机案（DS316）的上诉机构报告达 645 页，败诉的一方可能仍持有不同意见，但通常不会认为上诉机构或专家组的裁决是恣意或武断的。

当然，在以理服人方面，上诉机构和专家组做得并非完美。仅就条约解释而言，不同案件中的条约解释方法有时存在不连贯一致的情况。在对有的条款进行解释时，可以"无中生有"地解读出文本中原没有的要素。例如，《技术性贸易壁垒协定》第 2.1 条的文本仅是禁止歧视，上诉机构却认为，该条除了禁止歧视，还包含类似《1994 年关贸总协定》第 20 条的"一般例外"条款，可以基于"正当规制区分"而使歧视正当化。而在解释其他一些条款时，却忽视上下文和条约目的等，死抠文字。例如，以《中国加入议定书》第 11.3 条的文本没有援引《1994 年关贸总协定》第 20 条为由，否认出口税承诺也可以适用"一般例外"。

还有一种看法认为，上诉机构在有的案件中实际上采取了"先立论、后求证"的路径，即基于某种价值理念形成预断，然后，再绞尽脑汁地运用条约解释等各种技术手段证成。假若属实，这种做法或将危及 WTO 争端解决机制来之不易的权威和声誉。

当事人：国家（地区）

WTO 争端解决的当事人是 WTO 成员，即国家（地区）。这既不同于私法主体之间的国际商事仲裁，也不同于投资者起诉东道国政府的国际投资仲裁。国家与国家之间打官司，且不是领土、边界等官司，而是贸易官司，会有哪些特殊之处呢？

我想，首先一点是"案从何来"。WTO 法固然是国际公法，但从事国际贸易的却是私法主体，尤其是公司企业。"春江水暖鸭先知"，企业对于从事贸易的 WTO 成员是否违反规则往往最先察觉，也最有切肤之痛。因此，很多案件实际是企业向母国政府反映并推动形成的。发达成员尤其如此，美国起诉中国知识产权争端案（DS362）的始作俑者是美国知识产权联盟（IIPA），电子支付服务争端案（DS413）背后矗立着 VISA 等银行卡巨头，等等。在难以推动母国提出起诉时，一些跨国公司会采取曲线救国方式，游说其他成员提出起诉。例如，在乌克兰等五国起诉澳大利亚烟草平装法规争端案中（DS434、DS435、DS441、DS458、DS467），就烟草对澳大利亚出口而言，某些起诉方可能并无实际利益，扣动扳机的是 Philip Morris 等跨国烟草公司。在某些情况下，产业界甚至会游说他国政府在 WTO 起诉本国。例如，某西方国家对一种原材料的出口实施限制，这符合该国原材料加工业的利益，却不能实现原材料开采业的利益最大化。原材料的开采商及其行业协会花钱聘请律师对本国措施的 WTO 合规性进行详细评估，然后以此游说进口国起诉本国。对于发展中成员而言，由于产业界力量相对弱小，政府在发掘案件和决定起诉方面往往更具主导作用，但政府与产业界的合作仍然非常重要。例如，在中国起诉欧盟的紧固件反倾销案（DS397）中，政府和产业配合良好，最终取得了重大胜利。

并不是所有的贸易争端都会发展成提交 WTO 的争端案件。据国际贸易和可持续发展中心（ICTSD）总结，起诉方政府在决定起诉一起案件之前，通常会进行三方面的评估：法律评估、经济评估和战略评估。法律评估，指的是以 WTO 规则为准绳，分析潜在被诉方的措施是否确实违规；经济评估指的是涉案措施对于本方的经贸利益造成了多大程度的不利影响，起诉的成本有多高，提起诉讼在经济上是否划算；而战略评估的内容就要广得多，包括诉讼是否会影响双边关系，起诉一国能否对第三国构成警示或震慑，本国是否也有相似措施会遭到反诉等。三方面评估都获得通过，起诉方政府才会下决心发起案件。

令人印象深刻的另外一点是，与私人不同，国家不只关注个案胜负，还关注体系性利益。由此导致的诉讼行为方式自然有不少差异。在民事诉讼或商事仲裁中，当事人可能会采取"机会主义"策略，哪种观点对己方有利就采用哪种观点，有时甚至为了胜诉目的"不择手段"。其中原因可能是多方面的。首先，有的案件可能涉及金额巨大，赢者通吃，败者倾家荡产。其次，当事人在同一案件中或许被"禁止反言"，但在不同案件中则通常无此限制，在前一案件中采用某种主张尤其是法律解释上的观点，对后一案件不产生影响，况且很多当事人很长时间内甚至终生可能只打这一起案件。最后，在经济利益面前，多数当事人并不太在意声誉。

与此相反，WTO 争端案件的大多数当事方具有大局观和长远眼光，不在意一时一地的得失，倾向于采取稳健、中庸的诉讼策略。首先，绝大多数国家都看重自身的国际形象，通常不会采取荒唐或极端的诉讼策略和法律观点。其次，争端案件只是 WTO 规则适用的一小部分，在更广阔的领域，WTO 规则调整着日常的国际贸易关系，促进数以万亿美元的国际贸易正常运转。相对于通过歪曲规则取得个案的胜诉（成功的可能性很小）的做法，对规则做出正确、合理的解释更符合各国尤其是贸易大国的利益。再次，俗语说，"大家的马儿大家骑"，不少 WTO 成员正在或将要起诉或应诉多起案件，在这起案件中因为某一规则解释败诉，很可能会在另一起案件中因为该规则解释而胜诉。第四，从实际利益看，虽然有些案件具有重大影响，但对于一个国家尤其是大国而言，并不会伤筋动骨。WTO 争端解决结果"不溯及既往"的原则更加强了这一点，被诉成员在败诉后并不需要就此前的违规行为给予起诉方补偿，只需要面向未来修改或者撤销违规措施即可。最后，从争端解决的实务操作来看，一国在一案中通过书面陈述、口头辩论所表达的观点被记录在案，如果在下一案件中出尔反尔，不但专家组和上诉机构会感到惊讶，对方国家更可能以此大做文章。

WTO 争端解决是富有意义又具有挑战性的工作。机缘巧合，得以从事这份工作，是我人生河流的一次幸福转弯！如果说，WTO 争端解决是一本书，我仅仅阅读了前几页。我希望一直读下去！

初心不改，方得始终

姜丽勇[*]

三十多岁，尚不到回忆过去的年纪，晒心情文字亦非我的强项，写篇案例分析或者开庭经过又恐面目可憎，于是，接到约稿后一时非常踌躇。但是，我的老领导，亦师亦友的杨国华同志的盛情难却，于是匆匆提笔，草就此流水账，还请各位方家笑谅。

时光回溯到2001年，我那时还是北大法学院经济法专业研三的学生。经过面试和笔试两个环节，我收到了对外经济贸易合作部的offer。那一年，研究生还没有开始大规模扩招，还是就业的好日子，北大法学院经济法专业需要就业的研究生应该不超过5名，每个同学都不止一个offer。我也同时收到了国家开发银行总行、中国工商银行总行和北京市高级人民法院等不少单位的录取通知。虽然选择机会不少，但是，对外经济贸易合作部的高大上仍然力压群芳，所以，我几乎是毫不犹豫地选择了到对外经济贸易合作部工作。由于同被录取的另外一名同学最终选择去法院工作，所以，我也就幸运地成为当年北大法学院唯一一名到部里工作的学生。

在正式报到之前，也许是为了进一步了解拟录用公务员的实际情况，我接到了部人事司的通知，告知到条法司提前实习。司办公室主任邢玉芬同志见了我说，WTO法律工作领导小组办公室现在最忙了，你就去那里帮忙吧！于是，我到了工作小组办公室报到，开始了与WTO法律的不解之缘。

工作小组办公室当时的工作人员大致有：李成钢、唐文弘、杨国华、王贺军、王新和韩亮等同志。除了韩亮很快离职去富尔德律师事务所之外，其他同志后来都成为对外经济贸易合作部的翘楚，在相关岗位上担任重要领导工作。

实习的时间很短暂，但是却留下了深刻的印象。领导小组由国务院吴仪

---

[*] 北京高朋律师事务所合伙人，曾供职于商务部、中国常驻WTO代表团。

同志担任负责人，主要负责根据中国加入 WTO 的承诺修改与世贸规则不一致的法律法规，因此，办公室的各位同志非常繁忙，每天都要参加很多会议，而且需要将法律法规清理的最新情况汇报给国务院，加班总是常事。

王贺军同志那时好像刚刚从国外学习回国，因此还没有具体的分管工作。但是，他每天都在看一本非常厚的英文书，而且口中常常念念有词，我非常好奇。凑上去一看，原来是乌拉圭回合多边贸易谈判结果最后文件。他说：研究 WTO 条款，一定要看英文的原文！这也给我留下了深刻的印象。

2001 年 8 月，我正式报到。这时，法律法规清理工作已近尾声，对外经济贸易合作部正式获得中编办批准，设立两个新的司局：公平贸易局和世贸司。工作小组的一部分同志离开了条法司，而原来 WTO 法律工作领导小组办公室也撤销并新设了 WTO 法律处，处里同志包括：杨国华、李詠箑、冯岩。我也有幸成为其中的一员。

处里的工作大致包括三个方面：继续完成法规清理的扫尾工作；接受其他部门关于 WTO 问题的咨询；以及开展 WTO 争端解决工作。但是，对于如何开展 WTO 争端解决工作，万事开头难，还需要摸着石头过河。

他山之石，可以攻玉。当时担任条法司司长的张玉卿同志，高屋建瓴，决定率处里的同志去华盛顿出访，研究一下美国人究竟如何开展这项工作。我们此行拜访了美国贸易谈判代表办公室、美国商务部以及两家律师事务所。这也是我第一次出国，美国律所令人印象深刻，不仅选址于昂贵的商务区，装修精致，而且有堪称奢侈的图书馆。被拜访的人一致认为，中国将很快成为 WTO 争端解决机制中的重要参与者，这在数年后就成为了现实。

从美国回来，国内也正处于 WTO 学习的高潮，中国各大出版社在此期间估计出版了数千种有关 WTO 的书。资料虽多，其实最基本的仍然是三个方面的资料：WTO 协议；中国加入议定书和报告书；专家组和上诉机构的有关案例。其间，WTO 秘书处、亚洲开发银行等国际组织以及美国和欧盟，也对中国政府的能力建设给予了技术援助，举办了多场 WTO 研讨会，这对于推动深刻了解 WTO 知识，培养 WTO 人才，起到了积极作用。

当然，最好的学习，就是在实战中学习（on-site learning），机会很快来了。

2001 年，美国宣布对部分钢铁产品采取保障措施。保障措施虽然是贸易救济措施中的一种，但却有别于反倾销和反补贴措施。"巴豆不可轻用"，保障措施适用于公平贸易的环境，因此需要满足出现了未预见的情况、进口激增、国内产业严重损害等苛刻条件。

但是，美国政府的保障措施却主要是基于其国内政治的考量，这立刻引起了轩然大波。由于保障措施不选择具体国别，对各国都有影响，因此，主要 WTO 成员很快同仇敌忾。欧盟首先宣布在 WTO 起诉美国，紧接着挪威、瑞士、新西兰、巴西、日本和韩国等多个 WTO 成员宣布加入欧盟，共同起诉美国。中国国内舆论要求加入起诉队伍的呼声也日益高涨。当时，对外经济贸易合作部已经开始派了一支代表团赴美进行双边谈判，代表团还没有回来，国内领导就拍板决定，加入起诉队伍。时间很紧张，当时还没有聘请任何外部律师。因此，首份中国在 WTO 的磋商请求，是由处里的同志起草的。

但是，对外经济贸易合作部很快就启动了律师的遴选工作。基德律师事务所被选为外方代理律师，数家中国律师事务所被选中组织一个律师团，一起参与该案件的配合工作。由于这是中国加入 WTO 第一案，所以，各位被选中的中方律师也都摩拳擦掌，非常兴奋。该案实体部分，可以参考杨国华同志撰写的《美国钢铁保障措施案研究》一文，我在此不再赘述。但是，个人印象最深刻的，是参与本案的韩国政府代表。虽然同为母语为非英语的国家，但是，当我们还在对 WTO 知识牙牙学语的时候，韩国的同行早就对 WTO 规则和程序驾轻就熟，并且在内部协调会和听证会上，言之有物，以理服人，得到其他起诉方的一致肯定。此时，才知道差距所在。即便多年以后，回头看钢铁案，其轰动的程度以及起诉方的协调难度，仍然是 WTO 案件中屈指可数的。

2003 年，中国驻 WTO 代表团已经成立，且有效运作一段时间，孙振宇大使等代表团的领导同志希望条法司能够派员到代表团，从事争端解决的前线工作。非常荣幸地，我被选中派往中国常驻日内瓦 WTO 代表团。

代表团建团伊始，人手非常紧张，除了争端解决工作，我还负责 DSB 特会的谈判工作、贸易政策审议、贸易与发展议题。此外，为了积累经验，中国在此期间作为第三方加入了几乎全部的争端解决案件，部分扩大第三方权利的专家组也允许我们参与全部程序；第三方在上诉机构听证会上也可以全程参与。所以，工作量非常大。当时白天开会，晚上写材料成为生活的常态。在日内瓦工作期间，基本上全部时间都花在了工作上。

我负责的几份工作，工作风格和结交的圈子可以说完全不同。贸易政策审议走过场的气氛较重，因为审议过程中对于其他国家提出的问题，可以回复，也可以不回复，不会对结果有实质性影响，审议会议上辩论气氛不浓。而贸易与发展议题，虽然也时常有激烈的辩论，但一般都是就宏观的发展议题进行辩论，较少谈规则，主要是讲政治。但是，DSB 的特会、例会以及争端解决案件，则以规则为基础，是讲法律的地方。

各国代表团负责争端解决事务的外交官基本都是法律专业出身，法律人共同语言比较多，因此形成了几个小圈子。其一是围绕 DSB 特会的圈子，组织者是墨西哥代表团，每次就谈判的最新议题进行非正式的讨论；其二是美国盛德律师事务所驻日内瓦办公室合伙人 Scott 牵头搞的一个午餐会，每次就新发布的专家组和上诉机构报告进行讨论；其三是 WTO 法律援助中心牵头搞的午餐会，也主要是案例讨论。除此之外，每次圈子里面有外交官新旧交接的时候，大家也会找机会聚会。这种活动通常是在晚上，很多时候是在外交官的家里。白天，大家各为其主，唇枪舌剑；但是到了晚上，大家把酒言欢，互通有无。

2001 年到 2003 年期间，中国正在各个方面努力执行加入 WTO 的承诺，也许是出于"被考察"的原因，在此期间，中国没有被诉案件。

2004 年，美国认为，中国对于集成电路产业提供的增值税即征即返的政策，构成禁止性补贴以及违反了国民待遇原则，因此美国提起了 WTO 争端解决诉讼。该案也是首起中国在 WTO 的被诉案件。经过双方官员艰苦的谈判，该案最终以磋商结案。在 WTO 的会议室，我见证了孙振宇大使和美国驻日内瓦大使签署谅解备忘录的仪式。

2006 年，欧盟认为，中国发改委颁布的构成整车特征的零部件进口政策文件，违反了国民待遇原则，因此提起了争端解决诉讼。美国和加拿大先后加入共同起诉。该案经磋商未能解决争端，因此起诉方申请设立专家组，该案也成为中国首起进入 WTO 专家组程序的被诉案件。2007 年，中国被诉进入爆发期，美国在 WTO 连续起诉了中国对税收和其他费用的返还和减免措施、影响知识产权保护和实施的措施以及影响出版物和音像制品贸易权和分销服务的措施等多起案件。

美国和欧盟的举动给中国的内政外交带来了巨大的压力。来而不往，非君子。中国也有必要充分利用该机制，纠正美欧的贸易保护措施。2007 年，在中国起诉美国钢铁保障措施案的 5 年之后，中国发起了第二个争端解决案件，起诉了美国铜版纸反倾销和反补贴初裁决定。

2007 年，我获得了英国外交部的志奋领奖学金（Chevening Scholarship）和牛津大学的录取通知书，赴牛津大学留学一年。基于种种考虑，决定放弃公职，赴国外学习。2008 年回国之后，我加入金杜律师事务所，从事反垄断法执业，暂别 WTO。2010 年，我离开该所，到高朋律师事务所（以下简称高朋所）担任合伙人，重新参与到 WTO 工作中。在高朋所，我遇到了 WTO 法律界另外一位老前辈，王磊律师。每每午餐时聊天，听他谈起参与 GATT 时期谈判的一些逸闻趣事，从 GATT 到 WTO，真是觉得光阴似箭。

由于工作变动的缘故，我与 2008～2010 年高峰的 WTO 案件错失交臂，但是到律所之后，仍有机会继续参与此项工作。高朋所先后代理了 DS397 欧盟紧固件反倾销案；DS419 中国风力发电设备措施案；DS425 中国 X 射线反倾销案；DS452 欧盟影响可再生能源发电部门的措施案（DS452），以及部分第三方案件等。

所谓沧海桑田，匆匆十余载，也发生了很多变化，例如，对外经济贸易合作部更名为商务部，WTO 法律处扩张为两个处，张月娇同志担任了上诉机构成员，一大批优秀的同志于宁、纪文华、蒋成华、于方、陈雨松、王蔷、童杰、任清、张昊、郭景见、陈冉、谢伟、王一、张委峰、付俊等（排名不分先后）都参与到了争端解决工作中，此外，一大批优秀的青年教师被借调到条法司一线直接参与 WTO 争端解决工作，商务部还建立起了中外律师库，等等。

关于 WTO 争端解决程序和国内的争议解决程序，对中国律师的挑战，个人体会，大致是以下方面。

首先，WTO 争端解决带有浓重的案例法色彩，而中国法律体制和教育难以适应。在中国法院打官司，很大程度上是讨论证据的真伪，在这方面花费大量的人力物力。例如，一份复印件，对方律师会挑战你，说这份证据真实性有问题，因此为了确保万无一失，只好进行公证。但是在有些情况下也没有办法进行公证，例如外部人士甚至公司员工很难带着公证员进入公司进行公证。在中国撰写诉讼材料也比较轻松，无须援引先例。法庭辩论，难度也不大。但是，WTO 争端解决则不同，首先需要援引大量的先例，阅读和理解这些先例不仅需要超强的能力，还需要持之以恒的大量精力投入，这构成了很高的进入门槛。因此，从事国内争议解决的律师要想直接从事 WTO 争议解决，还是较为困难的。

其次，语言当然也是个大问题。母语和非母语工作带来的挑战很大，尤其是快速阅读以及临场反应能力，这也使得不具有外语能力的律师完全无法胜任。

再次，WTO 和商业仲裁也有很大区别。由于客户不同，争议目标不同，适用法律也不同。而且商事仲裁可以聘请专家证人来解决适用法的问题，但是，WTO 律师必须非常熟悉 WTO 规则，即便从事涉外商事争议解决程序的律师，转行到 WTO 律师也比较困难。

最后，WTO 客户较为局限，业务拓展有瓶颈，案件来源有很大不确定性，因此，非此领域的律师对于进入该领域也有较大犹豫。

综上所述，使得 WTO 争端解决成为一块小众法律服务，必须需要有相当的热忱，才能进行全身心的投入。

无论如何，毕业之后就投入到 WTO 的工作中，对我的世界观影响很大，我成了一个坚定的自由贸易体制的支持者。中国一向在国际问题上回避通过争端解决方式解决问题，例如领土纠纷。估计决策者是这样想的，几个老外怎么能有权决定涉及国家主权的问题呢？但是，我非常高兴地看到，WTO 法在此已经走到了前面。

多边贸易体制来之不易。GATT 是第二次世界大战之后的产物，通过法律的手段来解决争端取代了赤裸裸的贸易报复，代表着从丛林法则（rule of juggle）走向法治（rule of law）。因此，推动一个稳定的、可预期的多边贸易体制，符合所有 WTO 成员的利益。从个案来说，我们或有输赢，而且也付出了很大的经济成本，但是，总的来说，这种成本小于没有这种体制的成本。我们对裁决结果的尊重，并不是认为专家组或者上诉机构成员的法律论述永远是正确的，而是缘于我们对多边贸易体制的尊重，对 rule of law 的尊重。

我不禁再次回忆起康德的墓志铭：有两种东西，我对它们的思考越是深沉和持久，它们在我心灵中唤起的赞叹和敬畏就会越来越历久弥新：一是我们头顶浩瀚灿烂的星空，二是我们心中崇高的道德法则。坚持 rule of law，而不是 rule by power or human，也许就是每个法律人的初心吧！

熟面孔

——在 WTO 打官司那些人

杨国华*

又一次来到 WTO 开庭。已经说不清是第多少次了。尤其是这两年，涉及中国的案件激增，我们往日内瓦跑的次数也更加频繁。因此，对于我们来说，开庭已属家常便饭。

这次坐在"法官席"上的法律秘书好面熟啊！原来是 2002 年"美国钢铁保障措施案"的秘书！那时我们刚加入 WTO 几个月，那个案件也是我们在 WTO 的"第一案"。记得她当时忙前忙后的，让我们对于法律秘书的职责充满了好奇。后来我们了解到，那个案件的裁决也是她主笔。八个原告一个被告，上万页的材料，众说纷纭的观点，到了她笔下，就变成了清晰简明的法律结论。这个案件的裁决，得到了上诉机构的全面支持。我在网上查找过她的信息，知道她的研究范围很广泛，写过反倾销、保障措施、政府采购、人权、环境等方面的文章。我明白，专家组审理案件，是对相关事实和法律彻底清查，往往一个案件下来，参与者都成了这个方面的专家。

开庭间歇，我上前递名片寒暄。回忆起八年前一起经历的案子，大家都很开心。她说，自己 1994 年就加入这个组织了，属于 WTO 秘书处法律司第一批人员，办理的第一个案件也就是 WTO 的第一个案件——"美国汽油标准案"。后来她去了总干事办公室工作，最近又回到了法律司。她说，前段时间竞争司长职位，但没有成功。我随口说道："祝贺你。"她盯着我说："是没有成功。"我笑着解释：这样你负担会少一些，有更多时间写文章啊。她恍然大悟，"嘿嘿"地笑。她说，这是她回到法律司以后的第一个案件。我心里想，与八年前相比，她处理案件应当更为驾轻就熟了吧。

WTO 法律司司长的职位，被原上诉机构秘书处主任竞争去了。那人也非

---

* 清华大学法学院教授，WTO 争端解决专家组指示性名单成员，商务部条法司前副司长。

同小可，是个大大的专家，写过不少文章。曾经有一篇文章回忆过她参与处理"美国钢铁保障措施案"上诉的经过，说那是当时 WTO 所遇到的工作量最大的案件，上诉机构秘书处派出了强大的团队帮助上诉机构成员工作。她从上诉机构秘书处转到法律司，我早就听说了。但我一直在想：这对将来的上诉会产生怎样的影响呢？上诉机构秘书处与法律司之间的关系，有点是审查与被审查的关系：法律司所写裁决中的法律适用和法律解释问题，一经上诉，就要受到上诉机构秘书处的严密审查，并且上诉机构秘书处有权"维持、修改或推翻"裁决。按照 WTO 争端解决程序的规定，这种审查与被审查的关系，理论上是上诉机构和专家组的关系。但实际上大家都明白，这背后还有两拨法律秘书之间的"较劲"。专家组是临时的，活干完就解散了，并且法律秘书对专家组在法律理解和法律论证方面的影响会更大一些，因此与上诉机构秘书处同事们"抬头不见低头见"的法律秘书，会有更大的心理压力。而现在，上诉机构秘书处的头儿成了法律司的头儿，两个部门之间的关系会有什么变化吗？法律司会在法律上"更加严谨"吗？上诉机构秘书处会"手下留情"吗？此外，据了解，法律司的人也有转去上诉机构秘书处工作的。那么，这对相互的工作又会产生怎样的影响呢？

上诉机构与法律司之间的这种微妙关系，还体现在具体案件的审理中。曾经有两个涉及中国的案件，专家组主席都是前上诉机构成员！上诉机构对"老同事"作出的裁决，会"另眼相看"吗？

就在我和"老熟人"聊天的时候，我们聘请的律师也在与对面的原告美国贸易代表办公室的律师热火朝天地聊着。原来，原告的律师几年前曾经在这家律师事务所工作过。昔日的同事在这种场合见面，亲切中暗含着较量。我揣测着他们的心理状况，想到不久前的另一个案件，我们聘请的这位律师与另一个美国贸易代表办公室的律师在庭上唇枪舌剑，庭下却握手拥抱，因为多年前他们曾在美国贸易代表办公室共事，且"关系不错"。这世界真的很小！

这世界真的很小。本案中，另一原告欧盟代表团的一个小伙子，在六月份举行的欧盟诉中国案件的磋商中，是主要提问者，显然是主办律师；在第三方会议中发言的智利代表，是另外一个涉及中国案件的专家组成员。此外，在"美国钢铁保障措施案"中，欧盟联合中国等国家起诉美国，而在本案中，欧盟与美国坐到了一起，协调立场，共同起诉中国。

随着涉及中国案件的增加，我们见到的熟人也越来越多，感觉在 WTO 打官司，转来转去就这么几个人在排列组合。他们一人担当不同的角色，有什么工作原则吗？例如，本案法律秘书，我当初认识她时，负责中国原告的案件，但今天则审理中国被告的案件，她需要进行角色转换吗？是"屁股决定脑袋"吗？

细细观察，发现他们虽然处于不同的位置，代表不同的利益，但他们的姿态却是大同小异的——他们都是在振振有词地阐述自己对 WTO 规则的理解，起诉是这样，辩护是这样，裁定也是这样。对同一个条款，原告、被告、第三方、专家组，可能会有各种各样的理解，但大家的共同任务，却是澄清规则的含义。也正是由于这个共同点，大家才能忘掉过去的复杂关系，坐在一起心平气和地讨论问题。我想，严肃认真地对待规则解释问题，是大家的共识，而无论过去的关系亲疏远近，都不会影响这一点。

千姿百态

——风格各异的 WTO 专家组

杨国华*

上午十点，专家组主席敲了敲木锤，宣布听证会开始。会场安静下来，案件当事方代表们几十双眼睛齐刷刷地投向了专家组坐席。

台上坐着八个人，两侧是 WTO 法律司的法律秘书和实习生等，中间坐着三位专家组成员。主席先生是乌拉圭人，而他的两边，一位女士是新西兰人，另一位先生是马来西亚人。他们都受过法律教育，曾经或现在在联合国或 GATT/WTO 当过大使。这是一个比较典型的专家组，其成员是小国的资深外交人士。小国的贸易利益并不广泛，在筛选过程中不易受到当事方的反对；外交人士有丰富的国际经验。当然，有些专家组更加"典型"，其成员都是常驻日内瓦的外交官，这样 WTO 可以节省差旅费；有些专家组比较偏离"典型"，其成员也有来自大国的专业人士。当然，也有些专家组的成员并没有法律背景。为本案而临时组合在一起的这样三个人是如何就国家之间的贸易争端作出法律裁决的，让人们充满了好奇，也必定有太多的故事。

听证会开始时，照例是先原告后被告地宣读"口头陈述"（oral statement）。这基本上是双方简明扼要地阐述自己的观点，为了给专家组一个最新的印象。专家们看着面前的书面稿，随着当事方的朗读翻页。不知道专家们看着别人朗读，与自己阅读有怎样的差别。自从能够识字阅读以来，我们似乎已经习惯了自己看书看材料，可以随心所欲，前后对照，而对这种拿着稿子听别人朗读的情况，多少觉得有点怪异。交叉阅读完毕，最少要三四个小时。据说有一个复杂的案件，一方朗读就超过了四个小时！可想而知，人的注意力不可能如此长时间集中，因此有的专家会交头接耳，有的专家会昏昏欲睡。本案的专家组主席则时而抬头看看朗读者，仿佛是要确认这种声音的

---

* 清华大学法学院教授，WTO 争端解决专家组指示性名单成员，商务部条法司前副司长。

确是从这个人那里发出来的。

朗读终于结束了，一般会进入专家组提问阶段。此时所有人的耳朵都竖着，生怕漏掉一个字，因为这事关对专家组问题的准确理解和正确回答。专家组面前会有长长的问题单，并且三个人按照分工轮流提问。专家组有的很厉害，经常打断当事方的回答提出新问题；有的很温和，基本上就是照本宣科，当事方回答完毕就进入下一个问题。还有的专家组问题提出后，当事方要求澄清问题时，他们就不得不与其他成员以及法律秘书紧急交头接耳。专家组不同，法律秘书的表现也就相应不同。有的一会儿给专家组递纸条，一会儿对主席耳语，忙得不亦乐乎。有的则笑眯眯或呆乎乎坐着，整场听证会下来似乎什么事都没有。因此人们认为专家组有"强势"和"弱势"之分。强势专家组对程序和法律问题驾轻就熟，而弱势专家组则离开秘书就不知所措了。

本案专家组显然属于强势，主席审理过若干案件。然而，这个专家组似乎太强势了，以至于"口头陈述"结束后，宣布休庭，明天按时召开第三方听证会，说会后如果有时间，就用于提问！双方律师颇为意外，因为他们已经为问答准备了相当长时间，对专家组可能提出的问题多次进行"沙盘推演"，此刻正信心百倍，准备大展身手呢！人们颇为失望地离开了会议室。

第二天是第三方听证会。专家组请第三方发言，声明专家组和当事方都可以向第三方提问。第三方与案件并没有直接贸易利益，有些是就规则的某个理解发表看法，而有些就是来听听，拿点资料，并不发言。专家组对第三方的期待一般不高，可能会象征性地提几个问题，对回答也不深究；当事方也不屑与第三方较真，不管第三方的观点是赞成还是反对自己，都是静静地听着。本案就是这样，两个小时后，九个第三方发言结束，主席就宣布散会了。

然而，本案专家组却同时宣布了一项令我们面面相觑的决定：今天专家组成员要讨论一下向当事方提出的问题，明天同一时间召开当事方听证会！

专家组又不提问啦？这是怎么回事？我问"久经沙场"的我方律师，他的分析是：可能专家组在会前没有认真阅读案卷，也可能专家组在听了第三方意见后想调整问题。我问，是不是也有可能专家组觉得胸有成竹，提问不提问都无所谓呢？他说也有可能。大家都很惊讶，有位律师盯着专家组目瞪口呆，脱口而出两个字：COME ON！

人们议论纷纷，满怀狐疑地离开了会议室。但是，还有一个通知让人大惑不解：专家组的问题单，将于下午五点之前发送到各位邮箱。什么？明天要提的问题，今天就发送给当事方？是为了让大家充分准备？一定是问题太多，为了节省时间吧？想到这里，人们心里多少有了点平衡，也摩拳擦掌憋足了劲，准备今晚挑灯夜战。

然而，收到问题单，律师们一下子全泄了气。只有短短一页不疼不痒的八个问题！这到底是怎么回事？WHAT'S GOING ON？

第三天上午，专家组煞有其事地开庭了。主席说，问题单各位已经收到了，希望没有让大家度过一个不眠之夜；我就不读问题了，大家开始回答吧。就这八个问题的回答，听证会一直持续到下午五点！专家组几乎没有后续提问，主席和女士各提了一个逻辑性的问题，另一位先生始终一言不发。法律秘书们也优哉游哉，无所事事。那么五个小时都花哪儿去了呢？可以想象，是双方律师轮番上阵，充分发挥着自己的辩论才华。主席看谁举牌子，就让谁发言，还戏称"我们今天有的是时间"。律师们这两天攒足的力气得到了宣泄。当然，这还不是充分的宣泄，因为他们不得不围绕那八个可怜的问题阐述，没有办法展现自己所做的全面充分的准备。

听证会就这样结束了。看来专家组的确胸有成竹了。虽然说开庭也好，提问也好，目的都是让专家组更好地了解案件事实和法律争议，专家组完全有权决定提不提问题和提多少问题，然而本案的专家组，的确是我们所遇到的最有个性的专家组。

拷问

——上诉机构听证会简介

杨国华*

上诉机构听证会，常常给人一种"缺席审判"的感觉。案件一方对专家组裁决不满，"义愤填膺"地列举裁决中的种种错误。此时的"被告"，应当是专家组，由它出庭辩解，论证自己的裁决是正确的。然而，替专家组"辩护"的，却是案件另一方！作为案件当事方，怎么可能为"初审法官"进行最佳辩护呢？裁决是专家组写的，当事方只是"读者"，需要"深入领会"专家组的意图。当事方也许会喜欢对自己有利的某段裁决，但不一定会喜欢这个裁决的推理过程，觉得论证过于单薄，甚至论证中有瑕疵。现在要这个当事方一味称赞专家组，就有点勉为其难了。在"交叉上诉"的情况下，当事双方都就专家组裁决中的某些方面提出上诉，一会儿说专家组这一点裁决是对的，一会儿又说专家组另一点裁决是不对的，"被告"专家组的形象就更为模糊了。

那么，在"被告"缺席的情况下，上诉机构是如何作出"高明"判决的呢？

上诉机构成员是"公认的权威"（recognized authority，《争端解决详解》第 17 条第 3 款），都受过较好的法律训练，有丰富的法律实践经验，多数是资深的法官、教授、律师、前官员。上诉机构是常设的，这些人最少干四年，对 WTO 规则，特别是 WTO 的成案，比较熟悉。上诉机构由七个人组成，虽然每个案件由其中的三个人负责审理，但案件判决要召开七人会议讨论。相比之下，专家组则是"海选"产生的，只要"合格"（well-qualified，《争端解决详解》第 8 条第 1 款）就行。为一个案件临时组织一个"合议庭"，审完案件就各奔东西，对 WTO 规则未必有精深的了解。此外，每个案件，除了

---

*　清华大学法学院教授，WTO 争端解决专家组指示性名单成员，商务部条法司前副司长。

WTO 秘书处提供的两个法律秘书外，就没人可商量了。

进行这样的比较，并不是想厚此薄彼。WTO 争端解决机制的设计理念，本身就兼具仲裁庭和法院的特点。这套机制的目的是快速解决成员之间的贸易争端（prompt settlement，《争端解决详解》第 3 条第 2 款）。从这个角度看，专家组是有优势的，因为他们常常是来自与案件相关行业的专家，对商业实务有很好的意识，对某件事情作出是非判断比较准确。也正是因为这样，大量的案件在专家组阶段就解决了。此外，专家组会同当事方理清了案件事实，就法律问题进行了辩论，并且为法律适用和法律解释提供了一条思路。正是在这个基础上，上诉机构才能单刀直入，将全部精力投入到法律问题上来。

上诉阶段是专门关于"法律"和"法律解释"（《争端解决详解》第 17 条第 6 款）的，属于"法律审"，而在这方面上诉机构的确有优势。

上诉机构面前的问题，仅仅是屈指可数的几个法律点，不像专家组那样要处理成堆的事实和法律问题。他们认真阅读了专家组裁决，法律秘书为他们准备了本案的重点和相关案例。因此，他们对于所需要解决的问题，心中十分明了。在这样的背景下，围绕这几个法律点，他们会同秘书准备了大量的问题，在听证会上一个个抛出来。

参加听证会的，不仅有当事方，还有第三方。试想一下，几十号甚至上百号人济济一堂，围绕这么几个法律点，针对上诉机构所提的问题，各抒己见，畅所欲言，会是怎样的效果？当事方在经历了专家组的两次开庭以后，对自己的观点和立场表达得更加清晰；第三方作为"旁观者"，听着当事方的唇枪舌剑，常常会有独到的见解。"高人"上诉机构成员则"坐山观虎斗"，美滋滋地俯视着各位"斗法"。见大家开始疲倦冷场，就再扔一块"骨头"，于是大家立刻又激烈地争抢起来。"事不辩不明"。经历了如此充分的辩论，关于某个法律点的所有理解，所有角度，可能无一遗漏！此时，上诉机构成员才心满意足，宣布进入下一个法律点。

什么样的法律解释，能够经受住如此这般的拷问！也只有经历这样的拷问，对 WTO 规则的某种理解才可能是靠得住的。而保证 WTO 规则的准确理解，恰恰是上诉机构的最高理想。

这么多"高手"拿着放大镜审查专家组裁决中的每个表述，每个文字，对裁决的理解应该不会有什么偏差了。但"缺席审判"总让人觉得，如果"被告"在场，会不会更加有效、更加精彩？

最好的律师

杨国华[*]

　　在国际组织代表国家打官司的律师，水平一定低不了。在多个 WTO 争端案件中与我们合作的一家律师事务所，就拥有这个领域最好的律师。

　　在近期的一个案件中，该律师事务所派出了强大的团队：领衔律师 50 多岁，在国际贸易法领域工作了 30 多年，包括在美国国际贸易委员会（USITC）和美国贸易谈判代表办公室（USTR）任职；主办律师 40 多岁，参与过 30 余个 WTO 案件，曾经在欧委会竞争总司工作过，毕业于哈佛大学法学院；辅办律师 40 多岁，曾经在 WTO 上诉机构工作过 5 年，参与了 16 起上诉案件审理，此前还在欧盟法院从事竞争法工作。该团队里还有一位女士，加入该所不久，曾经是剑桥大学的法学博士和讲师，其专著《WTO 上诉机构的法律解释》刚由牛津大学出版社出版。她的身份是"律师助理"。

　　那位领衔律师，10 年来在该所一直主持每月一次的 WTO 案件研讨会，请所内外人士参加，就最新问题进行讨论。而在与我们合作的这个案件中，他们四人都全程参与，一起制定策略，一起起草文件，一起出庭辩论。

　　律师的功力，在开庭时最能得到体现。三位法官高高在上，对方十几人遥遥相望。在这样的环境下，如何能清晰表达我方观点，有力驳斥对方观点，迅速赢得法官认可，这里面学问大了！

　　辅办律师旁征博引，就对方的指控逐一辩驳，可见其对案例的熟悉和思维的敏捷。然而，作为被告，却从大到小事事有理，法官一定心有狐疑。如果重点谈几个大问题，而对细枝末节的问题一带而过，可能会给法官更为明确的印象。

　　相比之下，主办律师不温不火，慢条斯理地对辅办律师的发言进行了概括和补充，吹散了辅办律师身后弥漫的硝烟。

---

　　[*] 清华大学法学院教授，WTO 争端解决专家组指示性名单成员，商务部条法司前副司长。

领衔律师有时候插话。他更是慢声细语，像平时与我们聊天一样看着法官真诚地说：现在你们面前有两种观点，我方是这个观点，对方是那个观点，而这是一个非常重要的问题。高啊！他不说我方怎么对，也不说对方怎么不对，而是给法官点明了两条路，让法官自己选择。法官一定会心存感激的，因为他们的任务就是煞费苦心地就本案做出裁断。开庭的任务，不是要证明我方多么聪明，对方多么愚蠢，而是要给法官指出一条阳关道。

领衔律师也负责回答法官事先提出的一个问题。对于中国法律的理解问题，他让中国律师发言；对于矿产问题，由矿产专家发言；对于经济影响问题，由经济学家发言。他自己则详细解释了这个问题所涉及的六个措施。这本是一种很好的安排。然而，在开庭两整天，法官想早点休庭的时候，就这么一个问题，我方连续发言四十分钟，并且让专家详细说那些其他人都不懂的产品和经济问题，估计效果不好吧。法官虽然彬彬有礼，好像是让大家敞开讲，但心里一定不太耐烦了。我看到他们一个个呆若木鸡，显然脑袋已经不转了。

而且，领衔律师自己的发言也过于繁琐。长篇大论，让人无法集中注意力。虽然涉及六个措施，为什么不选择最为明确的一两个问题说说，而将对其他问题的详细说明留在书面回答呢？上午我俩还聊过开庭时言简意赅直截了当的良好效果啊。上一个案子与他合作，他开庭时总是简简单单地，三句两句就切中要害，给人一锤定音的感觉。我们虽然是原告，但他似乎一直保持守势，仿佛有经验的猎人，静静守候着，待猎物走近，一枪致命。那个案件，我们大获全胜。

不仅如此，经济学家滔滔不绝的解释，却给对方抓住了把柄。对方三言两语总结了经济学家的发言要点后说道：感谢你支持了我方的观点。此时此刻，久经沙场的领衔律师也无力回天，只能支支吾吾地说几句话补救一下。显然，律师与经济学家的事先讨论不够充分，以至于经济学家不知不觉偏离了方向。其实，让专家发言有利有弊。利处是能把专业问题讲清楚，并且增加可信度。弊处则是可能失控。专家并非律师，没有开庭经验，对方一问一搅就乱了阵脚，任由别人牵着鼻子走了。因此，使用专家，一定要将其严格限制在专业领域，不可放任自流。

对于法官的最后一个问题，辅办律师作了简明扼要的回答。然而，当法官说"没有问题就休息十分钟"的时候，他却鬼使神差地举牌说道："请问对方为何说我们这个措施有问题呢？"这可是大忌啊！领衔律师上次就对我说过，向对方提问，就是给了对方向法官解释的一个机会，因此开庭主要是回答法官的问题。他自己团队这么有经验的律师，怎么会犯这样的错误呢？果然，对方发言后，本来简单的问题开始变得复杂起来。

这位老兄显然没有认识自己的错误，接着又犯了一个错误。在总结发言的时候，针对对方的一个请求，他义正词严地指出，根据 WTO 某条某款，法官无权就某个问题这样裁决，而应该那样裁决！律师怎能"教训""威胁"法官呢？为什么不用一种委婉的说法呢？他还以为自己是在上诉机构工作啊！他难道忘了，这个案件的法官非常自信，在上次开庭我方提出反对意见时故意给了对方更多的照顾？

此外，主办律师和辅办律师的总结发言也过于琐碎，仍然纠缠于一些细节问题，给人一种炒冷饭的感觉。开庭两天了，谁还愿意听那些颠来倒去的争论呢？如果在最后发言中跳出本案的技术性争议，简单说说本案的来龙去脉，会给人耳目一新、"动之以情"的感觉，将法官的注意力拉回本案的重大意义上来。

最好的律师，精心的组织，也会出现纰漏。这真是艺无止境啊。

这个团队显然与客户有良好的沟通。开庭结束后，领衔律师见我不开心，就主动过来询问。我坦率而委婉地说出了自己的想法。就我的疑问，他一一做出了解释。但我相信，不管我说的对不对，他们回到办公室后，都会认真总结今天的成败得失。

这显然是一个经验丰富的强大团队。他们代理过很多国家的案件。我们闲聊时，笑谈他们一会儿坐在这边，一会儿坐在那边。他们坦承，有时候也会感到别扭，但也正因为代理了多种案件，他们才积累了丰富的经验，也才有更多的国家花钱请他们。其实，律师是提供专业法律服务的；像他们这样的队伍，不论为哪个国家服务，都会尽心尽力。"用人不疑、疑人不用"，我们作为客户，看中的是他们的专业服务能力。他们毕竟是最好的律师啊。律师今天帮我们，明天帮别人，我们虽不情愿，但也无可奈何。何况，作为WTO 成员，打官司虽然是为了维护自己的利益，但这些利益应当是"合法的"。从这一点看，无论是原告、被告还是律师，大家都是在 WTO 法律的框架内从事同一种工作，即想方设法正确理解法律。WTO 法律所规定的权利义务，也就是在一个个案件的裁判过程中逐渐明确的。也正是因为这种共识，开庭时，大家能够做到以礼相待、谈笑风生，并非"仇人相见分外眼红"。庭审结束后，法官、我方和对方全体人员互相握手，互祝顺利，依依不舍，仿佛是一场聚会席终人散，而不是刚刚经历了一场唇枪舌剑、刀光剑影的辩论。

习以为常

——我们在 WTO 打官司

杨国华[*]

一、长途跋涉

我们习惯于乘坐中国国际航空公司 CA 931 航班，在法兰克福机场转乘德国汉莎航空公司 LH 3674 航班前往日内瓦。

在北京登机时间是下午两点，到达法兰克福是当地时间下午六点。在长达十个小时的飞行中，我们常常会阅读随身携带的案件资料。虽然绝大多数工作都已经在出发前完成了，但打官司的事情，是精益求精，永无止境的。对资料掌握越清楚，开庭效果越好。"临阵磨枪，不亮也光"，我们都习惯了抓紧这最后的时光。当然，对于某些问题，我们也可能会在旅途中深入讨论。没有干扰，专心致志，机舱成了我们高效工作的办公室。

累了，可以聊聊天，翻翻闲书，看看电影，或者发一阵呆，打几个盹儿，还有吃两顿饭，俯视机舱外的景致。这个季节，头顶是湛蓝天空，脚下是朵朵白云，还有雪山沙漠，江河湖泊。想象着这个巨大的飞行器，载着几百号人，穿行在半空中，倒也颇为惬意。

法兰克福机场是欧洲最大的机场，很多来自世界各地的人在这里中转，再飞往欧洲其他地方。我们在这里要等候两个半小时。下了飞机后，我们一般都是直接入关，然后重新安检，直奔 A42 登机口。到了那里，大家放松下来，有人围在一起打扑克，有人独自坐在椅子上打瞌睡。这时候，几乎没有人读材料看书了。毕竟北京时间已经过了午夜，大多数人都神情疲惫，眼睛发红。然而，也出现过例外的情况：在公务舱休息室，团长召集代表团核心成员研究最后方案。对了，我们这些人大多是"常旅客"，持有国航金卡，可

---

[*] 清华大学法学院教授，WTO 争端解决专家组指示性名单成员，商务部条法司前副司长。

以进公务舱休息室免费吃喝。

等到上了汉莎的飞机，大家昏昏欲睡，东倒西歪。北京时间凌晨三点钟，连上帝都无法阻止人们入睡。估计此时团长都不会考虑案件的事情了。虽然飞行时间只有四十五分钟，但我们都睡得香喷喷的。

到了日内瓦，是当地时间夜里十点半。与接待我们的中国常驻 WTO 代表团人员握手寒暄，上车，入住旅馆，上床，迅速接上了飞机上没有做完的梦。第二天早上见面，大家会热烈交流昨晚睡了几个小时醒了几次。年纪轻的睡好了，洋洋自得。年纪大的没睡好，愁眉苦脸。

二、湖畔漫步

然而，早餐完毕，西装革履来到湖边，全体代表团立即神清气爽精神百倍了。初夏时节，空气清新微风习习。莱蒙湖湖光山色，美不胜收。青山碧水，蓝天白云，绿树嫩草。举世闻名的喷泉从波光粼粼的湖面喷薄而出，高达百米，傲然耸立。远处是绵延的阿尔卑斯山脉和隐约的勃朗峰白雪。硕大的白天鹅在石头岸边梳理羽毛，彩色的鸳鸯和灰色的野鸭在清澈见底的湖水里捕鱼嬉戏。从旅馆到 WTO 总部，走路只有二十分钟，却是我们最为心旷神怡的一段路程。只要天气状况允许，我们都会步行前往 WTO 总部。

因此，当我们坐到 WTO 会议室里，个个精神抖擞，全然忘却了长途跋涉的劳累和睡眠欠佳的疲倦。

湖边的路直接通向 WTO 总部后面的公园，这里有宽大的草坪，参天的雪松，粗壮的梧桐。WTO 总部是一组老建筑，典型的欧洲古典风格，厚重的石墙，精致的浮雕，红色的房顶，宽大的窗户，沉甸甸的大木门，以及门两侧巨大的石雕女像（和平女神与正义女神）。四周有大大小小的雕塑，楼内装饰着各色壁画。大堂宽敞高大，人来人往。我们如果来早了，会去一楼拐角处的小书店看看有什么 WTO 新书上架，也会去二楼的图书馆翻阅一下历史资料。图书馆门墙，是巨大的蓝色马赛克画；两侧的墙上，也是巨幅绘画。当然，如果快到开庭时间了，我们可以去一楼的咖啡厅，花上 1.9 瑞郎，买一杯香浓的咖啡。这咖啡很神奇，能够保证一个上午神采奕奕。

三、全力以赴

湖畔的美景加上香浓的咖啡，让我们欢声笑语，喜笑颜开。是的，开庭前我们是轻轻松松、开开心心的。不仅是代表团成员之间谈笑风生，不仅与专家组成员及秘书处人员握手寒暄，我们还与对方代表团成员互致问候，嘘寒问暖，说一些"早上好""很高兴见到你""今天天气不错"之类的套话。一时间，会议室里洋溢着和谐欢乐的气氛。

然而，这毕竟是争端解决案件开庭。当专家组主席宣布会议开始时，大家正襟危坐，笑容也渐渐从人们的脸上褪去，仿佛一石投湖的涟漪一圈圈消失，代之以平静和严肃。

人们坐着厚重的木椅，伏着厚重的木桌，一只耳朵挂着耳机，静静地望着专家组成员，听主席宣布会议日程。

我们把这叫会议，因为这就是在普通的会议室举行的。这个活动，正规的说法叫"实质性会议"（substantive meeting），俗称"听证会"（hearing），而我们有时候干脆称作"开庭"——虽然 WTO 不愿自称法院，但事实上这就是审理案件的法院开庭，专家组经过与当事方两次见面，会就双方的争议作出裁决。

会议桌窄窄的，一排横摆，是专家组的位置；另外两排竖摆，当事双方面对面坐着，中间是空地。我们向左侧脸看着专家组成员。虽然是第一次见面，但这三个人的背景我们是了如指掌的。在过去几个月里，WTO 秘书处三次提出专家组名单，每次提出六名，供双方作出评论。我们评头论足，这个不行，那个不要。双方同意的人才留下来。有时候需要 WTO 总干事指定，但我们也会收到秘书处的正式通知，附有专家组成员的简历。可以想象，秘书处向总干事推荐指定名单的时候，也会考虑本案中双方提出的要求，例如要有来自发展中国家的人，要有某方面专业知识的人，没有发表过与本案纠纷相关的立场，等等。因此，不论是双方同意还是总干事指定，在选择专家组成员方面，当事方意见都起到了举足轻重的作用。

虽然并不陌生，但这些人第一次从纸面走到了现实，我们多少还是感到有点新鲜的，会将他们的形象与我们的想象进行对比。他们不像法官，没有法官的威严。他们本身就不是法官，而是贸易官员或专家学者，由于一个"偶然的原因"，坐上了"法官席"。他们主持开庭，也向召集会议一样，对大家客客气气的。

按照主席要求，双方介绍代表团成员名单后，就正式开庭了。开庭的顺序，一般分为四个阶段：起诉方宣读"口头陈述"（oral statement），被诉方宣读口头陈述，双方互问，专家组提问。

宣读口头陈述，是当庭陈述自己的观点，用简明扼要的语言，将事先提交的正式"书面陈述"（written submission）中的观点提纲挈领地说出来，给专家组以清晰的印象。这当然是很重要的开庭程序，但对于宣读者来说，却是件艰难的事情。你知道在场的所有人都拿着这份发言，却要把他们当作文盲一样，一字一句念给他们听！何况你的英语发音有时候并不标准。何况要念的往往是几十页的材料，需要耗费一两个小时。因此，宣读这个材料，对精神和体力都是一个考验。当然，后来我们学聪明了，两三个人分工念：代表团团长念开头和结尾，其他人各分几页。这样不仅宣读者的负担轻了一些，而且效果也好了一些。有了变换，大家听起来没那么累了，专家组成员打瞌睡的情况明显减少。有的专家组会在双方宣读期间插问，具有很强的抑睡效果。对了，我们的口头陈述，一般都是以"感谢专家组为本案所付出的努力"这种奉承的客套话开始的。

双方念完口头陈述，一个上午往往就过去了。其间，起诉方念完后，会休息十五分钟，大家起身放松一下。专家组成员，秘书处人员，当事双方代表团，彼此会聊天说笑，其乐融融。大家为了一个共同的目标，被隔离在小小的会议室里这么长时间，总会产生交流的愿望。我们知道，等到两天后开庭结束，大家会成为朋友，握手告别时会颇有点依依不舍的。

开庭的时间一般是上午十点到下午一点，然后是下午三点到六点。我们午饭一般各自解决。有人喜欢一楼咖啡厅的金枪鱼三明治或火腿三明治，有人喜欢楼上餐厅的热食，有人则到马路对面的"汉龙"吃一份简单的中餐。我们喜欢饭后到湖边走走，呼吸新鲜空气，享受阳光。我们代表团的一些前卫人士，干脆拿着三明治、沙拉和饮料，站在湖边或坐在草坪上，就着美景用餐。从枯燥乏味的会议室，来到景色迷人的大自然，强烈的反差，让我们恍然不知身置何处。对于我们来说，日内瓦只意味着两件事：在楼里开会，在湖边赏景。我们豁然发现，这两者其实是相互促进的。如果只有一个，我们就会不堪重负，或者百无聊赖。

开庭的时间到了，大家慢腾腾、一步三回头地离开了湖边。

专家组主席欢迎大家回来。他一般会首先问，双方是否有互问的问题。看到双方代表团团长"呆若木鸡"或"摇头晃脑"，主席宣布直接由专家组提问。主席知道，当事方一般不会直接提问，以免给对方提供在专家组面前多嘴的机会。此外，双方也想利用这有限的时间，尽量为专家组"释疑解惑"。这样，"双方互问"就变成了专家组主席的例行公事了。

专家组面前有长长的问题单，三个人分工提问。有的问题是对双方的，有的问题是对一方的。有时候，在一方回答完毕后，另一方会将小木牌竖起来，主动要求发言。当事方发言时，都是看着专家组，表面上是回答专家组问题，事实上已经有了双方辩论的感觉，因为对于同一个问题，双方可能有截然相反的答案。看着双方你争我抢，唇枪舌剑，专家组成员们半躺在椅子里，微笑着，心中一定非常得意。观点正面碰撞，这正是他们预期的开庭效果，因为只有这样，才能澄清问题。为了让大家畅所欲言，他们一般会在开始提问时安慰道：这些问题会在开庭后发给大家，答案以书面为准。

我们聘请了最好的律师。他们平时起草文件，开庭就负责回答问题。这种现场辩论式的工作，不仅需要良好的英语水平，而且需要丰富的诉讼经验。因此，与美国的案子，我们聘请华盛顿的律师，而与欧盟的案子，我们则聘请布鲁塞尔的律师。他们常常为案件组织三四人的律师团队，从资深律师到律师助理，从高级顾问到主办律师，形成黄金组合，群策群力，为我们提供高质量的法律服务。

开庭多了，我们渐渐发现，不同案件，坐在专家组两侧的秘书处法律助手有非常不同的表现。有的秘案件书跑前忙后，一会儿给专家组递纸条，一会儿向专家组耳语。有的案件秘书则悠然自得，不慌不忙。这并不是因为有的秘书性格活泼，有的秘书性格内敛，而是因为有的专家组弱，有的专家组强。弱势专家组，要么由于对案情研究不够，要么由于对开庭程序不熟，时刻需要秘书们的"指导"。秘书是专职的，天天干这一套，对个案所花时间极多，自然有主意。但对于强势专家组，情况则大为不同了。他们要么是资深人士，要么是业内专家，对所有问题都有主见，当然不要秘书们费心。开庭是公开亮相的场所，谁有实力，谁就有发言权；身份、地位、资历等虚名，在庭上全无用处。

这个原则也适用于当事方。别看双方代表团都有十几号人，把屋子占得满满的，但到了答问阶段，各自只有一两个主办律师发言，其他人都只有听的份。谁下的功夫大，谁就有发言权。这是铁律。

双方律师与专家组一问一答，你来我往，气氛紧张激烈。然而，"听众们"却无法一直集中精力。又到北京时间午夜时分了，时差排山倒海，势不可挡，不少人不由分说地"频频点头"。午餐的咖啡，效力越来越弱，直至消失在时差的海洋中。我们上午笑话美国人，下午羡慕欧盟人。然而，WTO 对我们似乎是公平的。

第一天开庭终于结束了。我们沿着湖边走回旅馆，呼吸新鲜空气，欣赏自然美景，将一天的紧张与疲惫留在了 WTO 总部。

四、连续作战

案件首次开庭的第二天上午，一般是安排与第三方的会议。认为自己有

"实质性贸易利益"的第三方，当着专家组和当事方的面，陈述自己对本案的看法。专家组可能会向第三方提一些问题，但当事方仅仅是听众而已，坐在会场一言不发。

下午，常常是继续回答专家组提问。专家组心满意足了，便宣布会议结束。我们会如释重负地与专家组成员和秘书们握手言谢，也会与对方代表团成员亲切话别，说"期待着下次见面"。

是的，专家组一般开庭两次。一两个月后，大家会再次回到WTO，重复一遍第一次开庭的程序，只是第二次开庭往往具有更强的辩论色彩，是针对对方的观点进行反驳，而不是"立论"，重点陈述自己的立场。当然，在专家组作出裁决后，如果有一方上诉，双方还会第三次见面，在上诉机构成员面前就裁决的"法律适用"和"法律解释"发表意见。上诉开庭程序与专家组开庭程序大体相同。但上诉机构是常设的，总共七个人，由其中三个人负责审理某个案件。由于上诉属于"法律审"，上诉机构成员又都是"老手"，因此他们坐在台上，法官的感觉更强烈一些，提问时会穷追不舍，咄咄逼人，对当事方也是很大的挑战。

事实上，一个案件，我们一般要在一年内来日内瓦四次。除了上述三次开庭外，还有一次是按照WTO的程序举行磋商。磋商是"保密的"，除了双方代表团成员，没有其他人参加，连WTO秘书处的人也不能参加。但磋商的地点，可能就是后来开庭的某一个会议室。磋商的方式，是双方按照起诉方一周前提供的问题单进行问答。磋商中被诉方回答起诉方问题，与开庭时双方回答专家组或上诉机构问题，大异其趣。后者是双方要极力讨好"法官"，因此会竭尽所能，而对于前者，主动权似乎在被诉方。也就是说，对某一个问题，答不答，答多少，被诉方可以随心所欲。当然，如果被诉方有意通过磋商解决争端，则会更加"真诚"一些。

然而，这次我们来日内瓦工作四天，却经历了前所未有的事情。第一天、第二天，是我们告美国的案件第一次开庭。第二天、第三天，是我们告欧盟的案件第二次开庭。第四天，是欧盟告我们的案件磋商。因此，就出现了第二天两个会议室同时审理中国相关案件，以及连续四天都有中国案件的情况。中国代表团二十余人穿梭于各个会议室之间。有人戏称，WTO应该将本周命名为"中国案件周"。还有人说，这是典型的"意大利面条碗"（spaghetti bowl）现象：你告我，我告你，大家纠缠在一起，难解难分。

是够忙乎的。好在我们已经习惯了。在中国进入WTO不到九年的时间里，我们已经有九个被告，七个原告的案件。去年WTO甚至有一半案件是与中国有关的。每个案件，我们都要多次来日内瓦，可以想象我们来这里是多么频繁，也不难理解我们为什么多数人都持有国航金卡！

经历了这么多案件，我们对在 WTO 打官司这套程序已经驾轻就熟了。同时，对于很多案件的实体性问题，我们也已经耳熟能详。例如这次三个案件所涉及的反倾销和保障措施问题，对于倾销、损害、倾销与损害的因果关系、进口增长、实质性损害等术语，我们已经在此前的案件中多次接触。此外，我们对在 WTO 打官司的内部运作，也不再陌生，因为我们与 WTO 秘书处人员有长期、广泛的接触，有中国人曾经担任过专家组成员、在负责案件审理的 WTO 秘书处法律司工作，还有中国人担任 WTO 上诉机构成员、在上诉机构秘书处工作。十年前学习 WTO 知识时书本上的 WTO 争端解决程序，现在我们已经知道了哪里是重点，应当采用什么样的策略与技巧，应当如何最为有效地组织一个案件的起诉或应诉。

五、轻松回程

任务完成了，时差调整成日内瓦时间了，我们也该回去了。

临行前一天晚上，我们照例会来到湖边散步。夜色中的莱蒙湖，是一副朦胧、抽象的美貌。湖水是一面巨大的夜镜，映照着漫天繁星。湖对面的山坡上灯火阑珊，正是亲朋好友晚餐欢聚的时光。喷泉仍然不倦地矗立着，飘洒而下的水雾，形成一面高大明亮的水旗，背景是黑魆魆的山脉。在这最后一个晚上，在轻松的心情中，我们常常在此流连忘返，感慨万千。我们是来告别，也是来说一声"期待着不久再次相见"。

我们一般会在临走那一天上午逛逛附近的商店，欣赏一下琳琅满目的瑞士手表，买几盒香甜可口的瑞士巧克力。瑞士制造的这两样东西，是全世界最好的，我们也百看不厌，百买不倦。

我们一般中午十二点半离开旅馆，在机场候机室免费享用午餐（我们的国航金卡在此有效），然后乘坐两点五十五分的汉莎 LH 3667 航班前往法兰克福，等候四个小时后，转乘八点十五分的国航 CA 932 航班前往北京（这个航班，就是我们来时航班的返航）。这四个小时并不难过。机场内有众多商店，商品琳琅满目，价格免税公道。有人会带一两瓶葡萄酒回去送人。有人会买一两条免税烟回去享用。年轻人还会借此机会采购时髦的化妆品送给女朋友。我们还可以再次进候机室，免费吃点喝点，海阔天空聊聊。

登上大型双层波音 747 - 400 飞机，一切都是那么亲切。回程只有八个半小时，又是夜间，所以大家吃两顿饭，翻翻闲书，看看电影，睡上一觉，不知不觉就回到北京了。这期间，一般不会有人再看案件资料。有什么事，回去再说吧。飞机抵达北京，是中午十一点（日内瓦时间为凌晨五点）。登机时天色已晚，到达时朗朗正午。黑暗与光明，恍如隔世。然而，我们已经习惯了。

五、高端论坛："我们在 WTO 打官司"

（一）录音整理稿[*]

---

　　* 本文稿由中国政法大学本科生时佳玥以及国际法专业研究生张婉祎、曾瑞昀、罗曦整理，史晓丽教授负责统筹。

时间：2014 年 10 月 18 日上午 9：00 ~ 11：30

地点：中国政法大学学术讲堂

主持人：杨国华，清华大学法学院教授，商务部条法司前副司长

台上嘉宾：复旦大学法学院张乃根教授，中国人民大学法学院韩立余教授，中国政法大学国际法学院李居迁教授，北京师范大学法学院廖诗评副教授，北京君泽君律师事务所张凤丽律师，北京金诚同达律师事务所彭俊律师，北京中伦律师事务所蒲凌尘律师，北京中伦律师事务所任清律师，商务部条法司于方处长，商务部条法司陈雨松处长，商务部条法司前司长张玉卿教授。

台下听众：中国政法大学师生 300 余名，外校老师和专家 20 余名。

史晓丽：

大家安静，我们的高端论坛马上就要开始了。现在，我来简单介绍一下参加今天论坛的各位嘉宾。大家经常读专家组报告和上诉机构报告，看到了里面的"法官"裁决意见，另外还有我们中国政府作为原告、被告和第三方的意见。我们讨论案件的时候也会提出这样的问题，为什么中国代表不提这个问题呢？为什么会把这个漏掉呢？会有一些怀疑，甚至是对专家组裁决和上诉机构裁决的思路有时也会有自己不同的看法。今天，我们就把制造这些裁决和为中国政府提供意见的真人请上台，大家与他们直接进行对话：❶

第 1 位我们要隆重推出的是，我们的张玉卿教授，为什么这么称呼他呢？因为他是我们中国政法大学的兼职博导和兼职教授。他本人原来是商务部条法司的司长，同时也是我国中国政府第一批推荐给 WTO 的专家组指示性名单成员，更是第一位在 WTO 审理案件的中国籍专家组成员。张司长参与审理的案件是，厄瓜多尔、美国等 5 个国家告欧盟香蕉进口和分销体制案关于裁决执行问题的第 21.5 条专家组程序（DS27），大家欢迎！

接下来本来是想向大家介绍锦天城律师事务所的冯雪薇高级顾问，她今天突然有事不能到场。冯律师在 WTO 工作了 9 年，是打入 WTO 内部的人，本来是想让她从 WTO 秘书处怎样管理案件的角度与大家沟通，由于她今天不能出席，所以非常遗憾，以后有机会再请她参加这样的活动。

第 2 位是我们中国政府推荐给 WTO 的另一位专家组指示性名单成员，来自上海复旦大学的张乃根教授。

第 3 位和第 4 位分别是来自中伦律师事务所的合伙人蒲凌尘律师、任清

---

❶ 很遗憾，由于时间冲突，承办多个涉华 WTO 争端案件的金杜律师事务所合伙人肖瑾律师、锦天城律师事务所合伙人傅东辉律师和高级顾问冯雪薇女士、高鹏律师事务所合伙人王磊律师和姜丽勇律师因公务在身，无法到场。

律师。中伦律师事务所承接了 DS405 欧盟皮鞋反倾销案、DS429 美国暖水虾案、DS447 阿根廷诉美国动物产品争端案的部分律师业务。实际上我理解呢，蒲律师的律师事务所办理了很多在欧盟的贸易救济调查案件，所以大家在后面问问题的时候，也可以扩展到这个方面。

第 5 位是我们年轻有为的彭俊律师，来自金城同达律师事务所的合伙人。虽然非常的年轻，但是他在 WTO 案件的处理方面已经参与了很多起，我看到他给我的资料里介绍彭俊律师已经参与了 12 起 WTO 案件，而且有 1 起案件是彭律师独立出庭抗辩，实际上我们的商务部一直是在有意识地培养我们自己的律师在 WTO 单打独斗的能力。

第 6 位是我们能力超强的张凤丽律师，她来自君泽君律师事务所。张律师以前在金杜律师事务所工作，参与了金杜律师事务所承办的很多 WTO 案件。实际上，金杜律师事务所是我们中国处理 WTO 案件相当多的律师事务所，肖瑾律师大家都知道了，银联案、DS379 案等都是金杜律师事务所参与处理的，他处理的案件总共也有十多起了。但是，由于肖律师及其团队现在正在日内瓦出庭，参加 DS437 中国诉美国双反措施案的上诉机构听证会，明天才能回来，所以非常遗憾他不能参加。但是，他们团队有一位代表——李政浩律师出席了今天的论坛，大家有问题可以问他。

第 7 位和第 8 位是来自商务部条法司的陈雨松处长和于方处长。雨松处长和于方处长在 WTO 处负责争端解决工作已经很多年了，我觉得他们应该是非常资深的 WTO 专家，是学者型的官员。所以，大家可以尽管问他们各种各样的问题。

第 9 位就是我们的韩立余教授，相信大家都看过韩老师写的 WTO 案例汇编和一本专著《既往不咎》，他也是我们中国政府推荐给 WTO 的专家组指示性名单成员。

紧接着的第 10 位是来自我们中国政法大学国际法学院的李居迁教授，他参加了 WTO 案件审理的听证会，所以呢他有一些体会。

现在要推出的是廖诗评，他的角色是今天论坛的主持人。廖诗评教授来自北京师范大学法学院。我觉得他非常适合充当今天的主持人，声音非常好听，洪亮，反应也特别的快，脑子里储备的东西也特别的多。

最后要隆重推出的应该是杨国华教授了，他表示他要先站着说，以便突出主持人的地位。（笑）杨国华教授在两个月前入职了清华大学法学院。之所以让他做这场论坛的总主持人，是因为他原来是商务部条法司的副司长，主管 WTO 争端解决工作，他对中国入世之前、入世之后所有的 WTO 事情是最清楚的。他的身份改成教授之后，应该说对我们的 WTO 研究是个莫大的鼓励，说明我们的 WTO 研究非常的有吸引力，竟然把一个副司长"拉下水了"。（笑）所以，杨国华教授作为我们本场论坛的总主持人，一切都由他来调动，廖诗评教授进行一些辅助工作。现在，就由杨教授主持本场论坛，大家欢迎！（鼓掌）

杨国华：

非常高兴，感谢史教授的介绍，今天的场合基本上是史晓丽教授的一个创意，一个创造。

大家看，今天这个形式非常特殊，上边坐着一排人，前边没有桌子，大家可以看到他们的鞋是什么样子的（笑），由于我们没有提前告诉他们论坛的形式，要不然，他们的鞋子会注意一点（笑）。但是，大家可以看到，这是一个非常典型的国际研讨会形式，这叫 panel 形式。就是一群讲话的人，坐在台上，一个弧形的，并且前面是没有桌子遮挡的，台下是听众，这样一个会议、一个形式，特别好的原因是，可以和大家交流。

今天的论坛大概分成两段，第一段是先请台上就座的各位专家简单地介绍一下他们在 WTO 开庭的体会。刚才史教授可能没有介绍，为什么请这些个专家在台上坐，台下有很多更大牌的专家，为什么是他们坐在台上？因为台上所有的人都在日内瓦出过庭。不管是教授、律师还是官员，他们都在 WTO 出过庭，打过官司，所以，今天论坛的题目我们叫"我们在 WTO 打官司"。所以，我想请这些真正在 WTO 出过庭的、在日内瓦出过庭的专家在台上就座，和大家谈一点感性的认识，我们不要求大家谈非常学究的、非常学术的、严肃的认识，就是想让大家谈谈你出庭的时候有什么感性的认识，这也是我们的《在 WTO 打官司》论文集的一个主题，大家已经看到，这些不是严肃的学术文章，但我们却希望它是一个讲真实国际诉讼的场合。所以，第一轮访谈就请台上的各位讲一讲。第二轮访谈就是请在座的台上台下各位发表看法，就是请在座的一两百号听众向台上的各位发起攻击、发起挑战、发起问题，因为他们真正地在日内瓦开过庭，代表中国参加过国际诉讼。所以呢，这个机会是非常难得的，积极地向他们提问，有任何问题都可以向他们提出来，当然，也可以包括非常专业的问题。

台上的专家有三类，有官员，官员就是于方和陈雨松，我以前的下属，我现在的领导。商务部条法司是主管 WTO 案件的，英文有个词是 case handler，就是管案件的人，他们负责运作这些案件，有很多体会。

第二拨人就是律师，律师大家都知道，那么，律师和官员的关系是什么呢，在 WTO 案件里，是客户和律师的关系，于方和陈雨松就是他们的客户的代表。我们这几位律师是非常专业的，他们都代表过中国在国际场合打官司、参加诉讼。我一直和全国律协呼吁，律协应注重培养国际型的法律人才、国际型的律师，我们这里已经有了，今天有几个代表就坐在这儿。什么叫国际型律师？能代表国家在国际场合打官司的，那肯定是国际型律师，现在，我们这里已经有了，这就是第二拨。

第三拨就是教授，几位大名鼎鼎的教授。但是我刚才已经说了，这几位教授都是作为我们某些案件的法律顾问特邀参加了 WTO 案件的听证，也就是在日内瓦出过庭的人。所以，他们今天不是从纯粹的研究角度来谈，而是从参加开庭的角度谈。

这是一个简单的补充介绍，我们现在就开始进行这两轮，第一轮请他们介绍，第二轮请大家发起挑战。那么现在，我要对各位专家说，时间有限，我们想对半儿分，在座的专家只能有 5 分钟的时间讲一讲你们的感受，我刚才说过，是一种感性的认识，这种感性认识最关键的是在日内瓦出庭的感受，不一定是对 WTO 的整体认识、科学认识、全面认识，所以，我们想听到的是那些大家在教科书上看不到的内容，所以，最好是 5 分钟之内讲完。关于发言顺序，我想可不可以是这样一个顺序，请学者先讲，然后律师第二拨讲，官员第三拨讲，这是我随便定的一个顺序。那么，在专家里面，我想请复旦大学的张乃根老师先讲，张老师因为赶火车的原因要提前离开。张老师，您的时间仍然是 5 分钟，您要给大家提供一个好的范例，谢谢张老师。（掌声）

张乃根：

各位上午好，非常感谢中国政法大学举办这样一个很好的论坛。在我印象当中，我们国内应该是第一次举办这样一种形式的论坛。

刚才，国华司长让我用 5 分钟的时间把我在日内瓦出庭的感受谈一下，我想，首先，争端解决机制是 WTO 的一个组成部分，其实，在中国加入世贸组织之后，我的学生纪文华在前方担任秘书工作，那时我就已经去参观过了。在没案子的时候，去参观总理事会，争端解决报告最后是总理事会通过的。在那个大的会议室，在我们 China 的席位前，我拍了个照，因为不开会时是可以坐在座位上拍个照的，可以感觉我们中国进来了。同时，我也在 panel 和上诉机构开会的房间看了看，包括上诉机构成员的办公室，当时，我们张月娇司长还没有去，于是看其他上诉机构成员的办公室。那次已经有了一个感性认识，就是说，先认识 WTO 在哪里开会，谁谁在哪里办公等。

然后呢，我们就有案子了，我们对 WTO 的案子也是一个学习过程。这里，最有权威说这个问题的，是张玉卿司长，因为他是真正办过 WTO 案子的人，我们在某种意义上是旁听，而律师们是在第一线起草文件。商务部条法司 WTO 处有两个，第一任处长就是我们杨国华司长。我们在北京小汤山开会研讨 WTO 争端解决技巧的时候，还请给我们打钢铁保障措施案的两个国外律师来讲课。现在，我们自己知道怎么打官司了，当时不知道，跟着人家打。

去年，我有机会到日内瓦开会，并且开会时间相对长一点，正好我们有两个案子在那里，包括稀土案和汽车及零部件的双反案，后一个是第一次开庭，稀土案是第二次开庭。出庭的人，除了主管的官员，杨国华司长当时带队，还有律师和很多国内相关部门的人，坐了满满的一屋子。我的文章里提到了我自己的感想，在这里就不多说了。我最大的一个感受就是，这是战场，这就是我们律师、我们从事 WTO 法律研究教学的学者要战斗的地方。我们学的知识要学以致用，要在开庭当中、开庭之前的准备中运用，因为每一次开会研讨对策，所有这些工作，都是为了我们的国家利益。我们的国家利益和企业密切相关，所以，我们好多行业特别是稀土案，我们行业也有一些代表去参加开庭。

我们要工作的场所是国际裁判机构的一个战场，是我们为客户，无论是政府还是企业，工作的战场，我们的武器就是我们的 legal reasoning（法律推理），我们要用自己的知识去支撑自己的 legal reasoning，这样才可能为客户服务，从律师角度就是为我们的国家服务，这时，律师就是 government attorney（政府律师），这是我最大的感受。

还有一个感受就是，知识用时方恨少，这是一句老话，确实如此，参加听证会后就觉得自己回来要好好学习，要恶补。我这次递交大会的稀土案论文，就是回来恶补了快大半年之后写的，这还没写完，因为涉及的问题太多太多，要讲的问题太多太多，所以一言难尽，我就到此结束，谢谢大家。（掌声）

杨国华：

非常感谢张老师。我就不进行点评了，节省一下时间。下一位请中国人民大学法学院的韩立余老师，你就接着讲吧，5 分钟。

韩立余：

如果我超过时间，记得及时提醒我啊。非常高兴和大家一块儿通过这种方式来谈一下我们如何在 WTO 打官司。

我参加开庭的第一个案件是 379 案。379 这个案件大家知道，对我们来说，无论是从法律上，还是当时政府的感受上，都是非常重要的一个案件。

在这之前，我也多多少少参与过案子的讨论，但是，不像这个案子感受这么深。这个案件一审时我们输了。所以，我记得那年在国经年会期间，我们就把这个案子好好地讨论了一下，应该是在南京或者在上海的年会上。后来就是参加了上诉机构的听证会。当时李成钢司长说，正好要开听证会，你去吧，我就去了。去之前呢，对日内瓦和对 WTO 的感觉就是看看杨国华写的文字介绍，美丽的日内瓦湖畔啊，看看鸟啊，看看雪山啊，等等。但是到了那儿之后呢，确实就像张乃根老师介绍的，感受不太一样。首先到了 WTO 大楼前面，看见一个还没有建成的中国花园，这时候就感觉到，中国的影响在日内瓦已经存在了，那时候还没有建成。这是第一个感觉。

具体说到开庭的感觉，刚才张老师说如战场，我就从另外一个角度进一步地阐释一下。从学者的角度，给我的感觉比较重要的一点就是，对规则的理解是非常重要的，而且对规则的理解应是全面的理解，也就是我们经常所说的上下文，这个上下文太广泛了，简单地说，包括了所有的世界贸易组织规则。我们平时看规则的时候，都是看其中的一条，仅仅盯着这一条。当时，我最大的感受就是，比方说，焦点对着的是张老师，但是，上诉机构能够问到其他的犄角旮旯的东西。所以，这时候还是张老师刚刚说的话，就是书到用时方恨少，我们平时关注的仅仅就是一点，比如，反倾销案件仅仅关注反倾销协定中的某些条款，但是，反补贴协议呢，保障措施协议呢，或是其他协议呢？都是相关的。所以，这是我的最大感受，而且感觉上诉机构做的研究是非常非常深的、充分的。这就引发我想说的第二个问题，就是刚才国华提到的，好多学者质问我们的官员，为什么你们不这样，为什么你们不那样。记得有一年在开会开始时我就说了，我不想发言，但到最后，我还是忍不住站出来发言，而且跟质问问题的人 PK 起来。我说，你们问的这些问题我们都讨论过，并不是没有讨论过，但是，为什么没有在我们提交的材料里面论述，这就涉及 WTO 机制的整个功能，我们不仅仅是打这一个案子，我们还要考虑到前后的案件，考虑到我们的国家政策，考虑到我们做原告和做被告时的立场，考虑到我们这个案子将来对我们国家、对世界贸易组织整个机制会有什么影响。

现在都说增加话语权，我觉得有两个方面，第一，我们参与立法；第二，我们通过案子本身去增加话语权，这相当于法官造法，尽管这个词大家不一定都同意。上诉机构判案时，和专家组不一样。所以，我当时就说，一方面，中国政府考虑了各种各样的可能，做出了相应的选择；第二方面就是，上诉机构判案的时候，更倾向于从制度上、法律上、平衡上去考虑这个问题，而不仅仅就个案裁决上去讨论这个问题。所以，我们讨论的上诉报告或者是世界贸易组织报告的先例效力等这些都和这些问题有关系。我就简单先说这么多，谢谢大家。（掌声）

杨国华：

时间把握得非常好，感谢韩教授。下面请中国政法大学的李居迁教授给我们介绍一下他的体会。

李居迁：

谢谢国华。各位专家、各位同学好，很高兴有这样一个机会和大家来谈一下我的感受。应该说，感受是非常多的，但是时间限制的原因不能说太多。

大概是在21年前我读研究生的时候，已经开始研究GATT，GATT后来变成了WTO，我也一直在关注这一制度。但是没有机会去参与实际的审案，所以，很长时间的研究都是在纸面上、文字上。这次参加听证会，感受非常真切，我想说两点。第一点感受就是，对我们每一位想在WTO领域有所成就的人来讲，第一个要勤奋努力，掌握丰富的资料和扎实的知识；第二个是必须要有一个好身板。听证会每天早上九点钟开始，到每天晚上七点钟，中间大概休息一个小时。要知道，上诉机构专家的年龄比在座同学们大很多，他们能够在那么长的时间内保持旺盛的精力，而且一直是在揪着关键问题不停地问，说明什么？当然知识本身是一个方面，你有一个好身板支撑智慧的运转是更重要的一方面。十年前我在韩国国立汉城大学任访问教授，和这次的听证会主席张胜和（Chang Seung Wha）教授同在法学院，进行过比较多的沟通，当时，他还不是上诉机构的成员。那个时候，他非常勤奋，时间抓得很紧，我们俩人在一起谈话的时候往往不会超过十分钟，除了一起午餐讨论问题的时间可能会稍微长一点。他每天都在非常勤奋地工作，那是我见到的最勤奋的学者之一。加强锻炼，有了好身体，勤奋才有持续奏效的基础。这是第一个感受——勤奋加上好的身板。

第二个感受就是，WTO争端解决机制所进行的案件裁决是正义的胜利。为什么讲是正义的胜利？我想有几个预设，大家应该是认同的：第一个，就国家而言，不可能用什么东西来约束它，除非它自己约束自己。第二个，一旦约束了，这个承诺就成了一个法律上确认的权利义务了。第三个，法律上确认的权利义务要想得到落实，一定要通过解释进行——不管是双方的解释还是法庭的解释。换言之，对法律人来讲，魔鬼从来不在细节中，魔鬼永远在解释中。那么，怎样解释呢？它不是随意解释，而是有解释规则的。正义的胜利恰恰就是按照我们大家确定好的权利和义务、确定好的解释规则，非常严密地一步一步推进。最终这个案件结果可能是你不愿意接受的。比如说，某个案件，原材料案也好，稀土案也好，我们败的方面比较多，但是，这并不意味着这不是正义的胜利，只是这个结果我们不能接受而已。那么，这就意味着很可能是我们国内的政策出了问题，或者是对整个逻辑推理、逻辑技巧我们还没能找到一个比较好的突破口，能够让别人接受我们那套说辞。第一种可能性是比较大的，第二种可能性是比较小的。为什么？因为在目前，世界上顶尖的专家、顶尖的律师在处理这个案件，你很难想象，它在法律层面会有漏洞，基本上是没有漏洞的。在这种情况下依然败诉了，说明什么？说明我们当时在确定权利义务的时候，权利义务确定的本身出了问题，而不是整个解释出了问题。如果我们认为解释出了问题，有没有办法补救？当然是可以的，也就是按照既定的解释规则，通过进一步的法律技巧，推翻我们不能接受的结果。同样，如果推翻了，那也是正义的胜利。我们知道，罗马法上一直以来有一个法律格言，即关于法律的三个基本原则：正直生活、不害他人、各得其所（honeste vivere，alterum non laedere，suum cuique tribuere）。正直生活，当然对于每个国家来讲，都应该是这样与其他国家交往的。不害他人，就是不能从恶意出发去滥用自己的措施。怎么各得其所？一定是通过一个严密的裁判解释来各得其所。各得其所恰恰是正义的要求。我想，随着我们对 WTO 规则越来越熟悉，我们的愿望或者我们期待的正义得以实现应该是不远的。不要以为某个案件我们败了就不是正义，美国、欧洲败得更多，败了恰恰证明各自在这些方面是需要改进的。有些方面我们败了，有些方面是我们胜了，那是法律确定的权利义务胜了，这不就是正义的胜利吗？好，我就谈这么多。（掌声）

杨国华：

其实我想说的话很多，但是，我还是控制住自己不要评论。廖老师，我现在是主持人，你现在还不是，所以，我要问你一些问题。张老师走了，台上还有一个空位置，那我要坐在上面了啊。（笑）

廖诗评：

按照国华司长的指示，我用 5 分钟时间简单讲下。我接触 WTO 开庭最早的是欧盟床单案的审理，那时候我是在那边有个短期的实习项目。当时我是被分在 WTO 规则司，没有在法律司。正好他们处理反倾销反补贴案件比较多，就在那边接触了一下。后来一次是在今年，我去参加稀土案上诉机构听证会的庭审。

我的感触有三点：第一点，韩老已经说了，就是上诉机构对于开庭是做了比我们想象得要多得多的专业甚至是事实方面的准备，我就不重复了。我只是补充一小点，按照上诉机构工作流程和工作实践，尽管总共只有七个人，审理具体案件时只是三个人在庭上进行开庭，但是，他们背后大概有十几位、二十多位律师在辅助着这七位上诉机构成员对各种案件涉及的各类问题进行前期的、全面的、深入的研究。也就是说，上诉机构成员在开庭时提出的问题都是建立在他们集体进行的前期充分研究基础之上的。

第二点感受，乃根老师说，开庭如战场。相对他来讲，我是后辈，年纪轻一点，阅历没有那么丰富，所以，我觉得这个挺好玩的，没有觉得特别特别紧张。为什么说挺好玩？第一个，关于开庭的形式，尽管有工作程序，有开庭流程，例如哪一方先要读自己的 opening statement，最后还会有一个形式上的 closing，但这不是必需的，有的代表团也不一定会读。尽管它有这么一个形式，但是，整个过程不像我在前南刑庭、国际刑事法院、ICJ 所经历的开庭那样，看起来真的让人觉得有一些紧张。因为这个 WTO 法庭的定位，我个人感觉，虽然是一个国际性质的争端解决机构，但整个法庭的秩序是没有人去维持的。它没有我们通常意义上想象的法警，但是在 ICJ，包括前南刑庭，那是不可能的，因为进去听案件，前南刑庭和国际刑事法院都有好几道安检，WTO 好像就一道安检。进去之后呢，法庭的秩序也是有人维持的。但是在WTO，这方面可能比较随意一些，因为它开庭的时间比较长，如果你实在是有其他事情要做，比如你要去一下卫生间，这也是很自由的，没有人去约束你。所以，我觉得 WTO 开庭给人的感觉还是比较轻松的。第二个我觉得比较轻松的是，上诉机构成员在和双方或者争端各方律师和代表团成员进行提问和交流的时候，他的 air 或者说他的 attitude 是比较友好的，有的时候是聊天似的。当然，每个人的风格有区别，但是总体的感觉是，绝大部分的上诉机构成员都喜欢谈话似的这种交流，这一点跟杨国华杨司长有一些相似的地方。他们不会太多地让律师感受到法官咄咄逼人的压力，所以，我觉得整体上还是比较轻松的，这是我的第二个感想。

第三个感想跟我们自己所从事的本职工作是有关系的，因为我们自己还是在学校里教书的，不可避免地会从这个角度想。我不知道大家尤其是各位同学昨天在听分组讨论的时候，有没有听到有的学者一再重复一个观点，就是现在多边谈判停滞不前，但事实上，现在正在推动和维护多边贸易体制的，就是我们今天所看到的一整套 WTO 争端解决机制。大家往往会说，中国是多边贸易体制的坚实拥护者。这句话怎么理解？按照我的想法，从中国的角度来讲，从政府的角度来讲，不仅仅是要积极参与、利用这个机制来解决和成员方的争端，同时还包括中国政府要坚决地去执行承诺，去善意地执行 WTO 的各项裁决，哪怕是对自己不利的裁决。同时，慢慢地，国际上会有声音要求中国去监督或者从其他方面促使其他成员方，比如说美欧，去遵守 WTO 裁决。从这个角度来讲，我的感受是比较深的，因为大家所从事的这些 WTO 知识学习，在现在这个背景下，其实是和中国政府在国际上的立场保持高度一致的。我们之所以重视这个机制，是因为它确确实实能够给我们带来利益。那么，我们在研究这些裁决的时候，可以去批评这份裁决，当然，我们也可以表达与中国政府原则上不一样的立场和观点，但是，我觉得这一切的前提是，我们要尽自己最大的努力去读懂这一份裁决。所以，我经常讲，我最大的开庭感受是，从今以后，我不会再轻易地去评价一份报告中哪些法律推理是有错误的，哪些地方上诉机构做出的判断是不对的。首先，在我内心深处，我要有一个非常理性的自我验证过程，我自己要确定它是错的，我可能会找很多很多方面的资料和 context，来自己说服自己。

最后一点感想是关于国内的 WTO 法人才培养和教学方面的，因为很显然，刚才杨司长包括张乃根老师也多次提到，它事实上是采取一个判例法的制度，那么，英美国家对此是不需要适应的，但是对于我们国内的教学来讲，如果想真正为中国政府、为雨松和于方处长培养这样的后备人才，为各位律师队伍的壮大提供人才和知识，我觉得现有的教学方式、教学理念，甚至所使用的教学材料是远远不够的。由于时间有限，我不能展开，谢谢大家。（掌声）

杨国华：

谢谢廖老师，讲得非常好。但是，大家发现他非常超时了。一个原因是，他原来以为他是主持人，可以不受时间限制。大家也发现，我为什么不让他当主持人了，因为如果他当主持人，有可能今天上午就他一个人讲，（笑）我讲的就很少了。好了，按照顺序，几位老师讲完了。还有一位又是律师又是教授，那就是张教授和张律师，我会放在最后让张教授和张律师发表高见。那么，现在轮到律师们发言了，我想肯定要先请张凤丽律师谈谈。大家看一下这个文集的第一篇文章——《我的理想我的国》，看了之后，我不知道大家有什么感想。其实，我想说得更多，但是，我还是控制自己不要去说。有请张律师，5 分钟能讲完吗？你可以讲 6 分钟。

张凤丽：

我刚才来的稍微有点晚，进来之后我发现原来我坐在这儿（嘉宾席上），有点害怕。因为我原来以为，我来了之后就坐在下面听，我本来是想来学习的。关于《我们在 WTO 打官司》这个文集，我打开后也吓一跳，第一个就是我这篇文章。然后，我看到文章的第一句话上来就写 2005 年，我一想，完了，我把自己的年龄给暴露了。

关于 WTO 争端解决经验，刚才杨司长非常客气地说给我 6 分钟，不过 6 分钟还真的是说不完。2005 年的时候，机缘巧合，我入了这行。我原来是学外语的，最早是去了王雪华律师的环中律师事务所，做 WTO 争端解决案件，王律师的事务所也是国内最早从事 WTO 争端解决案件的律师事务所之一。我接手的第一个案子特别"可怕"，是大名鼎鼎的"zeroing"。我是个学外语出身的，上来就研究 simple zeroing, model zeroing，做倾销案件，技术难度非常高，需要研究各方的书面陈述。由于是代表中国政府做第三方案件，在收到各方的全英文书面陈述后，通常一两百页再加上证据，需要迅速地总结出来，做一个中文的 summary，然后再讲中国政府是什么样的观点，再起草中国的 submission。出校门刚毕业就开始做这方面的工作，特别幸运。但是，当时的压力也是比较大的。这是我最早做的案子。

接下来，我做的也是很有名的赌博案的第三方，是服务贸易的一个案子。断断续续地，江湖上对该案的评论到现在也没有平息过。后来，我又师从肖瑾律师，就是肖师傅，我在金杜律师事务所从 2007 年待到去年，做了 6 年。可以给大家讲一个侧面的例子。刚才，李教授说做这行得体力好，我原来是不喝咖啡的一个人，我开庭去 WTO，第一次去就是给商务部条法司李成钢司长做磋商程序的翻译，最早做的一个案子是中国名牌产品补贴措施案（DS387）。那个案子中，磋商是重头戏，因为那个案子里中国的补贴项目多如牛毛，而且是禁止性的出口补贴，一打一个准儿，近百个项目一下子被告上去了，我们就致力于通过磋商解决争端。那天的印象特别深，因为第一次去，压力比较大，而且是直接上战场，没有后面程序，就想磋商解决掉了，而且又是给李司长当翻译。那天早上，肖瑾律师因为有时差反应出去跑步了，回来的时候发现，我在住的地方喝咖啡，他说，你不是不喝咖啡吗，我说我已经喝了两杯了。因为一路上要转机，从法兰克福那边转机到日内瓦，非常辛苦。那个案子经过整个团队的努力，非常顺利地磋商解决掉了。而且做得非常好，我们把相关措施向地方政府哪怕是县级政府都讲明白了，为什么要这么解决。

再后来，我参与的一个案子是 379 案。379 案的专家组程序我没有参加，因为我在忙别的案子。后来，这个案子的上诉阶段我跟着去开庭了。因为事先都准备好了，不需要在开庭时做特别多的工作。当时，我是和刚才廖老师所说的韩老一起去的，我一直抗议对韩立余老师使用韩老这个称呼，我一直叫他"韩少"。我们在那边一起听 AB 的 hearing。我从九点钟一直听到中午十二点多，当时印象特别深，肖瑾律师和成钢司长他们俩都是抽烟的，他们俩出来，站在 WTO 门口那个女士雕像前开始抽烟，我脑子已经 brain storming 完了，就是因为听上诉机构和争端各方你叫"刀光剑影"也好，叫"行云流水"也好，脑子一直在跟着转，而且我当时是飞速地在做开庭笔录。出来的时候，我看着肖律师抽烟就想说，我也能来一根吗？这说明什么？说明真的是刚才廖老师说的，我们看见的 AB report 和 Panel report，真的只是冰山一角。所以说，不要轻易地去评判这个东西，这是人家"狂轰滥炸"之后的东西，而且各方全都是"人精"，"人精"到我进去听的半天其实是整个 hearing 的四分之一，听完半天一出来就很想也"来一根"，就是这个程度的压力。我当时印象特别深，因为是第一次去参加上诉机构听证会，第一次正式的 AB hearing，当时，肖师傅就说，我们的路很长啊。

后来，我印象更深的是李司长说的一句话，他说，小张，我们做 WTO 争端解决工作，在 WTO 打官司是"为了啥？为了谁？"后来的这些年，我一直在思考这些问题，因为最开始的时候做归零案件时，真的是为我领那点工资才干这活的，我当时觉得特别痛苦。到后来的时候，真的是我一直在说，我是一个讲故事的人。可能是与我原来学外语有关系，可能是外语说得不咋地，但是，洗脑被洗得挺成功。因为我就觉得，我是一个和国际社会对话的人，我们去 WTO 打官司，一方面是把具体的技术问题掰明白，还有一个就是，中国现在是这样一个贸易大国，我们应该代表中国展示一个什么样的大国风采，让人家怎么了解我们。

前几天，中山大学的梁丹妮老师和我交流说，现在上课的时候，学生总是拿稀土案说事儿，拿我们输的那几个案子说事儿，说中国不应该加入 WTO。包括郎咸平教授，也经常在微博上发表一些观点，说稀土案怎样怎样，说什么卖国贼。我真的是不知道该怎么说，我觉得责任重大，我们应该把我们知道的传递过去。我当时就和梁老师解释。梁老师说，要不要把今年和去年中国赢了的、正能量的案子讲一讲，你觉得应该讲哪个案子？我说，那当然是肖律师亲自参与的 437 这个案子。437 案子是一个比较系统性的打包来告美国人的案子。我们特别早的时候就告过的让美国修改立法的禽肉案，也可以讲给学生啊。后来我又想，这不对，这不是一两个案子的事，这不是一两个案子的输赢问题。后来梁老师又问我，你们能不能统计一下中国入世以来，我们的胜诉率有多少。我听了又觉得，这不是一个统计胜诉率的事儿，我们这么多年来做的东西不是用我们赢了几个案子来说的。我们这样一个 WTO 大国，应该怎么利用这个“皇冠上的明珠”展现中国的大国风采，应该怎么从贸易大国的角度把它再进一步托起来，这是值得思考的。它的规则、它的澄清，包括 AB 不管是造法也好还是澄清规则也好，是不是中国人理解的样子。

我们最开始是被别人“带着玩儿”，人家告我们，我们就去应诉。现在，抛开技术问题，这有个利益层面的问题，包括产业利益、贸易利益，说大了，这是个政治性的东西。这不是简单的一个“胜”或是“败”能说明的事儿，所以，我不想说这个数字。整个团队为某个案子付出的，不是大家读一个 Panel report 或者 AB report 就可以来评论的，可以指责的，有些背景和原因你是看不到的。的确，裁决出来以后会有些伤心，会有难过，但是，这么多年，从 2005 年到现在 9 年了，真的是对 WTO 业务很有感情了，而且一路做过来，已经远远超过技术层面的那些东西。说信仰，有一点夸张，但是，你每次开庭的时候，就是有一种荣誉感在那里。就是说，你和这些人进行对话，而且都是顶级聪明的人，然后大家一起碰撞，一起推着这个规则在前进，我觉得，这是我们感到自豪也是希望各个同学我们大家今后一起努力的地方。谢谢大家！（掌声）

杨国华：

非常感谢张律师，我现在仍然是有很多话要说，但是，我现在最想说的一句话就是，我觉得我真的是一个非常高明的主持人，（笑声）因为我给张律师 6 分钟的时间，大家说是吧？下一位，我们请彭俊律师，昨天，李成钢司长讲了中国律师独立办案的事儿，他讲了彭俊律师，那现在，我们就见到真人了。刚才，史老师说我们要见到真人，彭律师，5 分钟能讲完吗？一定要 5 分钟啊。

彭俊：

好的，5 分钟内讲完。我想，既然是律师，就要把问题条分缕析地讲清楚。我就讲两点，第一点，我的感受就是好玩，太好玩了！接着刚才廖老师讲的，大家知道，亚里士多德说过，什么是法律："law is reasoning without passion." 可是，我们做 WTO 的案子是既有 reasoning，又有 passion。先说 reasoning，我最早是 2004 年参与 DS295 第三方的案子。当时拿到美国提交的 submission 的时候，看完我简直都要哭掉了。当时想，这真是非常好的法律教材，每一句话都有出处，要么是依据某一个权威的事实，要么是依据于案例，要么是从前面的 reasoning 推导过来的，都是有出处的。我们当初学法律就是该这么做的。可是，我自己平时做得很少，或者说不完全是这样一个 reasoning 的过程。讲到 passion 的话，我是第一个中国律师在庭上直接参与抗辩的。当时在庭上，我的感觉就是，我要说话，我是代表中国政府的，所以，你欧盟讲的每一点，我都要给你顶回去。一直辩到下午 6 点钟。最后，panel 主席说，时间到了。我当时看对面的欧盟律师满脸通红的举牌子说，我要说话。我也举牌说，我也要说话。后来主席说：We all have flights to catch。你们还是提交书面的来说吧。我的感觉是，这种舞台是非常少的舞台。台下坐着很多学生，欢迎大家进入这个舞台，这是个既有 reasoning，又有 passion 的舞台。今年要举行第三届 WTO moot court，应该李居迁老师他们在做这个事情，欢迎大家积极参加。上一届有很多好的学生，我们这里在座的有不少律师事务所的律师当时也做评委去了，很多好的学生我们都招募进来，作为我们律所的后备人才。这些好的学生，我当时在做评委的时候，看得都是垂涎三尺，欢迎大家积极参加这个比赛，这是我的第一个感觉。

第二个感受是"行或者是不行"。就是说，之前作为律师准备参加 hearing 的时候，心里是忐忑不安的，因为觉得毕竟不是母语，而且是要在庭上去进行抗辩，不像平时。我在律师事务所更多的是做非诉律师的工作，更多的是案头的律师工作，而不是出庭的律师。我做律师 15 年了，这是我第一次出庭，一出就出到 WTO 去了，确实有许多忐忑不安。但是，在庭上的感觉和从庭后各方的反馈来看，还是可以的，我们还是可以做到的。但是，自己还是很清楚的，有很多不行的东西，为什么呢，因为这个案子是商务部精心选的，它选的是一个大家很熟识的贸易救济案子，选的是一个非常 heavily fact oriented 的一个点。我在想，如果是在上诉的时候，上诉庭问各种法律问题，在现场如果是我完整地负责这个案子，我能不能做得到。我扪心自问地说，我觉得还是有很多路要走。这里面，我自己感觉有几个问题，第一个问题就是，我们对整个 WTO 系统还没有形成一个 holistic overview，就像韩老师讲的，我们往往是就某一点谈某一点的问题，而缺乏对整个 WTO 体制的一个完整了解。第二个就是，WTO 是一个案例法程序，我们对于案例的了解，往往只是就某一个法律点来查案例，缺乏对整个案例的了解，这个需要花时间，需要把案例背出来，这不是短时间内靠临时抱佛脚抱出来的，这个确实需要平时的努力。

第三个是我个人的感觉，我们还是缺乏对程序的了解。我们对案子的事实和具体的法律点可能比较了解，但是，对整个 WTO 打官司的程序还是缺乏完整性的了解。这些都是需要我们慢慢地去补足的。但是不管怎样，我们迈出了第一步，我相信，我们现在有十几个这样的 WTO 律师，未来我们还要有一百个甚至更多。我举个例子吧，现在的 WTO 总干事阿泽维多，他是巴西人，巴西的政策是，在 WTO 的案子要靠自己人，除了请国外的律师来帮助，还是要靠自己人来做，阿泽维多就是在这样的磨炼中脱颖而出的一个人，现在当了 WTO 总干事，说不定哪一天，我们中国人中间也有这样的人才出现呢，谢谢大家！（掌声）

杨国华：

非常感谢彭律师。彭律师的讲话可能是今天所有讲话的人里面最受同学们欢迎的，所以我有点担心，他刚开始就说，律所要招人，他们所要进人，这个也给中伦律师事务所国际贸易团队的老板蒲凌尘律师带来点压力，蒲律师，你是不是先表个态，就是招人的事，然后再讲讲你的感受？

蒲凌尘：

谢谢国华。今天这个论坛办得非常好，也非常合时宜。我做律师多年，1988 年就开始在布鲁塞尔从事贸易救济业务。作为律师，就得要为客户赢得官司。但是，这个简单认识到了承办 WTO 案件的时候，我对此有所改变，主要是对 WTO 争端解决机制的运作和它的目的有了一个比较深刻的了解。

其实我接触的 WTO 案子不是特别多，但跟踪研究了很多中国被诉的案子。在座的同学可能不是特别清楚，但是在座的这么多专家和律师都知道，DSU 第 3 条的主旨是：shall be intended to clarify 众多协定的条款，这句话是非常有含义的。

在座的同学知道，WTO 是一个 rules-based trade system，即以规则为基础的贸易组织，是多边的。当我将在欧盟法院的诉讼和在 WTO 所进行的诉讼案件进行比较时，发现其中确实有很大的差异。我在欧盟法院参与代理了 7 个案件，承办 WTO 的案件相对要少一些。比如，在 WTO 诉讼中，有一个非常重要的前置程序，即磋商。为什么要有这个程序？这个程序设置的目的是什么？为什么在欧盟法院的诉讼中却没有这么一个磋商程序？由此，我对 WTO 争端解决的意义，对所谓的赢与输的认识产生了一个变化，这个变化来源于 WTO 它是一个多边贸易体制。

大家注意两个时间点的问题：一是经过多个回合的谈判，WTO 在 1995 年成立了，它突出反映了当时的国际贸易模式、全球经济的变化，在那个时间点画了一个非常重要的句号，这个句号的体现就是乌拉圭回合。二是中国的入世是在几年以后的时间，也是在国际上发生了大的变化过程中，体制上、规则上在不断地澄清，不断地完善过程当中，中国加入了 WTO。在进入这样一个多边经贸组织以后，在 WTO 争端解决过程中，什么是输，什么是赢，很难去以诉讼律师在欧盟法院的标准给出一个明确的答复。为什么呢，因为

DSB 是在尽力 clarify provisions。WTO 多边体制下的 150 多个成员在完成所有这些法律协定和文本时，经过了一番 compromise 和谈判形成的，因此，有些法律条款不像本国法制定的那么清晰、那么明确，所以在整个诉讼过程中，我发现专家组有时很倚重于字典，很倚重于法条的解释原则、上下文的解释，推理的过程非常的严密。相比较而言，欧盟法院的法官并不借助于字典来释义，这就是个差异，而且差异很多。另外一个问题就是，WTO 专家组用的一些原则：judicial economy, principle of proportionality, principle of good faith 等都在一些主要 WTO 成员的国内或者区域经济体的司法实践中有所体现。所以我觉得，如刚才凤丽律师、彭律师也提到了，在 WTO 层面上不能绝对地以"赢"与"输"来区分一场官司的结果。如果我们对 WTO 这么看的话，那就太狭隘了，我们也就失去了对 WTO 法律价值的认识，我们对它的整个体制的运作和认识也会产生偏见。规则是打出来的，是通过澄清逐步完善的，这是我对打 WTO 官司的认识。

从个人角度来讲，参与了这么多年的诉讼，我的一个体会是累。彭俊律师说"好玩儿"，我要说的是累。累在哪里呢？第一，因为知识结构不合理，个人知识水平不足。WTO 法是非常复杂的，经过了多年的发展历程，作为一个中国律师，2000 年介入到这个领域当中，确实是感受到知识结构上的不够用。第二，我觉得累还体现在对它的体制的价值内核以及形成这一价值的过程还欠缺了解，这是我个人的不足。因为各个方面知识水平的不够，我第一次去 WTO 的时候，晚上做了一个噩梦，梦见一个大汉掐着我的手，我也掐着他。我说，你放开，他说，我有剪刀，我说，你有剪刀，剪我手指头我也不怕，然后，我用力把那个大汉一下子给扳倒了，梦中一巴掌打到了我自己的左胸口上，给打醒了。我当时在想，幸亏我老婆不在边上，这一巴掌打下去，我老婆非急了不可。（笑）

这个压力实际上是很大的，为什么压力很大呢，确确实实感受到自己打了这么多官司，承办了这么多的贸易救济措施案件，自认为非常熟悉欧盟体系，但是到了 WTO，确实是另外一个领地、另外一个层面、另外一个画面、另外一个法律上的认知，自己也确实感到知识不够用。

刚才，彭俊律师说招学生，我也希望在座的学生好好地把专业学好，我们也希望，我们的国家将来出现更多更好的优秀律师，能够站在这个平台上，为我们国家在规则的完善与澄清当中获得一份我们认为有利于中国的经贸利益规则。谢谢大家！（掌声）

杨国华：

谢谢蒲律师，关于招学生那个问题，能不能再说得具体一点，如果他们学得很好，你们所要不要招人？更具体一些，你再说一点。

蒲凌尘：

去年，我们在 moot court 完了之后，确实招了几个我认为不错的学生，有两个是在 moot court 当中发现的，现在正在我们所里实习。这两个学生有一个还没有毕业，但我已经和他说好了，已经定下了。（笑）

杨国华：

好，谢谢蒲律师。下一位是任清律师，大家看书面材料第 64 页，他现在是中伦律师事务所的律师。但是，任律师有些特殊啊，他原来是我的同事，在商务部条法司工作，也就是说，他原来是律师的客户，现在却变成律师了，我想，是不是先请任清从这个角度谈一谈，怎么就从客户变成律师了呢？

任清：

谢谢杨司长、杨教授。刚才，各位律师和教授们的发言非常精彩，其实，我更愿意把我的时间多分给他们一点，让他们多讲一点，真的是讲得非常精彩，我个人也收获非常多。杨司提的这个问题，既好回答，也不好回答。这个好回答是因为，WTO 争端解决机制的确是太有吸引力了，太迷人了，我还想更加深入地进到这个体制中去，进到争端解决活动中去。像雨松处长和于方处长，他们是多年从事 WTO 争端解决的，经验已经非常丰富了，而我在商务部做这个工作的时间还不是很长。我个人的一点感觉，不一定准确，政府工作人员更多的是在组织一个案件，在管理一个案件，在制定策略，在指导律师怎么做，但是，具体到写法律文件和出庭抗辩等更加细微的工作，是由律师做的。所以，我的回答就是，我想把自己从组织和管理案件这个角色、从提问题和制定策略的角色变成去执行具体事务的角色，这是我对杨司问题的一个简要回答。

刚才，前面的几位讲得非常好，我这里就我参与的案件做一点补充。我参与的第一个案件出庭工作是电工钢案的上诉听证会。这个案子里头，像刚才几位提到的，有一点很深的感受是，上诉机构的确是对每一个问题都研究得非常透，在开庭之前他们做了非常充分的准备。我举一个例子，电工钢那个案子，在专家组阶段是有 9 个法律点的，最后，中方只上诉了一个点。我们在出庭前开内部准备会时，曾经有一个同事说，由于我们只上诉了一个点，会不会开庭只开半天就完了？后来的实际结果是，仅仅这一个法律点，也是满满地开了两天听证会，而且最后一天还加了班，好像是晚上 7 点钟才结束的。这说明什么呢？虽然只是一个《反倾销协定》的第3.2条，但就这一个条款，上诉机构却提出了很多问题，花了两天时间进行听证，最后，大家还觉得没有说够，没有探讨透彻。

还有一点补充就是刚才李老师提到的，要有好的身体、要勤奋。为什么要有好的身体呢？当时，那个案子里头发言的是一个美国律师，一个美国律所的合伙人。两天下来，全部是他一个人代表中方发言，最后讲到他嗓子都哑了。前一天声音还非常洪亮，到第二天要结束的时候，他已经快要有气无力、气喘吁吁了。这就是我想要说明的，要有一个好的身体。我当时在想，他做到了，我们中国律师哪一天自己也能做到这一步就好了。而且上诉机构审理的不是事实问题，而是法律问题，这就需要不断地面对上诉机构法官的盘问，不断地面对美国对手的挑战，然后还要把这些问题回答清楚，还要比较严密的回答，这不是一件容易的事儿。

我参与的第二个案子就是427白羽肉鸡案。对这个案子的体会是什么呢，应该说是我们中国律师发挥了很大作用。那时候，我还不是律师，是商务部的工作人员，中方律师是锦天城律师事务所的律师。在这个案子里面，我就发现，我们中国律所真的是发挥了很大作用。因为这是一个被诉的案件，被诉的是中国的贸易救济措施，很多事实、很多抗辩的点都是律师和我们的条法司、公平贸易局、产业损害调查局一起搜集和拟订的，或者说炮弹或材料都是我们中国律所提供的。当然，最后那个掌勺的、把它做成一道菜的，是美国律所。我可以举一个具体例子。427这个案子中有一个争议点是补贴利益的分摊，涉及两个词叫broiler和broiler products，就是肉鸡和肉鸡产品。就为这一个问题的解释，我们中国律师前前后后不知道花了多少个小时。他们打电话说，这个问题很重要，建议我们一定要开一个电话会议、一定要和美国律师讲清楚这个问题，包括到了最后一天要开庭了，包括第一次听证会和第二次听证会上，仍在不断地推敲怎么样把这个问题的抗辩策略做到最好。中国律师确实发挥了很大作用。但是，中国律师怎样从对外国律师起草的法律文件提评论意见过渡到自己独立写文件，怎样从开庭的时候给外国律师递条子过渡到最后由我们自己独立抗辩，的确还有很长的路要走。当然，彭律师已经为我们探路了，但要实现完全地独立办案，还有比较长的一段路。我的时间好像到了，就说这些，谢谢。（掌声）

杨国华：

谢谢任律师。（鼓掌）哎？大家怎么突然鼓掌了呢？我不知道是不是突然来了一阵掌声，总之，此处有掌声，谢谢大家。任清刚才讲了很多，我又控制不住自己想说话，我还是稍微说一些吧，从他那儿抢 1 分钟的时间说一两句。他刚才说，broiler products 的问题，他们花了很多功夫，有一句话不知道大家注意没有，他说，不知道他们花了多长时间、多少小时，这句话是值得推敲的，因为律师都是用小时计费的，（笑）他们那个小时单是要填给我们，我们最后要看到底用了多少小时，开玩笑啊。

第二个我特别要说的原因就是，刚才任清讲的很多内容是我们的两位 case handler 在做，我要说一下我们处理 WTO 案件的组织工作，很多组织工作、代表中国政府的工作应该说是商务部条法司在做。条法司有两个处，WTO 法律处、WTO 法律二处，今天来的同学们非常非常幸运，因为这两个处的处长今天都在场。据我了解，上一周，他们两个处只有一个人在家，其他的人员都在外出差。今天，我们非常荣幸，他们能来参加座谈。现在轮到他们讲，我想，他们讲什么呢，先做一个反馈吧，就是刚才任清从律师的客户变成了律师，是吧，我问他是出于什么原因，大家听出是什么原因了吗，我听的原因就是说，客户不专业，律师更专业，这是我听出来的哈，我不知道两位做具体组织工作的处长同不同意刚才任清律师的观点，先请于方处长讲一下。

于方：

谢谢杨司长，我改口叫杨教授还需要一段时间。（笑）很高兴，今天能有这个机会来和大家做这样一个交流，来和大家讲一下我们在具体工作中的一个体会。

杨国华：

主要是谈你们和律师究竟是专业还是不专业的问题。（笑）

于方：

哈哈，首先，我并没有解读出任清是这个意思。关于专业不专业这个问题，我认为，律师这个工作肯定是更加专业、更加细节的，这是毫无疑问的。因为如果他们不能提供更加专业的服务的话，客户也就没有必要去聘请律师了。如果律师的专业水平赶不上客户的话，客户就自己做了，客户不可能在一个案子上花几百万聘一个专业水平还不如自己的人。（笑）但是，客户和律师应该说是角色不同，律师是为这个案子来服务的，客户可能更多的是从客户的角度、维护客户利益的角度来看这个案子的。在 WTO 争端这样一个特别的案子当中，客户的利益就是国家的利益，这就需要更多地从这个案子产生的影响这些角度来研究和制定适合这个案子的抗辩策略，这是我的理解，因此，律师与客户，更多的是一种角色上的不同，但我承认，律师的专业水平

肯定是非常高的。（笑）

　　杨司这次给我的任务是谈感性认识，对于参加听证会的感性认识，我觉得这个题目对我来说比较合适。我昨天刚刚从听证会回来，就是在上一周，我们司的两个团队也就是一处和二处的同事同时在日内瓦开听证会，一个是执行阶段专家组的听证会，一个是上诉机构的听证会。由于这两个听证会之间有个时间差，所以，两个听证会我都去参加了。当时的感受也非常深，因为直接对比了专家组听证会和上诉机构听证会的不同。从技术上讲，以前就觉得，上诉机构听证会和专家组听证会好像是不太一样的，但这次，两个听证会放到一起对比，就特别鲜明。

　　我当时带的那个团是参加美国诉我们取向电工钢案执行阶段的专家组听证会，我们的执行措施美国人认为依然不符合要求，就提起执行之诉。这个专家组应该是说非常勤奋的，问的问题大概有 50 多个，问得非常细。当时我们一看就觉得，这些问题适合口头回答吗？cost 和 price 是你算出来的，是这样一个比例，在另外一个地方你却讲你的利润率比例是另外一个，这两个是什么关系？就是这样一些非常细节的问题，让口头回答，这好像更适合在仔细查对这些比例之后书面回答，这些比例都不在 submission 里，都是专家组自己算出来的，专家组对案子研究就有这么细。

　　到了上诉机构听证会的时候，就是完全不同的场面了。上诉机构听证会有一个非常强烈的感觉，就像我们这种在这个领域工作多年的人，包括我们在日内瓦常驻经常有机会参加上诉听证会的同事，都有一种感觉，那就是上诉机构的听证会非常酷。怎么酷呢，就是它有一种庄严在那里。廖老师刚才讲，WTO 与国际刑庭有很大不同，国际刑庭是在审判，WTO 它不是在审判，它是在解决争端。尽管如此，它是一个非常庄严的法庭，它在解决争端，它是 rule-oriented，它完全是依据 WTO 规则在解决争端，并不是依据政治倾向在解决争端。所以，在这个时候，你就会觉得，在这个上诉庭上，WTO 规则获得了一种庄严性。上面主席台上的 division，3 个上诉机构成员，还有两边的上诉机构秘书处的人都坐在那里，很有气场。而且每涉及一个与案子有关的条款如何解读的时候，这个条款的内容就会投射在房间后面的大屏幕上，比如，SCM Agreement Article 1，你就感觉屏幕上的 Article 1 每一个字都有它的含义，每一个字都必须被尊重。我们团队有刚刚加入的年轻同事就说，哇，他们这个案子怎么这么高大上啊，怎么好像很重要一样。我说，不是这样一个问题，任何一个案子到了上诉机构那里立刻变成了一个高大上的案子，这也是上诉机构和专家组的分工不同造成的，我是这样理解的。专家组同时审理事实问题和法律问题，而且很大一部分精力是在审理事实问题，这也是专家组为什么会询问这么多很细很细的事实问题的原因。上诉机构是不审理事实问题的，它是审理法律问题，它的注意力是在 legal interpretation 问题上。所以，就像任律师讲的，一个条款的解释，听证会也会进行两天的时间，而且上诉机构的成员都表现出非常敬业的精神，还有好的身体，这种表现非常明显。

这次的上诉机构听证会是从上午九点半开始的，专家组听证会是从上午十点开始的。上诉机构听证会从九点半开始后一直进行到晚上八点，中间大概只有一个多小时的休息。有一次，我们参加 DS379 上诉机构听证会，一个上诉机构成员当时是拄着一个拐，脚上打着石膏，在那坐着，一直到晚上七八点钟。你就感觉，上诉机构的那些人是脱离了低级趣味的人，（笑）是为了公正的适用规则忘我工作的人。

与专家组听证会相比，上诉机构的辩论更加激烈，因为它涉及法律问题的理解。专家组听证会上的辩论没有那么激烈，它更多的是像一个澄清事实的过程，实际上，过于激烈的辩论专家组并不欢迎，律师的任务是帮助专家组澄清问题，而不是展现你的辩论才华。所以说，两者有不同的功能。上诉机构主要关注法律解释，因此更多的是想搞清楚，各成员到底是怎么理解法条的。所以在上诉机构听证会的时候，不仅仅是当事方之间的法庭辩论更加激烈，而且第三方的作用也更加明显。在专家组听证会的时候，给第三方的时间很短，第三方念完自己的口头陈述基本上就走人了，他们不能参加当事方的辩论。但是，在上诉机构听证会的时候，第三方参加全程的辩论，这个时候，实际上真的是体现出很多大国在规则解释过程中具有非常强的实力。像欧盟啊、巴西啊、印度啊这些大国，它在作为第三方的时候，都是非常积极地参与这个过程，对于每一个重要的法律问题，都要发表自己的意见。这就是一个影响规则解释的过程，这也体现了大国的实力。美国是最经常利用这个机制的争端方，也是利用这个机制时间最长的成员，美国最反对加强第三方的作用，认为第三方的参与会增加争端当事方的负担，使程序过于复杂等。中国现在作为越来越经常使用争端解决机制的成员方，实际上在第三方的作用问题上与之前相比有了一定变化。就第三方问题，我曾经私下询问一个上诉机构秘书处原来负责案件审理的律师，他认为，上诉机构实际上是非常欢迎第三方就法律问题发表意见的，因为它可以知道其他成员对于这个问题是什么态度。总之，这就是我这两天经历的感性认识，还没来得及上升到理性角度。（掌声）

杨国华：

谢谢于处长。今天，于处长在讲的时候，我也在回想，我以前参加听证会的经历，我写的文章，也是这样一种心情的表达。大家看，于处长已经做争端解决案件很多年了，昨天刚从战场上下来，还处于那种状态，兴奋的、语无伦次的。我希望能约一篇稿件，写成书面的，请于方再详细地、理性地讲一讲争端解决的感受。下面有请陈雨松处长，雨松处长，你是不是也先谈谈专业不专业的问题？

陈雨松：

谢谢国华司长，也感谢中国政法大学召开这次非常有意思的研讨会。关于刚才杨司长提的"专业不专业"的问题，我的感觉是，在律师和商务部官员之间的工作确实是有一些分工的。目前，商务部条约法律司有两个处负责WTO争端解决案件，即WTO法律一处和WTO法律二处。这里名义上是两个处，其实工作人员非常少，每个处只有3个人。大家可能想象不到，这两个处加在一起才有6个人，6个人要同时处理很多案子，一个处可能同时在运转五六个案子，这是很平常的事情。要运转这么多的案子，我们很难做到每个案子都细致跟进，因为我们还需要以很大一部分精力处理一些内部事务。比如，关于案件情况的报告、分析，律师行政和财务管理（包括预算申请、律师选聘、律师工作审核、报销、出差组团等），这些 internal issue，占了我们很大一部分工作时间。所以，对于一些案子法律部分的研究，我个人感觉，时间是非常有限的。因此，我们在很大程度上还需要依赖外部律师，因为律师的工作是直奔法律问题、直奔证据，在研究方面可以更深入、更细致。但是，在写书面陈述（submission）前，所有的问题我们都要和律师进行讨论，写完 submission，要对律师写的材料进行 review。从这个角度讲，我们是对具体案件有全面把握的，我们要确保具体案件中中方的立场和主张符合中国政府的一贯立场和主张。就像刚才于处讲的，由于我们人员有限，时间和精力也有限，有时确实是参与的不是那么深入和具体，但是，我们也有我们自己独特的角度，我们的作用是重要的，不可替代的。

我现在讲一些个人感受。非常高兴，刚才听到了几位教授和律师的评论。由于我们参与的案件多是外国律师和中国律师合作，所以我想讲一下我的感受，就是我们这些办案人员（case handlers），包括政府官员和中国律师、外国律师到底差异在什么地方，我们下一步应该从哪些方面努力来提高我们的工作水平。

大家可能觉得，国际诉讼主要是一个语言的问题，整个诉讼程序都用外语。语言问题是我们参与国际诉讼的首要障碍。但是同时，我觉得语言本身并不是一个特别大的障碍，可能我们的阅读速度没有外国律师那么快，但是，大家也都能读懂，也都听得懂，所以，这不是特别大的问题。另外是案例法（case law）。大家知道，WTO是一个case law的体系，有些人知道的案例多些，有些人知道的案例少些，这个也不是特别大的问题，因为目前有多个legal index，有world trade law这样的法律检索系统。例如涉及《补贴协定》第1.1条，只要上网检索，相关案例就可以很容易被检索出来，包括哪些条款专家组裁过，哪些条款上诉机构裁过，一目了然，所以，查案例也不是太大问题。因此，如果要做一个legal research，这个也不是特别大的问题。那么，我们和外国律师的差距到底在什么地方？到底哪些方面是值得我们努力和追赶的？我觉得主要有以下四个方面：

第一个方面就是对法律用语的理解力。一个词，大家都能看懂，但是，它的分量有多重，这是我们要认真对待的。比如，我们刚开始接触《反倾销协定》时，有一些限定词，例如substantial、significant等，那么什么是substantial，什么是significant？这些英文词大家都能看懂，但是，到底在法律上有多大分量，这需要我们仔细体会，而且可能体会很长时间才能琢磨出其真实意义。一开始，我们可能觉得significant非常重要，但后来会发现，substantial这个词程度非常强，再后来发现，substantial这个词能达到百分之七八十的程度。所以，英文词大家都能看懂，怎么理解其内部的含义，特别是法律上的含义就非常的重要了。刚才任清律师讲的，当时打DS414案件，打上诉，上诉机构就问，impact和effect到底有什么区别？当时我就觉得，中国律师要是没有花很长的时间研究这个问题，可能一下子反应不过来。在稀土案中，除了打GATT第21条例外之外，很大一部分就是打relating to，什么叫relating to，这就取决于对英文的感觉，大家知道"相关"一词，什么叫"相关"，程度到底有多大，什么才能叫relating to，我觉得，这就需要我们体会。在座的有很多学者，有很多老师和学生，我觉得，这可能需要我们在今后学习WTO法律中，特别是对这些关键的词语，不仅仅是要看懂，而是要深入理解它到底程度有多强。我觉得，这可能还是我们今后努力的方向，就这点，我们和外国律师还是有差距的。

第二个方面就是对证据和事实掌握的彻底性。这个差距可能正在慢慢缩小。我觉得，在这方面，确实是外国律师做得很深入，他们对证据有一套自己的整理方法，特别是在涉及很多证据的时候。比如说，我们告美国反补贴的案子DS437，我觉得如果要把各种文件和资料打印出来的话，可能上万页，但是，律师要能够全面的掌握，开庭的时候要及时反应。我觉得，我们中国律师在被诉案件中对这点掌握的比较好。刚才彭俊律师也讲到了这一点。每个反倾销案件，原始的案卷就有几大本，包括双方的案卷、提交的证据材料，这是非常多的。中国律师在被诉案件中能够深入进去，全面掌握一些案卷的细节，但是在起诉案件中，我们对国外的情况掌握得就不够，对证据的掌握需要大量的时间来投入。这个方面，我觉得是将来的一个努力方向。

第三个方面就是开庭的技巧和节奏的把握。对这个问题，我有很多体会。我觉得，WTO 争端解决专家组和上诉机构听证会有自己的特点。在开庭的时候，双方都不会非常 aggressive，非常好斗。WTO 是一个国家之间解决争端的机构，因此需要注意 diplomatic，要有外交风度，话要说到，但不是很刺激对方。需要注意不要以很刺激的语言来打击对方、羞辱对方、挖苦对方。而且，在开庭的时候，要把握法官的节奏，看法官的情绪。当法官审理的节奏好像对你有利的时候，不要 push 的太厉害，否则可能会适得其反。当开庭感觉不利的时候，要积极答辩，又不能够矫情，不能反反复复地重复，让别人感觉很烦。我们口头辩论的经验太少。要做到话说到位，然后又不越位，这个可能是今后我们进一步努力的方向，就是怎么样才能对出庭的气氛、氛围、节奏进行很好的把握，根据不同情况调整自己的发言技巧，这可能是今后需要提高的方向。

最后一个方面就是我们 research 的深度和广度。我觉得现在大家做 WTO 案件或者做研究，去做 research，研究过去的案例，相对而言是比较容易的，因为现在网络很发达，有很多 research 工具。但是，关键是怎么能够跳出过去案例的框框，怎么能够做得更好。我觉得，这方面是一个很大的难点。我非常钦佩 DS379 案中中方的法律论辩。DS379 案在涉及 public body 的时候，我们提出援引国家责任条款来类比，这是一个你只做 WTO law search 是 search 不出来的，你必须要跳出 WTO，从一个更广阔的国际法角度来思考这个问题，才能够设想通过国家责任条款来类比推出 WTO 公共机构的三种情况。案件上诉时，我们还请国家责任条款的权威 James Crawford 去参加上诉机构听证会，他往那一坐，马上感觉气场不一样了。所以，这种超乎寻常的 research 能力，是我们需要提高的。再比如，稀土案涉及议定书的法律效力、法律地位问题，一开始在原材料案中也涉及这个问题。在原材料案中，我们在专家组、上诉机构也提出很多抗辩，就是关于为什么 GATT 第 20 条能够适用于议定书的规定。我记得我们讲了 5 条理由，当时我们请的律师都是最棒的，中国律师、外国律师都是最好的，看了那 5 条理由，我自己都觉得，这个抗辩已经到了极致，还能说出什么呢？但是，上诉机构驳回了我们的抗辩，我觉得没什么话可说了，这是原材料案。到了稀土案，我们看到了秦娅教授写的一篇文章，谈到《维也纳条约法公约》第28条的问题，她从条约法的角度去讲这个议定书是一个 subsequent agreement，应该是覆盖先前 agreement 的。看到这里，我们就觉得豁然开朗。我觉得这是过去我们大家 research 时 research 不出来的。你必须有很宽的视野和知识面，才能够从另一个角度够强有力地 argument，来 defend 你的立场，但是很遗憾，上诉机构既没有驳回我们的立场，也没有接受我们的立场，就是一带而过。大家看看稀土案上诉机构报告中我们提出的最后几个 argument，我们提的 argument 主要涉及议定书第1.2条、《WTO 协定》第12.1条，但是，上诉机构都说不足为据。我们提出的那些 arguments，包括 self-contained argument，包括这个 subsequent argument，这些问题上诉机构都没有仔细讨论就驳回了中方主张，难以令人信服。我想这些问题以后有可能还会重新回到上诉机构，还会解释这些问题。这个问题还没有完，我们还需要继续努力。因此，我的感觉是，我们参加 WTO 诉讼，要真正能够作出一些非常出色的抗辩，不能仅是局限于 WTO 领域，你可能要有更广泛的国际法背景、知识和技巧。特别是中国，是一个数一数二的大国，我们在国际法的各个领域都需要自己的研究、自己出色的研究成果，需要有自己的 knowledge、有自己的 arguments。在这方面，我感觉我们国内对条约法和国家责任法研究还很不够，从整个国家来讲，我们需要对更广泛的国际法问题高度重视，不要封闭和孤立，不要光顾自己那点事情或者自己那些案子。做好 WTO，除了 WTO 本身的研究之外，可能还要延伸到更广泛的法律领域。我就谈这些问题，谢谢。（掌声）

杨国华：

谢谢陈处长的介绍，我仍然是有很多话要说，就简单说一点。我觉得从陈处长的介绍看，可能他们两人也挺专业的，说了很多的英文单词，大家都不一定听得懂，好像也挺专业的。好在我们有录音，将来会出录音整理稿、会出书。到时，大家可以仔细看看他说的那些词到底是哪些词。非常感谢雨松处长。

最后一位发言人我不太好称呼，他姓张，是张律师、张老师、张司长还是张专家？因为他身兼三职，就是我们台上人的三种职业，他都同时担任着。他现在是律师，自己开了个律师事务所，叫张玉卿律师事务所。他是老师，是中国政法大学兼职教授和博士生导师，正式带学生的。他是司长，是我们商务部条法司的前司长。如果要详细介绍这位发言人呢，剩下的时间都由我一个人说恐怕也不够用。但我至少要说两点，第一点，他对我们中国参加WTO争端解决机制是非常非常重要的，重要到什么程度呢，就是如果没有他早期打下的基础，可能我今天就不会在这里坐着成为这样一个主持人了。因为我1996年加入商务部（当时叫外经贸部）的时候，就是张司长在负责，那个时候他就说，你去做争端解决，研究WTO，研究GATT，参加入世谈判。大家知道，那时他是我的领导，如果他说，他觉得你这个人不怎么样，你别干了，那今天的主持人就不是我，而是别的人了。第二点，如果没有张司长早期打下的基础，今天这个panel、这个研讨会是不可能这样进行的。因为在当年，张司长负责WTO争端解决案件的时候，他说，中国律师必须参加到团队中来。关于这一点，后来我和韩国人、日本人交流的时候，和韩国律师和日本律师交流的时候，得到了验证。一个韩国律师和我说，他们很羡慕中国律师，因为韩国的案件韩国自己的律师是不能参加的，韩国的政策就是，这是政府的事情，我们外聘了律师，韩国律师还能干什么呢，所以，韩国律师是不能参加的，没有这个机会。日本律师也是这样的。据我自己在WTO开庭的经历，在开庭的时候，我没有见过日本和韩国的private lawyers，就是来自私营律师事务所的律师。那么，如果不是张司长最早说允许中国律师参加WTO争端解决事务，那么，今天这几位律师不可能有这样的经验。张司长还说过，老师必须参加，专家教授必须参加，学术和实践应该有交流。所以，如果没有他当时给我们的指导，今天的几位老师也没有这样的机会去开庭，这是肯定的，百分之一百的。据我的观察，到目前为止，没有一个国家在WTO开庭的时候有教授和顾问参加的，除非你是专门聘用的，说有某件具体的事情，说仅仅是做研究和为未来培养人才的，没有见到过，我在欧盟、日本、美国、韩国等成员的团队中没有见过。所以，我对张司长介绍有点多，总之，就是founding father，founding father就是中国参加WTO争端解决机制的founding father，在我看来，他是非常非常专业的。我说了这么多好话，其实是想让他帮我做件事，张司长，您能不能给我们先总结一下今天各位的发言，再谈一谈你个人的体会。我说了这么多好话啊。（掌声）

张玉卿：

国华，你应该先跟我说这个事，我都还没好好准备呢，怎么总结啊。但是，这些律师我早就认识，他们都是我们中国最杰出的律师界精英。像蒲凌尘，刚才他提到1988年的事情，那时候他还是小孩子呢，（笑）真的，那是很年轻的，非常junior的，我们那时就认识，他替中国打反倾销官司，在欧盟打官司。除了他之外，还有一个博东辉律师。他们在这个律师界里头，说实在的，真正是最专业的。真正一开始干的时候，你得自己投入。我们经常不是说吗，你没吃过猪肉，没见过猪跑吗？你拿那个 panel report 看看，往那一摆，就吓了一跳。三四百页是很正常的，最多的报告上千页，你说，我做个准备，我要把 1000 页读了，为了将来揽个案子，这才一个案子的报告，你得看个七八个十来个 WTO 案子的报告，才能有点感觉，然后觉得有点信心了。这时候，你到商务部条法司说，我能不能做个第三方案件的代理啊，因为你得从小的业务先开始做吧，做第三方代理钱最少，他们这些律师就是这么干起来的。商务部也没有先给你一笔钱，说你先研究去。所以，在这个屋子里坐着的年轻人啊，你们很有前途的，从现在开始努力，向他们学习。

具体的案件，我觉得在今天不是适合评论的场合。但是，他们谈参加庭审时候的感受，谈谈对参加专家组听证会和上诉机构听证会的认识，还有雨松和于方处长谈律师们应该注意的问题等，这些都是非常宝贵的经验。我们今天的研讨，说实在的，是全国首创。你到任何地方，到上海、广州，或者其他任何地方，你不会有这种机会。今天在座的有主管这项工作的政府官员，有主打案子的中方律师，有专门研究这方面的学者教授，聚齐了这么多的人，不容易。

关于我做香蕉案专家组成员的事儿，我记得特别清楚，2007 年春天，我正在意大利罗马开会，有一天打开 E-mail，说有个紧急求助，谁知道张玉卿的联系方式，（笑）谁发的呢，是当时正在 WTO 总部工作的冯雪薇发的，她说，他们处长说，总干事拉米要指定一个中国人做香蕉案的专家组成员。为什么呢，因为这个 banana 案是打了几十年的案子。研究国际贸易法，你不懂得 banana 贸易、不懂得 banana 的纠纷，老实讲，你都是不合格的。当时我也不知道为什么指定我，后来才知道原来是个中国香港常驻 WTO 的代表一直在做香蕉案专家组成员，但后来他不做了，专家组就缺一个人，我是那个补缺。拉米说，中国香港跟中国有关系啊，那就再指定一个中国人吧，然后就找到我了，要求我在两天之内把所有联系方式都告诉他们。但我原来作专家组成员的联系方式都变了，已成了私人律师，不是原来的商务部条法司司长了。我把 E-mail 给他们了。在罗马的时候，我首先要签个保密协议，必须得服从他们的那些要求，不许透露任何关于本案的任何信息，签完协议，把你的 CV 发过去，然后再等候他们批准。后来我才知道，在此前香蕉案中，WTO 曾要求拉米指定专家组成员，但拉米说："我在欧盟时曾处理过这个案子，我不便指定专家组成员，应该由他们当事方自己处理。"但到这个香蕉案的时候，拉米说，"这个空缺我来指定把"。此事后来有专门的新闻报道。案子做完后，拉米还专门给我写封信，对我为这个案子所做的工作表示感谢。

关于我审理过的香蕉案，我的感受多了，要讲起来就长了。我今年要出一本书《WTO案例议题精选——热点问题荟萃》，其中，banana案子，我写了6篇文章，都放在这本书里了。因为我做了banana案，所以对banana有点感情。（笑）我对banana的生产、贸易等做了全面研究，大部分是业余爱好。只有一次在农业大学讲banana trade，做了一百多页的PPT。

WTO的案子是一定要做的，这对我们是个很大的锻炼。刚才大家也都提到了，做WTO案件搞得夜里做噩梦啊，感觉到有多累啊，或者很兴奋啊，确实是累，但是，你会从中学到很多东西，现代的法制程序与理念。当然，当专家组成员看到你写的东西如果驴唇不对马嘴，一点逻辑关系都没有，一点文化色彩都没有，说的都是很尖刻、很刺眼的字句，他们打心眼里就会不高兴。因此，只是拿自己认为对的道理去说，去讲是不够的，不行的，道理要让别人信服。我们一定要对WTO的文化、历史和规则有一个深刻的理解，对先前案子的裁决有一个大概的了解，知道前面的专家组和上诉机构是怎么裁的，这些东西都得在你的脑子里面。WTO一般都希望有英国、北美教育历史和背景的人到秘书处去工作、到panel做member，做AB成员。所以，在座的同学，有机会一定要到外面去留学，要在Oxford、Cambridge、Yale、Harvard以及我的母校Georgetown这些学校拿个学位，这对你下一步的发展非常非常重要，因为客观上你得承认，我们国内的这些传统教育在文化理念上与人家有冲撞与不和谐的地方，你说的许多道理人家听不懂，不是你英文不好，而是你说的那个概念人家就不知道是什么意思。我记得那时候和佟志广，就是中国入世谈判代表团第一任团长，一起去日内瓦，国内当时正在说建设"社会主义市场经济"，正好人家审议中国的贸易体制，听到这个词，一下子会场哗然，要求佟志广解释，什么是"社会主义的市场经济"，他们说全世界就一个市场经济，什么叫社会主义的呢，要解释清楚。不单是发达国家，发展中国家也没有这个概念。你怎么向人家解释呢？所以，一些理念不是我们想当然的，你得把这些东西解释好，能让西方人能够接受，这是很重要的。所以我觉得，对于WTO，法只是其中一个骨干，更重要的是WTO的理念、文化、历史，这些东西你如果能够懂得就好了。

还有，对一个案子输赢的看法，不同的人可能会有不同的看法。为什么？因为不同的人在不同的角度对案子的要求和看点就不一样，专家学者可能更加注重法理上的细节，他们会更关注专家组与上诉机构的分析方法与推理，规则与法律适用是否合乎逻辑。但是，你让政府部门或企业厂长说虽然这个官司打输了，但裁决写得特别漂亮，就说这个案子好，就勉为其难了。让厂长一分钱赚不着，还让他表扬你？这是不可能的。政府也是一样，不能打完官司之后总是说：专家组真有水平，上诉机构也有水平，他们判我们输判得非常好，你能这样说吗？（笑）你总得说，我们的诉求是什么，有几点；他们的诉求是什么，有几点。然后看我这边有几点胜了，他那儿几点输掉了，对不对？所以，你还得务实一点，还得讲点政治，还得讲点政策，否则的话，国家一年花这么多钱，刚才说几百万那只是一个案子，一个律所，对不对？你要加起来几十个案子，那一年得几千万，上亿啊，我们就为了玩这个技巧？不行的！所以，我的意思是说，大家搞 WTO 别搞糊涂了，别钻进去出不来了，你该跳出来还得跳出来，还得站得高、看得远，然后你才能把 WTO 的课学好，才能把事做好。当然，我刚才将案子打输了，不一定就是商务部的事，也不一定就是律师的事，因为，很多情况是我们的贸易或投资的措施本身就违规，谁也没办法。

我的确觉得做 WTO 案件的人是很辛苦的。做 WTO 专家组成员要很勤奋。WTO 对面有两个小饭店，一个叫 Eden Hotel，一个叫 Mon-Repos，你知道我在日内瓦出差时住的那个屋有多大吗，整个屋加起来不到 7 平方米，再加一个小卫生间。那个桌子只能搁一个笔记本，合页夹就搁不下，啪就掉地下了。（笑）我说在阳台上干活吧，阳台底下就是 Lausanne 大街，但是椅子搁不进去，你猜得出那阳台有多大。后来，我干脆把夹子都拆掉了，一堆一堆的纸放在桌子上看。你不看的话，明天要开庭，要先内部讨论，内部讨论的时候大家都要发言。我承办案件的那两个专家组成员特别厉害，一个叫 Christie Haberli，是原来瑞士谈判农业协定的首席代表，第二个是澳大利亚经济学家，阿德莱德大学的教授，叫 Kim Anderson。如果人家讨论得热热乎乎的，回过头来问 Professor Zhang 的意见，你没什么反应，多难堪？你不但应该能够进行评论，还要能够提出问题来，体现出中国人的 quality。所以，工作的时候就要非常非常的刻苦，非常非常的勤奋。这个时候一条最简单的道理就是，你不能丢中国人的面子。所以，做专家组成员不是容易的事情。我曾经开玩笑说，WTO 的案子，没做过是个遗憾，老做也是遗憾，受不了的。（笑）

我再举个例子，因为我审两个案子，一个是厄瓜多尔诉欧盟香蕉案，一个是美国诉欧盟香蕉案。开庭你总得去，我让 WTO 秘书处给我订飞机票。WTO 的 budget 非常严格，大概合两万多瑞士法郎给我订了一张飞机票，结果是凌晨两点多钟的飞机从北京起飞。我说，我以前坐不起商务舱就坐经济舱，坐不起飞机就坐火车，但我也从没有坐过半夜两点钟起飞的飞机呀。（笑）我问秘书处能不能换，他们说换不了，那我就说，我自己买吧，结果自己多贴了一万块钱。我拿那张飞机票去报销的时候，秘书处告诉我，budget 就这么多。所以，任何事情你想做出点成果来，都要付出必要的代价，没有天上掉馅饼的事儿，没有什么东西能唾手而得。所以，在座的年轻学子现在就应该做好吃苦的准备。

我还得强调，你们要提高外语水平。原来商务部条法司招新人时，重点之一是看外语，法律都读到研究生和博士生了，功底差不了多少。我相信法大的学生、人民大学的学生，法律基础会很好。所以，在座的学生一定要好好地学习英语。

再说到我们中国的律师，现在我们做得也不错。我注意到，美国和欧盟全都是自己的官员直接上庭，不用外部律师。日本和韩国好像可以请外国律师作顾问，但出庭不用外国律师。我在商务部工作时，WTO 争端解决刚开始，我们请了外国律师，但定了规矩，必须请国内律师。我和杨国华第一次带队去 WTO 打钢铁保障措施案的时候，韩国请的法律顾问我认识，叫 Chris Parling，开庭时他在庭外的咖啡厅喝咖啡，韩国人不让他代表韩国政府出庭。我问他你怎么坐在这儿呢，他说，你看韩国人，他们让我在这儿喝咖啡，不让我替他们去工作，还得每小时付给我 500 美元。（笑）这事对我有启发，我觉得我们中国这样一个泱泱大国怎么能每每让人家代替我们去打官司，我们自己真的没有人才吗？韩国的做法我们应效仿。我今天啰唆唆先讲这么多吧，谢谢大家。（掌声）

杨国华：

感谢张老师、张司长、张律师的介绍。（笑）他知道的东西太多了，他这点儿时间是不够用的，待会儿大家可以向他提问。比如说，我就有一个问题，他刚刚说，钻到 WTO 里出不来了，这是什么意思。这个问题我让给大家提问。这是我的第一点评论。第二点评论呢，就是他还说了 banana case，我确实有点发慌了，因为那个案子我没有看过。他刚才说了，这个案子没有看过的话，没有资格搞 WTO（张司长补充道：我说的是不能搞"国际贸易法"）。哦，对，不能搞国际贸易法，所以，我准备今天结束这个论坛后，下午就开始看这个案子。张老师、张司长、张律师的书马上要出了，其中有 6 篇文章写 banana case，我们很期待。

刚才这一轮的时间有点长，超过了我们的预期。史晓丽老师说可以延长到十二点，我觉得如果大家没什么问题可问，我们就按原定时间十一点半结束，如果大家有许多问题要问，我们就延长到十二点。现在进入提问环节，请每位提问的同学站起来，并且自报一下家门，让大家知道你是谁。后边那位同学，请提问。

杨承甫：

各位老师好，我叫杨承甫，是中国政法大学国际法学院研一的学生。刚才各位老师说到案例法，我之前也看过杨司长和韩老师写的一些文章，提到WTO争端解决机构在事实上是遵循先例的。我有一个问题：虽然说国际法院不是WTO争端解决机构的上级法院，但是，专家组和上诉机构在一些报告中也援引了国际法院的一些判决，那么，专家组和上诉机构在援引国际法院判决的时候是什么标准呢？在什么情况下才会援引国际法院的判决？比如说在讨论一些法律原则，如善意原则、禁止反言原则的时候，一般是倾向于引用WTO报告还是国际法院的判决？之所以提这个问题，是因为刚才陈雨松处长给了我一种顿悟的感觉，他说到 research 的广度问题，我感觉到，WTO争端解决很大程度上可以说是一个国际公法的问题，因为很多报告都会提到条约的解释方法，会引用到《维也纳条约法公约》，如字面解释、上下文解释、目的和宗旨解释等。所以，我想问一下，WTO在援用国际法院等的判决时的标准是什么？

杨国华：

谢谢。你这个问题问了很多人，我想请廖诗评老师回答，有两个原因：一个是他对这个问题研究得比较多，有论文，有书籍。第二个是我有点愧疚，我抢了他的主持人地位，一直主持到现在，廖老师，请你先回答这个问题。

廖诗评：

谢谢杨司。如果我理解没错的话，你的问题是，争端解决机制在什么情况下会援引争端解决机制之外的那些机构的裁决？那么，我就用三句话来回答。第一句是，按照 DSU 第 3.2 条的规定，这是比较清楚的，WTO 争端解决机制在审理案件时所适用的法律，也就是我们通常所讲的 applicable law，是所谓的 WTO covered agreements，这是所有的法律依据之所在。根据这一句话，其他机构的裁决都不属于 WTO 争端解决机制在裁决案件的时候所要适用的法律。第二句是，我们也看到，它会援引其他机构的一些裁决，甚至比如说在稀土案中，为了说明遵循先例的原则，它做了一个比较研究，甚至引到了 IC-SID 仲裁庭的裁决，引到其他案子当中的裁决来说明这个问题。但是，它所有的作用都不是去把它们作为 applicable law 来适用的，这些裁决能不能构成在解释 WTO 裁决时所依据的解释资料或者说 interpretative elements，也就是《维也纳条约法公约》第 31 条所指的解释性资料，这是值得研究的，在很多情况下其实不是的，如果你去仔细读第31条，你会发现这一点。因为其他机构的裁决不符合第31条所指的任何一种解释要素。第三句是，它之所以用，一定是在很多情况下先找到了可以适用的 applicable law，先对某一条文的措辞进行解释之后，再用这些裁决去强化自己的论证，丰富自己的说理，而不是直接用其他机构的裁决解释法律条文、适用了法律，或干脆解决了争议。这是第三个观点，不知道我讲清楚没有，谢谢。

杨国华：

谢谢廖老师。这么多人举手问问题啊，有一个是我的学生，你自报家门，问题要简明扼要，而清晰啊。

田鼎：

谢谢老师，各位同学，大家好，我是清华大学研一学生田鼎，是杨老师的学生，今天慕名而来。我想问一下蒲律师刚刚提到自己知识结构上面可能有所欠缺，那这个欠缺到底具体是指什么？我还听到张玉卿司长说，要识WTO的真面目，要跳出来才能看清它的真面目，我也想请您具体解释一下，我们如何跳出来？我们怎样去做这个努力？谢谢！

蒲凌尘：

问题问得很好。这是我做这么多年律师的一个感悟，知识结构的欠缺有几个方面。第一个就是刚才张司长提到的 WTO 文化、理念，其实我对它的了解并不够，看法条能看懂，读 panel report 也能读得懂，但是，这背后很多的解释、理念理解起来就难了。正如我刚才强调的，WTO 是一个多边的以规则为基础的贸易体制，那么"多边"这个含义在 WTO 的争议过程当中该怎么去理解，这是很重要的。在 WTO 争端解决过程当中，我能看到它体现出来的欧盟法律所使用的一些原则，比如 principle of proportionality 也用到了，但在使用过程当中，又超出了欧盟法院诉讼过程当中的一些原则和程序要求，例如，在审理贸易救济措施案件提交证据上，欧盟法院不可能在诉讼程序中接受任何一方提交新的证据，但是在 WTO 的某些案子当中，新的证据还是可以提交的。所以，这个体系非常复杂，WTO 带有欧盟、美国和其他国家的司法痕迹，这些经过多年演变形成的哲学、法律理念、文化、价值，有时候往往集中在 WTO 上。因为文化上的差异，我觉得理解上还有距离，是知识结构问题。第二个知识结构的欠缺，大家知道，我们上学的时候没有这么完整的、系统的、如此之多的法律文本书籍，也没这么多的报告、案例，而且涉及中国的贸易救济措施、贸易管理体制与政策的案例在当时是没有的。所以，怎么能通过一个案例，具体争端解决的案件来进一步透视了解 WTO 法律背后所体现出来的一种法律文化和理念？我们当时没有这一途径。这是我个人的感受，在知识结构上还非常欠缺。不知道回答了你的问题没有。

张玉卿：

刚才讲要跳出WTO，是说从专家组裁决、上诉机构裁决中跳出来。也就是说，你在看一个裁决的时候，应该从各种不同的角度、层面看。当然，从法律上来推敲，对一个问题的字句含义理解对不对，对一个问题的分析、推理和结论对不对，是一个法律人必须做的，毫无疑问。比如说，我最近写了一篇文章就是关于"公共机构"（public body）问题的，上诉机构（AB）把专家组的结论给驳回去了，怎么驳的呢？AB说，规则要求你调查，你不调查，所以回去重新调查。它并没有说SOE（国有企业）不是public body。这时，国内就宣传起来，说中国在WTO打官司取得重大胜利。误人子弟呀。你再看看上诉机构报告对public body讲的那些话，按道理来讲，裁SOE和SCOB是否是公共机构，裁完就可以了。但并非如此，报告有一大段在议论在什么情况下一个企业可以是公共机构。法律直接授权，可以是公共机构；没有法律授权，如果实践当中行使政府权力，也可以是……所以，你会感觉到它好像给你的糖根本不解甜。我感到AB的裁决已经越出了它的职责，做了许多多余的旁白。所以，我批评它在自我造WTO的法。

另一方面，DSU第3.7条对争端解决的后果明确规定了几种做法，第一个是把不符措施撤掉；第二个是修改不符措施；第三个是做补偿（compensation），就是赔人家钱；第四个是涉案双方签署MAS（mutually agreed solution）结案；第五个就是胜诉方采取报复措施。这五种方式中，不少是MAS解决的。我问过WTO秘书处的人员，为什么在你们的网站上查不到MAS的内容，他说："是，有好多人不交。"它不交的话，他们达成的MAS是否符合WTO协议的规定呢？WTO协议讲得很清楚，MAS也要符合WTO的covered agreements，你们俩搞一个秘密勾当，到底怎么解决问题我不清楚，那WTO的目标还怎么实现？透明度在哪里？我的利益怎么得到保障？所以我觉得，我们看一件事情应该从多视角来看，别一下子就把它看得高大上，一下子把它特别神圣（化），顶礼膜拜。对WTO的争端解决机制不要过于盲目，在看到它的长处的同时，看到它的不足。（掌声）

杨国华：

谢谢张老师。我首先说一句，我觉得我自己还是没有跳出来的感觉，而且听起来，我也不太同意张老师的观点啊，私下里我再向他请教。现在有很多同学举手，请前面那位女同学提问。

陈佩珊：

谢谢杨老师。我是来自清华大学的学生陈佩珊，本科是在中国政法大学就读的，所以，非常感谢母校举办今天的论坛，让我们可以见到这么多大家怎么在 WTO 真正打官司。

我有一个困惑是关于张司长说到的公共机构认定问题，我觉得这个问题非常重要。如果它把国有企业都认定为公共机构的话，对于我国的经济转型是非常不利的。我看到 DS379 的报告里写到的解释是 being vested with governmental authority，但对于这点，上诉机构并没有做出进一步的解释，就是什么是 governmental authority 以及在那个案件中国有企业是不是在履行着 governmental authority。结合现在中国国企的现状，确实是有一部分国有企业在承担石油、电信等国计民生的经济职能，这类企业是不是就可以说是 vested with governmental authority 呢？最近出的 DS437 案件，宝钢是一个国有控股公司，如果按照这个标准的话，是不是也在履行这样的职能？我这个问题想问韩老师，因为韩老师对 DS379 案件做过大量的研究，我还想问问商务部的官员以及他们带领的律师团队。如果从中国政府抗辩的角度，可不可以结合当前中国处于经济转型的情况来说明国有企业是不是 vested with governmental authority 以及是不是要对国有企业本身做出一个分类？比如说，政策性的国有企业以及纯粹商业化运作的国有企业。我想听听各位老师的看法，谢谢。

韩立余：

这个问题实际上张司长最有发言权，而且据我所知，张司长一直耿耿于怀这个问题。关于我对公共机构条文的解释，大家看公共机构的表述，在条文里是跟政府并排的。而且公共机构这个词除了《服务贸易总协定》，其他条文没有出现过。所以，这里边就涉及举证问题，借用张司长说的，跳出你刚才说的这个具体问题。我经常在课堂上讲一个例子，就是如果我说我长得很白，这是我一方的主张，但除了我之外，其他人都认为我长得很黑，这时候怎么去看这个问题呢，我有一大堆的道理摆在这儿，我是如何如何的白，但是，作为上诉机构法官，他要来权衡这个问题，要考虑到各种各样的情况。中国有国有企业的问题，这是一个非常突出的问题，你也可以说美国也有国有企业、韩国也有国有企业，其他国家也有国有企业，所以，这个问题就摆在这里了。那么，上诉机构怎么去解决这个问题呢？这是我想说的第一个问题。第二个方面，说国有企业的时候是从投资者的角度去说的，国有企业的投资者是国家或者政府。但是，我们国家的国有企业确实非常特殊，有的企业是国家一点都不管，有的企业国家要施加影响，我们经常也自己这么说，我们的国有企业要承担保稳定、安民生的责任，这个时候，国家、政府的影响就出现了。换句话说，它不仅仅是一个投资者、是国家的企业，它还承担着其他的政府提供公共产品的职能，这就出现问题了。所以，我觉得上诉机构在认定中国的国有企业之余又说了其他的一些问题，实际上是在平衡各种各样的情况，这也有他的道理。

针对刚才那个同学说的案例法问题，我以前说，事实上是存在的，但是现在，也可以把它往前推进一步，法律上就是存在的。这么想就行了，不需要再去做其他研究、再去讨论。那么，剩下的问题就是我们今天一再强调的，上诉机构报告出来之后，我们面临的问题应该是首先看它为什么这么说，有什么道理，而不是指责它这也错，那也错，尤其是涉及中国的案子。当中国的观点没有得到支持的时候，你就认为这也错，那也错，我们中国是有道理的。为什么会出现这个落差？就是我们刚才提到的判例法原因，我们知识结构的原因，我们熟悉中国国情的原因。法官对这些是不了解的。所以，需要多方面地去看这个问题。我的这个回答可能没有解答你的问题，我只是做一个扩充式的解释。这个问题张司长最有发言权。

张玉卿：

我再接着讲一两句。WTO 对 public body 的裁决为什么说具有很深远、广泛的影响呢，立余教授讲了，SCM 协定第 1 条第 1 款里说，如果政府有以下行为，则构成补贴，其中的广义概念下的政府就包括 public body。美国人说 ownership 就是判断 public body 的标准，是决定性因素。专家组说，政府 control 才是 public body 的判断标准。但是上诉机构说，meaningful control 才是判断公共机构的标准。我觉得，上诉机构实际在搞文字游戏。你用 significant，它说错了，应该用 substantial；你用 substantial，错了，应该用 substantial。上诉机构一天到晚在做这事儿。（笑）美国人在执行时（我复印了三大本美国人执行 DS479 裁决的材料，关于 public body 的所有 memo，我全部都打印出来了，挨个看），从中国宪法到国有企业法，从到公司法、国有资产管理委员会的条例，从章程到党的各种文件，进行了全面的分析，最后得出结论说，百分之百国家所有的企业是 public body；国家占重大股份（significant ownership）的，也是 public body。如果一个企业有党组织存在（party presence），也会受国家控制，会被认定中国 public body。所以中国的私有企业要看有没有党支部（party branch）？（笑）所以，美国执行 DS379 案裁决时，把中国的私营企业也划分为公共机构了。美国商务部认为中国是一个 party state 的 country。这就是打完 DS379 案件的结果。所以，在 WTO 打官司，从一开始就要考虑什么案子需要拿到 WTO 去打，什么不需要拿去打，应该有个战略思考。我的观点是什么呢，美国人认为我们的 SOE 或者 SOCB 是公共机构，我们可以指责它就是单边做法，是对中国的歧视，因为我们完全可以不承认它的国内法。现在说 SOCB 就是公共机构，会显得我们被动。所以，我觉得这也是有点回答那个同学讲的，WTO 也不是说就是很纯粹的玩规则的地方，有时候还是得讲点政治，要讲点战略战术，要考虑究竟该怎么样来处理一些敏感的案子。

杨国华：

谢谢！我刚刚已经说过了，我不同意张司长的观点哈。这是一家之言，但学术争鸣，大家讨论。在座的同学如果想弄明白这个问题，你就得自己去读这个案子，你才能有一个独立的判断。有的人说要规则至上，有的人说要跳出规则，那到底是什么呢？你得要自己去看，去判断，我觉得讨论就是给大家一个视角。张司长刚才发表了一番高论，大概 1 个月之前我们俩也谈过，但是谈到最后就有点谈不下去了。我觉得今天可能有很多人是从切身感受的角度在讲，就说它多么好。在张司长这里，我们听到了不一样的声音。但是，我仍然要说，在座的各位如果想要弄清楚争端解决到底怎么样，到底好还是不好，到底有哪些问题，大家得有证据，自己读了才有证据，这是我的一点补充。

盛建明老师已经举了很多次手想提问，请您再稍等一下，请张凤丽律师对这个问题进行一点补充啊。

张凤丽：

DS379 这个案件是我从 2007 年就一直在做，包括在得到专家组报告后给领导写是否要上诉的分析、拿到上诉机构报告后会有怎样的执行程序等，这个案子的整个评估报告我也是参与了的。当然，张司长是从领导的角度，从决策的层面谈这个问题的。确实，我们从头到尾都听到过各种不同的声音。但是，我想从我参与的角度补充一点信息。

这是一个很特殊的案子，它本来是一个贸易救济的 investigation 案子，涉及大量的事实，包括刚才那位同学也已经提到的宝钢的情况以及 SOCB 的情况。我们最早是与公平贸易局处理这个案子，讨论这个问题，在经过总体评估之后，我们在策略上采用的是集中打"法律标准"，不去争具体的国有企业或者 SOCB 是不是公共机构问题。包括 double remedy 问题，到最后，我们打的也是一个"法律标准"问题。当然，美国人是怎么样执行的，从我们打案子的第一天起，我们就跟公平贸易局负责应诉的官员说了，这个案子后面的进行会很难。因为以前美国人在执行其他案件裁决的时候，竟然还能把税率调得比原始调查税率更高，这至少在中国是做不到的。在进行总体评估之后，我们依然认为，到底该怎么样骂美国人，到 WTO 起诉也是一种骂的方式，而我们骂的不是说你们给我裁错了或者说具体企业蒙受了多大损失，我们没有去直接掰宝钢是不是 SOE，我们掰的是，美国人只是用 ownership 作为法律标准，这跟整个国际社会公认的 public body 的认定标准是不符的。所以，最后到 AB 开庭的时候，我们甚至突然得到了欧盟的支持，就是说，这样一个国际社会的舆论，可以"以正视听"，这对我们来说是一个很大的益处。

负责这个案子的肖瑾律师也说，WTO 争端解决是"一剂中药"，它不是说立竿见影——我们一下子就可以拿一个胜了的裁决，美国人一下子就会服服帖帖地走一个 129 程序把这个做法废掉了。但是，这样的滥用过程，我相信大家也都看得到，毕竟我们拿到了一个胜诉的裁决说你的规则错了，你的法律标准就错了。当然，AB 裁决某些具体段落怎么解读，这是另外一个问题，也是在后续过程中中国政府会往前推的一个问题。当然，这个问题于方处长、雨松处长肯定更了解，我只是补充一点相关的信息。

杨国华：

谢谢张律师。我希望张律师补充的信息能让我们知道其实这个案子是很复杂的，不是一个简单的谁对谁错，上诉机构怎么样裁的问题，它实际上更加复杂。希望大家继续关注。于方还要发言，盛老师你再稍微等一下。（笑）

于方：

我尽量简短地解释一下。我个人的看法是，这个案子打的是法律标准，它的意义是什么呢？就在之前，在美国凡是国有控股的公司一概都被认为是公共机构，而且是唯一的标准，这个问题实际上是一个黑与白的问题，就是要看你是否是国有企业，来判断是否是公共机构。在 DS379 案件之后，这个不再是黑与白的问题，单纯的一条 ownership 标准不能再认定为公共机构。上诉机构认为是从 government authority 和 government function 这两条来认定公共机构的标准，同时呢，上诉机构从来不会认定一个单一的标准，它总会留一个口子，它留了一个口子就是，在有 meaningful control 的情况下，可以把这个作为证明它是公共机构的证据。所以，meaningful control 实际上是一个证据标准，真正的标准只有一个，就是 government authority 和 government function。实际上，单纯 meaningful control，应该还是不够的，只有 meaningful control 才能够证明 government authority 和 government function，才能被认定为公共机构。由于这样的案子不是一个简单的案子，不单是一个贸易救济的案子，所以，接下来的问题就是，美国如何执行这个法律标准。美国在执行这个法律标准的过程中，他有了特殊的方法，实际上是规避了上诉机构设立的法律标准，把所有认定都集中在 meaningful control 这个上诉机构给它开的口子上面了。所以说，这种贸易救济案子有它独特的复杂性，最后究竟什么样的企业会被认定为公共机构，又跟我们在贸易救济调查过程中的应对策略有关系，你是怎么填写答卷的，你是怎么来应对贸易救济调查的，等等。所以，DS379案子的确是非常复杂的，很高兴有同学对这个案子感兴趣。

杨国华：

感谢于处长，确实很复杂，不像张律师、张老师、张司长说的那么简单。雨松处长也有话要说，盛老师，如果没有时间，不怪我啊。（笑）

陈雨松：

公共机构这个问题确实非常重要。首先，在美国对华采取的反补贴措施中，大家看到很多企业被征收了高额的反补贴税。其实中国政府的补贴哪里有这么多？很多所谓"补贴率"是人为构造出来的。美国商务部构造补贴率有几样法宝，一是"公共机构"，二是"外部基准"，三是"可获得事实"。特别是，我们现在的"补贴率"在很大程度上是来自于所谓"低价购买原材料"。例如，如果一个企业从国有企业购买原材料，调查机关首先认定这个国有企业是公共机构，然后认为你采购价格太低，他就用其他国家价格替代算出一个补贴率来，这种"补贴"完全是法律的构造。所以，我们诉公共机构这一点是很有意义的。

其次，关于刚才讲的法律标准问题，需要指出的是，我们主张的不是国有企业是不是公共机构。我们认为，公共机构的认定取决于企业的"行为"。具体而言，可能一个企业今天是公共机构，明天可能就不是公共机构。打个比方，一个人是外交官，他享有外交豁免权；但是有一天，他上街买菜，可能就没有外交豁免权了。所以判断一个实体是否构成公共机构，关键在于其是否履行政府职能。也就是说，当企业行使政府职能的时候，它就是公共机构；在不行使政府职能的时候，它就不是公共机构。因此，你不能说，一个企业在一个案件中被认定是公共机构，它就永远被扣上了公共机构的帽子，不是这样的。在这个案子中，它做了这个事情，它是公共机构；在下一个案子中，它没有做这个事情，它就不是公共机构。这应当是动态的。所以关于DS379案，包括美国执行裁决的做法，我们并不认同美国的执行方法就是对的，我们还在不断地挑战美国人的做法，我们要把所谓的公共机构限制在行使政府职能这个领域，否则，它就不是公共机构。所以，我觉得随着我们进一步的诉讼，这个问题会继续得到澄清。大家已经看到了DS437。印度告美国的 DS436 也涉及这个问题。

我们的诉讼目标就是把贸易救济调查机关的裁量权限制住，让贸易救济调查官不能随意地判定一个企业是否是公共机构，特别是不能把一类企业不分青红皂白地全都认定为公共机构，而是要看它的具体行为，看是否在行使公共职能。从一个固有的分类标准变成一个动态的区分事实和具体行为的动态标准，我觉得这确实是一个重要的进步。而且随着我们今后的进一步诉讼，调查机关的裁量权还会受到进一步的压缩，他们不能随随便便给一个企业戴上公共机构的帽子。从这个角度来说，我认为，我们的诉讼还是有意义的。

杨国华：

好，谢谢。这个越说越复杂了，我也说一两句。DS379 这个案子涉及美国对中国产品采取的反倾销和反补贴措施，问题是，在实施反补贴措施过程中，他们把一些企业认定为公共机构，类似于政府的机构。所以，我们就告他，你们这样是不对的，企业怎么能是 public body 呢？在这一点上，我们存在分歧。那么，现在案件已经裁决，已经尘埃落定了，上诉机构已经做出了裁决，美国在执行上诉机构裁决的过程中又做出了执行的裁定，很多人对美国人执行这个裁定的情况也不满意，那个不满意能不能再告的问题还在研究。对于 DS379 上诉机构的裁决，现在存在两种观点，一种认为，我们取得了胜利和进步，比原来的任意性要强一点；另一种观点就是以张司长为代表的观点，认为还不如不打呢，一打就捅了马蜂窝，本来马蜂在那好好的，一捅马蜂还来蜇你。我要说的就是，在座的各位同学今天如果能够对 DS379 这个案子本身产生兴趣，一定不要轻信在座各位的观点。各位要怎么办呢，你得回去自己看，自己去判断。这是我的一点评论。

盛老师，实在是对不起，您只能最后一个发言了，还有两分钟，有请对外经贸大学的盛建明老师。

盛建明：

我是对外经贸大学 WTO 法律研究中心主任盛建明。本来今天的主题是打官司的感受，由于学生们没有在座各位的经历，所以他们问了一些具体的问题。如果这样一直问下去的话，大家就不要吃饭了。（笑）我想谈一点感受，就是我以前也做过律师，中国第一起 WTO 案件中，我帮中国政府做过钢铁和发展中国家那一部分的研究，那个时候我激动过一段时间。后来，我退出江湖以后就不太会激动了。但是昨天看到在座各位写打官司的文章之后，我好像激情重燃了，我又开始激动了。大家要知道，有一句名言是："英美法是判例法，判例法是法官法。"我就突然想，判例法其实对了一半，判例法不光是法官法，也是律师法。大家可以试想，成堆的材料，满缸的烟灰，通红的眼睛，闪烁的屏幕，凌乱的秀发，正是这些艰苦的努力，铸就了那些千古流传的判例，其实，很多名垂千古的判例其实是凝结了不仅是法官也有律师包括一线官员的智慧。所以，当这些成为往事，大家可以想一想"春风杨柳一杯酒，江湖夜雨十年灯"！谢谢大家。

杨国华：

谢谢盛老师。眼看大家对话的时间要结束了。其实，盛老师最后说的话也是我想说的，虽然我没有盛老师的文采，但也是表达同样的意思。希望大家觉得今天这个场合是一个非常特殊的场合，能有这样的机会，张司长也说从来没有做过这样形式的论坛，我说这是史晓丽老师的创意，在国际上也经常有这样的对话活动。希望大家，特别是同学们都能有所收获，如果今后能对某些案件进行深入研究，就更好。但是，我也想说两点道歉，第一个道歉就是，在座的同学很多人都有问题，但我们没有时间去讨论了。第二个道歉就是，在座的很多老师和专家也都有很多的感受、经验和问题，有很多的话要说，由于时间的原因也都没有机会了。最后，再次感谢各位专家，也感谢各位同学。（掌声）

史晓丽：

感谢台上的各位嘉宾，感谢主持人杨国华教授，他圆满地完成了他的主持任务，使得我们的论坛高潮迭起。在结束论坛之前，我想简短地谈一下我的观后感。今天，大家已经看到，我们中国参与 WTO 争端解决的各路人马都在这个台上了，有官员、前官员、律师、学者。虽然金杜律师事务所的肖瑾律师、锦天城律师事务所的傅东辉律师和冯雪薇高级顾问、高鹏律师事务所的王磊律师和姜丽勇律师等没有能够出席今天的高端论坛，但是，这已经是一次人员比较齐全的中国 WTO 争端解决团队这个大家庭的大聚会。大家虽然经常见面和联络，但是从来也没有机会以这种方式交流自己出庭的体会。所以，对我们每一个人来说，这也是一次难得的珍贵机会。

听完这场高端论坛，我自己有两个感觉：一个就是，我觉得他们身上有一种范儿，一种气场。这个范儿是什么，你们可以与搞其他业务的律师和官员对比一下，他们身上的这个范儿和气场到底是什么！我的另一个感觉是，他们之所以能够进入 WTO 这个领域，是有一定准备的，就像张司长说的，如果你不熟悉那么多的案件资料，你是不敢进入这个领域的。虽然这个领域很累、很苦，但是，进入这个领域之后，他们仍然勇往直前，这是值得我们佩服的。不要以为他们做 WTO 业务会挣很多钱，他们付出的辛苦远比其他案子多得多。即使是这样，他们还一直坚持下去。最终，我感受到了一种爱国主义情怀、爱国主义教育包含在里边。也就是说，现在的这一群人，他们最终为这个目标奋斗的理念其实就是国家荣誉，到了那个场所，他们不想别的，就想我是一个中国人，我要为中国去争一口气，我要去说我的理。所以，这次论坛对我的最大收获就是，国家荣誉至高无上。最后，对他们的精彩演讲，我们再一次表示感谢！（掌声）同时，本来还想请在座的王传丽老师、孙琬钟会长等发表看法，但实在是时间有限，不能如愿。希望以后我们有机会聆听台下嘉宾学者的高见，谢谢各位的参与！

（二）评论与感言

"高端论坛：我们在 WTO 打官司" 出炉前后与感想

史晓丽*

中国法学会世界贸易组织法研究会是致力于世界贸易组织（WTO）法律制度研究的全国性学术团体，每年举办一次为期一天半的年会，由各高校等申请单位承办。经研究会决定，2014 年年会最终交给中国政法大学国际法学院承办。按照往年的惯例，我们精心安排了两个大会发言和 8 场分组讨论，以体现此次会议的主题：区域贸易协定与 WTO 多边贸易规则：挑战与共存。

考虑到我国在 WTO 已经有多起争端案件，有些案件对我国的立法和产业政策产生了重大影响，而且参与案件的中国律师又基本上是北京律师，因此，我一直有一个想法，就是带领学生去拜访那些参与 WTO 案件的中国律师以及商务部条法司主办案件的官员，请他们谈谈对案件的看法，形成书面采访文字，让大家了解 WTO 专家组报告和上诉机构报告文字背后的故事，了解这样一个特殊群体。有了这个想法之后，我与一些律师进行了沟通，他们非常支持。

正当我还在酝酿采访计划的时候，商务部条法司前副司长，也是我们世贸法研究会的领导（副会长），刚刚加盟清华大学法学院的杨国华教授和我们会议主办方讲，能不能将他组织编写的《我们在 WTO 打官司》这个资料也发给与会人员，我说太好了，参会人员会非常高兴的。当我看到杨国华教授发

---

* 中国政法大学国际法学院教授，WTO 争端解决专家组指示性名单成员。

来的这份资料后，就惊呼，资料中的这些内容不正是我想带着学生做的吗？杨国华教授已经将它变成现实了！为何不请这些作者来我们的年会上讲一讲呢？好让我们的师生尤其是外地的参会人员认识一下这些在 WTO 一线工作的人。论坛主题就叫"我们在 WTO 打官司"，杨教授起得这个名字太响亮了！于是，我很快请示世贸法研究会领导沈厚铎老师，告知我们想修改会议议程，将分组讨论变成多个组并压缩为半天，最后一个半天专门用于举办高端论坛，请各路 WTO 精英汇聚一堂进行畅谈，杨国华教授担任主持人。在获得首肯后，我与杨国华教授、韩立余教授、王传丽教授以及廖诗评教授等开始商量高端论坛的风格与流程等细节问题。同时，又紧锣密鼓地一个个打电话联系论坛嘉宾。因在联系嘉宾时距离开会的时间已经很近，从而打乱了一些嘉宾的工作安排。在这里，我要特别感谢最终参加论坛的 12 位嘉宾以及因公务在身未能参加论坛的各位专家，感谢商务部条法司的大力支持，感谢杨国华教授的精彩主持，感谢王传丽教授、韩立余教授以及廖诗评教授等同仁，感谢高端论坛的参会人员和会务组人员，更要感谢世贸法研究会这个坚强后盾！

2014 年 10 月 18 日上午，容纳近 300 人的中国政法大学学术讲堂座无虚席，部分同学甚至站着听完了一上午的论坛。12 位嘉宾呈弧形落座，占满了整个主席台，气势宏大。为了和观众有近距离的接触，嘉宾座位前没有摆放桌子或茶几，嘉宾们的鞋子一览无余，以至于论坛主持人杨国华教授向嘉宾们感慨地说："早知如此，应该事先通知你们穿新鞋子的"。由于大家有太多的话要说，有太多的问题要问，原本计划在两个小时内结束的高端论坛持续了两个半小时，最后是由于到了午饭时间不得不终止。从会后各方反馈的情况看，高端论坛获得了极大成功。我想，这不仅是对嘉宾们的高度认可，更是对我们的最大鼓励！

作为论坛主办者和观众中的一员，我个人认为，这次论坛具有如下特点：

第一，被访嘉宾具有全面的代表性和高端性。此次论坛邀请的 12 位嘉宾几乎涵盖了我国参与 WTO 争端解决机制的各类人员，包括审理 WTO 案件的中国籍专家组成员、商务部条法司负责 WTO 案件的官员、我国驻日内瓦 WTO 使团负责争端解决的前外交官、承办 WTO 案件的中国律师、参加 WTO 听证会的高校学者。论坛主持人更是邀请了负责 WTO 争端解决工作多年的商务部条法司前副司长、刚刚加盟清华大学法学院的杨国华教授担任，使得这次论坛有了成功的保证。杨国华教授运筹帷幄，充分挖掘每一位被访嘉宾的闪光点，使得整场论坛高潮迭起、气氛热烈。

第二，访谈内容具有全面性和不可替代性。被访嘉宾们从"我们在 WTO

打官司"的角度，畅谈了参加 WTO 争端解决机构专家组听证会和上诉机构听证会的认识、第一次代表中国政府出庭抗辩的忐忑与可喜效果、作为 WTO "法官"审理案件的体会、商务部在 WTO 争端解决事务中的协调作用与职责、中国律师在 WTO 案件解决中发挥的作用、中国律师与外国律师在 WTO 案件应对中存在的差距、中国律师的国家责任感和荣誉感、WTO 法学教育未来发展方向等。应该说，嘉宾们交流的内容涉及了 WTO 争端解决的方方面面，而这些内容是无法从书本上和课堂上学到的，它是被访嘉宾们多年从业经验、技巧和教训的总结，是不可替代的。

　　第三，高端访谈激发了同学们对 WTO 的学习热情。嘉宾们通过自己的经历、感悟和个人魅力，向同学们打开了 WTO 的另一扇窗户，让同学们看到了 WTO 法的魅力、WTO 争端解决机制这颗明珠上的闪光点、我国 WTO 争端解决团队忘我的工作精神和崇高的国家责任感、我国对 WTO 律师和人才的渴求、研究和看待问题的方法与视角等。论坛结束后，一些同学发出感慨：我们要刻苦钻研 WTO 法律，争取做下一个讲 WTO 故事的人。我想，这就是我们这场高端论坛以及各位嘉宾和老师们所最希望看到的！

主持人感言

杨国华[*]

感谢史晓丽老师的创意，使得中国的 WTO 法律界，甚至是中国的整个法学界，有了这样一场大规模的、别开生面的专业对话。来自政府、学界和法律实务部门的 12 位专家，与 300 余名师生一起，就世界顶级的国际诉讼——WTO 争端解决，进行了广泛而深入的交流，并且通过录音整理稿的形式，将中国所参与的法律解决国际争端的实践，展现在更多读者面前。也感谢史晓丽老师的信任，将主持人的任务交给我，使我有机会与嘉宾和听众进行深度的思想交流。我希望，我的想法能够得到史晓丽老师及所有嘉宾、听众和读者的认同：中国的 WTO 争端解决活动，是一场伟大的国际法律实践，影响极为深远。

---

[*] 清华大学法学院教授，WTO 争端解决专家组指示性名单成员，商务部条法司前副司长。

长岛冰茶

——"我们在 WTO 打官司"高端论坛后记

张凤丽 *

　　2008 年，我在金杜律师事务所。真正在 WTO 当事方案件中接到的一个主要工作，是跟着 review 中方在 DS362 美国诉中国知识产权案中的书面陈述，以及，很重要的是，翻译当时中方众多的证据材料——中国法院做出的有关商标侵权案件的判决书。转眼间六七年时间过去了，已经记不清当年到底为了该案翻译了多少书面证据材料，我只记得，那些天，我和另外一个同事没日没夜地翻译，另外两个较为资深的律师则是没日没夜地校对。与案件核心抗辩内容密切相关的证据要求高度的准确性，这无疑是不可能丢给翻译公司任其"草菅人命"的。我还记得，当时为了迅速给中国政府各部门汇报那个案子的进展，我们需要在案件过程中及时准确地翻译该案中包括中方书面陈述在内的内容概述。由于和前方 WTO 总部日内瓦有时差，我们经常是半夜十一二点才收到材料开始翻译。为了客户第二天早上上班就能立刻看到相关内容并向领导汇报，我们常常是连夜翻译审校完。清楚地记得，不止一次和同事离开办公室的时间，是凌晨四点半。

　　现在回忆，已经记不起为了那个第一次实质性参与其中的 WTO 案子工作了多少小时，更难以数清自己加了多少班，熬了多少夜。但我依然记得，为了准确翻译判决中出现的各种奇葩假冒商标名及证据内容，把自己折磨得几欲哭天抢地；还清晰地记得审阅中方第一次书面陈述（我们经常简称 FWS）时的欣喜——尽管因为当时太过着急看，竟然没发现打印机没纸了，而文件只打印了一半，因此还被肖老板骂了句"没头脑"；也还清晰地记得，我们整个团队跑到会议室里，集体做 team work 讨论 TRIPs 第 46 条的解释问题，头脑风暴到 double 了自己的脑容量——简直是"一个头，两个大"。

---

　　* 北京君泽君律师事务所资深律师。

记得更为清楚的是，当我们整理好了所有第一次书面陈述内容和证据，于日内瓦时间WTO秘书处下班之前，即北京半夜十一二点，顺利地与合作外所一同向秘书处提交了中方第一次书面陈述。尽管连续熬了众多个日日夜夜，"下班"后团队里的人却都没有回家。四五个年轻人，一起下楼，一起从东三环的办公楼走到了国贸，再一路聊着，从国贸走到了建国门，从建国门走到了朝阳门，最后又不知怎的，走到了三里屯……那些年的三里屯，也还没有什么Village。不清楚走到那儿的时候已经是下半夜几点了，我们就找了酒吧街上看着还顺眼的一家，走了进去。具体的情境也已经在记忆中变得模糊，只记得那么一个画面：当年"菜鸟"的我看着酒单说，"不想喝酒，来杯长岛冰茶吧……"

凡是对鸡尾酒有点常识的人都知道，长岛冰茶，不是茶。它虽然取名冰茶，却在没有使用半滴红茶的情况下，就调制出红茶色泽与口味，我也是被它的柠檬汁与可乐的甜味蒙骗了。后来知道了它的配料，便反应过来它是怎样的"利器"了——金酒、朗姆酒、大名鼎鼎的烈酒伏特加，外带彪悍龙舌兰。呵呵，不出意外，那杯长岛冰茶下肚后的情境，我就更不记得什么了。

这些年来，有太多的毕业生来来往往。他们面试时会说，"I love trade law"，带着喜悦而来，却又嫌苦、嫌累、嫌琐碎，最后选择放弃。就像我，也曾经以为"长岛冰茶"只是冰茶，清爽、甘甜又很酷，结果发现，表层的可乐与柠檬味儿背后，深藏的是各核心法系精髓的混搭、对法律功底甚至是身体素质有高度要求的"浓烈"与"辛辣"。尽管一次又一次说，再也不喝长岛冰茶了，内心还是无法抗拒这用40°以上的烈酒调制出的"超级无敌鸡尾酒"。喝过它，你就再也不怕酒精鸡尾酒了。就像后来的后来，也好多次说，做WTO工作有太多的paper work，但还是一个案子一个案子地做了过来，一个案子一个案子地啃了过来。引用一句如今时髦的话——也是醉了。所以，再做任何其他项目，竟也不觉得辛苦了。

六年后，2014年10月18日，京城的一个大雾霾天儿，我在中国政法大学学术报告厅参加"我们在WTO打官司"高端论坛。学者、官员、律师，高手云集，侃侃而谈，一起聊着这些年来的感受和见闻。理性地探讨"官司"本身的研讨会这些年来也参加了不少，而这一场"杨教授"亲自号召牵头的"感性"交流会，虽时间短暂，却把我们往日打官司日子里的种种细碎，旋转而折射出了不一样的形状、色彩和光芒。李成钢司长曾说，"没有信仰的人，没法打好WTO官司"。也正是这次聚会一起回首才明白，正如诸位大律所言，我们这些人都是累，并快乐着。没有一个个官司里繁琐的工作和点滴细碎的积累，就无以拼凑出这样一个色彩缤纷的万花筒。当然，专家、学者、官员，每个人的角度自是不同。但不可否认，它还带给我们诸多胜负之外的、不断的惊喜与期待。我们将万花筒旋转于手中，生出一朵又一朵不同姿态的花来。而我也开始觉得，所有这些年来乐在其中的人，都有一种情怀——正是那超越理性技巧的感受、信仰和热爱，真正让我们走在了一起并坚持了下来，并期待着参与到 WTO 更美好的未来中去。尽管我们都深知，这任重，且道远！

那一天，我突然忆起那第一杯"长岛冰茶"的味道——凉凉的，甜甜的，香香的，有一点微苦，还有一点伏特加与龙舌兰辛辣的刺激，渐渐深厚，又浓郁。只是，若没做好准备，别轻易说，你爱上了它！

我的现场感受

柳　驰[*]

WTO 法律纷繁复杂，就我个人从老师同学那里听到的来看，同学们在学习 WTO 法时，总会遇到三道关——语言、语境、实践。

这三关当中，语言关最好过，多背些文章、多听些材料，至少能在短时间内到达听读自如的程度，学习是够用的。语境关次之，据说先要舍得用大量西方基础人文学科著作小火慢煨，再用上好案例转猛火催熟，长久熬煮，本来毫无由头的那些问题，自然也能化掉。

三关里最难的就是实践关。甚至说难也不准确，因为对于学生而言这根本就不可逾越。学刑法的同学，再大的案子，总还在形式上有个申请旁听的可能性。学 WTO 法的同学，不要说申请旁听了，恐怕连院里的假条都批不下来。然而，法律又讲究现场至上，特别是国际法，法理构架不明晰，各国实践千差万别，出没出过庭，出过几次庭，从一些学者的字里行间都能看出来。吾辈学子，辗转于宿舍与图书馆之间，铆足了劲儿闷了点儿东西，就是套不上案件。此时，哪怕是天衣无缝的理论，也只能当个摆设。和整天实习着去给人家量体裁衣的同学相比，学 WTO 法的同学只有在书堆里穿针引线的份儿。同国内法领域唾手可得的实践机会相比，任何来自一线的 WTO 诉讼经验都极为珍贵。或许正因如此，某前任上诉机构大法官的著作，才能够卖到学习 WTO 法的同学几乎人手一本的地步。

一本纸薄墨干的书尚且如此，2014 年 10 月 18 日上午在中国政法大学举行的众星云集的高端论坛，对同学的吸引力有多大，一想便知。众多专家学者一字排开，那场面像极了名画《同光十三绝》中各个身怀绝技的艺术大家。任谁见到这样的场面，恐怕都要心生感慨。考虑到中国之前从未在国际法的任何一个领域如此频繁地参与实践，台上的专家学者们，真可谓披荆斩棘、开创历史，

---

* 毕马威华振会计师事务所，北京师范大学法学院毕业生。

远远超出了"与时俱进、开拓进取"的要求。座谈会上,大家高谈阔论,台下不要说困意了,走神的机会都没有——这在大型会议中想必极其罕见。

座谈会期间,老师们谈到了许多问题,其中印象最深也令我最为惊异的一点是:中国在 WTO 实践中遇到的问题和中国学生在学习 WTO 法律时遇到的问题,非常相似。语言关、语境关、实践关。此处指的并非英语,而是有 WTO 自身特色的一整套西方法律话语体系。各位专家多次提到,他们在参与 WTO 诉讼的过程中,都感到 WTO 案件的裁判比我国目前的法律裁判,在思辨、细节上要超前不少。特别是 WTO 上诉机构、秘书处的成员,往往会为了一些模糊的概念,花费大量的精力,这在我国司法裁判中十分罕见。

一方面,张乃根教授形容诉讼过程"如战场",另一方面,彭俊律师觉得整个过程非常"好玩儿",充满了法律思辨的精神。两位老师的切身感受,同时刻画了一个过程的两个方面——相比于训练有素的西方律师,我国的律师学者面对实践上的语言"断层",只能"累并快乐着"。在他们两个人的言谈中,我隐约感觉到一种矛盾的心情:WTO 的专家学者们,既因为需要马不停蹄地追赶着西方在法律技术上的脚步而疲惫,也同时为中国法学的理论界、实务界在这一过程中得到的提升感到由衷的欣慰。这种矛盾似乎是良性的,它大概反映了中国法律界真正登上国际舞台时,伴随迷茫的成长与喜悦,就如同一名学生第一次踏入大学的图书馆一样。

喜悦之余,也有几个问题,联系起来看,令人担忧:多哈回合谈判停滞不前,争端解决机制在 WTO 规则的塑造中起了实质上的推动作用;争端解决机制中,上诉机构的影响力颇为巨大;上诉机构使用的解释方法和语言,以西方尤其是英美法律为主导,甚至其成员也大多从英美名校法学院毕业;对比能够依赖司法部门独立起诉的美国,中国、日本以及其他发展中国家还要依靠"外援"应诉,本国律师参与诉讼也才刚刚起步……商务部条法司前司长张玉卿的观点发人深省:"应当跳出来看看"。我想,这是法律作为人文领域窗口学科的必然要求——既然是窗口,那么,窗子内外的环境和窗子本身的质量,至少应当享有同等的地位。

当我们跳出来看,便不难发现,中国在 WTO 的实践还处于较为弱势的地位。这种弱势地位,使我们不得不花费巨额财力人力,请洋医生动手术,为中国的法律实践"易筋洗髓",以便融入 WTO 的法律环境,从而能够积极有效地参与利用多边贸易机制捍卫自身利益。不仅如此,参考日本、韩国的贸易实践,我们可能必须在相当一段时间内被迫在 WTO 争端解决机制的法律框架下,放弃部分法律话语权等隐性利益,才能适应环境,进而保护贸易领域的显性利益。甚至在某些情况下，既要放弃话语权利益，又要放弃经济利益。现实是，入世十多年，我们还处于学习、练手的阶段，还只是在利用既成的规则，顺应专家组和上诉机构的思路。中国作为外贸规模世界第一的国家，却不能在 WTO 当中享有与其经济地位相匹配的法律地位，这现象极不合理。

法律地位的取得，必须依靠高超的法律技术应用水平与深厚的法律理论储备。没有大量法律人士的参加，没有各个高校、智库的倾力研究，没有一代又一代的青年才俊加入这个领域，法律技艺的传承和积累便无法实现。正因此，当听到中国独树一帜地要求学者、律师、官员同时参与 WTO 实践过程，我感到非常兴奋。这表明，中国没有任由西方法律界长期把持 WTO 规则的制定和实践过程，而是全方位地"偷师学艺"，以求师夷长技以"制"夷，薪火相传，终成燎原之势。对我和我的同学们来说，这也意味着同学们的寒窗苦读，能够与国家利益、实践前线、理论前沿紧紧结合起来。这好比为那些埋头书堆、无缘实践的同学们打开了整个天花板，不能不说是令人无比激动的一件事！

在更实际的方面，中国在 WTO 实践当中的经验积累以及长期的人才需求，都对我国法学教育质量、对同学们的学习成果提出了更高的要求。中国为了应对 WTO 争端解决机制提出的挑战，付出了巨大的代价。随着中国在各个领域的不断开放，以及中国各方面利益在世界上的不断伸展和融合，相应的法律问题必然接踵而来。然而，与现实需求相对比，很难想象，各大高校能够用现有的教授国内法的模式打造一批熟悉西方法律语境的应用型人才。也很难想象，习惯于死背法律条文并期望借此高分通过考试的中国法学生，能够迅速成长为精通法律推理、灵活解释和辩论的成熟律师。由此看来，我国的国际法学教育及相应的学生培养模式，理当进行深入全面的改革，以求做好人才储备工作，以求在更广阔的国际法律实践上赢取先机。

见贤思齐焉

唐　淼[*]

　　2014年10月18日，我很荣幸能够聆听由杨国华教授主持的2014年WTO
法年会高端论坛——"我们在WTO打官司"。这是一个非常难得的机会，列
席论坛的都是奋斗在WTO一线的专家。在论坛中，专家们分享了自己在WTO
一线工作的各种趣闻和感性认识，这样的分享非常宝贵。笔者诚惶诚恐，在
此记录一些自己浅薄但是很真实的感受。

　　于我而言，这场讲座让我看到了一个新的法律领域，并对其产生了兴趣。
如果说，这学期的世界贸易组织法课堂是给了我这个门外"女"一个学习
WTO知识的钥匙，那么，这次的高端论坛给我推开了一扇门，通过倾听各位
奋战在WTO一线专家对WTO的感性认识，我看到一个跃然纸上，活生生的，
非常有魅力的WTO；我体会到WTO中所包含的特殊情怀。而看到这些优秀的
专家学者，我也自我反思，自我鞭策，见贤思齐。

　　首先，这场论坛让我深深地感受到WTO法的魅力。

　　我从这学期才开始接触WTO法，对于WTO法的印象，除了老师上课使
用的案例法教学模式，以及激烈的课堂讨论之外，并没有觉得与其他法有太
多的不同。但是在论坛上，我深深地感受到了WTO法的魅力。

　　印象深刻的是，商务部条法司于方处长讲述的参加专家组听证会时的感
受：早上9点到下午7点，中间只有一个小时的break。能够在国际组织代表
国家打官司的律师，都是这个领域最优秀的人才，专家组成员也是资深的法
官、教授、律师、前官员，各种"大牛"。由这样一群人做主角的听证会，节
奏非常紧凑，是世界上最智慧思维的碰撞。听到这里，我不由得想，能够引
起这样激烈的唇枪舌剑的法律制度一定是非常有魅力的了。同时，于方处长
提到，在专家组听证会上，每解释一条规则，整条规则都会被打到大屏幕上。

---

[*]　清华大学法学院硕士研究生。

在双方的论述中，感觉 WTO 各种协定的每一条、每一款、每一个字都是需要被尊重的。这种字字珠玑的辩论更加让人觉得 WTO 各种协定的博大精深。

其次，我为钻研 WTO 法的学者和各位奋战在 WTO 一线专家的情怀所感动。这种情怀是一种对 WTO 本身的热爱，也是一种深切的国家荣誉感、国家责任感。

一直认为，要把一项工作做好，一门学问做好，除了有超乎常人的勤奋努力和各种专业技巧之外，还需要对这份工作、这门学科的热爱。在这次的论坛上，我被张凤丽律师在说"从事 WTO 这么多年，见证了历史的发生，对 WTO 是非常有感情的"这句话时的那种坚定神情打动，也为蒲凌尘律师从做欧盟对外贸易业务转行到 WTO 并扎根 WTO 研究了 20 多年的经历而感动。即使是作为一个台下的听众，我也感受到了各位专家对 WTO 的热爱和专注，对精益求精的追求。

在商务部官员和各位教授的分享中，我更多的是感受到了一种国家荣誉感和使命感。可能是商务部官员从自身角色出发的原因，他们考虑更多的是国家利益如何得到维护，除了法律的各种技巧之外，考虑更多的是，一个案子的胜诉和败诉对国家利益的影响。他们在日内瓦用自己的智慧、用自己的专业知识，为国家争取利益。在这群官员和学者身上，我看到了一种心忧天下、肩担重任的情怀。对我而言，这是 WTO 除了其本身的博大精深、高技巧性之外，最为吸引人的地方。

最后，也是非常重要的一点，在听各位专家介绍自己经历的时候，敬佩之情油然而生。然后反观自己，我深深地感到自己能力的不足，无论是在语言上还是在法律思维能力上，都差了一大截，觉得非常惭愧。我想，这一点感受也许会是对我之后的学习影响最为深远的一点吧。

在听了商务部条法司前司长张玉卿对于英语的强调和各位专家在分享中提到的很多时候打的都是语言理解问题后，我想，在做 WTO 案子时最为重要的就是英语了吧，毕竟英语是工作语言，而对于非母语者来说，语言会是一个很大的挑战。虽说学习了英语很多年，上学期在美国弗吉尼亚大学也交换了半年，阅读了大量案例，但是和美国法学院的 native speaker 们相比，仍然觉得还有较大差距。是否能够泛读，以迅速地汲取信息？是否能够精确把握案例中法官论述的思路，并且提出问题？是否能够听法官/教授长时间讲授专业知识而不走神，并且抓住 key points 理清逻辑思路？是否能够用非常精准的文字表达自己的观点？是否能够像 native speaker 一样拥有流畅精准、富有逻辑的口头表述？我想，这些都是我之后努力的方向。

同时，在听了论坛之后很大的一个感受是，法律思维能力也是非常重要的。专家们在分享中也提到了因为 WTO 整套体系中存在大量的案例，对于不适应案例教学的中国学生来讲是一个很大的挑战。我的感受是，案例教学中最为重要的可能是 legal reasoning 的能力。通过上学期的交换学习，我接触到了苏格拉底式的案例教学，很明显的感觉是，和一直接受这种教育的美国法学院学生相比，我自己在 legal reasoning 方面的能力还不够，逻辑推理还不够严密，思路也不够广阔。

总之，这次的高端论坛让我获益匪浅，非常感激能有这样一个机会近距离地接触这样一群奋战在 WTO 这个战场、为国家利益奋斗的专家们。他们对于 WTO 的各种感性认识，让我看到一个博大精深，很有挑战性，非常有趣味的 WTO；也让我看到了一个鲜活的，有感情的，寄托了很多人梦想和情怀的 WTO；也促使我反思，看到了自己身上的各种不足，在研究生时光里自我鞭策，脚踏实地成为一个比现在更优秀的自己。

参加 WTO 论坛后的一些感想

李敬师[*]

昨天，我去中国政法大学参加了 2014 年 WTO 法年会高端论坛，主题为"我们在 WTO 打官司"，场上的嘉宾都是在日内瓦开过庭的人，有教授、官员、律师等。以下是我的一些感想。

一、关于上诉机构

中国在 WTO 的诉讼以败诉为结果的案件居多，我一直以为，这是西方国家对中国歧视的结果。但是，昨天有好几位嘉宾都提到，上诉机构的法官们在开庭之前做的准备充分至极，而且他们的判决也是建立在对法律文本的中立解释之上的，所以，不能简单地认为是上诉机构或者说西方国家对中国的歧视，应该考虑一下是不是中国的制度或者政策本身存在一些问题。当然，我的意思并不是歧视完全不存在。

二、要充实自己的知识

我现在初学 WTO 法，感觉 WTO 法很繁杂，需要掌握的知识太多，需要读的案例太多，要求英文水平很高，在涉及实践的问题时，永远都觉得自己的知识储备太少。我一直以为，这种感觉只是因为我刚接触 WTO 法，但是，在座的各位嘉宾都是学识渊博的人，而且有丰富的实践经验，有的甚至从事了一辈子 WTO 实务工作，在实践中，他们仍然觉得自己的知识储备不够，有种"书到用时方恨少"的感觉，他们的话坚定了我的想法，就是学习是永无止境的，学习 WTO 法是永无止境的，要有"活到老，学到老"的准备。

---

[*] 清华大学法学院硕士研究生。

三、为国家的利益而战

复旦大学张乃根教授说，在日内瓦开庭就好像在战场上一样，是为了国家的利益而战。的确，一个WTO案子的胜诉与败诉，可能影响国家政策、国家税收、国家在国际贸易中的声誉等，牵涉太多的国家利益，所以，如果将来能够有资格代表国家出庭应诉，一定要把国家利益放在首位。但是同时，我们也要保证WTO争端解决机制的公正性，我院兼职教授张月姣女士被WTO任命为上诉机构大法官，我们不能要求"特殊照顾"，要在不破坏公正性的前提下为国家的利益而战。

四、学好 WTO 法要尽量克服东西方差异

由于WTO法的正式文本是英文、法文和西班牙文，所以在文字表述和理解上面会产生中文与以上三种文字的差异，但在WTO争端解决过程中，条约解释是非常重要的环节，甚至可以说，整个争端解决过程实质上是条约解释（抑或说文字解释）的过程，因此，学好外语，努力克服东西方文化的差异是十分重要的。商务部条法司前司长张玉卿寄希望于我们在座的各位年轻学生，希望我们可以取得国外的学位，这样对于我们今后从事WTO相关工作是很有必要的。我很认同张司长的观点，不置身于一个真实的环境，很难了解一个国家的文化底蕴，很难真正地克服东西方的差异。

五、中国 WTO 法律人才的培养任重而道远

目前，中国在WTO的案子很多都是聘请外籍律师，但是，我隐约可以读到，场上的各位嘉宾非常希望在未来涉及中国的WTO案子可以完全由中国律师来做，但我也清楚地看到，对于完全实现这个愿望，还有很长的一段路要走。

以上是我的大部分感受。此外，通过这次论坛，我对WTO法的兴趣更加浓厚，或许这也是一个意外的收获吧。感谢杨国华老师给我们这次难得而又宝贵的机会！

路漫漫其修远兮，吾将上下而求索

程　思[*]

2014 年 10 月 18 日，我怀揣着期盼与好奇来到法学教育首屈一指的中国政法大学，与来自不同高校的青年才俊们一起聆听了活跃在世界贸易组织法前线的学者、律师和官员们在 WTO 打官司的切身感受。台上坐的是在世界贸易组织法领域或学识渊博或身经百战或高屋建瓴的老师们，台下坐的是有志或有兴趣了解与加入这一领域的青年学生。老师们的倾情分享带给我们更理性的认识，老师们的殷切希望带给我们前行的动力。提纲挈领的话语中传达出老师们在 WTO 打官司的艰辛与挑战，短小精悍的故事中折射出他们对工作的挚爱与信心。

从老师们的分享中，我最大的感受是在 WTO 打官司，机遇与挑战共存。"路漫漫其修远兮，吾将上下而求索"是对所有这些 WTO 工作者的最好诠释。

何以路漫漫其修远兮？

一、从学者的角度来说，知识积累以及如何传授知识至关重要

张乃根教授一语中的：知识用时方恨少。我们耳熟能详书到用时方恨少，殊不知此言的真谛却是知识用时方恨少。在 WTO 打官司，不仅需要扎实的国内法律专业知识，还需要对英美法律术语的准确诠释，更需要对世界贸易组织规则的全面掌握。任何一部分的缺失都可能成为致命的炸弹。李居迁老师也强调了扎实基础的重要性。万丈高楼平地起，无论身处哪一行哪一界，只有拥有了扎实的基础，才可能在此基础上更上一层楼。

学者所承担的社会责任除了深化理论研究外，另一重要的职责便是教书育人了，如韩愈所言，"师者，所以传道、授业、解惑也"。廖诗评老师略带忧虑地谈及了国内 WTO 人才培养与教学模式的不足之处。为何我们意欲用英

---

[*]　清华大学法学院硕士研究生。

文表达的意思不能为外国听众所认同？很大的原因是因为，我们的思维方式与他们不同，而导致这种不同的根源则在于，我们的教学理念、教学方式与他们大相径庭。因此，国内在培养高素质 WTO 人才时，需要特别考虑人才培养方式，不能用中国传统的法学教育来培养，否则只会使这些人才与国外同时代的人才相去甚远。

二、从律师的角度来看，对专业的法律知识要有全面的了解以及精准的解释

年轻的彭俊律师就提到，我们需要对国际贸易的相关规则有全面的理解，并且通过法律思维对这些规则做合理适当的解释。法律解释是法律技巧的重要组成部分，而具有可接受性的法律解释则建立在对专业知识的理解程度上。作为在国际法庭上与国外律师对簿公堂的中国律师，毋庸置疑，我们需要付出更多的努力。

三、从官员的角度来看，高超的立法技术与合理的政策制定是所有 WTO 工作者的行为指南

立法就向一艘船的航向标一样，没有高超的立法技术做指导，律师们只会事倍功半。正如在原材料案和稀土案中，我们提出的理由总是有些牵强，就是因为国内的政策有问题。我们的专家们缺乏对法律文本的全面掌握，很大程度上与我国立法对国际法适用的规定支离破碎有关。美国宪法明确规定国际法有法律效力，可是，我国法律似乎对国际法并不是很重视。当国际法倒逼国内政策作出修整时，也许我们的立法者才会去反思国内的政策与立法。

尽管从立法与法律适用等方面我国在 WTO 还有很长的路要走，但是，后人都是站在前人的肩膀上的。台上的这些学者、律师和官员们，他们以切身经历跟我们分享这些宝贵的经验，给我们学习与实践的引导。吾将上下而求索。通过一代一代 WTO 工作者的努力，我相信，我们会为国家争取到更多的利益，会争取到更多的规则制定权！

"类比"作为法律的技艺

杨承甫[*]

第一次接触到 WTO 法，是在 2012 年初夏的一个夜晚。彼时的我刚上大二，热衷于去追逐各种各样有趣的讲座。那天，碰巧看到帖子说，商务部条法司李成钢司长来昌平做讲座，当时，我还没有开始学三国法（即国际公法、国际私法和国际经济法）中的任何一门，但当看到简历上学历和经历俱佳的主讲人，我还是决定晚上去环阶教室凑凑热闹。当晚讲了什么，已经没有太清楚的印象，只是直观觉得，在 WTO 第一线冲锋的设计者和操盘手确实干练犀利，谈到问题时很坦率，而又充满能量和力度，吸引着大家。

两年半之后的 2014 年 10 月 18 日，在中国政法大学研究生院，我又再次遇到了这样的讲座。此时不再是一个人，而是一支队伍，一支被标记着"中国"的队伍。他们的背景结构也一如 WTO 专家组指示性名单一样，来源多样，学者、律师和政府官员，在各自不同的领域互相交叉游走。作为一名远远还没有上道的研一学生，我很难用恰当的词来描述这场讲座。或许，微信公众号"国经法圈儿"所说的"长岛冰茶"是个不错的形容——WTO 法这杯酒，学生初学者喝起来，是甜香微苦附加一丝迷人；资深人士喝起来，可能还带着深厚的辛辣，越喝越浓郁。

在讲座现场，我记下了很多嘉宾提到的很有意思的话，诸如，"正义的实现就是去解释已经确立的权利和义务""获得盟友的方法是打标准，不打个案""怎么样去体会理解一个法律术语的分量""从静态的分类到动态的事实认定"……在这其中，对我最有启发的是商务部条法司 WTO 处陈雨松处长的发言。他提到，在诉讼思路和诉讼文本的设计过程中，有时可以不拘泥于 WTO 的相关法律制度和相应的判例，而应当将视线扩展到其他国际法领域。对于某些法律定性方面的认定，可以类比《国家责任条款草案》的规定，而

---

[*] 中国政法大学国际法学院 2014 级硕士研究生。

关于公共机构行使政府职能方面的讨论，也可以类比国际刑法上国家元首豁免的相关制度，比如职务必要性（functional necessity）理论（凭记忆转述，可能未能精确复述陈处长的观点）。

从"直接援引"到"类比"比

陈处长关于"类比"的观点让我印象很深。以前，我以为国际法/国际公法基本理论对 WTO 法的影响主要体现在"条约的解释方法"和具有习惯国际法地位的《条约法公约》（VCLT）的突出强调上。WTO 各种协议的含义就是在个案中不断地适用条约解释方法，一点一点地得到澄清，同时，WTO 的判例又在事实上遵循先例，于是，整座法律大厦就这样不断充实起来。这样的一种突出强调，其实是基于"直接援引"（invoke）的性质之上的，是援引另一部门法即国际公法的相关制度规定，而非是对其"类比适用"（mutatis mutandis）。因此，这次讲座上"类比"观点的提出，也引起了我进一步的思考，在诉讼文书和报告（判决）中"类比适用"其他分支领域的法律，其说服力会如何呢？这看起来似乎是个挺有意思的问题。在 DS379 案中，相关的讨论很多，而且这样的讨论似乎也仍可以继续下去。

从"分类"到"类比"：分离之后的回归

从一个更广阔的角度看，法律其实是一门关于"分类"的智识训练，古罗马法学家乌尔比安有一句名言："正义就是使人人各得其所"。各得其所，也就是对人进行不同的分类，如被害人、犯罪嫌疑人、债权人、债务人等，给予他们所应得的不同对待。"分类"这一价值取向贯穿了各大法系，大陆法系在生活中抽象出事实行为和法律行为的区分，在日常交易行为中又能抽象出负担行为和处分行为，通过不断的概念分类，对不同类型的行为适用不同的法律规则，构成了一个庞大纷杂的体系。判例法也是如此，辩方律师在规避某项判例确立的规则时，可以提出本案的行为与该规则所规制的行为并不属于同一类型，或是因为保护的法益不同，或是因为行为要件不一致，或者因为情形不同等，总之，目的是要论证得出本案不适用该规则的结论。以上体现的都是如何进行分类和归类的法律思维。

当"分类"使得法律的枝权分离得越来越大时，很可能就会出现长得很像的两片叶子，比如，国家责任法中的"行使政府权力要素的实体"和 WTO 法中的"公共机构"，就是很相似的两片叶子。那么，他们能否适用相同的认定规则呢？若能，是在什么情况下才能适用呢？是在某一领域"法律不明"

时类比适用？或者是某一规则一旦成为习惯国际法就能对其他领域普遍适用？还是说国家责任法的认定规则对"公共机构"的解释可以提供某种支持？那么，这种解释方法在 VCLT 中能找到依据吗？

从另一个视角看，不仅法学如此，作为自然科学的力学也有从分类到统一的过程。原本世界上的力可以分为很多宏观上的力，比如拉力、压力、摩擦力。后来发现，从微观上看，这些力其实都是分子间的某种作用力，即电磁力。再后来发现，其实世界上只有四种基本力——万有引力、电磁力、强相互作用力、弱相互作用力。说不定未来什么时候，大一统理论得到了证明，那么，整个宇宙就只有一种力了！如此看来，法学和自然科学确实共享着方法论的某些特征，对法学研究得越多，就越像是一门科学！

后记

听完高端论坛"我们在 WTO 打官司"之后，我的脑子里面一直有一些断断续续的想法在盘旋。但毕竟是 12 位 WTO 争端解决领域的亲历者坐在一起，讲述自己亲身的经历和感受，于人、于事、于景，想写观后感的角度太多，自己文笔又不好，写起来也不容易。回想起整场讲座，最能激起自己兴奋点的，还是突然有一瞬间，感觉对法学这门学科和法学思维究竟是什么有了更深的一些认识，也因此抢先在互动环节向嘉宾提了一个略微相关的问题。

因此，我还是更愿意把这篇讲座感想写得偏"非感性"一点。可惜，知识积累所限，这只能是一种不带论证的、随意发挥的、可能充满错漏的讨论，笔者也请求阅读它的人忽视它的对错，让它停留在头脑风暴的状态就好了。

感谢嘉宾们和主办方给我们学生呈现了一场精彩难忘的讲座！

成为下一个讲 WTO 故事的人

张婉祎[*]

2013 年夏天，第一次在国经概论课上画出 WTO 的组织结构图，知道 Panel
和 Appellate Body 的存在。2014 年夏天，第一次在李居迁老师的课堂上和小伙
伴合作啃下与其说是"高大上"，不如说是"高大长"的 report。2014 年秋天
成为一名国际经济法方向的硕士研究生，微信朋友圈里总是有小伙伴分享中
国在 WTO 的最新动态……从昌平区到海淀区、从府学路到蓟门桥，我时常觉
得，这样的转变有些快，似乎还没有为自己这样的选择和这样的生活与学习
方式做好心理准备。

但是，经过这次高端论坛的"洗脑"，听着台上那些战斗在 WTO 一线的
"大牛"娓娓叙述他们在 WTO 打官司的故事，回味着对外经贸大学盛建明老
师收尾那一句"春风杨柳一杯酒，江湖夜雨十年灯"的余韵，我的想法也随
之发生了改变。

今年的 WTO 年会，尤其是 10 月 18 日上午由杨国华教授主持的高端论坛
"我们在 WTO 打官司"，一直围绕的焦点就是争端解决机制这颗 WTO "皇冠
上的明珠"。然而，明珠虽好，却是颗带刺的明珠，嘉宾们的发言让我一次又
一次感受到这颗光彩夺目却锋利异常的明珠到底是怎样让这样一群人痛并快
乐着。

论坛一开始，复旦大学的张乃根老师就说，他最大的感受是 WTO 争端解
决场所是"战场"，是我们要战斗的地方，而 legal reasoning 就是我们的武器。
这样的感受无疑在接下来的发言中得到了完美的印证。虽然对于我们这些从
未去过瑞士日内瓦 WTO 法庭的听众而言，脑海中的确没有办法形成日内瓦湖
畔隐现的雪山画面，不能亲身体会洛桑街头的商店中午才开门营业的悠闲，
但是，嘉宾们口中那些在 WTO 庭上掠过的刀光剑影，却隐约可以窥见。

---

[*] 中国政法大学国际法学院 2014 级硕士研究生。

2014 年，中国加入 WTO 进入第 14 个年头，在争端解决领域不断进行着第三方、被诉方和起诉方之间角色的转换，DS437、DS379……那些曾经躺在网站上的链接、存在硬盘里的文件，突然从安静的文字鲜活成一个个动人的故事。无论是张凤丽律师提到的听证会间歇累得想要"来一根儿"的冲动，还是彭俊律师在庭上不放弃最后一个举牌发言机会的坚持，或者是其他嘉宾提到的每一个针尖对麦芒的瞬间。虽然都距离遥远，但却无比真实。

印象最深的还有商务部条法司前司长张玉卿教授最后的发言，他提到的那个在日内瓦陪伴他的狭小房间和放不下文件的书桌。他说，为了准备第二天的讨论、为了不在专家小组其他成员面前丢中国人的面子，一定要非常非常刻苦。我想，他是如此，台上的每一位嘉宾也都是如此。如果没有背后那些阅读成堆的文件、没有曾经投入的大量时间、没有不计成本的付出，中国不可能在 WTO 争端解决领域走出这么远的路，我们也就无法听到这么多精彩的中国在 WTO 打官司的故事。

在论坛进行过程中，我翻到了《我们在 WTO 打官司》文集中苏畅律师的文章。她说，在开庭结束时，她听到的代表们提着公文包离开会议室的脚步声，恰似"中国从入世之初 WTO 世界里安静的旁观者直到十年之后这个体制规则的积极利用者成长的声音"。是的，我们在这次的论坛上不仅听到了这个声音，更感受到了这个声音背后包括台上嘉宾在内的那么多国人的付出和坚守。

在会上，张玉卿司长和史晓丽老师都提醒我们，不要以为这些律师做 WTO 案子会有很高的律师费，其实，他们付出的时间和辛苦远远超过那些金钱的价值。这让我想起论坛中另一个让人印象深刻的地方，就是主持人杨国华老师时刻不忘提醒发言嘉宾注意把握时间。但是，这些平时在工作中时间观念最强的人、这些在工作中以分钟、以小时计费的人，在这里却频频超时。他们丝毫不吝啬于把自己的经验哪怕是"技术诀窍"同我们分享，我们每一位听众都感受到，他们其实还有很多很多故事想说，有很多经验要告诉我们。

那段时间，我一直在听一首歌，只因为这一句歌词："虽然总是会绕远路，不知为何却偏偏喜欢这样的人生"。这就好像是在形容台上的这群人，他们喜欢这样的人生是因为"WTO 是一个既有 reason 又有 passion 的地方"。而他们，则是一群闪耀着 reason 和 passion 光芒的人。

论坛结束后，我总是不能忘记张玉卿司长说，他 1988 年就认识当时非常 junior、现在却已经非常优秀的蒲凌尘律师。今天，台上的蒲律师已然成为我们的前辈，我们学习的目标，更有可能是我们未来的 boss。我一直觉得，让人最真切的感受时间流逝的方式便是这样，不同时代的人们坐在一起，聊同一件事，一件穿越时空的事。但是，那天谈论的事却没有一丝被历史尘封的"旧"，相反，却满是引人向往的"新"。也正是这一点，促使我发生了文章开头所说的转变。我想，我做好心理准备了，在听了那么多前辈的故事之后，我不再需要更多的时间去做心理准备了，剩下的事就是，向着既定的方向走，一直走！

高端论坛虽然很短，但这远不是结局。因为我知道，给我们讲故事的前辈们还会执着地继续着他们的 WTO 故事，而听故事的我们这些后辈们，也一定会努力成为下一个讲 WTO 故事的人。

激励与鞭策

卢奕辰[*]

在我的学校中国政法大学举办的 WTO 高端论坛"我们在 WTO 打官司"虽然刚刚结束，但论坛嘉宾们的对话仍萦绕耳畔。与前一天下午的分组讨论颇为不同，由杨国华教授主持的高端论坛更像是一种聊天，除了严谨的法律问题，还有 WTO 总部日内瓦的慢节奏和洛桑街行色匆匆的律师们。好奇开心的同时，忽然之间，WTO 争端解决机构开庭的场景好像跃然纸上，和我们这些扎在校园里学习的学生一下亲近了很多。

论坛中，许多嘉宾的发言和对问题的回应给我留下了深刻印象。例如，北京师范大学的廖诗评教授指出："上诉机构对每一次开庭都会做好专业上和事实上的准备，每次开庭都建立在前期的集体充分研究之上，上诉机构成员背后的庞大律师团会对案件进行全面深入的准备工作。"这番话提示我们，WTO 业务对研究分析能力提出了更高要求，我们不仅需要进行大量研究，还要培养对资料进行整理的能力，提取出对自己有利的观点以支持全方位论证，只有这样，论点才经得起推敲。商务部条法司 WTO 法律处陈雨松处长谈到："中国律师与外国律师的差距在于对法律术语的理解以及词语分量的把握能力还存在某些不足。"陈雨松处长以 substantial 与 significant 的区别等为例进行了说明。我觉得，作为国际法专业的学生，我们应要努力让自己的英文更加熟练、地道，不能满足于看得懂、听得差不多的现状，应该努力做到表达准确、运用自如，并深刻领会其中的真正含义。商务部条法司前司长、中国政法大学博士生导师张玉卿教授鼓励在座的学生去英国、北美等判例法国家留学，因为国内的传统教育与奉行判例法的 WTO 争端解决机制难免有冲撞的地方，"我们首先要学会表达自己的观点，才能够让他人接受我们的观点"。张司长的话让我们明白了这样的道理：从不懂到精通是一种蜕变，从自己明白到让

---

[*] 中国政法大学国际法学院 2014 级硕士研究生。

别人接受又是一种升华。学习不能沉浸在自己的世界里，研究 WTO 不能一味"钻进去"，还要"跳出来"，站得高，才能看得远。

嘉宾们的发言讲述了一个真实的 WTO，一个不同于书本中的 WTO。与国内案件相比，WTO 争端解决案件的应对提出了更高的要求，因为在 WTO 争端解决的"战场"上，我们面对的是全世界最优秀的律师团队和 WTO "法官"，全世界最优秀的国际贸易法律专家。

这次的高端论坛不仅是一场集学术与实务于一体的盛宴，更是对我们年轻人的鞭策和鼓励。高端论坛带给我们的不仅是知识，更是激励。正如复旦大学张乃根教授的教导，"这是一次珍贵的机会，你们可以接触 WTO 案件的第一线人物和第一手资料"。的确如此，从这个角度讲，我们是幸运的，同时也增添了一份责任感。执着于 WTO 事业的这些前辈们，会激励我们不断挑战自我，不断努力学习 WTO 法律和各种法律知识。希望在不远的将来，我们也能奔波在洛桑街，像台上的各位嘉宾一样，为我们的国家在多边贸易规则下争取更大的利益。

六、国际法论坛："名师面对面"

（一）录音整理稿[*]

时间：2014 年 10 月 30 日晚 7：30 ~ 10：00

地点：武汉大学法学院

---

[*]　录音稿由武汉大学法学院以下同学整理：陈昭君、易晴、赵家炜、柏雪、徐如一、汪状元、鲍文馨、孙烁、邓楠。

主持人：杨国华，清华大学法学院教授，商务部条法司前副司长

台上嘉宾：北京金杜律师事务所肖瑾律师，北京金诚同达律师事务所彭俊律师，北京锦天城律师事务所冯雪薇律师，北京中伦律师事务所任清律师，武汉大学法学院院长肖永平教授

台下听众：武汉大学法学院师生 300 余名，外校老师 10 余名

肖永平：

很高兴借今天中国国际经济法学会在武汉大学法学院召开年会的机会，

邀请到了5位既有WTO法丰富实践经验，又有很深理论基础和法学素养的青年专家。我相信，他们的实践经验和对法律问题的理解乃至一些技巧，都会给我们很多启示。

我们今天的主讲嘉宾是杨国华，清华大学法学院教授，他曾任商务部条法司副司长和中国驻美国大使馆知识产权专员。他在1994年毕业于武汉大学，取得法学硕士学位，于1996年毕业于北京大学并获得法学博士学位。他现在是中国法学会世界贸易法组织研究会的副会长，中国国际经济贸易仲裁委员会的仲裁员，Journal of World Trade编委，1999年9月曾被北京市法学会评为优秀中青年法学专家。他曾参与或负责了大部分涉及中国的WTO案件的处理，包括"美国钢铁保障措施案""中国知识产权案""中国出版物或音像制品案"等。让我们以热烈的掌声欢迎今天的主讲嘉宾就座。

我们的点评嘉宾有四位：第一位是冯雪薇，她曾就职于国务院法制办，在2002～2011年任WTO秘书处法律事务官员，现在是上海锦天城律师事务所的高级顾问。她在WTO秘书处工作期间，主要的工作是为专家组的审理进行案件的法律和事实问题研究，组织专家组听证会以及协助专家组起草和讨论裁决，请坐。第二位是彭俊律师，金诚同达律师事务所的高级合伙人，钱伯斯中国贸易救济法律一等律师，他是曾代表中国参与WTO案件的少数中国律师之一，有请。第三位是肖瑾律师，金杜律师事务所合伙人，曾代表中国政府参加了20多起WTO争端解决案件，并曾在多边贸易协定的谈判中作为谈判律师参加有关工作，有请。第四位是任清律师，中伦律师事务所的合伙人，曾代表中国参与多起WTO争端解决案件的解决。

今天晚上实在是群贤毕至，每一位都有非常丰富的实践经验，让我们期待他们精彩的演讲和讨论。有请主讲嘉宾！当然，主讲嘉宾刚才还跟我有一个协议，因为今天来了很多WTO界的前辈和知名学者，主讲嘉宾说，他要来介绍，所以现在有请主讲嘉宾。

杨国华：

谢谢肖院长的精彩介绍。今天前排就座的第一排中间有很多老师，他们的名声要比坐在台上的这5位大得多的多，我来介绍一下，从我的右边开始介绍吧。中国政法大学的资深教授王传丽教授，大家听说过吧。1991年我在读研究生的时候，读姚先生主编的《国际经济法概论》，王老师就是其中一章的作者。第二位是南京大学的肖冰教授，第三位是华东政法大学的朱榄叶教授，中国人民大学的韩立余教授。还有张玉卿先生，为什么我用这个词？因为他的头衔不太好说，他可以是张玉卿律师，张玉卿司长，也可以是张玉卿老师。他是一人身兼三职，中国政法大学的博士生导师，自己又开了一个律师事务所，他还是我们商务部（原外经贸部）条约法律司的前司长，十年前是我的老板。下一位是厦门大学的韩秀丽教授。青年才俊廖诗评老师，是武大的校友，现在是北京师范大学法学院的副教授。大名鼎鼎的刘敬东教授，来自中国社科院国际法研究所。余老师，武汉大学余敏友教授大家都知道的。武汉大学何其生教授。最后一个是这场活动的总指挥、总设计，邓朝晖博士。我有没有漏掉其他的不太认识的老师吧？如果漏掉，还要请大家包涵。

今天这个场合令人非常激动。我刚才和肖院长交谈时说到，我们最担心的是今天没人来听这个讲座，因为大家都很忙，但是我想，今天晚上要争取让大家不虚此行。

今天是一个非常特殊的对话，创意是邓朝晖博士。邓所长说，我们有这么几个律师来到武大来开会，想做一个对话。这几个律师有什么特殊？律师多的是，我不知道全国有多少律师，23万？这几个律师有什么特点？我向大家透露一下，他们最大的特点是，在过去的若干年内，曾经代表中国政府在WTO打官司。注意啊，他们的客户是中华人民共和国！不是大公司。他们曾经代表中国政府在世界贸易组织，也就是在WTO诉讼。我不知道在座各位同学对WTO争端解决机构是不是有很多的了解。我认为啊，WTO争端解决机构可能是中国到目前为止唯一的在那里有官司的一个国际组织，什么意思呢？我们中国参加了很多国际组织，但是没有任何一个国际组织，我们中国会在那里成为原告，告一个外国，比如说告美国、欧盟，没有一个案子！当然，也没有任何一个国际组织，它的成员可以在那里让中国政府成为被告！而在WTO，也就是我们13年前加入的世界贸易组织，到现在有32个涉及中国的案件。我不知道在座的各位同学是不是知道已经有32起案件，中国是作为原告或者是作为被告的。注意啊，我反复强调，中国政府作为国家、作为原告或被告的案件，在WTO已经有32起。

大家知道，既然是案件，就有请律师代理案件的问题。在座的4位大律师，在过去的若干年里，名副其实的，真正意义上地代表国家，代表中国政府，在日内瓦湖畔的WTO总部，起诉外国政府或者应对外国政府的起诉。所以我想，这是今天邓所长邀请他们4位来跟大家对话的原因，这4位律师可能是23万中国律师里面少有的几位。我想，学国际法的同学可能会对这个话题非常感兴趣。所以，今天这个对话，我作为主持人，请他们谈一谈WTO法律实务方面的经验。

我刚才已经把调子打的这么高了，他们代表国家，他们的客户是中华人民共和国，不论是原告还是被告，这到底是有什么样的感受啊？有什么样的经验？有什么样的轶事或是糗事？（笑）有什么样的趣事？我想，今天这个场合主要是和大家有这样一个交流。

我们的论坛时间是两个小时，我想先请他们介绍一下情况，大概是一半的时间，剩下的一半时间主要是和大家对话。对话是指大家向他们提问，他们要回答你的问题。现在，我来逐一请他们4位大律师，代表中国，代表中华人民共和国政府打国际官司的律师，谈一谈他们的经验、想法和感想。

我想先选重点的谈。比如说，在座的律师都在北京，北京有个CBD，中央商务圈，写字楼都是五星级的，非常豪华，非常贵的地方。我想，能不能先请他们谈一点实在的，先谈一点在座各位同学可能比对WTO更感兴趣的东西。我想这样啊，你们先谈一下，比如说，你们作为公司合伙人，有没有什么招募的计划？可以先谈这个。（掌声）

彭俊：

那我先自告奋勇吧！我是金诚同达律师事务所的合伙人彭俊。其实，这么好的一个活动，我们愿意来的一个主要目的就是，我们看见台下坐了这么多的人才，我们垂涎三尺。去年搞WTO辩论赛的时候，我们好几个人做评委，拿到前几名的不少同学现在都在我们几家律所里面实习或工作。实际上，我们要从简历里面筛选的话往往是不容易挑出好的苗子。但是，通过这种互动活动，能够直接面对面看大家，就能够感觉到一个人的能力，这是一个非常好的机会，也是我特别想来的一个原因。

杨国华：

大家听见了吧，就是后半段啊，那一小时的互动是很关键的，非常关键！彭俊律师的事务所是在北京CBD的国贸三期，在座的各位知不知道国贸二期是什么概念，可能是北京最贵的写字楼了。当然，肖瑾律师的那个事务所的位置也很贵，你的是在哪里？

肖瑾：

我们事务所可能比较特殊，因为我们实在是太多人了，我们现在是在财富中心和环球金融中心，在财富中心有两层，在环球金融中心有三层。我们在北京可能大概有700~800个人吧，大概是这个规模。（掌声）

杨国华：

大家知道金杜律师事务所吗？

听众：

知道。

肖瑾：

对，我先自我介绍一下，我是金杜律师事务所的合伙人肖瑾。

杨国华：

等会儿有人站起来提问，你会有什么表示？比如说用人……

肖瑾：

就像彭俊刚刚讲的，我们对人才是十分渴求的。我们国家每年可能会有很多很多的法学专业的毕业生，我们非常希望有优秀的人才加入到我们的事务所，特别是我们从事 WTO 争端解决的律师队伍。坦率地讲，这个律师队伍可能在全国的人数也不是很多，是相对小众的一个业务。但是我相信，随着这个座谈的开展，大家可能会感觉到这个业务特殊的魅力，这是我待会儿要和大家分享的。

杨国华：

好的，谢谢肖瑾。态度应该是很明确的，是吧。他虽然不是明示，但他是暗示，很清楚的。冯雪薇，我原来在商务部工作，每天都仰视冯雪薇的事务所，因为她们的位置在东方广场，在商务部的正对面，每天俯视着商务部。冯雪薇，你也表一下态吧。（笑）

冯雪薇：

其实我看不到杨司长在哪儿，但确实我们比较方便。因为每天堵车，为了 business convenience，我们选择在东方广场里面办公，穿过地下通道就能到商务部。商务部一说要开会了，不管上午还是下午，我们随时可以去。因为要代表中华人民共和国，你就得经常跟"中华人民共和国"开会。中华人民共和国的官方代表就是商务部的条法司，这是我们 day-to-day work 的一部分。

我觉得刚才彭俊和肖瑾都非常 nice，他们先说，如果你们是很好的学生，我们一定要招。那我就说点反面的话，不能都说一样的，对不对？我觉得我们各个所都想招很好的人才，没准儿我们还会抢人才。但是，不要以为找这个工作非常 easy，所以，我希望我下面要说的是给你们一个 challenge，去事务所不是很容易的，不是你想去就能去的，你必须要表现得很好，但不是我说得很好就行了。你们的谈话能够反映出你们读了多少书，你的社会见识有多少，你分析问题是不是脚踏实地，你是不是有逻辑，你和人沟通的时候是什么样的思想，你会不会为对方着想，所有的东西，我们都要看。所以，来事务所工作也不是那么容易，这就是为什么我们每年去 Moot Court 模拟法庭做裁判的时候非常关注那些参加模拟法庭竞赛的学生。因为我们认为，他们应该是非常认真地学习的，如果不是能吃苦的学生，是不会报名参加模拟法庭比赛的，你要写东西，你要训练，是要在家里面苦练功夫的。谁的功夫好，要在模拟法庭比赛上展现出来，我们会去观察，哪个学生表现得很出色，这就说明他做了很多的功课，他很有脑筋，他平时会看书。刚才几位律师也在说，我们喜欢那些平时看些老师指定之外书籍的人，就是看很多闲书的人，因为他们有思想。所以，这个要求是很高的。

杨国华：

大家都知道，我本人是武大毕业的，在座的同学都是我的师弟师妹。恕我直言，给大家说句我的忠告，今天这个场合，大家就不要考虑锦天城律师事务所了。（笑）我说的是实话，只有和你们才说这样的话，开玩笑啊！（笑）

任清：

我是中伦律师事务所的任清。刚才三位律师已经讲了，我再想讲两句话。第一句就是，武大是国际经济法、国际私法和国际公法的"重镇"，在座的很多人在国际法领域或者是已经有造诣或者说有很大的潜力，我相信，武大的学生都是非常优秀的人才。第二句就是，我们中伦的国际贸易团队和武大法学院已经有很深的渊源。据我所知，我们有一位合伙人曾经有一个学期在每个周末都飞过来给武大的学生上课，有一位律师正在武大读博士，还有一位律师是武大以前的本科生和硕士生。所以，我们非常欢迎武大的学生给我们投简历，希望我们有一起工作的机会。谢谢！

杨国华：

我再给大家一个忠告，就是中伦律师事务所可以考虑去应聘啊。（笑）大家听他们讲完以后，就知道去哪个所比较难一些，哪个所要求高一点。我的建议就是这个，大家自己看着办！（笑）

第一部分我们请他们介绍了各自的律师事务所，工作所在地都在CBD，都是东方广场这样的五星级写字楼，非常高档的地方，我仰视的地方，也很难去的地方。接下来，我想请各位律师介绍一下我刚刚说的"高大上"的国际诉讼，代表中华人民共和国政府的诉讼，到底是怎么回事？这样吧，每个律师能不能先用5分钟的时间讲一下，你觉得代表国家的诉讼，有哪些是需要和大家讲的。我们把更多的时间留给互动好不好？那么，请冯雪薇先开始？你的用人要求最高。（笑）

冯雪薇：

主持人现在是挑战我了哈。其实我没有准备，就是现场发挥。我觉得，如果说对律师有哪些要求，先要看你的对手是谁。刚才杨司长说了，我们在WTO成为原告和被告，对手不是美国就是欧盟，我们无论是开庭还是文字上交往的对手，都是美欧的律师。大部分情况下，都是他们自己的政府律师出庭，他们也可能雇佣私人律师做一些附属业务，但主要是他们的政府律师去做。这些政府律师在挑选上也是很严格的，都是精英来做诉讼业务。所以，招人这个事情，实际上是我们面临的这个工作的现实需要。为什么我刚才说那句话，我得先正本清源，实际上，我们已经雇用了一位武大研究生，他做得很好，参加了稀土案专家组阶段的工作，后来他去美国的 Georgetown 大学读国际贸易法硕士去了，这是我们所招的很好的一个年轻律师。

刚才说了，我们面临的这个工作，对手很强。现在，我们主要是用外国律师事务所在 WTO 做口头辩护，也许将来有一天，我们中国律师会在开庭的时候担当辩论的重任。实际上，中国的律师事务所目前已经参加到这个行列了。即使中国律师不是做口头辩论，也要写东西，写书面陈述。在写东西时，你要知道，你的对手是那些美国律师或者欧盟律师。所以，这个任务就决定了你对自己的要求和标准必须是很高的。具体说有多高的要求，我也说不上来，这个标准对我来说就是 do my best，也就是自己问自己，我有没有做到我的最好？

如何做最好的自己，我从思想方法说起。记得我上大学时读过一本关于如何学习高等数学的书，是一位美国教授写的。书中说，当你拿到一道题的时候，要学会在心里问自己问题。如果你问题问得对了，这题你就能解得对。如果你的问题问得不对，你就不能解答出来。关于问什么问题，有一位律师，我记得是林肯曾经说过，"Do not ask what your country can do for you，ask what you can do for your country"。这是 Reight question 的一个例子。所以，当你我为中华人民共和国辩论的时候，我们能做什么？我们要问自己。面对我们的对手，美国、欧盟的这些精英，我们必须做很多研究，必须对自己能做到的最好质量进行质量控制，也就是 quality control。具体到有哪些应该做的内容，太多了，在这里我就不细说了。

诉讼需要什么？需要你有很多思路，需要你做很多工作。你先要对这个行业感兴趣，然后开始学习，从一点一滴开始。其实，我们现在做的事情也没有太惊人的地方，比如说证据问题，你要研究清楚证据，把这个证据和相关论点结合起来。这看上去虽然和国际法研究是差不多的一个过程，但是必须得认真，必须把每个问题研究得特别扎实，使整个诉讼在理论上更有连贯性，论点都能联系起来，能够反驳对方的观点，这是比较合理的。这些工作其实要做的有很多，需要我们很耐心地去做。

杨国华：

谢谢冯律师。肖瑾，你们的很多客户都是公司，不是中华人民共和国政府，那么请你谈谈，代表国家打官司和代表公司打官司，有什么区别？

肖瑾：

我的体会是，"责任重大，使命光荣"。虽然乍一听是一句空话，但是我觉得是十分实在的体会。所谓责任重大，就是你交的每一份文件都是代表中国这个国家的。我还记得在 2007 年我代理的第一个中国政府作为被告的案件，这个案件是美国告中国的知识产权执行制度，主要有三个法律点：刑法规定的知识产权刑事处罚门槛问题，著作权法的问题，还有知识产权海关保护的问题。在美国，在 WTO 起诉中国之前，我们已经进行了 2 年的研究，形成了几十万字的报告。关于责任重大，具体在这个案件里面，我们交的每一份材料我都看过，涉案的几十个法规，每一个法规的翻译，每一个字，我都看过，助手翻译完的，我都要看。当时的感觉就是，这些东西不能出错，他们看不懂中文，也不会去看中文，他们只会去看我们翻译的英文。针对那些被挑战的措施，中美双方对翻译有一些争议，我们就成立了一个工作组，专门协商翻译问题。一个词要怎么翻译，我们双方要进行谈判，达成共识。所以我觉得，这些方面是十分重的责任。

WTO 的案子周期都比较长，从最初提出请求，到最后被告没有提出上诉，这个案子才结，通常需要一年到两年的样子。我经常举一个例子，WTO案件的处理过程就像女同胞十月怀胎，从最开始接到案子，形成思路，到最后裁决出来，就是这样一个过程。到现在，我还记得知识产权那个案子裁决出来时的那个情形。那是晚上七点多，我开车在回家的路上，这时候我的黑莓手机响了，我看到这个案件的裁决出来了，我马上把车停在路边，看完了裁决结论，我才开车回家。这就是一种感觉，就是说，这个案件和你个人紧紧地捆在了一起，案件的成败和个人是紧密相关的。这是让我感觉非常强烈，也是让我感觉这个工作非常有意思的地方。在其他类型的案件中，我可能不会投入这么多的努力，包括这么多的感情。

杨国华：

谢谢肖瑾。代表国家打官司和代表企业打官司有什么区别，肖瑾的回答是，"责任重大，使命光荣"。我是不是可以请教一下肖瑾，代表企业打官司的时候，责任是……（笑）

肖瑾：

虽然否定命题不一定成立，但是似乎 reply 的意思就是说，代表企业，你的责任就不重大？不管是不是这样，我觉得有一点可以肯定，就是使命肯定没有那么光荣啦。对于我们的企业客户，我觉得责任肯定也是非常重大的，只不过在程度上可能还差那么一点。我曾经这样比较过，在一个商事案件里面，涉及的法律条款就那么几条，律师可以主张对他最有利的解释，无论这个解释有多么的极端。但是，对于一个国家来讲，就需要有一个体制性的考虑。这是一套规则，今天人家来打你，明天你也可能要去打人家。今天你来打我们中国的出口限制，过一段时间我们有可能去打其他国家的出口限制。案件的结果在 WTO 是一个长期的影响，包括对国家也是个长期的影响。我们经常在听证会上听到上诉机构成员问美国，为什么你在这个案子是这样的观点，在那个案子里又是相反的观点。所以我个人觉得，WTO 案件中的责任，方方面面都能看到，这点和一般的商事案件还是有一定区别的。

杨国华：

肖瑾，可不可以把问题量化一下。就是说，代表国家，代表中华人民共和国，这就责任重大，对吧？使命光荣，百分之百。那么，代表企业又怎么说？能不能量化一下。（笑）

肖瑾：

我觉得杨教授今天来了这里，我都下不了台了。国家的是百分之百的话，那么代表私人的话，肯定是百分之九十九点九啦。（笑）

杨国华：

彭俊刚才抢了我的话，肯定是有不同的看法吧，彭俊？

彭俊：

我觉得，不管代表谁，都是为了客户的利益，都是百分之百的。当然，确实是代表国家的感觉是不一样的。这个话题让我讲，我想说我参加 WTO 案件的三个瞬间，三个瞬间代表了不同的感觉。

第一个瞬间是 2004 年，我第一次做 WTO 案件，DS295 美国诉墨西哥大米案，是代表中国政府作为案件的第三方。当时拿到美国的 submission 后，我都快要哭了，我很感慨，觉得这才是法律啊。平时我们做国内的诉讼，没有这么严格的法律论证。而这个文件里面的每一句话都有出处，要么来自权威事实，要么来自成文法或者案例，要么来自前面的逻辑推理，十分严谨。当时给我的感觉就两个字，做 WTO 业务"好玩"，三个字，"太好玩"，我喜欢。这是第一个瞬间。

第二个瞬间是在 2014 年办理的 DS454/460 日本和欧盟诉中国的钢管案中，我是作为中国政府的律师第一次出庭口头辩论，应该说是我们中国律师在 WTO 的第一次尝试吧。我记得亚里士多德有一句话是说，Law is reasoning without passion。在那一个瞬间，既有 reasoning，又有 passion，还是两个字，好玩。

第三个其实也不是瞬间，而是一个阶段，是 DS363 出版物案。这个案子从 2007 年开始一直到 2009 年结束。那个时候，中美关于电影的问题还在谈判，2012 年才达成中美电影备忘录。到现在，我还代表中影和美国在谈这个备忘录的落实问题。在处理这个案件过程中，我有另外一个感觉，我们律师是从一个十分 special 的视角去看中国法治的变化。在 DS363 的第一次部委会议上，我记得有一个人居然说，这个案件是美帝国主义想利用 WTO 攻击我们对意识形态的管理。这个话讲完了之后，我们作为律师都不知道怎么和他讨论了。案子结果出来之前，我们又开了一次部委讨论会，在大家对案子结果进行评估时，另外一个官员和我们说，这个字的 text 怎么理解，这个字的 context 怎么理解。我说，这就对了，这就是我们在一个平台上说话。他说，你不知道，我们这几年买了很多 WTO 的书。这一次的会议，我的感觉就是，我们在这个案子里见证了中国法治的发展变化过程。我自己曾经说过一句话就是说，"We are in the history. We are making the history"。

杨国华：

谢谢彭律师。问完肖瑾对于国家这个客户"责任重大，使命光荣"这个问题之后，我想再问一下冯雪薇。请教一下你，对于这个 percent，就是百分百或者百分之多少，请量化一下。

冯雪薇：

我觉得这不应该有区别，为什么？因为国家是谁呀？国家是我们每一个公民，我们在 WTO 打官司就是在为中华人民共和国打官司。当然，这也不完全对，因为有的官司可能不涉及每个公民，而是涉及某一个行业。比如说，我们打的稀土案就涉及稀土这样一个行业。所以应该这么说，我们代理的客户可能是整个行业，影响面可能比较广，被诉的是政府措施，政府措施可能涉及至少是一个行业或者是几个行业。所以说，处理 WTO 案件影响重大。从这个意义上说，代表中华人民共和国的影响比较重大，所以更重要。但是，你不能够说我就不能百分之百地对待我的单个客户，例如公司或者是个人。总之，不管怎么样，在代理中华人民共和国的时候，I can do my best，我要做百分之百的努力。

杨国华：

好，十分感谢冯雪薇。现在该由任清讲了，让任清最后一个讲的原因非常简单，因为我知道他的背景。他是我原来的同事，我们在一个单位工作过。其实，商务部也是负责打官司的，就是组织案件。后来，他自己出去做律师了。让他最后一个发言有两个目的，第一个就是，他会从一个特殊的视角讲代表国家和代表企业打官司区别是什么，特点是什么。第二个更为特殊，我一直在怀疑，任清为什么要辞职离开商务部？他是觉得代表企业打官司比代表国家打官司更重要吗？他原来是代表国家打官司的，但最后却选择了代表企业打官司，怎么理解，任清？

任清：

谢谢杨司长。虽然他现在已经是清华大学法学院的教授了，但是，我还是愿意称呼他为杨司长，因为他一直都是我的领导，而且以后依然会是我的老领导。我想一会儿再回答杨司长的这个问题，我先接着肖瑾律师的话发言。

肖瑾律师刚才说了八个字，责任重大，使命光荣。我也用八个字，就是：战战兢兢，如履薄冰。坦白地说，不管是学习世贸组织法，还是从事 WTO 争端解决工作，我的时间都不是很长，所以一直是抱着很敬畏的态度，不管是对规则协定、理论，还是对在座的各位前辈和专家，我都是抱着一个很敬畏的心态去学习，这也是我工作上为什么战战兢兢、如履薄冰的一个原因。我还想借用一下彭俊律师的方法回顾一下几个瞬间，来说说自己是怎样如履薄冰的状态。

我在商务部接触的第一个案子是电工钢案件的上诉。像刚才杨司长说的，外部律师和商务部条法司的工作人员都做案件，但是在分工上有侧重。我不知道别的同事是怎样做的，他们可能比我更勤快、更努力。我从办理第一个案件起一直是这样，不管是外国律师还是中国律师起草的法律文件，每一次修改稿的每一段话、每一句话，我都要看一遍，看自己有没有什么意见。虽然不能说自己是专家，但是看过以后，我才放心。在讨论这个案件的上诉策略和上诉陈述期间，我因另外一个任务被派到日内瓦参加谈判，那个时候的条件比较艰苦，住的旅馆里没有无线网络，我就想办法去蹭网。日内瓦有一个日内瓦湖，湖边有免费的无线网络。那几天，在每天的谈判开始之前，我就把电脑抱到湖边去收邮件，看看外国律师或者中国律师是不是又修改了一稿，自己有什么想法，必要时还会提出几个问题。之所以提问题，倒不是说自己的见解比律师们高明，而是说我自己可能对一些问题还有疑惑，是不是可以再讨论一下，做得更扎实些。这也是一个瞬间吧。

第二，在办另外一个案子的时候，我有幸享受了一次条法司工作人员的"特权"，就是宣读中国政府的 opening statement，也就是开场陈述。那个案件的陈述比较长，要两个多小时才能读完。平时比较短的话，通常由代表团团长例如杨司长一个人读了，但是因为这次比较长，我就有幸和杨司长以及另外一个同事一起读 opening statement。当时，能够代表中国政府在国际法庭上读我们的立场、我们的陈述，感到很光荣。这个稿子是很晚才定稿的，一直在讨论，一直在修改，直到开庭的前一天夜里才定稿。于是，我们连夜读了好几遍。因为这和自己平时看英文、读英文还是有点儿不一样的，所以总是希望在法庭上读的更流利一点、更通顺一点，或者说，该强调的地方要强调，语气要抑扬顿挫，争取把它读得更好一点。仅仅是读 opening statement 这个事，可能要加班好一阵子，要多通读几遍。

最后一个例子是做律师之后的。刚才讲了，部里的办案人员更多的是在掌控这个案件，在决策、组织和协调案件。律师则要完成各个具体的任务，在当事方案件里，更多的是中国律师配合外国律师来做，法律文件不管是书面陈述还是口头陈述，最后是由外国律师定稿的。但是，到了第三方案件，就是中国律师自己自始至终来写这个稿子。我举个例子，就是最终稿子的校对，我们都要花上很多时间，毕竟英语不是我们的母语。不管是几页纸的文件，还是二三十页的文件，我写完后，都会再找另一个律师一起校对。他校对完后，我自己又会再读几遍，因为担心时态、单复数或者是标点会有问题。实际上，专家组也看得非常细。有一次，专家组给中国驻 WTO 代表团发来一份传真，只询问一件事，就是中方陈述中的一个词"fulfillment"可不可以改成"fulfilment"。其实，这是同一个词义，只是英式英语和美式英语的拼写有所不同而已。这说明，专家组的确是看得非常认真，非常仔细，这反过来也对我们律师提出了更高的要求。这就是为什么我"战战兢兢，如履薄冰"的原因。

最后，关于给政府打官司和给企业打官司的区别问题，我完全同意刚才三位律师的观点。对于任何一个客户，律师都应该尽到百分之百的努力，以百分之百的敬业精神完成项目和任务。我觉得可不可以换一个角度来比较这样一个异同，同样的项目，我们向企业客户的收费假定是一百的话，向政府客户的收费可能有的时候只收八十。

杨国华：

大家注意一下，他怎么会说是 80 元呢。如果你们有问题可以提问啊！刚才，大家就代表国家打官司，代表中华人民共和国打官司和代表企业客户打官司有什么不一样，进行了讨论。说到这儿，我想再请肖瑾律师完整地诠释一下你说的责任重大、使命光荣是什么，这样可以给我的师弟和师妹们一个比较清晰的认识。

肖瑾：

我以为我刚才已经讲清楚了。（笑）先不讨论国家、企业，我觉得这个责任是一种很重大的责任。刚才几位律师也提到类似的观点，我觉得，一个WTO案件造成的影响非常深远，所以你才会感受到很重大的责任。我举个例子，在原材料案件里面，我们当时非常坚持一点，就是一定要抓住起诉方一部分诉讼请求中的瑕疵。在专家组组成的时候，我们提出了一个初步裁决要求，但被专家组驳回了。在专家组正式审理阶段，我们接着提这个意见，但专家组报告出来的时候仍旧没有接受我们的观点。我们就打到上诉机构，上诉机构说，美国、欧盟、墨西哥提出的设立专家组请求写得不清楚。最后，虽然实体问题上他们获得了支持，但是有另外一部分的请求，因这部分的专家组裁决存在程序上的瑕疵，被上诉机构认定是无效的，也就是没有形成最终的判断。这个问题涉及了争端解决规则与程序谅解（DSU）第6.2条，美国人就这个事情一直很痛，以至于在后来，我们对美国起诉两个案子时，美国试图反驳说，你提出的设立专家组请求也不符合DSU第6.2条的规定，你这个请求也有瑕疵，也就是说，美国试图以此打掉我们的起诉。每一次到了最后陈述的时候，美国就说，这个案子跟前面那个原材料案子是一样的，那个案子支持了中国的这个观点，这个案子中也应该支持我们。很遗憾，在第二个案子中，至少到目前美国的观点没有得到支持。所以我觉得，这个责任就体现在，哪怕在实体问题上抗辩成功的可能性很小，但是当你发现程序上的一个瑕疵时，你也可以说出来。关键是，你这个律师有没有尽到责任，有没有发现对方的每一个瑕疵，然后去打掉它，最后取得一个比较好的结果。我觉得，虽然在实体上没有抗辩成功，但是通过程序上的瑕疵把三分之一的请求打掉，也可以说是完成了非常光荣的一个使命。

杨国华：

好的，谢谢肖瑾。第二轮的集体陈述已经结束了，下面，我们进入对话阶段，请大家提问。提问的时候，谁先举手，谁发言。你们可以问肖瑾，你说影响深远，代表企业诉讼，影响就没那么深远吗？你们也可以问任清，你刚说的那个八十是什么意思？你们也可以问彭俊，你说要哭了，有什么好哭的？这些都可以问啊。下面，请同学们提问。最后一排的男同学，先说下你是谁，自报家门，你的声音要特别大，因为没有话筒。

同学：

我是武大法学院2014级的新生。我想问的是举国关注的一个案件，日本等诉中国的稀土案。在这个案件中，中国败诉了。今天，有这么多的大师、大律师，我想，你们的力量一定很强大。我的问题是，在整个案件中，有没有一种可能让中国胜诉。

杨国华：

好，那你想请哪一位律师回答你的问题？要不就冯雪薇律师吧。

冯雪薇：

谢谢你提这个问题。这个问题我也不好回答，世界上有没有哪一件事情我给你一个方子，你可以一下子解决，有这样的吗？如果有，应该是很简单的事。而稀土案，是一个很复杂的案子。所以我觉得，不存在一种方法，你只要用这个方法，就一定打得过美日欧那些经过精心准备的律师。只是因为你的方法好，你就能赢，不是这样的。还有一个问题，为什么我们看案子，非要将输赢作为唯一的衡量标准？难道一个案子因为可能要输，你就不干活了吗？律师的责任究竟是什么？难道输了的案子，就没有可以研究的问题了吗？如果我们拿一个非常大的功利心来看这件事，那么，被告律师就没有什么活可干了。但事实不是这样的，比如说稀土这个案子，专家组说，你的配额只是给外国消费者的限制，没有给国内消费者使用稀土、钨、钼这些原材料进行限制。你国内的生产配额限制是说你一年之内能生产多少、挖多少原材料，这个生产配额可以同时作用于国内下游消费者和国外下游消费者身上。但是，你的出口配额只是单单作用于国外消费者身上，因此，你的出口配额本身就是不合法的，这是专家组的裁决。如果我们不去上诉，就是这个结果了。但是，就这点我们上诉了，而且我们上诉告的不只是这一点。上诉机构说，出口配额本身是可以作为 GATT 第 20 条（g）款下的措施的，关贸总协定第 20 条是一般例外，其中的（g）款是保护自然资源的例外，这条本身是不排除出口配额也能作为资源保护的一种合法手段，这是上诉机构说的。难道我们不需要澄清这件事情吗？我们中国政府需要知道如何执行专家组和上诉机构的裁决，我们要知道，我们将来是不是可以使用出口配额措施？如果不可以使用的话，我们怎样去执行这个裁决？现在，上诉机构给了我们一个明确的答复，你可以使用出口配额措施，但是要满足若干条件的限制，条件有一二三四五六七，我就不细说了。所以，我觉得这些工作都是有意义的。

另外，我们在上诉的时候还赢回了一个诉点。上诉机构解释说，保护可用竭的资源并不要求资源保护的负担要平均分摊，也就是说，资源保护的成本不需要在国内下游消费者和国外下游消费者之间进行平均分摊。专家组不是说出口配额只限制外国消费者吗？那么，专家组的意思就是认为，这个负担并不均衡。但是，上诉机构说了，GATT 第 20 条（g）款本来就没有这样的平衡要求。这样，我们就又明确了一个问题，就是我们不需要做到完全平等地分摊保护自然资源的负担。假如说以后我们再选择出口配额措施，就知道该怎么去执行这个裁决，什么是许可做的，什么是不可以做的，也就是说，政策的选择和制定可以有确定性了。如果只是说，我们输了，讨论这个还有什么意思，我认为这是过于简单的思想。我们还要看，在现实生活中，这些具体的单位有必要知道今后能不能使用出口配额措施了，我们的重稀土，这个 15 年后可能耗竭的自然资源，是不是还能用出口配额措施加以管理，我们必须回答 yes or no，不能说我不知道。所以，这个官司打输了，你就不是个好律师，不能得出这个结论。我觉得，打这个官司是很有意义的，你必须把官司的每个问题都搞明白，然后，政府政策的制定者就知道应该怎么做，WTO 的法律规则也就越来越清楚了，所以不能简单地说，那个案子我们赢了，我们是 number one，我们是最厉害的，这都不是最重要的。我们的目标是：在打案子的过程中，总结更多的经验，了解更多 WTO 规则的细致解释，然后给政府提供建议，告诉他们怎么去运作政策措施。我不知道我有没有回答那位同学的问题。

肖谨：

我再补充两句啊，冯律师说的稀土这个案子，现在网上的论调比较愤青，说稀土案输了，我们要敞开出口了。其实，WTO 从来没有要求你敞开出口。美国的稀土是不开发的，我不让你开发。中国宣称是保护自然资源，但你又没有在源头上加以控制，企业敞开了挖，包括偷挖，挖完怎么办，出口。而且在国内，销售价格也很便宜。我觉得，败诉虽然对我们的政策提出了一种否定，但这个否定是有意义的。它告诉你，为了保护自然资源，应该采取怎样的措施。从经济学原理来看，出口配额实际上是对国内下游企业的一种补贴，因为产品出不去，就会供大于求，国内价格就会很便宜，就会刺激国内使用更多的自然资源，这会加剧自然资源的稀缺。

彭俊：

我觉得，看一个律师做案子不能用输赢来看待。从律师而言，他看的是客户的利益。看一个案子，不是看律师是不是出名。律师不出名，但客户得到了利益，这才是好律师。像我们做的银联案子，裁决结果是美国赢了，但实际上是，美国人赢了面子，输了里子。美国人现在的 visa 和 mastcard 还是没有能够进到中国来。直到昨天，李克强总理说，进一步放开银行卡市场。你说，美国到底是赢了还是输了？再看看稀土案，刚才肖瑾也说了，中国通过这个案子知道了怎么样采取和 WTO 一致的措施来保护自己的自然资源。你说，中国是赚了还是亏了？另外，大家别老是想着中国是出口国，中国还是非常大的一个进口国了，我们要成为一个吸收中心，要把全球最好的资源都吸收进来，万一别的国家也采取类似的以保护自然资源为名义的措施，我们是不是也可以用同样的道理去打他们？大家应该知道，我们不光只有出口利益，我们还有进口利益。

杨国华：

刚才彭俊说，这个输赢，要看你怎么看，在 WTO 澄清了规则本身就是一种收获或者胜利。任清说，案子对我们形成健康的产业政策可能是一种启示。我很想问三个大律师一个问题，这么看稀土案，是不是恰恰就是代表国家这个客户和代表企业这个客户之间的区别？我的意思是，如果我是大老板，委托你们三个律师帮我打一个案子，如果输了，冯雪薇说，你不能说这个案子输了，合同法第五条第二点得到了澄清。肖瑾说，败诉对你也是有好处的。如果我是企业，可能就不会相信你，但是作为国家，是不是就会相信你说的这个评价。

彭俊：

这涉及诉讼律师与非诉律师的区别。说实话，我做律师 15 年了，一直是做非诉律师，这次第一次出庭就到 WTO 去了。我有一个很大的感触是，诉讼律师与非诉律师有一个很大的不同点，就是诉讼律师是做矛的，攻其一点不及其余。只要发现对方有一个问题，就拼命扎进去，直到把对方的破绽弄得很大。而非诉律师是做盾的，它是在编织一个利益网络，使各方利益得到双赢或最大化的一个妥协。做非诉律师是当一个交易来做，只有在这个交易成功了，各方才有利益可沾。我觉得，代表中国政府参与 WTO 诉讼，更像一个非诉律师，我们不必抓住对方的某一个弱点穷追猛打，你要太过分的话，往往不一定在庭上有比较好的效果。就像肖瑾讲的，做 WTO 律师要考虑中国政策的连贯性，不能今天对案子是这样一副嘴脸，第二天就是那样一副嘴脸，这样对国家的信誉是有影响的。第二个是要考虑 systematic implication，中国的利益不可能只在这一点上，未来还有出口利益，还有进口利益，你要考虑自己利益的不同点。对我们来讲，WTO 律师更多的是在编制一个盾，而不是一个矛。

冯雪薇：

大家讨论越来越多，刚才我们并没有说到稀土案输在了什么地方，因为这样的话我们就讨论不完了。我觉得，应该客观看待一个案件，不能只看输赢，我个人比较反对对一个案件只看哪儿输了，哪儿赢了。但是，我们一定要知道输在哪儿了，赢在哪儿了。原材料案输了，给了我们什么教训？这就是，我们要改善国内的管理水平。以前，国内生产配额和出口配额是两个部门搞的，可能连通气都没有，专家组说，我怎么知道你这两个部门是 work together，是一起协调运作的。其实，我们国家就缺这个。所以，这个案子虽然输了，但对于改善国内的政策管理是很有好处的。因为输了这个案子，国务院就出台了关于促进稀土行业持续健康发展的若干意见。若干意见中，把生产指标、开采指标、出口配额、出口税等都纳入一个文件来管理，而且要求各个部门要协调运作。这说明，通过打这个官司，政府开始要求各个部门要协调一致，不然，各个部门自己是没有动力去做这件事的。我们每次打官司都发现，协调各个部门是一件非常困难的事。现在，因为打这个官司在那点上输了，专家组已经告诉我们必须这样做才能符合 WTO 的规矩，这就得改了。如果商务部自己去说服各个部门应该怎样做，其他部门不一定会听。但是，如果是 WTO 裁决下来的，大家都知道我们要遵守，这就会改善政府的管理方式。

在稀土案诉讼过程中，我觉得政府也改进了一些，至少国务院同意发一个文件，要求各个部门制定出口配额、开采与生产指标的时候，要互相协调通气。但是，我们还有不完善的地方，比如，出口配额如何和国内的生产配额、开采配额进行协调，各个数量指标是如何计算和确定的？国土部、工信部和发改委以及商务部怎样进行协调？协调以后能不能有一个公开的文件告诉公众这些指标的制定过程是什么？因为如果没有公开文件，专家组会认为没有证据证明你确实进行了协调统一，所以，我们这个案子就输在这个地方。虽然有个事后说明，但是人家定案并不把这个事后说明给予太多的分量，所以，我们还是不能证明国内的生产限制和出口配额是一同运作的。专家组说，我要看到他们的各个限制指标是一起制定和公布的，我要看到一个统一的文件，但是，你在制定配额的时候，并没有一个统一的法律文件给我看。事实上，我们的部门是有这样一份报批文件的，因为这是一份保密文件，不能提交给 WTO。但是，这些保密文件是可以做成非保密文件的，遮掉保密部分就可以，我们提过这种建议，就是至少你有一个原始文件，别人可以看到你的国内生产限制和出口配额是一同考虑制定的。但是，有关部门不同意出具这个文件，所以我们就输在这一点上。大家知道，在国际上这是一个非常重要的问题，政府措施必须有一个公开的文件，人家才会接受。你要出具事后的说明，人家通常不买账。你们说，这样一种管理手段，我们是不是应该更新，应该改革？作为律师，我认为政府应该改革，也可以改革。所以，这个输的点在别人看来，输了脸面，多不好啊。但是我看到的是，输的这一点如果能够对于改进国内的管理方法有好处的话，那也不完全是坏事，是吧？

肖瑾：

我还是觉得，一个案件不能光看赢输。有一点请注意，你去观察 WTO 案件的话，有七八成原告的案件，原告会赢。这就意味着，被告多数情况下是会输的。我觉得，我们作为政府的律师，至少要保证七八成甚至九成的原告案件，我们要打赢。作为原告，人家是有备而来的，更不用说在稀土这个案子里。我举个例子，在知识产权案件中，美国的核心触点是刑事门槛问题，经过抗辩，我们赢了。专家组的结论是，美国没有能够证明中国刑法违反了TRIPs 协定。其实，我们赢了一点半，输了一点半。这样的案子，连美国教授也说，美国在核心触点上败了，在另外两点赢了，对它也没什么利益。这并不是说，我们怕去谈论输赢，而是说，大家可能不太了解这个情况。所以，我们看到的网上的言论可能就会简单地说，案子又输了，但实际上并不完全是这样的情况。

还有，我觉得这 10 年打 WTO 官司，包括我们去翻看一些中国比较早的立法文件，这些年，我们的立法水平还是在不断提高的。你看八几年的文件，无论是人大的法律，还是国务院以及各部门的规定，跟现在的这个水平是完全不一样的。我们现在讲法治，WTO 就是一个很好的法治。参与 WTO 争端解决同样也是一个过程。刚才几位律师也讲到了，败诉的案件，实际上是在教育这些部门，你的决策是要有一个记录的，你当时是怎么定的，为什么定的是这个水平而不是那个水平，你背后有没有 reason，WTO 是管你要 reason的。至少从我的切身体会来讲，各个部门通过参与这些案件也得到了很大的教育，那么，我们国家的治理水平也会逐步提高。

彭俊：

刚才几位讲的都是比较 defensive 的。我要提醒一下，很多人在谈 WTO 案件的时候可能只是看到媒体的报道，比较深入点的就是看了 WTO 裁决的 finding 部分。我不知道有多少人去仔细读 report 的 reasoning 这一部分，特别是当初各方对这点是怎么说的。我觉得，这可能就是外行是来看胜负的，是看热闹的，内行看的则是利益。你要知道中国的利益在哪里，要仔细看 report 中的

reasoning，也就是讲理的这一部分。所以，我希望同学们把报告读得更多一些，更仔细一些。（掌声）

杨国华：

时间有限，后面的同学请稍等一下。还请任清说一两句。对刚才他们三位律师说的话，假设是输了的案子，您的看法是什么？因为你原来在商务部工作的时候是客户，现在，律师给你说了这三个观点，你是什么观点？

任清：

我觉得，首先一点是要搞清楚我们为什么输了。你不光要读 conclusion 和 evaluation of the panel，还要读 arguments，然后再去读事实。虽然我在很多时候因为时间关系也是重点读了 evaluation of the panel，但是，真要弄明白案件是怎么回事，还是要把争议措施弄清楚。所以，第一点就是，如果真的要评这个案子是赢了还是输了，首先就要把报告认认真真地读一遍。第二，我举个例子，说明有的案子在某个点上输了，但这个点上的输赢并不是那么重要。实际上，规则的澄清，反而更加重要。刚才提到的电工钢案，中方上诉时就选了一个点，就是《反倾销协定》的第 3.2 条。该条是不是要求调查机关在评估价格影响时，只需要看进口价格是不是比国内价格低，国内价格是否在下降，国内价格是不是应该涨而没有涨？或者说只需要看这些结果？还是说，调查机关必须分析这些结果与倾销进口有无关系？这个关系是什么性质？它和《反倾销协定》第 3.5 条下的因果关系是怎么样的一种互动关系？在这一点上，中方提出了自己的理解。虽然没有获得上诉机构的支持，但是，这对于中方来说，实际上并不是最重要的，我们以后在做价格影响分析时把这一块考虑进去不就可以了吗！因为无论如何，反倾销调查都要作因果关系分析的。我们之所以在这一点上输了，主要原因是以往各方对规则的理解不同。通过这次的上诉，不仅中方理解得更深刻，美国、欧盟以及其他国家的调查机关也把这一点认识得更清楚。以后其他国家对中国产品进行反倾销调查时，他们也必须这么做。

杨国华：

各位，任清说的话也未必可靠。（笑）对这个问题怎么看，我觉得在场的除了肖院长之外，就数我最有资格出来说一句公道话。（笑）如果我是个公司，听说我请的律师又输了，我可能有如下三种反应：第一种反应，输了，该输吧？很烂的案子啊！一开始知道肯定输的，意料之中，不管别人怎么说！第二种反应，窃喜。哎，这律师不错，还帮我捞回点，我还以为是全输的！我可能不会怪这个律师。第三种反应，我将来还要聘这个律师，他还帮我在其他案子里搞回几百万，可能其他案子里我就是原告了。这就是我的想法。肖院长，你要不要说两句？

肖永平：

当然，我们主要是在学校里做研究，因此更像是站在公知的立场上来看待这个问题。在WTO方面我没有研究，但是，对于一个案子的输赢，如果更多地涉及一个国家某一行业的利益，那么，国家作为当事人总会有不同的看法。可能只要在这个问题上于核心利益无损，即便对这个行业要有所限制，但在其他领域甚至可能会有好处，这就是赢了。刚才，嘉宾们也提到了，中国要建法治社会，国际法治对于国内法治又是有促进作用的，这就需要我们依法行政，公开很多内部规定等，这对于我们的长远核心利益是有好处的。所以，当国家作为当事人的时候，尽管案子有时只是涉及部门利益，大概有几千万人或者一亿人或其他的因素会牵涉进去，但是，如果从国家角度想想，当我们还有更大的那十几亿人的利益、国家长远利益的时候，这是有所不同的。在刑事方面，比如犯罪嫌疑人请律师，他一定要律师做无罪辩护，基于律师的职业道德，不管怎样，他都要尽最大的努力去做无罪辩护。但是，作为律师心中的想法，他要正确看待，自己已经尽了最大努力，最后还是要服从法律的，当事人既然犯罪了，那就是犯罪了。但是，律师一定要寻找那些犯罪过程中的细节，以便可以减免他的刑罚，就好比刑期介于五年到十五年，我争取给你定到最多八年，这个使命仍然可以说是光荣的。

第三个角度就是民事案件这种一个人一个队伍的案子。这类案子中的利益是对于你个体的利益，是针对两个私人当事人利益之间的输赢，就像杨教授所说的，我觉得是一个理性当事人才会有这三种想法。我们现在之所以提倡建设法治社会，增强法治建设，增强人们的法律意识，是因为我们有90%的当事人是不理性的！非理性当事人怎么办？当然是有想法的，这是不可避免的，就像我们对这些案子输赢的看法。作为法律人，作为律师，我们心中是不是像刚才说的那样，百分百给国家努力，国家给我百分之八十的钱，我就尽百分百的努力？那么，私人当事人给我百分百的钱，我只尽百分之八十的努力？如果这么解读，就不是职业法律人该做的。我认为，主持人给了我们一个难以回答的问题，有的问题很多时候是没办法量化。就像有人问：你是爱你的妈妈，还是爱你的妻子？如果爱妈妈百分之百，那么，爱妻子是不是一定百分之百？即使不是我，也要说：百分之百。

杨国华：

谢谢肖老师。我看到有位男同学要提问，请讲。

同学：

您好，我是今年国际法专业的博士生。我大概是最特殊的一个学生，我是远洋船长出身，开船开 20 多年了。我将来会转向投行，否则我就不会来武大了。我想问一下肖瑾，当您遇到强势对手时，您第一步会做什么？

肖瑾：

你刚才讲你那个背景，让我想起来我们经常一块打官司的一位外国律师。那位老先生今年 59 岁，他的第一份工作是在美国餐馆给人端盘子，后来又帮房地产中介给人拍房子，拍那个 Video。后来他说，我要改变，就念了一个 JD，现在，他是美国非常著名的国际贸易法律师，我就不说是哪一位。有一次我们聊起来，他就说：他很感激他转行做了法律这个工作，因为这个工作给他提供了很好的、比较体面的生活。同时，他也非常喜欢这个工作。前两天，我们又在日内瓦见面，因为有一个开庭。到今天，这个老先生做案子的时候都是从看最初材料开始，直到写口头陈述，写书面陈述，都是亲力亲为。所以，我经常会有这样一种体会，做我们这个工作，就需要特别认真。

说这件事也是想回答你的问题，面对一个非常强大的对手时，该怎么办？我的经验就是，要付出非常大的努力。就像我们刚才讲的第一个案件，面对的是美国这个非常强大的对手。那个时候，中国对在 WTO 打官司是很敏感的，而你居然敢告我！这是非常过分的事情。在这样一个背景下，我们那个知识产权案子，事先就写了几十万字的报告，看了非常非常多的材料，甚至收集了好几千个案例，就是要来证明我们的刑法是怎么运作的，然后挑选出对我们有利的案例。所以说，当我们面对一个强大对手的时候，你必须付出百倍的努力去迎接这个挑战。大家可能从表面上看到，我们今天坐在这儿提到那些自己办过的案件都挺风光的。其实，这背后的艰辛是一般人难以体会到的。就我自己来讲，每天早上，我都是我们办公室第一个上班的。所以我觉得，不管什么时候，什么阶段，都需要付出努力，不管是面对一个强大的对手，还是面对一个弱的对手。有时候面对一个弱的对手时，说不定他能猛然给你一击，让你突然失败。所以我觉得，第一阶段要付出很多努力。有句话讲，魔鬼在细节中。你要去看所有的东西，你要去看每一个词，去解释，这些都是你需要去做的。当一个好的律师不容易，需要付出很多的努力。但从另外一方面讲，WTO 律师又特别容易，容易在哪？就在于 WTO 律师就是讲法律讲规则，没有别的东西，是个很纯粹的东西。就像讲 reasoning，细节做到了，你就能够做强，你不需要再去请 WTO 的专家吃个饭，聊一聊，再洗个脚，是吧？我们中国籍的 WTO 法官见了我们都躲，不跟我们说句话，就是这样，大家是一种工作关系，我觉得这个就很好，包括我们跟商务部，我们就从不请他们吃饭。

刚才说碰见一个强势的对手怎么办？这个人声音大，长得膀大腰圆，咄咄逼人，这是一种强势。我也见过另外一种强势，就是这次 DS454 开庭的那个律师，他的出庭风格是我非常欣赏的，非常温文尔雅，是一种 academic style，他讲话就给人一种具有公信力的感觉，好像就是说：我是这方面的权威，我是这方面的专家，你听我的就没有错。当然，也有人传达出来的是：我有钱，我请专家，我请得起最好的律师。这也是一种强势，但是不管怎么样，最后都是在谈 reasoning，谈的是你对事实的剖析、掌握、综合是不是准确完整，你对 reasoning 的逻辑讲得是不是有说服力。别的东西，都不重要。能把这个东西讲给专家组的人，他们信服你了，这就行了。别的东西，都在其次。如果你是做非诉案件，它的核心在于，你客户的核心利益能不能得到保护，因为对一个企业来说，一个好的商业律师不是看你了解什么法律、什么方法和细节，更多的是要知道，你要跟客户的老总在一个 same level 上去理解他在这个项目中的核心利益诉求是什么，哪些诉求是可以用于交换的，哪些诉求是不可以用来交换的，最后的结果是要保住他的这种核心诉求，形成一种双赢的正向博弈结果，也就是让他的利益最大化。

冯雪薇：

其实，我们在 WTO 的每一个案子，对手都是特强大，是吧？我们是代表中华人民共和国的，有很强的使命感。但是，对面是代表美利坚合众国或者代表整个欧盟好多国家的人，难道人家的使命感会差吗？也不差！所以，我们的对手事实上都挺强大的，这就是我们的挑战之所在。但是，我想强调的是，我同意肖瑾所说的，要做很多很多工作，要从最基础的东西开始做研究，你才能提出很多很 solid、很有说服力的一些观点和证据给法庭，才能证明为什么我这么说是有道理的。我还想补充一点，如果你做 WTO 律师，就非常需要进行独立研究，因为每一个案子都需要你去研究。去收集国内法证据的时候，是一种研究，因为你研究的是国内法，对不对？还有，当你想知道这个条约，判断一下专家组可能会怎么样解释一个条约，会考虑哪些因素，你也要去研究国际法的东西。我想举一个我原来 WTO 秘书处做过的一个 case。我们秘书处在做欧盟普惠制待遇案子的时候，法律司的两个律师在做，当时我们有个同事说：你们知不知道，上诉机构秘书处现在要开研讨会，研究 Enabling Clause 究竟是个例外还是 rule 的问题。这实际上是比较大的一个法律问题。那个同事跟我说：你们想不想去听一听？也就是说，你想不想知道上诉机构是什么口风？我们这两个律师商量了一下，我的合作同事就说：不要去听人家的，因为他们不是专家组的助手，我们才是。我们一定要做我们自己独立的研究，不能跟人家的风，受他们的影响。这就是我想说的第一个问题。

第二，WTO 法律司有一个 team，和上诉机构的秘书处是分开的。在专家组这一层和上诉机构这一层，不能够就案子进行讨论，我们有个职业操守规范，叫做 "No ex parte communications with the Appellate Body"（DSU 第 18条），也就是不得与上诉机构有单方面的接触，我们必须独立地工作，包括做研究也应该是独立的。还有另外一件事，当时鼎鼎有名的美国法学教授 Robert Howse 看到印度的第一次书面陈诉后，立刻就写了一篇"法庭之友"性质方面的文章，发到我们办公室。但是，由于我们的时间有限，大家研究后决定，先不看这个，去做我们自己的研究。当时，Senior Lawyer 陪着我们司新到任的美国司长到处去开会，陪同他了解各种会议包括预算委员会会议等，于是，我就带着一个实习生去联合国贸发组织的图书馆，从普惠制待遇（GSP）最初（20 世纪）60 年代在联合国开始谈判，到最后被 GATT 采纳的资料，我们都去找，从最初文件到最后文件的所有的资料，我们都找出来了，之后复印了很高一摞文件，光复印就都花了很久时间。那个时候，文件还没有完全电子化，都是先找纸质档案，再复印。这些资料拿回来以后，我们就对所有文件进行甄选分拣，确定要研究哪些文件，然后再做深入研究，研究完以后，我们写了一篇论文 "History and Practice of GSP"，先厘清 GSP 经历了一个什么样的发展过程，然后找出那些有用的文件，告诉专家组在这个案件中如何利用这些文件。在这个过程中，我们做了很多研究。在为中国政府做案子的时候，我们也需要做历史的研究，只有这样，你才能够判断出在制定政策的时候，大家的想法是什么，然后我们再思考，如果现在提出来一种解释，是不是跟这段历史是协调一致的。

杨国华：

谢谢冯雪薇！我看到那么多的同学举手啊，但我是主持人，拥有垄断权啊。我觉得，我们现在的讨论思路已经逐渐清晰了，我们的主题就是代表国家打官司和代表企业打官司有什么不同？我们有几个角度刚才已经探讨了，跟企业对比，这是一个角度。第二个就是，企业如何看待输赢，这是更具体的话题。从大家刚才的发言里，我觉得还有两个角度来看代表国家打官司到底有什么不同。第一个就是刚才冯雪薇在发言中提到的，难道外国人就没有使命感吗？我就有一个问题，外国律师代表外国政府打中国的时候，他的使命感跟你代表中国政府跟外国政府打官司时的那个使命感，有什么不同？肖老师可能要反问我，谁大谁小了。难道他们就没有使命感吗？他们就不觉得责任重大、使命光荣吗？根据你们的经验，你觉得他们的使命感不如你们吗？这是我的第一个问题。第二个问题就是，刚才船长提出的问题给我一个启示，我想问问在座的四位大律师，有没有可能有一天，你们会代表外国政府在WTO打官司？甚至是代表外国政府来打中国政府？对于这两个问题，我不知道大家怎么看？

彭俊：

首先有一个问题，如果我们要代表外国政府打中国的话，商务部得给我们一个 waiver，以后的案子还可以得到商务部的认可和委托。如果不给这个waiver，我们不敢！

杨国华：

如果商务部给了你这个 waiver，你就会在 WTO 代表外国政府打中国吗？

彭俊：

我觉得从律师的职业道德看，很简单，就是代表客户，不管这个客户是谁。

杨国华：

你们都听到了吗？

彭俊：

我觉得这就是律师的职业道德。

肖瑾：

其实，这个问题在一开始我就遇到了，因为商务部经常请一些美国律师为美国告我们中国的案件进行抗辩，然后有人就会问，他们会不会出卖我们。我就跟这些美国律师探讨，他们说，律师就是保护当事人利益的。在他们看来，美国政府和美国是两回事，就像你现在代表中国政府去打美国政府，并不等于是在打美国。他们觉得，他和他的政府之间是两回事，他不觉得他的政府就代表着美国这个国家，这是一个角度。第二个角度就是，它也是在帮助美国政府去遵守在 WTO 的承诺，实现它的法治，这可能是从律师的角度去看。那天，我在四中全会公报里边看到律师作用的话题。我觉得，律师最重要的作用就是，一方面，你要代表当事人去维护当事人的利益。另一方面，通过代理过程，你实际上是在维护法律的正确实施。比如说，我和彭俊去代理一个案子，可能我们都会根据客户的不同情况提出最有利的解释，法官就会听到这些不同的解释，并根据自己的判断最后做出裁判。在这个过程中，我觉得最有用的一点就是，你是在帮助政府去形成这种法律，你在塑造法律，特别是在判例法这样一种制度下。虽然 WTO 主要是依据成文法，但通过这样一些案例，也能形成一种法律。我觉得这对于一个法律人来说，能够参与法律的塑造过程，这是一种不可取代的愉悦。

杨国华：

谢谢！我不知道大家是不是听得非常明白？我们已经有 32 个案件了，在一开始我就说过，这 32 个案件里边，进入专家组的每一个案件，我们除了请在座的几位律师外，还请了外国律师。告美国的案件，我们请美国律师。告欧盟的案件，我们请欧盟律师。反过来也一样，美国告我们，我们也请美国律师。我在这补充一下这个信息。现在，让我们回到一开始的两个问题，有请冯雪薇律师。

冯雪薇：

我非常同意肖瑾和彭俊说的，律师应该有开阔的视野。如果说有这样一个国家需要我们代理的话，这从你的知识来讲，是一个积累的过程。你每接一个案子，就会积累更多的知识和经验，使你的专业越做越精，这对于你未来的成长和代理来说，是很好的经验。以后，我们还有可能代理中国政府，这都是有好处的。所以说，我赞成我们中国律师不仅可以代表中国政府，也可以代表新加坡或者其他需要这种帮助的国家。

杨国华：

打扰一下，冯雪薇，如果有一天，美国政府请你打中国，你接不接这个案子？

冯雪薇：

我是不同的，你知道我有点老了，而在这里，有很多的年轻人。其实，我在 WTO 秘书处工作的时候，看到过这种情况，就是巴西和美国打的陆地棉案第 22.6 条的仲裁。在那个仲裁案件里，我是仲裁员的助手之一，是帮助仲裁员写裁决的律师。我们看到，代表巴西的这方请了三个证人，其中一个就是美国的经济学教授，因为他要解释巴西采用的他设计的经济学模型 Samner model 及其适用性。巴西把这个模型的创始人请到现场，做专家证人。巴西还请了一个美国律所代理他们，当然，这个案件的主要辩护人是巴西政府的官员。我当时就觉得，挺有意思的，对方是美国政府，这边又是美国律所代理巴西。我觉得这件事情是很好的一件事，因为大家需要讨论怎样计算经济上的赔偿数额才是最合理的。这个案件给我的影响是很深的，因为你要论证这个经济模型的合理性，论证为什么这个模型会比那个模型好，这就需要建立模型的这个人来亲自解释，他肯定懂得最深，虽然他是美国人。所以，代表外国打中国，不是不可以接受的。从诉讼作为一个专业来说，没有什么不可以接受的，而且这种情况也很普遍。

但是，从我个人来说，有个精力分配的问题。比如说，在代表中国打稀土案的时候，每一个书面文件，我们都是要审核修改过三次或至少三次。第一次书面陈述，第二次书面陈述，口头陈述，书面回答等，我们要花很多的精力进行这些审核和修改工作。在上诉期间，我们在一个星期之内对书面陈述审过三次，外所先起草了第一稿，我们第一次审核修改过之后，外所看到有很多问题就又全部都改写了，你又要从头看过一遍，一个字都不能落，你要检查有没有什么东西是证据不对的，有没有什么辩论观点是不合理的，哪些是相互矛盾的，然后你还要提出相应的修改意见，还要写上为什么这么修改。基本上，我们就是在做这些工作。我最高的纪录是，有一次一直加班工作到次日凌晨7点钟，然后从9:30还要接着开另外一个会议，一直开到第二天下午6点。所以，我想说的是，我们做WTO案件，需要付出很多的努力，需要花费很多的时间和精力。但是，你不能天天都这么干，这样干是会累死人的。所以就我来说，我要知道我能力的有限性。美国本来就有很多很厉害的律师，我觉得我没有必要再替他们代理案件，我要把我有限的精力集中做一件事，能把它做得很好就不错了。我的野心比较小，但是你们年轻的律师，我觉得可以有这个胆识。

杨国华：

谢谢，这两个问题，任清还有什看法？

任清：

我觉得，这个问题更多的是一个假设。或者说，最关键的不是中国律师愿不愿意接外国政府的案子，而是中国律师是不是具备了接外国政府案子的能力。对这个假设，我简单补充一点看法。这个问题换一个角度看的话，是在问一个中国律师代表外国政府，再说得极端一点，是当外国起诉中国政府的时候，真的会损害中国的利益吗？其实在很多时候不见得会是这样。当然有一个例外，有一些情况是需要排除的。比如说，冯雪薇律师刚刚代表中国政府抗辩中国稀土出口政策，第二天加拿大又告了中国一个类似的出口措施案件，这个时候，确实是不能再代表加拿大再来起诉中国了，因为在前面的案件中，你已经在代表中国政府的时候了解了中国政府内部的很多情况，包括政府部门的内部运行、政策出台的目的和过程等，如果再代理加拿大打中国，会有一个利益冲突的问题。实际上，这个问题和代表企业客户时的利益冲突问题是类似的，并不是说只有代表国家时才会发生这种情况。那么，把这种利益冲突的情况排除以后再来看，代表外国政府来起诉中国政府真的会损害中国的利益吗？首先，中国律师如果不代表外国政府，他就请不到高水平的律师了吗？还有很多国家的律师，美国的、欧盟的，都可以来代表他，所以，他不会因为中国律师不来代表他，就找不到高水平的律师了。其次，某一个中国律师代表了外国政府，也会有其他的中国律师或外国的高水平律师来代表中国政府，实际上，最后拼得是什么？这和美国政府起诉中国政府是一样的，都是需要双方通过自己的证据、事实、法律推理、法律解释，把各自的观点、各自的主张、各自的事实摆在专家组面前，最后由法官会作出一个中立的、客观的、让大家比较信服的结论。从这个角度来看，我觉得不会损害中国的利益。

杨国华：

谢谢任清，对于我的第一个问题，大家好像不太敢接触，就是谁的责任感更强一些。我觉得有两个层面，你代表中国政府去打外国政府的时候，你责任重大、使命光荣，那么，外国律师代表人家的政府来打中国的时候，他那个责任感和使命感与你相比，是不是有大有小？这是第一个。第二个，我刚才说了，每一个中国案件都请了外国律师，你作为中国人，你的荣誉感、责任感和我们请的那个外国律师的荣誉感，哪个大哪个小？刚才几位律师都没有说到这些问题。

彭俊：

我是这样认为的，不管我代表谁，对每一个客户都要尽心尽力地去做。当我们在谈论责任重大、使命光荣的时候，好像有一个感觉，就是我是一个新手，一个弱者。像我第一次代表中国政府出庭说话，在讲话的那一刻，确实感觉和普通的案子不一样。如果我们以后经验丰富了，大家注意，这个我们，应该不是说我们在座的人，而是说整个中国法律人，以后都能做到像Frett一样，能够代理100个WTO案件或者200个WTO案件，我们也许就不会去讨论责任重大的问题了。我一直在想，自己作为一个律师，除了赚钱过一个体面的生活之外，还有什么样的一个愿景？我的愿景是，所有人都是play by rules，这就是我的一个愿景，不管你是政府，还是个人，不管你是中国政府，还是外国政府，都要 play by rules。

杨国华：

非常感谢彭俊律师。这里有很多的问题要问，但是我们时间有限，所以我就先说两句，待会儿请肖院长做总结。

我觉得今天的这个机会非常难得，能够聚齐这四个代表国家打官司的律师，在别的场合应该是见不到的。我们围绕这样一个核心问题，就是代表国家打官司和代表企业打官司有什么不一样这个问题进行了讨论，我们试图来理解，这是一个什么样的职业。好的，非常感谢在座的四位律师。

最后，我还要说两个感谢，感谢所有同学的支持，我知道，你们现在能来听讲座，就是对我们的支持，是吧！第二，感谢前排的这么多专家，他们默默地、没有打瞌睡地听我们讲，非常感谢！我还有两个道歉。第一个道歉是，那么多同学，我见到至少有四五十只手举起来，但是，我们没有时间去跟大家对话，去回答你们的问题，非常抱歉！第二个抱歉就是找工作的承诺，我觉得今天实施的不太好，如果今天是个大型招聘会，这四位律师跟大家见面，大家可能更加关心能不能到这四个律师律事务所去工作，而不是代表国家打官司，对吧？（笑）。这个能不能做一个弥补，大家把自己的简历，把自己的长项、强项，凭什么这四个国内的 CBD 大型写字楼的上千多人的律所的合伙人要招你，把你的情况在简历里边写清楚，交给武汉大学国际法研究所副所长邓朝晖博士。邓老师是我们这个大型对话的总策划、创始人、始作俑者，邓老师站起来让大家看一下。（掌声）谢谢邓老师。交给她以后，由她统一给各个律师转交。如果你没有胆量，就不要写了，有胆量再写。非常感谢！

现在，请肖老师、肖院长给我们做总结。谢谢大家！

肖永平：

好，谢谢啊！给我 5 分钟是不够的，我想利用这个机会问问我想问的问题。你们在座的 5 位，经过了这么多年的学习，也在政府机关工作过，有多年从事律师职业的经验，你们现在能够较好的从事 WTO 案件代理，我想知道，以前的什么阶段给你的收获最大，或者换一个说法就是，在不同的人生阶段，我们应该怎么做。有没有很好的建议，我想请各位给出一点意见。

杨国华：

我相信，我们的肖院长是一个很好的老师，为你们着想。在别的时间，你们在座的四位也没有这个机会讲这些，是吧。但是在这里，肖老师向你们提出了问题，就是同学们应该怎样做，才能成为为国家打官司的这样的 CBD 律师，是这个意思吧？肖老师。

肖瑾：

今天，杨司一直在强调这个 CBD，其实，你的成功不应该只追求财富的。肖院长刚刚所说的这个问题，我觉得可以分为两个主要阶段吧。一个是在学校的阶段，一个是从学校出来以后的阶段。在校学习阶段，我还是看了一些书。说到这儿，我有一个深刻印象，就是最近几年招进来的学生本身就是学法律的，但给我的感觉就是好像就没有学过法律似的。这说明，他看的东西不够，看的书不够。不要想着我以后要出去当大律师、当法官，或者说我要做证券，我要做上市，这个最挣钱，我现在就学这个。其实不见得，你现在学什么，不见得以后你就能从事什么。我觉得我上大学时学过的刑法、民法知识后来都用上了，合同法、行政法、那个时候不太热门的国际投资法，我后来在工作时都用上了。例如，362 案子就涉及 3 部法律，刑法、著作权法、海关法。所以，你不要去想，我现在读这个书有没有用，读那个书有没有用。我觉得在大学里，你得漫无目的地、凭着自己的兴趣去读很多书，这是最重要的一点。

走出校园以后最重要的就是，保持你在大学期间形成的习惯，比如说，保持好奇心，保持一种非常谦虚的精神。每个人都是值得你去学习的，在我们的团队中，有些时候，包括我手底下的几位，贡献是非常大的，他们提出了一些非常有建设性的意见和建议。从我自己来讲，我的英语实际上是在工作中锻炼的。所以，你有没有像海绵一样的学习能力，走出校门之后你能不能从你的老板、同事那里去学到很多东西，然后把它作为你自己的东西，能不能心存感激地对待他们，这很重要。其实在律师事务所里面，很重要的一点就是 learning by doing，就是一边做事一边学。你的老板有时候会对你提出一些苛刻的要求，这都是在促进你的进步。有一次，我和一个美国律师聊天，他说，我当年做律师的时候写了一个文件，最后漏了一个句号，那个合伙人每次见到我都说，你还欠我一个句号。我和他都有一样的癖好，就是我们在电脑上写文件，一般会在后面空两个格子。在一段结束的时候，那个句号也是空两个格子。有时候，我的助手在后面给我空了五六个格子。其实打印后，你根本看不出来。但是，我就愿意把他多出来的那几个格子给删掉。有人说，这是精神洁癖，但我有自己的一种看法。总之，我想说，在大学要多学一些东西，出来以后要多保持好奇心，多向身边的人，不管是上级还是同事去学习，每个人都有值得学习的地方。律师也是台上一分钟，台下十年功，没有那么多辉煌的时候。在前面的六七年就是扩基础的，没有人两三年就能成为合伙人，就开始非常辉煌的职业生涯，这些都要你能够坐得起冷板凳。不管你是在学校，还是在外面，都要一丝不苟地去做事！谢谢大家！

彭俊：
我回过头去想，在大学、研究生阶段做的事情对现在的帮助，也有一些体会,和大家做一些分享。我觉得,当初在学校里你读了什么不重要,但有两件事情很重要。第一件事情是,你要有一个很好的学习态度,第二要掌握很好的学习能力。对学习态度而言,就是你每天投入的时间是多少,你有多少时间投入到学习里面去了。一天24小时,一周168个小时,如果你每天的有效工作时间低于12个小时,就是不合格的。大家可以算一算自己的学习时间是多少个?有一本书叫《异类》,书中说,你得要有1万个小时的时间,才能成为一个行业专家。如果你是一个普通人,你一年的工作小时数就是2000个小时,更何况,你能保证你的2000个小时都是有效工作时间吗?假设你的时间都是有效工作时间,你也得要花5年时间才能成为一个行业专家,可是在通常情况下是要打一半折扣的,要10年时间才能成为一个行业专家。如果你每天花12个小时,一年你有3000个小时的有效工作时间,你3年就能成为行业专家。要想跟别人不一样,要做 extraordinary,就要花比别人更多的时间。现在,大家看到在座的人似乎都很光鲜,但是,他们付出的时间一定不是你们能够想象的。所以,我希望大家能够把在学校的时间充分利用,因为它是你们目前能够掌握的最好时间,工作之后你们的时间就不是自己能掌握的,大家应该把自己现在的时间拿出来去学习,这是我的第一个体会。

第二个体会是,你要掌握学习的能力。做律师之后,这方面的感受会特别强烈。你在学校里往往花一个学期去上一个课,去学一个东西。但在工作之后,往往是给你两三天的时间,就要把它调研清楚。调研之后,你还要讲出来说出来,能说得明白。我通常对我的律师讲,我不要你给我写PPT,用PPT给我讲,能不能把电脑关掉,不要PPT,然后你用不超过五点的内容给我说清楚这事。如果你能说清楚,那你真的懂了,如果你说不清楚,说明你自己都没懂,你自己都没懂,你怎么能让我来懂?我觉得,这种学习能力实际上首先是一种剖析,剖到极细极细,直到不能再剖,然后做一种综合,综合到最后能用不超过五点的内容把它说清楚。这种学习能力大家应该从现在就开始培养。这两个方面对我现在来讲,是最大的帮助,谢谢。(掌声)

杨国华:

在把这个话筒交给冯雪薇之前,我想跟冯雪薇提个建议,就是你在说这些经验的时候,要针对我的师弟师妹,就是他们要做到什么,不要光说你自己应该具备什么素质啊。(笑)

冯雪薇:

好,谢谢国华。我只说补充的话,因为我们台上的每个律师可能都有相同的地方,那我就不重复了。沿着国华教授的思路,我觉得重要的一个就是,你对你自己的标准和要求得高，第二个就是，你要利用好自己环境里面的条件，你可能都不知道你旁边有很好的环境，却被你浪费掉了。我举个例子说明，还拿我自己做例子，我以前是学工程的，跑到国务院法制办做外事工作的时候，人家的期待就是，你能做外事行政工作就差不多了，你能做翻译工作吗？如果能做翻译的话，我们可以让你做做翻译。我记得我第一次正式做翻译就是给法制办的一位司长做翻译工作。当时是在商务部谈中美知识产权保护，谈为什么没有把保护延伸到药品，那你就得去学习啊。国务院法制办有很多法律专家，我就先去请教要讲话的司长，问他，我们现在国内法的情况是怎么样，为什么我们现在不能够做到把专利保护延伸到药品，今后我们的计划是什么，等等。只有我知道了他想说什么话，在翻译的时候，我才能够有预判和判断。再举一个例子，当时我们法制办牵头搞票据法的起草论证工作，我们请了两位美国专家，一位教授，一位律师来做研讨。大家知道，做研讨翻译是比较难的。所以，我就先去读《美国统一商法典》有关票据法的章节，然后让两位美国专家先通过传真发来 outline，告诉我要讲什么。如果我读完了仍有不懂的，我去接飞机的时候再问他们。特别是票据在银行之间托收的整个流程，我要先搞明白，才能翻译。所以，这需要花很多的笨功夫。但是，这个笨功夫也是因为当时的工作提供了这样的环境，我们请的是这样的大专家。如果我对我自己没有这样的要求，随便翻翻，也可能翻得稀里糊涂的。现在的学校条件比我们那时候强多了，学校或者是工作单位提供了什么样的学习条件，你要尽量充分利用。

还比如说，那时候，那些教授跟我来回写信安排交流往来活动，我发现，他们写英文信写得非常正式，非常礼貌，但是，我不会他们那种写法，所以，下次我给他们回信的时候，我会学习使用他/她的句型和造句方法，他/她的礼貌用语，这样，我在法制办工作了十年以后，英文写作提高了很多。但这不是任何人给你布置的任务，是你自己学来的。等我到 WTO 去应试的时候，他们考的全是写作，全是案例分析，如果你写作不好的话，那就问题了，对不对？所以，利用好你环境当中已有的这些资源，是很重要的。

还有就是，你要给自己确定比较高的标准。比如说，当时做翻译的时候，我没想过我会参加谈判或者做律师，我只是想，我要做一个好翻译。怎么个好法？我不可能说，我要做全国最好的翻译，这个野心太大了。但是我发现，当时的法律翻译都不太好，我就立志做一个最好的法律翻译，全国最好的。这个要求还挺高的，但是你不能说出来，你说出来人家会笑话你，说你又不是专业学法律的，又不是专业学英语的，你凭什么要做最好的法律翻译？但是，你可以自己心里立这个志，最后你可能没有达到 number one，但这不要紧，因为你有一个高目标，有一天你会发现，你自己进步了很多。如果你没有一个高目标，你的努力就没有目的，你就会觉得，我比他们强就可以了，但是，你比他强是远远不够的，对不对？我是觉得，第一，你对自己要有一个高目标，这是有好处的；第二，你要利用好你现有的学习环境和未来的工作环境中的这些条件，去成长和进步。谢谢！（掌声）

任清：

刚才三位讲的我完全同意，我想说两句话。第一句是，WTO 这个业务的面是非常窄的，换句话说，在座的两三百位同学中间，最后可能只有几位能真正做 WTO 争端解决工作的。但是，把 WTO 法这门课学好了，对于训练法律思维和掌握法律解释方法是很有帮助的，不管以后从事诉讼还是非诉业务，是上市还是并购业务，都会有好处。所以，我的一个具体建议就是，不管是不是专业学 WTO 法的，不管以后是不是从事 WTO 法业务，都建议大家找出一两个自己感兴趣的案例进行精读，通过这一两个案例，往深里挖。第二句话，不管大家以后做什么工作，可能都是有用的。这句话中的道理，大家刚才已经谈到了，只是我自己看到这句话的时候有一点感触。这句话说，现在有百分之九十的人，他们的努力程度还没有到拼脑力或者拼智力的时候。也就是说，大部分的人不够用功。所以，只要你比他们更用功，你就能够成功。这个话不光是说给在座的同学，也是说给我自己的，这是与大家共勉。（掌声）

杨国华：

谢谢肖老师给我这个机会，其实我没有资格来说自己的经验啊什么的，因为今天主要是他们几位大律师在介绍经验。四位大律师说的有一点我是认同的，也许我也有这个特点，就是勤奋。过去，我有点自卑，我说我怎么这么笨，所以我要勤奋。最近，我看了一篇文章以后，就不那么自卑了。我看了梁启超的文章，梁启超当年被称为天下第一才子，大家都知道梁启超是谁吧？（笑）。他是政治家、思想家、教育家，他的著作有 1400 万字，当然是用毛笔字写出来的。他有一篇文章，论读书、论做学问。他说，其实没有什么办法，就是抄书，你把它抄一遍，就记住了。看了这个，我心里面就一块大石头落了地了，我其实还不用那么自卑。谢谢肖老师。（掌声）

肖永平：

今天晚上，我有四点体会：

第一个体会就是，一个真正好的律师要做到三点，第一个就是让你的当事人信赖。比如刚才讲的，我从来没请当事人吃过饭。但是我相信，当事人请他们吃过饭，因为当事人想请你做代理的时候，你不和他吃饭，怎么取得他的信赖呢？所以，信赖要根据不同的环境而定。如果在西方，你要请一个外国当事人，这个外国当事人的律师大概也要陪他喝咖啡，才能取得他的信赖。第二个，要让法官信任。就是你讲事实，找到了充分的证据，你说的事实我信任，你说的 legal reasoning，法官会信任，他会因此做出一个对你当事人有利的判决，这是好律师要做的第二点。最高境界的律师呢，要做到第三点，他要让对方当事人和对方的律师信服。刚才提到一个问题，就是我们中国律师现在是做中国政府的代理，将来有没有可能做外国政府的律师呢？当然可以，我们应该有这样一个理想和追求，因为越来越多案子如果有中国律师的声音和身形出现，外国政府就会看到，这个中国律师对这一行很熟，今后我要和中国打什么其他的官司有可能请你，因为你已经让对方当事人信服了。所以，最好的律师就是信赖、信任和信服，这是我的第一个体会。（掌声）

第二个体会，主要是针对我们在座的新生。我觉得大家现在读书，是一个很重大的挑战。现在，我们的学习有三个基本的背景。第一个，现在是信息化时代。今天所在的学校学习环境跟 20 年前我们在的学校是截然不同的，大家有很多不同的信息来源。我现在很困惑，我计算了一下自己的时间，刚才说，有效的工作时间要 12 个小时，我感觉，我现在 4 个小时都没有，所以，我在不断地退步，但我希望我们的学生，能不断地进步。为什么呢？我自己计算了一下，我现在看微信每天大概要花一个小时，我还是潜水员，我很少发微信（大家笑），都要花一个小时。我的意思是，大家在看来自社会方方面面的信息时，会让人迷失方向、迷糊，你没能找到你自己更应该看什么、学习什么的目标。另一方面，在信息爆炸的时代，我们更要有信息的收集和处理能力，今后大家去做这类案件和研究，从海量的信息中要善于找到你所接触案件的主体法律问题，并且很快地去归纳。当然，在座各位有的在 WTO 做过秘书的研究工作。国外的法官在刚工作三四年时大概主要做这项工作，你去做他的助手，这是非常难得的，我们应该在大学期间完成这样一个能力的培养。第二个，现在是全球化、国际化时代。比起我们的学生时代，现在的学习条件已经很好了，跟国外法学院基本上是同步的，关键是我们怎么去利用。第三个，法治社会需要我们养成法治的思维和习惯。我们法学院的学生现在还没有做到，很多人只是看网上信息，受到他们左右，不善于从里面发现法律问题，不善于从法律角度去寻找正确答案，形成自己的答案，形成有自己独立见解的答案，我觉得这是法学院的学生还没有做到的和还没有做好的。我们今后有志向去做国际性业务和律师的话，最大的障碍我原以为是语言问题，但在前年我以仲裁员身份在 ICC 做仲裁案子时发现，最大的问题已经不是语言问题，而是我们的法律思维。因为国际性案子基本上是按着普通法的那种模式、开庭程序、抗辩、证据的取舍方式进行的，我们中国与他们的差别还是很大的。在这个案子中，有一个特别重要的证据，中国当事人提出了一个双方都签字的书面 order。这个 order 对案子的胜败有很重要的影响，中国当事人包括律师都觉得，我都提供了这样一个双方都签字的书面订单，我看你还能说什么。但是，对方找了三个证人来讲这个事情，中国的当事人和律师觉得，我有这个最强的证据，你找三个证人来说，这是怎么回事儿，你提不出书面文件，也没有双方签字，到最后提出的一个书面文件是电脑里面打出来的，而且还没有双方签字，但是到最后，这个仲裁庭采纳了对方的这个证据。也就是说，普通法跟我们中国人的法制观念在很多细节上是不同的，这个不同很容易引起我们在国际上的败诉，这是我们要学习的。

第三个体会，要研究和思考国际法律问题。刚才几位提到，最重要的是要去看 legal reasoning，但是我觉得，在 WTO 官司中，还是要有一个中国利益的立场。我相信，国外的很多律师所维护的也是各自国家的根本利益。但是，这个国家利益必须用法律的语言去表达，我们要形成国际社会可以理解的那种语言：法律的语言。当然，WTO 规则是要讲的，所用到的那些概念实质上还是要讲究中国利益的，只不过在保护利益的过程中，好的律师、好的学者是能够找到很强的法律理由让别人信服，这样也就更容易在案件中胜诉。实际上，不仅仅是 WTO 法涉及国际法，中国的国际法律规则或者说中国对国际法律规则的态度，实际上是处于一个两难的境地的。例如，我们以前主要是企业在外投资，我们就要熟悉东道国的法律，但是现在，我们又有越来越多的对外国的投资，对中国和其他发展中国家来说，我们的主张是否应该改变呢？当然应该改变。中国在国际经济关系中的角色有改变的时候，我们国内的法律规则和主张相应的也应有所改变。

最后，今天刚刚讨论的"责任重大，使命光荣"这个主题，让我联想到曾经读过的一篇文章，是写梅汝璈参加东京审判的。我看到一个比较详细的材料，里面提到，他去参加审判是谁推荐的呢？是武大的前校长王世杰推荐他去做了东京审判的法官。去了以后，因为那时国民党政府所谓的法律文化和西方还是差距非常大。中国人眼中的法律就是，日本侵略中国八年这么大的损失，这么多的死亡，这是事实，毫无疑问啊，中国要赢这个官司肯定没有什么问题啊。但是一到东京审判，按照英美普通法那种客观事实和法律认知事实，就不一样了。所以，中国在起诉的时候，并没有很多的实物去论证、去证明那个罪行，最后只判了七个还是八个，好像我们起诉了三十多个，而且这七个（或八个）都没办法判死刑。他说，他的感觉就是，"责任重大"。他去的时候，感觉"使命光荣"，但到了那个地方之后，发现"责任重大"，如果一个死刑都没判，就感觉到难以和国人交代。中国的法律文化就是这样子的，直到今天，我们对法律对官司的理解是什么？中国人更多地在乎实质，至于程序上怎么去证明，是无关犯罪的存在的，似乎没有那么重要。当我们的法官去作为裁判者的时候，当我们的检察官去做起诉者的时候，在这个方面的准备都是这样的。现在，包括我们代表中国政府的时候，也不排除我们很多政府官员的思想也还是如此，我们需要提供的证据、有利的证据，面临一些困难，甚至我们的档案保存都没有那么好，这在诉讼中常常是非常致命的。所以，这是一个国家整体软实力中的制度、文化等方面的一个体现。所以，能够代表中国政府去打官司是光荣的，要把这个任务很好地完成，经过自己的努力是可以有效果。但是，在目前中国还没有一个很好的制度以及现有的法律文化的背景下，要真正实现中国利用WTO规则维护中国的整体国家利益，在越来越多的立场上维护中国的利益，还有很长的路要走。这是我今天听了几位嘉宾发言后的一些个人体会，与大家共享，谢谢。（掌声）

我想，我们今天的活动就到此结束，谢谢各位。（掌声）

（二）评论与感言

只为了"责任重大和使命光荣"

——"国际法论坛：名师面对面"的来龙去脉

邓朝晖*

中国古代的知识分子都讲究人与人之间的"默契"，所谓"闻弦歌而知雅意"，更讲究人与人之间的付出，所谓"士为知己者死"。作为一名不做学问的国际法学子，我向来对国际法情有独钟，并愿意为中国国际法的发展贡献微薄之力，所以我总是利用所有机会来实践自己的这种信念，幸好我有一个非常好的平台——武汉大学国际法研究所。

终于又有一个好机会来了，2014年10月底11月初，本所要承办"中国国际经济法学术研讨会暨姚梅镇先生百年诞辰纪念会"。根据中国国际经济法学会的惯例，大会之前先有一个小会，即"第五届WTO专题研讨会"。当我收到该专题研讨会的参会人员名单和议程后，就萌生了一个想法：请几个参会的律师以"我们在WTO打官司"的体验为主题办一期"国际法论坛：名师面对面"。这个想法正好与也要参会的杨国华师兄不谋而合，并且张庆麟教授正好也有类似的设想。于是这种"默契"很快就转化为切实可行的方案。

10月30日晚7：30，主题为"群贤毕至，理性漫谈WTO诉论经验；名家荟萃，激情评说WTO经典案例"的"国际法论坛：名师面对面"大型活动在武汉大学法学院的模拟法庭隆重登场。论坛开始前我怀着惴惴之心到模拟法庭查看，发现有320个座位的模拟法庭已座无虚席。之前为了动员更多的学

---

* 武汉大学国际法研究所副所长。

生参加本次论坛，我与院党委副书记黄丽老师和本科生办主任刘慧老师商量，由法学院学生会承办，学生会学术部李梦真同学为了论坛的宣传和组织做了很多工作，在此一并致谢。

由清华大学法学院杨国华教授担任主讲嘉宾，四个国内 WTO 届的顶尖律师（分别是：前 WTO 秘书处参赞、上海锦天城律师事务所高级顾问冯雪薇女士；金诚同达律师事务所的彭俊；金杜律师事务所的肖瑾；中伦律师事务所的任清）作为点评嘉宾，武汉大学法学院院长肖永平教授担任主持人。原本这种"黄金组合"便注定了论坛的成功，更大的惊喜随之而来：张玉卿教授、朱榄叶教授、刘敬东教授、韩立余教授、余敏友教授、肖冰教授、韩秀丽教授等国内 WTO 届的知名学者亲临现场做观众。

关于本次论坛的结果，当然是大获成功。关于论坛的全记录已有专文介绍，我在这里就不再赘述。

无论是关贸总协定（GATT）还是世贸组织（WTO），对我而言都是非常遥远庄严、神圣还有点神秘的字眼。当年读国际私法专业研究生时，因为法律基础薄弱、英文比较烂，加之本人素来喜欢扬长避短，故对这门课敬而远之，但对从事该领域理论研究和实务的师长却是由衷地佩服。作为国际组织法的一个分支，世贸组织法因为涉及各成员国之间经济交往的几乎所有领域，加上世贸组织制定的法律法规可以直接适用于各成员国，具有一定的强制性，在一定程度上改写了国际法"软法"的命运。总部设在日内瓦的世贸组织自成立起一直承担着为贸易争端的双方调解纠纷、裁决争议的重任。中国自 2001 年正式加入世贸组织后，作为贸易大国一直不断地成为世贸组织总部的常客，而且经常成为被告方，在没有硝烟的日内瓦湖畔与美欧日等国"依法"交锋。能够被中华人民共和国商务部条法司选中作为中国政府的律师到世贸组织打官司者，都是业界顶尖人物，他们不仅要精通国际法、世贸组织法、所涉行业的专业知识、对方国家的政治历史人文民俗等，还要把英语讲得像母语一样好。除此之外，还要有高度的责任心、超强的心理素质和应变能力、抗得过时差又不怕熬夜的身体素质。连当年凭一张利口和一身胆气孤身游说和折腾六国的苏秦、张仪都会自愧不如。客观上讲，与在国际组织工作相比，"在 WTO 打官司"更能彰显国际法的威力和魅力，因为国际法在这里才真正成为一种法律武器，而且地位高于各成员国的国内法。

肖瑾律师说："我们代表中国政府在 WTO 打官司的最大体会就是'责任重大，使命光荣'！"这句话引起了全场共鸣，也成为主持人"纠缠不休"的话柄。其实不管其中的深刻含意，这句话听起来就让人热血沸腾。不仅仅是替中国政府在 WTO 打官司，我们还有诸多国际法学人以自己的学识和对祖国的赤诚之心、对世界和平的热爱效力于联合国及其专门机构和其他一些国际组织，他们何尝不是"责任重大，使命光荣"？"国际法"本身所蕴含的魅力便在于此，而这也是我策划本次论坛的初衷，即通过这几个学识与风度俱佳、经常往返于北京和日内瓦之间的政府律师的个人魅力向本科生展示"国际法"的魅力，激发他们对国际法乃至武汉大学国际法研究所的热爱，为本所争取优秀的研究生生源奠定良好的基础。

多年来，我一直想探寻"武大国际法"的魅力之源，只想为从这里走出去的千百学子找到我们共同拥有的光荣与牵挂。其实，探还是不探，光荣就在这里，不增不减；寻还是不寻，牵挂就在这里，不舍不弃。周鲠生先生当年执掌武大期间开创中国国际法研究之先河，被誉为"中国国际法之父"，他曾为民国 37 届武大的毕业生题词"铁肩担道义，辣手著文章"，这其实就是国际法学人所应承担的社会使命。梅汝璈先生参加"二战"后的"东京军事法庭审判"，以其凛然正气和爱国之心为中国人争得了荣誉和尊严。曾任武汉大学校长、中华民国外交部长的王世杰先生学贯中西，在国际公法方面具有非凡的造诣，更令人感动的是王世杰先生后来定居中国台湾地区，在遗嘱中要求把其个人书画作品和收藏品全部捐给武大，其浓厚的珞珈情节可见一斑。韩德培先生"负笈加美、武大是归"后历经坎坷终成中国国际私法的一代宗师，在一些重大涉外案件中为祖国挽回重大经济损失。此外，韩德培先生以其远见卓识在 20 世纪 80 年代初率先创建了武汉大学国际法研究所和环境法研究所，这两个研究所先后入选教育部重点研究基地，成为中国国际法和环境法研究领域和人才培养的一方重镇。"只令文字传青简，不使功名上景钟"的姚梅镇先生身经百劫、潜心治学而无怨无悔，成为中国国际经济法的奠基人。早年毕业于美国斯坦福大学、精通英语和日语、"二战"期间就担任美国财政部"贸易专员"的黄炳坤先生在"二战"结束后毅然回国，先后执教于浙江大学、中山大学，新中国成立后调入武汉大学，孜孜做学问，殷殷育桃李，晚年失明后仍然坚持收听英文的国际新闻，关心国际形势和国际法的发展，令人感佩不已。当代著名国际法、国际关系学家李谋盛先生在武大执教数十年，坚持钻研学术、诲人不倦而虚怀若谷。著名国际法学家、国际组织法学的开拓者和奠基人梁西先生自 20 世纪 80 年代初从北京大学调回母校任教后，三十多年如一日，严谨治学，淡泊名利，桃李天下而多俊彦，年过九旬仍笔耕不辍，与夫人刘文敏女士近七十年矢志不渝、相濡以沫的爱情故事更成为珞珈山一道亮丽的风景。正是这些国际法前辈缔造了武大国际法所的辉煌基业，"武大国际法"的永恒魅力正源于此。

　　以上所言，皆发自肺腑，可谓之心声，而非感想。

主持人感言

杨国华[*]

感谢邓朝晖博士的创意，能够让我母校的师弟师妹们一睹"代表国家打官司"的一群人的风采。也感谢邓朝晖博士对我的信任，让我主持了这场特殊的对话。我希望我与嘉宾的对话，能够让青年法律人思考这样几个问题：代表国家打官司，究竟与代表企业打官司有何不同？国家与企业看待官司的输赢，究竟有何不同？作为一名律师，是不是可以代表外国在 WTO 起诉中国？我希望这是一场"头脑风暴"的对话，能够从"责任"和"使命"出发，而又超越"责任"和"使命"。

---

[*] 清华大学法学院教授，WTO 争端解决专家组指示性名单成员，商务部条法司前副司长。

附 录

一、真知灼见

——各方对 WTO 争端解决机制评价集锦

杨国华[*]

汇编说明：以下收录了国内外部分专家学者对 WTO 争端解决机制的评价与认识，与读者分享。

我完全同意 WTO 案例是一片神奇的沃土的说法。这些案例，改变了国际经济法的基本教学素材，构成了世界范围内国际经济法研究的主要内容之一，他们体现了国际法发展的最前沿，展示了最高的司法智慧。他们使法律人看到了超越国界的法律思维，看到了法治的普世性。他们的魅力会越来越大。

——左海聪，南开大学法学院院长，电子邮件，2013 年 12 月 2 日。

中国加入 WTO，表明中国接受 WTO 争端解决机制的强制管辖，不仅开创了中国国际争端解决的先例，而且是中国对国际法的态度改变的一个重要标志。WTO 争端解决机制具有强制性的管辖权。此前，中国从未在任何国际条约或协定中同意将其有关纠纷交付任何国际争端解决机构审查、独立裁判，必要时最终实施制裁。中国加入 WTO，接受 WTO 争端解决机制，对中国而言，这是史无前例的。

——余敏友，武汉大学法学院教授，"入世 10 年开创了我国国际法发展的新时代"，《中国贸易救济》访谈，2011 年 12 月 15 日。见"国际商报网"，http://ibd. shangbao. net. cn/a/69910. html。

我认为，WTO 的案例是 WTO 送给我们中国人的一个礼物，我们要充分地珍惜这个礼物，弥补我们在知识上、文化上以及在我们的法律等各方面的

---

[*] 清华大学法学院教授，WTO 争端解决专家组指示性名单成员，商务部条法司前副司长。

问题。

　　——王传丽，中国政法大学教授，在"WTO 法案例教学与研究研讨会"上的发言，2012 年 10 月 19 日。见杨国华等：《法学教学方法：探索与争鸣》，厦门大学出版社，2013 年 5 月，第 183 页。

　　在 WTO 案例课上，我因为受到舒国滢等人的法美学理论一点影响，特别强调大部分的 panel report／AB report 是瑕不掩瑜的法美学典范——"法律的形式美法则——如法律语言的对称均衡、逻辑简洁性和节奏韵律，法律文体的多样统一，等等——较多地体现在那些独具个性而又富有审美趣味的西方法官们的判词之中。法官们的'优美的'判决所生发的美学价值，绝不亚于任何优秀的艺术作品。鲁道夫·佐姆（Rudolf Sohm）曾经赞扬塞尔苏斯（Celsus）的判决才能，说他能够从个别的案件中抽引出普遍的规则，运用最为简洁的语言形式；这些形式具有凌空飞动的语词的冲击力，令人升华，使人澄明，犹如一道闪电照亮遥远的风景。"这样的风景，在 WTO 可谓俯仰皆是（朱榄叶早期著作的脚注中已有涉及）。……从法律素养的高超和法律文本结构修辞等视角看，WTO 的多数报告毫无疑义是值得花大力气研究的典范；案例教学的原材料完全是现成的和真金白银的，还省却了很多出力不讨好的创作功夫。

　　——陈东，中山大学法学院教授。见杨国华等：《法学教学方法：探索与争鸣》，厦门大学出版社，2013 年 5 月，第 321～322 页。

　　我认为，WTO 在法治领域的贡献是被很多学者所承认和接受的。其中不仅包括规范日益明确、与时俱进，"法律体系基本形成，并且具有规范的体积结构和一定程度的宪法化"，也包括这些规则受到了较为普遍的尊重和遵守，在讨论与俄罗斯的贸易关系时，美国人把 WTO 的规范作为贸易领域的国际法治纪律的首要部分。还包括发展中国家的利益初步受到关注，更包括贸易政策审议乃至初步构成了国际执法的雏形，精心设计的争端解决程序及其在实践中较为成功的经验为国际司法提供了一个新的模板，WTO 自己也不无骄傲地称为"一个独特的贡献"。我们也乐于认同，由于贸易在当今这个全球化的世界中所起的重要作用，以及 GATT 到 WTO 过程中的成功努力，国际贸易法从当初很少被人关注的国际法的一部分变成当今国际法的显著方面。一些学者由此认为，法理学家哈特所预言的"国际法受到一种制裁制度的强化"成为现实。

——何志鹏，吉林大学法学院教授，"WTO 是模范国际法吗"，见杨国华等：《法学教学方法：探索与争鸣》，厦门大学出版社，2013 年 5 月，第 206～207 页。

以联合国、WTO 和欧盟为代表的三种模式正引领着当代国际法治的发展趋势。

——曾令良，武汉大学教授，"WTO：一种自成体系的国际法治模式"，见曾华群、杨国华等：《WTO 与中国：法治的发展与互动——中国加入 WTO 十周年纪念文集》，中国商务出版社，2011 年 10 月，第 58 页。

我认为，WTO 是国际法治（international rule of law）的典范。按照亚里士多德的理解，"法治"是指良好的法律得到良好的遵守。"良好的法律"，至少法律制定的目标应当是良好的，并且法律制定的程序是正当的。从这两个方面看，WTO 具备了"良好的法律"的条件，因为 WTO 的目的是促进世界和平，并且所有 WTO 规则都是"全体一致"（consensus）"通过的。至于"良好的遵守"，我们无法判断 WTO 的众多成员是否认真遵守了 WTO 规则。但法律是否得到很好的遵守，却有一项客观的标准，即法院的判决是否得到了很好的执行。在这方面，WTO 堪称典范，因为 WTO 自成立以来，争端解决机构做出的 100 余个裁决都得到了执行！对于多数裁决，"败诉"一方的成员改正了被诉措施。少数裁决，双方对于裁决是否得到执行发生了争议，于是再次诉诸 WTO。只有极少数裁决，"被诉"成员无法改正措施，给予"胜诉"成员以贸易补偿，或者由"胜诉"成员"中止减让"（报复），但无论是补偿还是报复，都是在 WTO 的法律框架内进行的。也就是说，是按照 WTO 所规定的程序进行的。迄今为止，尚未出现某一成员公然表示拒不执行 WTO 裁决的情况！因此，我们可以说，在 WTO 这里，是"良好的法律得到良好的遵守"。在 WTO 这里，我们看到的不是国际强权，而是国际法治。在 WTO 这里，国际法不再是躲躲闪闪的"软法"，而是堂堂正正的"硬法"。因此我说，WTO 是国际法治的典范，应当为其他国际组织所效仿。

——杨国华，商务部条约法律司副司长，见曾华群、杨国华等：《WTO 与中国：法治的发展与互动——中国加入 WTO 十周年纪念文集》，中国商务出版社，2011 年 10 月，序言二。

以和平取代战争，是"国际法之父"格劳秀斯当年撰写《战争与和平

法》的宗旨。……三百多年之后，当《联合国宪章》问世之时，祈求和平的
人类发出最强烈的呼声："我联合国人民，同兹决心欲免后世再遭今代人类两
度身历惨不堪言之战祸……"庄严宣布"联合国之宗旨为：一、维持国际和
平及安全；并为此目的：采取有效集体办法，以防止且消除对于和平之威胁，
制止侵略行为或其他和平之破坏；并以和平方法且依正义及国际法之原则，
调整或解决足以破坏和平之国际争端或情势。"……从国际政治与经济的战略
角度看，……WTO 争端解决机制，是战后以来，和平解决国际争端法的重大
发展。《联合国宪章》第 33 条规定，和平解决争端的国际法方法包括谈判、
调查、调停、仲裁、司法解决、区域机关或区域办法的利用，或各该国自行
选择的其他方法。WTO 争端解决机制是一种准司法解决的方法……在迄今为
止的国际法历史上，世界贸易组织（WTO）包含上诉程序的"准司法"争端
解决模式是独一无二的。

　　——张乃根，复旦大学法学院教授。见张乃根：《WTO 法与中国涉案争
端解决》，上海人民出版社，2013 年 10 月，第 118~120 页和第 129 页。

　　……从中国参加 DSB 争端解决实践来看，WTO 争端解决机制为成员方解
决贸易争端提供了比较有预见性和公正性的程序，不管你是财大气粗的美国，
还是一般的小国，DSB 都一视同仁，按照 WTO 规则进行审理，比起双边解决
贸易争端的方式，受政治影响较小。

　　——曹建明，最高人民检察院检察长；贺小勇，华东政法大学教授。见
曹建明、贺小勇：《世界贸易组织》，法律出版社，2011 年 8 月，第 384 页。

　　多边贸易体制将为中国提供最大的保护，为中国权利和利益保护提供基
本底线，使中国最大程度地免于以邻为壑政策的损害。但多边贸易体制只为
保护中国利益提供法律框架和可能，真正捍卫中国利益需要中国自己利用现
有规则为自己申诉和抗辩。通过世界贸易组织争端解决机制解决争端，是机
会而不是威胁，是选择而不是被迫！

　　——韩立余，中国人民大学法学院教授。见韩立余：《既往不咎》，北京
大学出版社，2009 年，前言。

　　我非常同意 WTO 首任总干事鲁杰罗先生将 WTO 争端解决机制喻为"皇
冠上的明珠"。在多哈回合谈判曲折漫长的背景下，争端解决机制的正常运行
对于维护该体制具有重要意义。同时，应加强对 WTO 争端解决机制的改革研

究，特别是其中的执行机制，避免这颗珍贵的明珠蒙尘受垢。

　　——石静霞，对外经济贸易大学法学院教授，院长。来自 2014 年 10 月
所发邮件。

　　历史上，解决经济利益冲突最常用的手段是政治，尤其是武力政治。
WTO 法律体系有可能为世界资源的开发和经济利益的分配找到和平的出路，
因为法律制度作为民主的基础，为人们所共同接受。……法律，是解决纺织
品贸易摩擦一个良好的途径，是解决今后可能到来的各种贸易摩擦首要的考
虑。它是我们加入 WTO 一个最为重要的目的，是保障我们贸易利益最直接的
武器。它更有可能成为我们走向法治，树立法治国际形象一个良好的开始。
它是历史给予我们的又一个契机。

　　——黄东黎，中国社会科学院国际法研究中心研究员。见黄东黎：《WTO
规则运用中的法治》，人民出版社，2005 年 10 月，封底文字。

　　从历史角度看，和平解决国家间争端是人类社会的理想，也是人类文明进
步的标志。……世界贸易组织争端解决机制在众多的国际争端解决机制中脱颖
而出，不但被喻为多边贸易体制的"皇冠明珠"，在国际法院、国际商事仲裁
院、国际投资争端解决中心等各类国际争端解决机构中也以高效、迅捷、富有
执行力等受到普遍赞誉。……WTO 争端解决机制是维护世界和平发展的机制。

　　——赵宏，中国常驻世界贸易组织代表团公使衔参赞，"中国参与争端解
决机制十年回顾"，见易小准等：《十年之路：纪念中国加入世界贸易组织十
周年文集》，上海人民出版社，2011 年 12 月，第 17 页和第 23 页。

　　对于 WTO 的争端解决机制，我们应该有正确的认识。不能官司打赢了就
高兴，打输了就说人家不公平、不公正或者歧视中国。与国际海洋法庭
（ITLOS）、解决投资争端国际仲裁中心（ICSID）以及国际法院（ICJ）相比，
WTO 争端解决机制在国际法上有很多突破性的发展，有很多先进性。例如，
对贸易争端实行强制性管辖、程序严谨、审限严格、裁决自动通过、监督执
行严格等。另外，WTO 案件一律由专家进行审理，不存在任何政治势力或行
政的干预。正因为如此，使得 WTO 争端解决机制具有很高的信赖度，WTO
成员乐意将问题诉诸这里来解决。这样一个比较完善的争端解决机制有效地
避免了过去那种弱肉强食、大打贸易战的混乱局面，提高了大家对 WTO 的
信任。

——张玉卿，商务部条约法律司前司长。见吕晓杰等：《入世十年 法治中国——纪念中国加入世贸组织十周年访谈录》，人民出版社，2011年12月，第20～21页。

WTO争端解决机制为各成员提供了一个很好的争端解决平台。……WTO的争端解决机制对国际法的发展也做出了自己的贡献，尤其是它直接丰富了国际条约的解释。另外，WTO争端解决报告比较透明，这对学术研究和国际贸易法教学是一个很大的促进。在过去，我们很难找到国际贸易法教学案例，现在，案例就摆在你面前，而且，报告中的逻辑分析和法律思维对于培养学生的能力和进行学术研究有着借鉴作用。

——张月姣，WTO上诉机构成员，见吕晓杰等：《入世十年 法治中国——纪念中国加入世贸组织十周年访谈录》，人民出版社，2011年12月，第221～222页。

WTO是世界上最为成功的国际组织之一，没有哪个国际组织拥有如此完善的争端解决机制，也没有哪个国际组织拥有如此具有信服力的争端解决裁决。正是这样的一个争端解决机制，极大地促进了世界贸易的良性发展，尤其是正常化发展。从这个意义上讲，WTO对人类的贡献是巨大的。尽管多哈发展回合阻力重重、久拖不决，但是我坚信，只有WTO才是维护世界贸易有序发展的最佳途径，是值得我们信赖的最佳场所。因此，我们有义务维护WTO体制，倡导WTO体制！

——史晓丽，中国政法大学国际法学院教授。来自2014年10月所发邮件。

中国人不太喜欢打官司，但后来逐渐发现，通过打官司有些问题可以搞得更清楚。在打官司过程中有得有失，胜诉的案件增强了我们更好地利用世贸规则维护贸易利益的信心；而根据一些败诉的案件，中方相应修改了国内的法律法规，这实际上对国内进一步改革起到了推动作用。……我们要认真对待WTO裁决。也就是要认真执行裁决，要表现出负责任大国的风范，这是占领道义制高点的一个重要方面。WTO与其他国际组织的根本性不同就是，它有"牙齿"，那就是WTO争端解决机制，它被称为"皇冠上的宝石"啊！所以，我们每个WTO成员都必须很好地维护这个机制。尽管它存在这样那样的不足，但各个国家在多哈回合里都承认：WTO争端解决机制运转的情况比多数成员国内法运转的情况要好。对这个机制，大家认为总体上还是令人满意的。

——孙振宇，中国常驻 WTO 代表团大使。见孙振宇：《日内瓦倥偬岁月——中国常驻 WTO 代表团首任大使孙振宇口述实录》，人民出版社，2011 年 12 月，前言和第 38 页。

WTO 争端解决机制的一大优点在于，它可以顺利地解决一项在两国政府之间极具争议性的问题，实现去政治化的效果。通过 WTO 争端解决，不仅在两国政府之间达到了去政治化的效果，也能够安抚两国的民众。相反，如果没有 WTO 或者不利用 WTO 争端解决机制的话，一方针对另一方某项政策的不满就有可能通过报复方式解决，这样一来，双方在报复和反报复中恶性循环，最终导致双方贸易战的爆发。但是，有了 WTO，我们就可以避免这种情况的发生，我们可以轻松地将分歧提交 WTO 争端解决机制，然后就可以悉听裁判了。

——Timothy Stratford（夏尊恩），former Assistant USTR for China Affair，见吕晓杰等：《入世十年 法治中国——纪念中国加入世贸组织十周年访谈录》，人民出版社，2011 年 12 月，第 128～129 页。

……争端解决机制……是一个适用刚性法律的机制，并且非常注重法律分析。……我认为争端解决机制这一点可以将 WTO 区别于其他所有的国际法领域。以金融领域为例，巴塞尔协议就不是个很有刚法的法律，它是个软法。但是，WTO 有一个由刚性法律构成的非常稳固的法律体系，并且结构完善。……WTO 体制已经获得了相当大的成功，它是世界上很独特的一个实践，是现存国际法律机构中最强大的一个。

——John Jackson, Georgetown University Professor，见吕晓杰等：《入世十年 法治中国——纪念中国加入世贸组织十周年访谈录》，人民出版社，2011 年 12 月，第 36～37 页。

这是我国现代化建设中具有历史意义的一件大事，必将对新世纪我国经济发展和社会进步产生重要而深远的影响。

——"中国改革开放进程中具有历史意义的一件大事——祝贺我国加入世界贸易组织"，《人民日报》社论，2001 年 11 月 11 日第 1 版。

This dispute settlement system is clearly the most powerful dispute settlement system at the international level that we have today or perhaps ever in the history of the world. It is having an enormous impact in a lot of different directions and we are beginning to see the spread of the idea of dispute settlement systems to other free trade agreements, regional trade agreements, and even some other international organizations in different contexts... I think we are seeing something very significant in international relations generally, as well as in international law.

—John Jackson, Georgetown University Professor, from Merit E. Janow (eds), The WTO: Governance, Dispute Settlement and Developing Countries, Juris Publishing, Inc. 2008, p. 388.

Trade is recognizably an invaluable source of prosperity. Time and time again, it has also been at the root of conflict and domination. The DSU is the most advanced achievement on record to settle disputes peacefully and under the rule of law.

—Julio Lacarte Muro, former Appellate Body Member, from Merit E. Janow (eds), The WTO: Governance, Dispute Settlement and Developing Countries, Juris Publishing, Inc. 2008, p. 330.

The advent of the WTO, and the ensuing establishment of a two-level adjudication process (panel and the Appellate Body), marks the passage to a compulsory third-party-adjudication system, an oddity in international relations...

—Petros C. Mavroidis, Professor of Law at Columbia University Law School, from Merit E. Janow (eds), The WTO: Governance, Dispute Settlement and Developing Countries, Juris Publishing, Inc. 2008, p. 345.

The WTO dispute settlement system has been lauded for its many achievements in conferences and in other fora, as well as in the legal literature... For the first time in history, the international community had created a comprehensive system for resolving international trade disputes among some 130 Members that was compulsory, exclusive, efficient, and binding.

—Valerie Hughes, former Director, WTO Appellate Body Secretariat, from Merit E. Janow (eds), The WTO: Governance, Dispute Settlement and Developing Countries, Juris Publishing, Inc. 2008, p. 471.

The WTO dispute settlement system has established itself as probably the most successful international tribunal not only in the area of international trade, but with respect to international disputes generally... I believe that the great contribution of the WTO in stabilizing the international trading order through the establishment of the rule of law should be duly recognized.

—Mitsuo Mtsushita, former Appellate Body member, from Merit E. Janow (eds), The WTO: Governance, Dispute Settlement and Developing Countries, Juris Publishing, Inc. 2008, pp. 505 – 506.

The WTO dispute settlement system has become the most active and productive dispute settlement system in the entire field of public international law. It is truly remarkable the nearly 150 governments agreed to subject themselves to the compulsory jurisdiction of tribunals whose decisions are legally binding.

—David Palmeter, Senior Counsel, Sidley Austin, LLP., from Merit E. Janow (eds), The WTO: Governance, Dispute Settlement and Developing Countries, Juris Publishing, Inc. 2008, p. 854.

There is a further feature of WTO law that distinguished it from most other subsectors of international law, namely, its dispute settlement system. Its unique features are well known: it is centralized, exclusive, compulsory, binding, based on law and administered by independent adjudicatory bodies (not to mention its effectiveness due to the multilateral surveillance of implementation).

—Giorgio Scerdoti, Appellate Body member, from Merit E. Janow (eds), The WTO: Governance, Dispute Settlement and Developing Countries, Juris Publishing, Inc. 2008, p. 597.

WTO Members enjoy one of the most successful systems for dispute settlement on the international plane, one that has proved to be extremely robust and efficient... There is very broad confidence in the WTO dispute settlement mechanism... In a speech last year, Nigeria's Ambassador Agah, former chairman of the DSB, noted that the WTO dispute settlement system is also 'remarkably efficient'. Indeed, the average timeframe for WTO panel proceedings is 11 months, excluding the time parties take to compose their panels and translation time. This compares quite favourably to the 4 years average length for proceedings at the International Court of Justice, 2 years on average at the European Court of Justice, 3 and a half years to complete an investment dispute before the International Centre for the Settlement of Investment Disputes at the World Bank, and 3 and 5 years on average for NAFTA proceedings under Chapters 20 and 11, respectively.

——Pascal Lamy, WTO Director-General, during ceremonies commemorating the 30th anniversary of the GATT/WTO Legal Affairs Division on 28 June 2012.

First, in a world where the multilateral trade project so often appears assailed by ambitious regional and bilateral agreements, the WTO remains the forum of choice for resolving trade disputes. Second, the system is used by more and more WTO Members to ventilate ever greater numbers of disputes across diverse areas of the covered agreements. Third, the WTO dispute settlement system is now regarded by international lawyers as one of the most prolific sources of international law. Fourth, the system has generated those hallmarks of institutional recognition: robust academic discourse on WTO law and the legal professions now count WTO law as a specialty.

——David Unterhalter, Appellate Body Member, Farewell Speech, 22 January 2014.

No review of the achievements of the WTO would be complete without mentioning the Dispute Settlement system, in many ways the central pillar of the multilateral trading system and the WTO's most individual contribution to the stability of the global economy.

——Renato Ruggiero, WTO Director General, 17 April 1997. From WTO Secretariat, Trading into the Future: The World Trade Organization, 2nd edition, Revised March 2001, p. 38.

At long last, there is evidence that Grotius, and all those who have followed Grotius in all the long years since his escape to freedom, have been right: there can be the international rule of law. This evidence comes from what some would consider an unlikely source. It comes from the dispute settlement system of the World Trade Organization... The WTO has compulsory jurisdiction, and the WTO makes judgments that are enforced... Thus, the WTO offers an example to the world for the first time of what even the skeptics are bound to acknowledge by their own terms is real "international law." ... For WTO rules are not the only rules the world needs. There are many other international agreements, in addition to the WTO treaty, that have legitimacy, and that are also deserving of enforcement through the international rule of law. There are hundreds of multilateral international agreements dealing with human rights, women's rights, children's rights, workers' rights, the environment, health, intellectual property, investment, crime, corruption, genocide, and numerous other areas of compelling international concern that deserve due credence and due consideration by both national and international tribunals. And there is need for more... Our success—thus far—in WTO dispute settlement is encouraging evidence that we can accomplish much more—in trade and in many other areas of our shared concern—for the international rule of law. It is the best evidence the world has ever seen that "international law" can be real law in the real world.

　　—James Bacchus, Appellate Body Member, Groping Toward Grotius: The WTO and the International Rule of Law, from James Bacchus, Trade and Freedom, Cameron May, 2004, pp. 459 – 466.

　　... (the WTO dispute settlement system) has arguably been the most prolific of all international State-to-State dispute settlement systems... In 1996, then WTO Director – General Renato Ruggiero referred to the WTO dispute settlement system as "the jewel in the crown of the WTO". While obviously not perfect, the WTO dispute settlement system has by and large lied up to, if not surpassed, Ruggiero's high expectations. The frequent use by a significant number of developed—as well as developing—country Members to resolve often politically sensitive issues, and the high degree of compliance with the recommendations and rulings, testify to the success of the WTO dispute settlement system.

　　—Peter Van den Bossche, Appellate Body member, from Peter Van den Bossche, The Law and Policy of the World Trade Organization, third edition, Cambridge University Press, 2013, pp. 157, 302.

　　The current WTO dispute settlement procedure... are to be admired, and are a very significant and positive step forward in the general system of rules-based international trade diplomacy. . . it is interesting to note how extensively the WTO dispute settlement system is being treated in literature from non-governmental sources. There is an enormous amount of scholarly and policy-centered literature about the dispute settlement system. This is evidence of the general and public interest in the subject, and in the recognized importance and, perhaps, value of the system. Individual cases are debated at length (similar to attention received by decisions of national courts). This activity, either of scholars or of intelligent and pointed argumentation by other perceptive observers, can play a constructive and complementary role in support for a rules-based institutional framework for international trade, just as similar activity plays such a role within nations.

　　—Report by the Consultative Board to the former Director-General Supachai Panitchpakdi, The Future of the WTO: Addressing institutional challenges in the new millennium (the "Sutherland Report") (WTO, 2004), para 213 & 268.

　　What can we learn from the constitutional functions and constitutional principles of the WTO Agreement, and notably from its compulsory worldwide dispute settlement system, for the task of "constitutionalizing" the UN and other international organizations? Could the GATT and WTO strategies for overcoming the prisoners' dilemma in the field of global economic cooperation, where they enabled a worldwide "functional integration" with progressive "spill-overs" into additional areas of cooperation, also be applied in the power-oriented realm of foreign "high politics" in the UN? Are there parallels between the constitutional requirements of a liberal international trade order and those of a liberal international political order? Are the functional interrelationships between international and domestic legal guarantees of "market freedoms" and non-discrimination in the international trade order (e. g. in WTO law, EC law and domestic trade laws), which have been of crucial importance for actually achieving the GATT-, WTO-and EC Treaty objectives of liberal trade, less important for achieving the UN objective of "democratic liberal peace"? What can we learn from the international WTO guarantees of individual rights (e. g. intellectual property rights), and from their (quasi) judicial protection at the national and international level, for achieving more effectively the UN objective of protection of human rights?

　　—Ernest-Ulrich Petersmann, Professor of International and European Law at the

European University Institute in Florence, Italy, from Ernest-Ulrich Petersmann, The GATT/WTO Dispute Settlement System: International Law, International Organization and Dispute Settlement, Kluwer Publishers, 1997, p. 57.

The system helps to keep the peace. This sounds like an exaggerated claim, and it would be wrong to make too much of it. Nevertheless, the system does contribute to international peace, and if we understand why, we have a clearer picture of what the system actually does. Peace is partly an outcome of two of the most fundamental principles of the trading system: helping trade to flow smoothly, and providing countries with a constructive and fair outlet for dealing with disputes over trade issues. It is also an outcome of the international confidence and cooperation that the system creates and reinforces.

—WTO Secretariat, 10 benefits of the WTO trading system, 2008, p. 2.

Recognizing that their relations in the field of trade and economic endeavour should be conducted with a view to raising standards of living, ensuring full employment and a large and steadily growing volume of real income and effective demand, and expanding the production of and trade in goods and services, while allowing for the optimal use of the world's resources in accordance with the objective of sustainable development, seeking both to protect and preserve the environment and to enhance the means for doing so in a manner consistent with their respective needs and concerns at different levels of economic development. Recognizing further that there is need for positive efforts designed to ensure that developing countries, and especially the least developed among them, secure a share in the growth in international trade commensurate with the needs of their economic development.

—Preamble, Marrakesh Agreement Establishing the World Trade Organization.

二、中国参与 WTO 争端解决
机制的历程与案件统计

中国参与 WTO 争端解决机制的历程[*]

杨国华[**]

2010 年 6 月第一周,被戏称为"中国案件周"。这一周,三个涉及中国的案件在 WTO 总部交替"登场":周二和周三,中国诉美国轮胎特殊保障措施案(DS309)第一次开庭;周三和周四,中国诉欧共体紧固件反倾销案(DS397)第二次开庭;周五,欧盟诉中国紧固件反倾销案(DS407)第一次磋商。中国代表团二十余人穿梭于各个会议室之间,忙得不亦乐乎。难怪人们普遍认为,中国已经成为 WTO 争端解决机制中最为活跃的成员之一,仅次于美国和欧盟。统计数据显示,2009 年在 WTO 新提起的案件中,有一半涉及中国!

然而,此时距中国正式成为 WTO 成员,只有短短八年半时间!

中国参与 WTO 争端解决机制,经历了怎样的过程?是什么人在从事这项工作?现状如何?效果怎样?前后有些什么变化?

一、未雨绸缪

(一)乔治城大学法律中心"WTO 研讨班"

早在中国加入 WTO 之前的 2000 年,政府就开始了参与争端解决机制的

---

[*] 本文写于 2010 年。

[**] 清华大学法学院教授,WTO 争端解决专家组指示性名单成员,商务部条法司前副司长。

准备工作。2000 年 6 月，原外经贸部条法司就组织国内主要经济部委和立法部门的官员，以及部分学者、律师 23 人，远赴位于美国首都华盛顿的乔治城大学法律中心（Georgetown University Law Center），参加为期两周的"WTO 研讨班"。这个研讨班美方组织者是享有"GATT/WTO 之父"美誉的 John H. Jackson 教授。他邀请了 23 位美国的官员、学者、律师，以及 WTO 秘书处及争端解决方面的专家，系统介绍了 WTO 的历史和有关协定，并且特别介绍了 WTO 的大量案例。

当时正值国内学习 WTO 热，人们以了解 WTO 规则为时尚。但这次研讨班的讲课者多数都在批评 WTO 的不足，并且为 WTO 规则的发展"献计献策"。参加这次研讨班的中方人士深切地感到了中国与西方在 WTO 知识和认识方面的差距。应当说，这次研讨班给了中方参加者一个明确的启示：中国要真正参与 WTO 事务，特别是争端解决这项专业法律性的工作，还有很长一段路要走。

（二）其他研讨会及与外国律师的交流

随后，2000 年 10 月，原外经贸部条法司在北京举办了一天大型的 WTO 研讨会，来自美国、欧洲、澳大利亚和 WTO 秘书处的专家，就 WTO 的主要协定做了专题介绍（John H. Jackson 教授也参加了此次研讨会）。国内官员、学者、律师 100 多人参加了研讨会。

2001 年 9 月，原外经贸部条法司邀请 WTO 秘书处法律司的 Gaetan Ver-hoosel 先生和美国资深贸易法律师 Chris Parlin 先生，在北京举办了为期 5 天的"WTO 案例研讨班"。这次研讨班的专题，是介绍 WTO 争端解决机制的程序，并且重点介绍了 WTO 的三个案例。国内的官员、学者和律师参加了研讨。这个研讨班标志着我们从对 WTO 的一般性了解，走向对 WTO 争端解决机制的专题研究。

随后，中国参与了"美国钢铁保障措施案"和一些第三方案件，对 WTO 争端解决机制的运作有了一些切身的体会。鉴于 WTO 审理案件涉及很强的诉讼技巧，商务部条法司于 2004 年 1 月在北京举办了为期 3 天的"WTO 诉讼策略与技巧研讨会"，国内的官员、学者和律师与加拿大有多年 WTO 诉讼经验的 John Johnson 先生以及在"美国钢铁保障措施案"中代理中方的律师 Olivier Prost 先生，就有关主题和案件进行了研讨。这个研讨会的主题表明，我们对 WTO 规则的学习，更进一步地走向技术性、操作性的层面。

学术和经验的交流是必要的，并且还将继续深入下去。通过举办这些研讨会，我们深切地感到，政府要做好争端解决工作，需要一支稳定的国内专

家和律师的队伍。实践表明，在参加这些研讨会的人员中，其中一些学者在
WTO 案例研究方面作出了卓越的成绩，而一些律师已经成为中国参与 WTO
争端解决工作的不可或缺的力量。

但我们认识到，人才的培养需要一段时间，而从事这项工作却是"时间
不等人"的，有些案件的发生也是不以我们的意志为转移的。对于一些重要
案件，我们可能在相当长一段时间还要依靠外国有经验的律师。因此，除了
举办研讨会，商务部条法司还与外国律师进行了广泛的接触，为可能发生的
案件预先做准备。这除了在日常工作中接待来访的外国律师，了解这些律师
的情况，商务部条法司还在就"美国钢铁保障措施案"赴华盛顿与美国进行
WTO 保障措施协定项下的磋商期间（2002 年 3 月），重点考察了一些美国律
师事务所。考察的内容，除了这些律师事务所在 WTO 方面的水平外，还涉及
了律师收费标准等实际的问题。2002 年 3 月，条法司司长张玉卿先生专门率
团赴华盛顿，考察美国的律师事务所。此行专门安排了与 Charlene Barshefsky
的会面。她是美国克林顿政府时期的贸易谈判代表（USTR），由于负责 1996
年的中美知识产权谈判和 1999 年的中国加入 WTO 的中美谈判，而在中国名
声大噪。她现在是华盛顿一家律师事务所的律师，对中国业务颇有兴趣。她
与我们的会面，一定程度上说明外国律师对中国有关 WTO 业务是"看好"
的。事实上，2002 年 8 月，华盛顿一次研讨会的题目就是"中国在未来 WTO
争端解决机制中的作用"。

（三）专题研究

为了更为有效地参与 WTO 争端解决机制，除了上述一般性的准备工作之
外，商务部条法司还对一些重点问题进行了充分研究。其中，2003 年 3 月，
与律师事务所合作完成了"美国特定产品保障措施立法及实践法律研究报
告"。该报告对一般保障措施与"特保措施"的关系，进行了充分的论证，并
且对美国第一起"特保"案——座椅升降装置案进行了法律分析。2004 年 4
月，又与律师事务所合作完成了"纺织品保障措施问题及美国纺织品保障措
施立法研究报告"。该报告对"纺织品特保"与一般保障措施、WTO 纺织品
与服装协定的关系进行了分析。

2004 年 4 月，商务部条法司又与律师事务所合作完成了"美国 WTO 反倾
销案件研究报告"。该报告对美国在 WTO 中被诉的反倾销案件进行了研究，
并且依此对当时国人瞩目的美国对华彩电反倾销案作了分析。

此外，商务部条法司 WTO 法律处根据参与 WTO 争端解决案件审理的经
验，分别于 2002 年和 2003 年完成了商务部研究课题"WTO 争端解决磋商程

序研究"和"WTO 争端解决专家组程序研究"两个研究报告，结合 WTO 案例，对这两个程序的细节进行了完整的介绍。WTO 法律处纪文华写作了"WTO 新回合争端解决机制谈判综述"，根据其参与该谈判的体会，对各方的立场和原因进行了介绍和评论。WTO 法律处杨国华和李咏箑合作《WTO 争端解决程序详解》一书于 2004 年 3 月出版。这是一部实用指南，引用了 105 个 WTO 报告，全面研究了既往案例对 WTO 争端解决程序规则的使用情况。著名的 John H. Jackson 教授在阅读了英文稿后专门为此书作序。2004 年 4 月，杨国华所著《美国钢铁保障措施案研究》出版。该书全面介绍了"中国第一案"的过程。

当然，学术界对 WTO 法律的研究也成果丰硕。其中，中国社科院法学所赵维田教授的《WTO 法律制度研究》，大胆质疑，小心求证，堪称老一辈学术著作的典范。上海华东政法学院朱榄叶教授的 GATT 和 WTO 案例研究系列及其对 WTO 案例的分类统计，提供了全面的案例资料。中国人民大学韩立余教授的 WTO 案例研究系列，则更为详尽地介绍和评论了 WTO 的案例。

最后值得提及的是，为了给有关工作提供充分的便利，商务部条法司购买了大量的 WTO 英文资料，包括从事 WTO 争端解决工作所必备的 WTO 出版物 Basic Instruments and Selected Documents（BISD），Analytical Index：Guide to GATT Law and Practice，Analytical Index：Guide to WTO Law and Practice。

（四）WTO 法律处的成立

参与 WTO 争端解决机制的工作需要机构的保障。2001 年 11 月，中国刚刚被批准加入 WTO，商务部条法司就成立了 WTO 法律处。

该处由"外经贸部 WTO 法律工作领导小组办公室"转变而来。1999 年底中美关于中国加入 WTO 的双边协议签订后，人们普遍认为，中国正式成为 WTO 成员指日可待，而修改中国的法律法规，使其与 WTO 的规则一致，成为举世瞩目的迫切任务。中央各主要部委纷纷成立法规清理办公室，而由于外经贸方面的法律法规首当其冲，并且由于外经贸部负责加入 WTO 的谈判工作，因此该部的办公室是专职的机构，不仅负责外经贸方面法律法规的清理工作，而且经常需要向其他部委提供咨询。清理工作不仅需要了解国内的政策法规，而且需要熟悉 WTO 的规则。这项专业性的要求，迫使办公室工作人员边干边学，较早地对 WTO 各项协定和部分案例进行了研究。这也为更为专业的 WTO 争端解决工作打下了初步的基础。中国加入 WTO，该临时办公室转为正式的 WTO 法律处，与专门成立的 WTO 司一起，共同承担中国在 WTO 中的相关事务。

二、积极参与

（一）参与"美国钢铁保障措施案"

2002 年 3 月 5 日，美国总统宣布，对 10 种进口钢材采取保障措施，在为期 3 年的时间里，加征最高达 30% 的关税。包括中国在内的一些 WTO 成员将本案提交 WTO 争端解决机制，是为"美国钢铁保障措施案"。

美国钢铁保障措施案是中国在 WTO 中第一案，是中国成为 WTO 成员后，使用 WTO 争端解决机制解决贸易争议，合法保护自己贸易利益的具体体现。这个案件标志着中国未来解决与其他 WTO 成员的争议，多了一条稳定、可预见的途径。对于作为贸易大国的中国来说，和平解决争议，与其他国家建立良好的贸易关系，是非常重要的。因此，本案对中国不仅仅具有保护具体贸易利益的作用，而且具有很强的象征意义。

本案对 WTO 多边贸易体制也有非同寻常的影响。正如欧共体所说，美国对钢铁采取的限制措施，是有史以来 WTO 成员所采取的经济上最具扰乱性的紧急保障措施；对几十亿美元的贸易和很多国家产生了影响。在 WTO 中共同起诉美国的成员多达 8 个（欧共体、日本、韩国、中国、瑞士、挪威、新西兰和巴西），是 WTO 争端解决中起诉方最多的一个案件。不仅如此，美国此举还迫使其他 WTO 成员也采取限制钢铁产品贸易的措施（欧共体和中国为防止钢铁产品贸易转移，也采取了保障措施），因而在总体上对世界贸易体制造成了极大的压力。因此，该案的进展，举世瞩目。

从法律上看，该案也是涉及法律问题最多的一个案件，包括专家组审查范围、未预见发展、进口产品定义、国内相似产品定义、进口增加、严重损害、因果关系、对等性、措施的限度、关税配额分配、发展中国家待遇等 11 个法律点，几乎涉及了 WTO《保障措施协定》每一个实质性条款的适用和理解。在专家组审理阶段，当事双方的书面陈述正文就达 2500 页，附件达 3500 页。专家组报告也长达 969 页。在上诉审议阶段，双方提交的书面陈述达 1000 页。上诉机构报告也达 171 页。起诉方为统一立场和观点多次开会协调，分工合作。当事方 100 多人参加了专家组和上诉机构召开的听证会。美国称，这是 WTO 有史以来最大、最复杂的案件。美国甚至抱怨，本案对世界贸易体制有着严重的影响，因为 8 方起诉方对 WTO 相关协定的解释，使得这些协定根本无法操作，从而损害了成员对 WTO 以规则为基础体制的信心，使得它们不愿意再承担新的义务。

美国钢铁保障措施案，从 2002 年 3 月 5 日美国总统宣布采取措施，到

2003 年 11 月 10 日上诉机构作出最终裁决，认定美国的措施不符合 WTO 规定，历时近 21 个月。在此期间，8 个起诉方与美国进行了依据《保障措施协定》的磋商和争端解决谅解（DSU）的磋商，经历了专家组程序和上诉审议程序。本案解决过程中所遇到的一些程序和法律问题是非常独特的。中国作为 WTO 成员，参与了本案的全过程。通过参与这个第一案、大案，增加了我们对 WTO 运作模式的了解，特别是争端解决机制的特点，为今后充分利用该机制解决争议，提供了一个很好的经验。

（二）作为第三方参与其他成员之间的案件

WTO 争端解决程序规则规定，对于其他成员之间发生的争议，WTO 成员可以作为第三方参与该案的审理，即收到争端双方的部分材料，提交自己的意见，出席听证会并发言。

虽然 WTO 要求第三方应当有贸易利益，但在实践中，在专家组和上诉机构阶段，一般不用说明自己的贸易利益所在，也没有人专门审查是否存在贸易利益。要求参加的成员，只需在宣布专家组成立的争端解决机构（DSB）会议上举牌示意，即可作为本案的第三方。

我们认识到，作为第三方参与这些案件的审理，具有重要意义：中国作为贸易大国有广泛的贸易利益；作为第三方可以获得大量的国际贸易信息；作为第三方可以参与规则的制定与发展；作为第三方可以锻炼我们的队伍。中国已经作为第三方广泛参与了 WTO 争端解决案件。具体工作由商务部条法司人员负责，并聘请国内律师起草相关法律文件。在参与过程中，我们与中国主要经济部委、进出口商会、行业协会、大型企业密切合作，确定中国参与这些案件的立场，并且可以使有关产业跟踪国际贸易体制的最新发展情况。对于每一个案件，我们都起草了第三方书面陈述，赴 WTO 参加审理案件的听证会，并且回答专家组的书面问题。由于当事方提交的书面材料内容很多，并且案件审理有严格的时间限制，加上我们刚刚起步，所以这项工作具有很大的挑战性。

三、走向深入

（一）向 WTO 推荐专家

为便利审理案件的需要，WTO 规定，每个 WTO 成员都可以向 WTO 推荐专家，经 DSB 批准后，列入专家"指示性名单"（indicative list），供具体案件发生时选用。在 2004 年 2 月 17 日召开的 DSB 例会上，通过了中国提名的三名专家。消息传出，引起了社会的广泛关注。这三位专家是：商务部条法司前任司长张玉卿教授、武汉大学法学院院长曾令良教授、上海华东政法学院朱榄叶教授。三位教授均著作颇丰。

中国专家列入 WTO 专家名单，对我国在更宽领域、更深层次上参与 WTO 事务具有重要意义。

首先，根据 WTO "关于争端解决规则与程序的谅解（DSU）" 的规定，WTO 争端解决专家组成员应当由资深的政府和非政府个人组成。此次我国有三位专家成功列入 WTO 专家名单，意味着我国的专家在 WTO 专业领域已经得到了 WTO 的认可，这是我国参与 WTO 事务走向更深层次的表现。

其次，截至目前，WTO 秘书处设立的专家组成员指示性名单，来自 43 个国家。我国加入 WTO 仅两年余，即成功地推荐了专家组成员，这是我国参与 WTO 事务走向深入的又一重要表现。

再次，我国三位专家顺利成为 WTO 专家名单中的成员，对我国顺利推进争端解决工作也有重要意义。如果将来三位专家成为某些案件的专家组成员审理案件，可以积累更多的争端解决经验，更好地为我国参与 WTO 事务服务。

（二）新回合法律问题研究

WTO 仍在进行新议题和新规则的谈判，跟踪研究这些问题，对于我们前瞻性、创造性地参与 WTO 争端解决机制，具有十分重要的意义。为此，由张玉卿司长主持，商务部条法司全体人员参与了 "新回合法律问题" 的专题研究工作，对新回合的各项议题进行了研究和分析。研究成果已经正式出版。

（三）WTO 争端解决动态

为了跟踪 WTO 争端解决的发展，为有关单位工作提供参考，WTO 法律处编辑了《WTO 争端解决动态》。该动态汇集了 WTO 最新案例的介绍，我国参与争端解决的情况，以及争端解决谈判和案例统计等其他资料。由于该动态资料新，信息量大，获得了有关部门的一致好评。

（四）"中国集成电路增值税案"

2004 年 3 月 18 日，美国根据 DSU 的规定，就中国集成电路增值税政策问题，向中国提出磋商请求。美国在其磋商请求中，称中国的集成电路增值税退税政策，违反了 WTO 的国民待遇原则和最惠国待遇原则。这个案件成为中国在 WTO 的第一起被诉案件。中美双方经过 4 轮磋商，与 7 月 14 日达成谅解，宣布此案通过磋商解决。

四、大展身手

经过五年的筹备和练兵，中国迎来了 WTO 案件高峰期：在中国起诉的 7 个案件中，6 个是 2007 年以后提起的；同时，在中国被诉的 9 个案件中，7 个是 2007 年以后提起的。（见中国参与案件统计）

随着案件量的增加，我们经历了更多的"第一次"：中国诉美国禽肉进口措施案（DS392），"出师大捷"，案件尚在审理之中，美国就实质性修改了有关立法。同时，中国也第一次根据"汽车零部件进口措施案"（DS339）的裁决，调整了有关做法；第一次根据"知识产权案"（DS362）的裁决，修改了相关法律和法规。

经历了这么多案件，我们对在 WTO 打官司这套程序已经驾轻就熟了。同时，对于很多案件的实体性问题，我们也已经耳熟能详。例如本文开头那三个案件所涉及的反倾销和保障措施问题，对于倾销、损害、倾销与损害的因果关系、进口增长、实质性损害等术语，我们已经在此前的案件中多次接触。此外，我们对在 WTO 打官司的内部运作，也不再陌生，因为我们与 WTO 秘书处人员有长期、广泛的接触，有中国人曾经担任过专家组成员（张玉卿先生在欧共体香蕉案（WT/DS27/RW2/ECU，WT/DS27/RW/USA）中担任专家组成员），在负责案件审理的 WTO 秘书处法律司工作，还有中国人担任 WTO 上诉机构成员（商务部条法司前司长张月姣女士），在上诉机构秘书处工作。与此同时，与国际上最高水平的律师事务所的广泛合作，与国际上最好的 WTO 专家（例如前上诉机构主席 James Bacchus 先生）的广泛交流，不断提高着我们从事相关工作的水平。

我们还创造了颇具特色的组织诉讼的方式，形成了政府主办人员、国内律师、国外律师和相关产业部门"四体联动"的高效诉讼机制。此外，更为重要的是，中国还作为 WTO 正式成员，参与着规则的制定，包括争端解决机制改革的谈判和新回合其他议题的谈判。

遵守规则，制定规则，中国在国际舞台上正展现出一个成熟的形象。

五、结束语

WTO 争端解决机制是解决贸易争端的最终法律手段，经常被称为"国际贸易法院"；WTO 成员之间无法通过双边谈判解决的争端，可以提交 WTO 解决。它有严格的时间限制，可以和平地解决争议，避免采取贸易战等对国际贸易秩序产生很大破坏作用的行为。欧美等贸易大国均频繁使用 WTO 争端解决机制解决争议，巴西、印度等发展中国家也广泛参与有关案件的审理。另外，WTO 争端解决机制虽然是解决争端的最终法律手段，但在双边谈判阶段，也可以起到一定的威慑作用。从各国经验看，参与 WTO 争端解决机制，根据 WTO 专家组和上诉机构对 WTO 协定条款的解释，可以及时掌握 WTO 规定的发展方向，有利于国内相关政策的调整；通过争端各方提供的材料，可以了解各国的贸易政策及其具体操作办法，为我国制定有关经贸政策提供参考。

因此，充分利用 WTO 的争端解决机制维护我国的利益，同时广泛参与 WTO 争端解决机制的工作，是一项长期、重要的工作。

与此同时，我们还发现，WTO 在推动国际法治方面起着很大的作用。法治有两个基本内涵，一是有好的法律，二是法律得到很好的实施。简言之，法治就是好法得到很好的实施。WTO 规则是所有成员协商一致制定的，是"民主决策"的结果，应当推定该规则是好法。WTO 规则的实施效果也很好，大家都认真履行协议。如果履行中出现问题，就提交给争端解决机构，并且 WTO 做出的裁决大家都认真执行。这就是国际法治。人类有史以来，第一次出现国际法被这么好地实施，国际法也从所谓的"软法"，显示出"硬法"的迹象。因此，WTO 是国际法治很好的范例。中国作为多边贸易体制的重要受益者，应当致力于维护 WTO 所建立的国际法治。

中国参与 WTO 案件统计

杨国华[*]

2014 年 11 月 14 日

中国作为起诉方 12 个案件

1. DS252 US—Steel Safeguards（美国钢铁保障措施案）

United States—Definitive Safeguard Measures on Imports of Certain Steel Products

WTO 收到磋商请求日期：26 March 2002

状态：专家组裁决公布 11 July 2003，上诉机构裁决公布 10 November 2003

2. DS368（美国铜版纸反倾销案）

United States—Preliminary Anti-Dumping and Countervailing Duty Determinations on Coated Free Sheet Paper from China

WTO 收到磋商请求日期：14 September 2007

状态：未设立专家组

3. DS379 US—Anti-Dumping and Countervailing Duties（China）

（美国反倾销与反补贴案）

United States—Definitive Anti-Dumping and Countervailing Duties on Certain Products from China

WTO 收到磋商请求日期：19 September 2008

状态：专家组裁决公布 22 October 2010 上诉机构裁决公布 11 March 2011

4. DS392 US—Poultry（美国禽肉案）

United States—Certain Measures Affecting Imports of Poultry from China

WTO 收到磋商请求日期：17 April 2009

状态：专家组裁决公布 29 September 2010

5. DS397 EC—Fasteners（China）（欧共体紧固件案）

---

[*] 清华大学法学院教授，WTO 争端解决专家组指示性名单成员，商务部条法司前副司长。

European Communities—Definitive Anti-Dumping Measures on Certain Iron or Steel Fasteners from China

WTO 收到磋商请求日期：31 July 2009

状态：专家组裁决公布 3 December 2010，上诉机构裁决公布 15 July 2011

（2013 年 10 月 30 日，中国就执行问题提起磋商，启动 DSU 第 21 条第 5 款的执行程序。）

6. DS399 US—Tyres（China）（美国轮胎案）

United States—Measures Affecting Imports of Certain Passenger Vehicle and Light Truck Tyres from China

WTO 收到磋商请求日期：14 September 2009

状态：专家组裁决公布 13 December 2010，上诉机构裁决公布 5 September 2011

7. DS405 EU—Footwear（China）（欧盟鞋案）

European Union — Anti-Dumping Measures on Certain Footwear from China

WTO 收到磋商请求日期：4 February 2010

状态：专家组裁决公布 28 October 2011

8. DS422 US—Shrimp and Sawblades（美国虾和锯片案）

United States—Anti-Dumping Measures on Certain Frozen Warmwater Shrimp from China

WTO 收到磋商请求日期：28 February 2011

状态：专家组裁决公布 8 June 2012

9. DS437 US—Countervailing Measures（China）（美国反补贴案）

United States—Countervailing Duty Measures on Certain Products from China

WTO 收到磋商请求日期：25 May 2012

状态：专家组裁决公布 14 July 2014

10. DS449 US—Countervailing and Anti-Dumping Measures（China）（美国反补贴和反倾销案）

United States—Countervailing and Anti-dumping Measures on Certain Products from China

WTO 收到磋商请求日期：17 September 2012

状态：专家组裁决公布 27 Mar 2014，上诉机构裁决公布 7 July 2014

11. DS452（欧盟光伏补贴案）

European Union and certain Member States-Certain Measures Affecting the Renewable Energy Generation Sector

WTO 收到磋商请求日期：5 November 2012

12. DS471 US—Anti-Dumping Methodologies（China）（美国反倾销方法案）

United States regarding the use of certain methodologies in anti-dumping investigations involving Chinese products

WTO 收到磋商请求日期：2013 年 12 月 3 日

专家组设立：2014 年 3 月 26 日

中国作为被诉方：32 个案件（按措施统计为 20 个案件）

1. DS309（集成电路增值税案）

China — Value-Added Tax on Integrated Circuits

起诉方：United States

WTO 收到磋商请求日期：18 March 2004

状态：磋商达成协议，通报日期 6 October 2005

2. DS339、DS340、DS342 China—Auto Parts（汽车零部件案）

China — Measures Affecting Imports of Automobile Parts

起诉方：European Communities, United States, Canada

WTO 收到磋商请求日期：30 March 2006（EC and United States），13 April 2006（Canada）

状态：专家组裁决公布 18 July 2008，上诉机构裁决公布 15 December 2008

3. DS358、DS359 China—Taxes（税收补贴案）

China—Certain Measures Granting Refunds, Reductions or Exemptions from Taxes and Other Payments

起诉方：United States, Mexico

WTO 收到磋商请求日期：2 February 2007（United States），26 February 2007（Mexico）

状态：磋商达成协议，通报日期 19 December 2007（United States），7 February 2008（Mexico）

4. DS362 China—Intellectual Property Rights（知识产权案）

China—Measures Affecting the Protection and Enforcement of Intellectual Property Rights

起诉方：United States

WTO 收到磋商请求日期：10 April 2007

状态：专家组裁决公布 26 January 2009

5. DS363 China—Publications and Audiovisual Products（出版物和音像制品案）

China — Measures Affecting Trading Rights and Distribution Services for Certain Publications and Audiovisual Entertainment Products

起诉方：United States

WTO 收到磋商请求日期：10 April 2007

状态：专家组裁决公布 12 August 2009，上诉机构裁决公布 21 December 2009

6. DS372、DS373、DS378（金融信息服务案）

China—Measures Affecting Financial Information Services and Foreign Financial Information Suppliers

起诉方：European Communities，Canada，United States

WTO 收到磋商请求日期：3 March 2008（European Communities and United States），3 March 2008（Canada）

状态：磋商达成协议，通报日期 4 December 2008

7. DS387、DS388、DS390（名牌产品补贴案）

China—Grants，Loans and Other Incentives

起诉方：United States，Mexico，Guatemala

WTO 收到磋商请求日期：19 December 2008

状态：磋商达成协议，通报日期 18 December 2009

8. DS394、DS395、DS398 China — Raw Materials（原材料案）

China—Measures Related to the Exportation of Various Raw Materials

起诉方：United States，European Communities，Mexico

WTO 收到磋商请求日期：3 June 2009（United States and European Communities）21 August 2009（Mexico）

状态：专家组裁决公布 5 July 2011，上诉机构裁决公布 30 January 2012

9. DS407（紧固件反倾销案）

China—Provisional Anti-dumping Duties on Certain Iron and Steel Fasteners from the European Union

WTO 收到磋商请求日期：07 May 2010

起诉方：European Union

未设立专家组

10. DS413 China—Electronic Payment Services（电子支付服务案）

China—Certain Measures Affecting Electronic Payment Services

起诉方：United States of America

WTO 收到磋商请求日期：15 September 2010

状态：专家组裁决公布 16 July 2012

11. DS414 China—GOES（取向电工钢案）

China—Countervailing and Anti-Dumping Duties on Grain Oriented Flat-rolled Electrical Steel from the United States

起诉方：United States of America

WTO 收到磋商请求日期：15 September 2010

状态：专家组裁决公布 15 June 2011，上诉机构裁决公布 18 October 2012

（2013 年 5 月 3 日，关于合理执行期的仲裁裁决公布。2014 年 1 月 13 日，美国就执行问题提起磋商，启动 DSU 第 21 条第 5 款的执行程序）

12. DS419（风能设备措施案）

China—Measures Concerning Wind Power Equipment

起诉方：United States of America

WTO 收到磋商请求日期：22 December 2010

经磋商，措施终止。

状态：2011 年 2 月 16 日举行磋商。相关措施已经撤销

13. DS425 China—X-Ray Equipment（X 射线设备案）

China—Definitive Anti-Dumping Duties on X-Ray Security Inspection Equipment from the European Union

起诉方：European Union

WTO 收到磋商请求日期：25 July 2011

状态：专家组裁决公布 26 February 2013

14. DS427 China—Broiler Products（白羽肉鸡案）

China—Definitive Anti-dumping and Countervailing duties on Broiler Products from the US

起诉方：United States

WTO 收到磋商请求日期：20 September 2011

状态：专家组裁决公布 2 August 2013

15. DS431、DS432、DS433 China—Rare Earths（稀土案）

China—Measures Related to the Exportation of Rare Earths, Tungsten and Molybdenum

起诉方：United States, European Union, Japan

WTO 收到磋商请求日期：13 March 2012,

状态：专家组裁决公布 26 March 2014，上诉机构裁决公布 7 August 2014

16. DS440 China—Autos（US）（汽车案）

China—Countervailing and Anti-Dumping Duties on Certain Automobiles from the United States

起诉方：United States

WTO 收到磋商请求日期：5 July 2012

状态：专家组裁决公布 23 May 2014

17. DS450（汽车和零部件产业补贴案）

China—Certain Measures Affecting the Automobile and Automobile-Parts Industries

起诉方：United States

WTO 收到磋商请求日期：17 September 2012

18. DS451 纺织品和服装补贴案

China—Measures Supporting the Productions and Exportation of Apparel and Textile Products

起诉方：Mexico

WTO 收到磋商请求日期：15 October 2012

19. DS454 、DS460China—HP-SSST（EU）（无缝钢管案）

China—Definitive Anti-Dumping Duties on High-performance Stainless Steel Steemless Tubes from Japan

起诉方：Japan, European Union

WTO 收到磋商请求日期：20 December 2012（Japan）, 13 June 2013（European Union）

专家组设立日期：24 May 2013

20. DS483 China—Anti-Dumping Measures on Imports of Cellulose Pulp from Canada（浆粕进口案）

起诉方：Canada

WTO 收到磋商请求日期：15 October 2014

三、《我们在 WTO 打官司》读后感

人间正道是沧桑

刘敬东[*]

2014 年 10 月中旬，中国法学会世贸组织法研究会举行 2014 年年会，期间，有个重要环节，就是邀请多年来代表中国政府参与中国与其他 WTO 成员方之间贸易争端解决的商务部官员、律师、专家代表一起畅谈感想和体会。由于当天我要给学生上课，错过了这次难得的学习机会。为了弥补这一损失，我请人帮我拿到了与会者会前专门撰写的专题资料——《我们在 WTO 打官司》。

一整天、近 8 小时的课令我疲惫不堪，下课铃声一响就匆匆赶路回家。简单的晚餐后，看到书房里摆放的这本资料，就随手拿了起来翻看几页，哪想到，一下子就被它吸引住，如饥似渴地读了起来，而且是一气呵成、直至深夜，疲惫之感全无。这，对于我来说是不多见的——由于长期从事研究工作，天天离不开书籍、资料，早就被那些"八股文"折磨得身心憔悴，对文字的激情似乎早已荡然无存。但这本资料却让我欲罢不能，甚至读到最后一页，仍无倦意，久久不能入睡——我承认，我已被其中蕴含的精神和情感所打动！

这本专题资料的写作者都是 WTO 法律方面的专家，由于本人也从事这个领域研究多年，与其中的很多人都很熟悉，但由于每次见面不是开会就是座谈，话题总离不开专业，精神层面的交流几乎没有，从他们撰写的这本资料

---

[*] 中国社会科学院国际法所国际经济法室主任、研究员。

中算是得以些许"补偿"吧。

其实，在我看来，每一篇文章的作者都在刻意避免沉重的叙述、呆板的说教，均以一种近乎于浪漫的笔触来畅谈自己亲身经历的感想和体会，读起来更像是一篇篇充满诗情画意的散文。尽管如此，读者还是不难从中感受到作者们从事这项工作的艰辛和苦涩。

德国著名国际经济法学家彼得斯曼教授曾经说过，WTO 法律规则对于不谙此道的人来说，完全是一座"迷宫"，内容之庞大、复杂程度之高，超乎法律人之想象。10 多年前中国正式加入 WTO，对于中国的官员、律师和学者来说，WTO 规则更是一座神秘的丛林，不但要自行开辟一条生存之路，更要与这一陌生王国中的各种猛兽开展搏斗，否则，就要受到古老的"丛林法则"惩罚，其艰难程度可想而知。当然，这一丛林中蕴含着人类文明的财富和宝藏，只是需要中国这个"探险者"付出巨大的努力才能获得——还是那句话，"世界上没有免费的午餐"。

不仅如此，WTO 法律规则主要源于英、美法，且按照 WTO 规定，只有英语、法语和西班牙语是官方正式用语，中文不在其中，这又为我们学习、运用 WTO 规则平添了语言上的巨大障碍——要知道，不能用自己的母语来和别人沟通、交流甚至"吵架"，是多么痛苦的一件事，更何况，法律专业本身对语言程度的要求超乎寻常！语言问题又为中国这个新的丛林"探险者"增加了沉重的"包袱"。

十多年了，尽管探险的道路上布满荆棘，但我们一路走来，不仅没有望而却步、迷失方向，更没有被洪水猛兽所击倒，而是坚定了信心和勇气，体质和意志变得越来越坚强，俨然已成为 WTO 这座"丛林"中可与原始"统治者"分庭抗礼的新"主人"，而本书的作者们正可谓中国在这条探险道路上披荆斩棘的勇士和先锋，没有他们的付出，很难想象，我们会顺利地走到今天！

在十多年的艰难行进中，我们的勇士和先锋代表祖国在 WTO 争端解决机构这个"国际法庭"中与其他 WTO 成员方唇枪舌剑、据理力争，维护着国家利益和尊严，取得了骄人的成就。阅读他们一路走来的所思、所想、所为，正是"爱国"和"奉献"这两种精神激励着他们攻坚克难、勇往直前。

正像书中作者所说，他们从事的 WTO 争端解决工作就像是"要用 WTO 的语言向全世界讲清楚中国自己的故事"，这无疑需要他们对自己的祖国怀有极大的热忱和真挚的情感，他们在法庭上的每一句话都代表着中国的立场，传递着中国的声音，哪怕是取得一点点的胜利都会让他们欣喜若狂，而一点点的失利都会令他们黯然神伤。在他们身上，爱国绝非一句空洞的口号，已完全化作每一个人的工作动力和灵魂寄托！正是因为爱国在这项工作中变得如此之具体和直接，使得他们义无反顾，克服着工作的、自身的、家庭的各种困难，为自己的国家默默地奉献着……

在当下物欲横流的社会氛围中，"奉献"一词变得如此罕见，甚至让一些人鄙视，但是，当你了解到本书作者们的工作后，我相信，你会毫不吝啬地把"奉献"这个词送给他们。

长年跋涉、奔赴万里之外的日内瓦WTO"法庭"，夜以继日地分析、研究、归纳、整理开庭资料，参加冗长、沉闷甚至有些乏味的听证会，还得机警地盯住对方发言的每一个细节，每个人的大脑都要超高速运转，以备随时用人家的语言反驳，WTO总部的一杯咖啡、后院的一片草坪、机场中转区的一顿免费餐食，都能成为他们工作间隙的巨大享受——要知道，他们每一个人，无论是官员还是律师、学者，都是杰出的法律人才，如果从事其他商业方面的工作，都会成为其中的佼佼者、财富的拥有者。而代表国家参与WTO争端解决，除了能得到工资和必要的薪酬外，其他的只能是一种奢望，要知道，他们代表国家办理的每一起争端背后都是涉及几十亿美元的行业利益。这难道不是一种奉献吗？而且这种奉献不仅来自他们每一个人，也来自他们的父母、妻儿，因为他们需要常年奔波，不但经济上对家庭做不到很多，时间和精力上也要占用原本属于家庭的那部分，这不是奉献又是什么呢？

正是由于对祖国的热爱，使得他们乐于奉献，而他们这种无私的奉献又让他们的爱国情怀变得如此生动、如此感人，他们是"看不见硝烟的战场"上的勇士，是共和国最可爱的人！

我记得，我的导师、著名的WTO法专家赵维田先生生前曾多次感慨：我们这么大一个国家，真正懂得WTO法的人很少，长此以往是要吃大亏的！在老人家去世十年后的今天，我可以告慰赵老在天之灵的是，尽管我们还有很长的路要走，但中国已经拥有了一批精通WTO规则、敢于并善于在WTO"法庭"与西方发达国家博弈的法律专家，"人间正道是沧桑"，正是他们的艰辛努力和探索，为中国在国际贸易领域纵横驰骋开辟了一条光明之路。

2014年10月秋夜于北京濠景阁

四、作者与论坛嘉宾简介

排名以姓氏笔画为序。

于方，商务部条约法律司处长。1997 年毕业于复旦大学，获法学学士学位，2000 年毕业于北京大学，获法学硕士学位。2000 年进入商务部（原外经贸部）。曾在我驻美使馆经济商务参赞处工作两年。先后从事国际贸易法、国际知识产权法和 WTO 法等实务工作。目前主要负责 WTO 争端解决工作。先后主办的案件包括：我诉美双反措施案、美诉我电子支付案、我诉美暖水虾案、我诉欧紧固件案、美诉我取向电工钢案、美诉我白羽肉鸡案等。

邓朝晖，法学博士，武汉大学国际法研究所副所长，武汉大学国际消费者保护政策与法律研究中心副主任，兼任中国国际私法学会副秘书长。

王蔷，商务部条约法律司世贸法律处副处长。北京大学法学学士，国际经济法专业法学硕士。曾从事对外经济合作法律、出口管制法律、技术进出口等实务工作。目前主要负责世贸组织争端解决工作。先后主办的案件包括：美欧日诉我国稀土、钨、钼相关产品出口管理措施案，美诉国我汽车及零部件补贴政策案，我国诉美反补贴措施案等。联系方式：wangqiangtfs@ mof-com. gov. cn。

冯雪薇，1990～2002年在国务院法制办工作，任外事司副处长、处长、副司长；2002～2011年在WTO秘书处法律司工作，任法律事务官员、参赞；2011年回国任锦天城律师事务所高级顾问。在WTO秘书处法律司任职期间协助专家组做具体争端案件的法律和事实问题研究，组织专家组的争端解决程序，协助专家组起草和讨论裁决。具体参与和负责的案件有：欧盟关税优惠案（普惠制待遇案）（DS246）；多米尼加共和国香烟案（DS302）；美国对欧盟钢材的反补贴措施执行案（DS212 Art. 21.5）；欧盟

（激素牛肉）中止减让案（DS320，DS321）；印度额外进口税案（DS360）；美国棉花补贴报复水平仲裁案（DS267，Art. 22.6）；韩国牛肉案（DS391）。此外，在WTO组织的年度地区性贸易政策课程和WTO争端解决专题培训课程中多次授课，培训各成员政府负责贸易政策与争端解决工作的政府官员。还受邀参加ICTSD、亚太律师协会（Asia-Pacific Bar association）等机构组织的国际贸易和争端解决研讨会议并发言。在锦天城律师事务所参与代理WTO贸易救济争端案讨论和部分研究，牵头美日欧诉我国稀土、钨、钼出口限制措施案的代理工作。

史晓丽，中国政法大学国际法学院教授，博士生导师，中国政法大学 WTO 法律研究中心主任，中国政法大学国际经济法研究所所长。WTO 争端解决机构专家组指示性名单成员，中国国际经济贸易仲裁委员会仲裁员，上海国际经济贸易仲裁委员会仲裁员，中美富布莱特项目（Fulbright）高级访问学者。中国政法大学法学学士、经济法学硕士、国际法学博士。学术领域为国际经济法，侧重 WTO 法、区域贸易协定、国际投资法、国际货物买卖法、国际贸易支付法、国际航空运输法方面的研究。主持完成国家哲学社会科学基金项目、司法部国家法治与法学理论研究项目、中国法学会部级法学研究课题、商务部研究课题、国务院侨办研究课题等多项省部级和企业立项科研项目。出版的与 WTO 相关的学术专著主要有：《北美自由贸易区贸易救济法律制度研究》（法律出版社 2012 年出版）、《WTO 规则与中国外贸管理制度》（中国政法大学出版社 2002 年出版）。联系方式：xiaolishi@ cupl. edu. cn。

刘敬东，中国社会科学院国际法研究所国际经济法室主任，研究员，研究生院教授。国际法学博士，中国社科院国际法学博士后。美国哥伦比亚大学、瑞士苏黎世大学高级访问学者。中国法学会世界贸易组织法研究会常务理事、中国国际经济法学会理事。曾出版《国际融资租赁交易中的法律问题》《中国入世议定书解读》《WTO 法律制度中的善意原则》《人权与 WTO 法律制度》等专著以及《WTO 的未来》等译著，主编《反倾销案件司法审查制度研究》等。在《人民日报》《经济参考报》《中国社会科学报》《法制日报》《法学研究》《政法论坛》《中国法律》（香港）、《中国国际法年刊》等报刊发表大量论文和评论。曾主持原对外经贸部重点科研课题，承担商务部重大课题、中国社科院重点课题，主持中国社科院重大课题。2013 年主持国家社科基金项目。2012 年荣获中国国际法学会航天科工优秀论文纪念奖，2013 年荣获中国社科院对策信息特等奖，2014 年荣获中国法学会第七届"WTO 法与中国"论坛优秀论文二等奖。

全小莲，西南政法大学国际法学院副教授，硕士生导师。2010年毕业于吉林大学法学院，取得法学博士学位。曾于2013年3月至2014年7月期间在商务部条法司挂职，参与中国世贸争端案件工作。研究领域为国际公法和国际经济法，侧重国际组织法、国际条约法、WTO法、国际人权法等方面的研究。曾经主持、参与多项国家社科基金重点项目和一般项目以及中国法学会重点项目等项目的研究。出版个人专著：《WTO透明度原则研究》（厦门大学出版社2012年出版）。

任清，中伦律师事务所合伙人，曾供职于商务部条约法律司、中国驻印度大使馆和驻比利时大使馆。毕业于中国人民大学法学院，获法学硕士学位。中国法学会世界贸易组织法研究会理事。参与多起WTO案件的处理，包括中国电工钢双反措施案、中国白羽肉鸡双反措施案、欧盟光伏补贴案等。

孙昭，毕业于浙江大学和英国爱丁堡大学，曾修读法律、经济学等专业，先后就职于国家商务部产业损害调查局、条约法律司和我国常驻世贸组织代表团，从事过多哈回合规则谈判、贸易救济调查和世贸争端解决等工作。联系方式：sunzhao@ mofcom. gov. cn。

陈雨松，北京大学法学学士，国家行政学院第二期青年干部培训班毕业，荷兰阿姆斯特丹大学法学硕士。现任中国常驻世贸组织代表团参赞，主要负责世贸组织争端解决机制、规则谈判、贸易救济、知识产权等法律事务。此前曾任商务部条约法律司世贸组织法律二处处长、世贸组织法律处处长。长期从事国际经贸法律研究和实践工作，曾参与我国《对外贸易法》《反倾销条例》等多部对外经贸法律法规的调研和起草工作；参与联合国国际贸易法委员会（UNCITRAL）仲裁法、运输法、电子商务、政府采购等工作组谈判，以及国际统一私法协会（UNIDROI）相关条约谈判；多次参与我国缔结区域贸易协定谈判及重大国际经贸纠纷的应对和解决等工作。主要研究领域为国际法、国际经济法、知识产权法、反垄断法等，并曾以中英文撰写论文十余篇。联系方式：yusongchen@126. com。

李成钢，商务部条约法律司司长，北京大学法学学士，德国汉堡大学法律经济学硕士。负责中国外商投资立法、对外投资协定谈判和世贸组织争端解决工作，曾作为代表团成员参加中国加入世贸组织谈判。目前正在担任中美投资协定谈判和中欧投资协定谈判中方代表团团长。

李居迁，中国政法大学教授，国际法学院副院长。兼任中国国际法学会理事、中国空间法学会常务理事、北京市国际法学会常务理事、中国政法大学国际法研究中心常务副主任、中国政法大学航空与空间法中心副主任、世界经济论坛空间安全理事会理事。西南政法大学法学学士，中国政法大学法学硕士、法学博士。曾参加2014年6月中国稀土案在日内瓦的上诉庭审。曾在韩国高丽大学、国立汉城大学研究和讲学，以及在冰岛阿库雷利大学讲学。多次参加联合国国际会议以及其他国际性会议并作大会发言。著有《WTO 争端解决机制》《WTO 贸易与环境法律问题》等，在国内外发表《WTO 保障措施的源流和法律特征》《WTO 上诉程序简论》、Comparative Analysis of the Application of WTO Dispute Settlement Mecha-

nism in East Asia 等中英文学术论文，译著有《世界贸易体制下的中国》《欧洲合同法》等。组织、参与组织中国 WTO 模拟法庭竞赛，多次指导中国政法大学代表队参加模拟仲裁庭、空间法模拟法庭、杰塞普国际法模拟法庭（均为英语）等比赛，并在国内外赛事中取得优异成绩。联系方式：wtoprofessor@163.com。

李法寅，北京市君泽君律师事务所合伙人，伦敦政治经济学院法律硕士，主要执业领域为反倾销、反补贴和保障措施等国际贸易救济措施调查案件，以及世界贸易组织争端解决案件。曾在商务部对外贸易司和进出口公平贸易局工作。联系方式：lifayin@junzejun.com。

苏畅，北京市金杜律师事务所律师。先后以荣誉毕业生身份毕业于浙江大学和美国乔治城大学法学院，分别获得法学学士和法学硕士学位，并获乔治城大学国际经济法研究院颁发的 WTO 研究证书，具有美国纽约州律师资格。毕业之后加入金杜律师事务所工作，专业领域为国际贸易法。迄今为止，参与了中美电子支付服务措施案（DS413）、中美暖水虾、金刚锯片归零案（DS422）、中国诉美国"对某些中国产品的反补贴措施"案（DS437）、中国诉美国"对某些中国产品的反补贴和反倾销措施"案（DS449）以及美国诉中国汽车和汽车零部件出口补贴案（DS450）。曾为中美投资协定谈判提供法律服务，在第七轮中美投资协定谈判中担任中方翻译，并作为中美投资协定文本谈判的律师，参与了中美投资协定第七至第十五轮谈判。

肖永平，武汉大学"长江学者特聘教授"、武汉大学法学院院长，法学博士、博士生导师，兼任全国人民代表大会常务委员会基本法研究领导小组成员、最高人民检察院专家顾问组成员、中国社会科学基金专家评审组成员、中国国际私法学会常务副会长、中国法学

会常务理事。曾被授予"中国十大杰出中青年法学家"以及入选"国家级百千万人才工程"等，多次作为高级访问学者访问哈佛大学、德国马普所等世界著名学府，期间还主持完成了 7 项科研项目，包括教育部重大项目"中国国际私法的法典化"和司法部重点项目"国际民事管辖权研究"，并作为主要成员参加了 10 余项省部级以上课题，出版了《国际私法原理》《肖永平论冲突法》等 10 余部教材、著作、论文集，并在《中国社会科学》《美国比较法杂志》（英文）等中英文核心刊物上发表论文 130 余篇，多次获得"高等学校科学研究优秀成果奖""湖北省社会科学优秀成果奖""全国法学教材与科研成果奖""国家级优秀教学成果奖"等。研究方向为：国际冲突法、国际贸易法、国际商事仲裁。

肖瑾，北京金杜律师事务所合伙人，主要执业领域为国际贸易法，包括贸易救济、海关法、WTO 争端解决、国际贸易协定谈判等。自 1998 年以来曾在二十多起反倾销、反补贴、保障措施案件中代表来自美国、欧盟、日本的跨国公司以及中国企业应诉，积累了丰富的执业经验。在 WTO 事务方面是国内最早从事 WTO 法律业务的律师之一。曾代表中国政府参加了十余起 WTO 争端解决案件，并在某多边贸易协定谈判中作为中国政府的谈判律师。此外还经常就海关、一般进出口贸易以及贸易融资等事宜为国内外客户提供法律咨询。

杨国华，清华大学法学院教授，曾任商务部条约法律司副司长和中国驻美大使馆知识产权专员，WTO 争端解决机构专家组指示性名单成员。1996 年毕业于北京大学法律系，获法学博士学位。现任中国法学会世界贸易组织法研究会副会长，中国国际经济贸易仲裁委员会仲裁员，荷兰 Kluwer 出版社出版的 Journal of World Trade（SSIC 期刊）编委。1999 年 9 月曾被北京市法学会评选为"优秀中青年法学家"。曾在商务部工作 18 年，先后从事国际贸易法、国际投资法、国际经济合作法、国际知

识产权法和 WTO 法等实务工作，其中主要负责涉及中国的 WTO 争端解决案件处理和中外知识产权交流工作。参加的国际多边和双边活动包括：中国加入 WTO 谈判，亚太经合组织（APEC）知识产权工作组会议，联合国国际贸易法委员会（UNCITRAL）会议，国际统一私法协会（UNIDROIT）会议，中美商贸联委会（JCCT）和战略与经济对话（SED）会议，中欧高层经济对话（HED）会议。出版的与 WTO 相关的学术著作主要包括：《中国加入 WTO 法律问题专论》（法律出版社，2002 年 5 月）；《WTO 争端解决程序详解》（中国方正出版社，2004 年 3 月）；《中国入世第一案：WTO 美国钢铁保障措施案研究》（中信出版社，2004 年 3 月）；《中国与 WTO 争端解决机制专题研究》（中国商务出版社，2005 年 5 月）；WTO Dispute Settlement Understanding: A Detailed Interpretation（Kluwer Law International，2005 年 4 月）；《中美知识产权问题概观》（知识产权出版社，2008 年 4 月）；《WTO 的理念》（厦门大学出版社，2012 年 4 月）；《探索 WTO》（厦门大学出版社，2012 年 4 月）；《WTO 中国案例精选》（厦门大学出版社，2012 年 10 月）；《探索 WTO》（二）（厦门大学出版社，2013 年 11 月）；《法学教学方法：探索与争鸣》（厦门大学出版社，2013 年 5 月）；《讨论式教学法的理论与实践》（厦门大学出版社，2014 年 6 月）等。联系方式：yangguohua@ tsinghua. edu. cn。

杨骁燕，商务部条约法律司副处长，美国弗吉尼亚大学法学院法学硕士，目前负责中国在世贸组织争端解决案件、中国 FTA /RTA 协定中争端解决谈判、提供中国国内法律政策的 WTO 合规性意见等世贸法律事务。2003 年进入商务部，先后在进出口公平贸易局（贸易救济局）和中国驻欧盟使团工作，深度参与 WTO 多哈回合规则谈判、推动解决中国市场经济地位、多双边贸易救济对话与合作等事务，并作为主办官员负责中国与美国、欧盟之间铜版纸、数据卡、电信、太阳能等多起重要贸易案件和争端的应对与谈判。在布鲁塞尔工作期间，负责中欧之间贸易救济案件、多边争端、贸易壁垒规制以及贸易投资政策等事务，连续多年参与中欧领导人峰会、中欧经贸高层对话（HED）、中欧经贸混委会

等重要工作。目前正在对外经济贸易大学攻读国际法博士，发表文章 The EU's New FTA Adventures and Their Implications for China（Journal of World Trade Vol. 48/Issue 3）等。联系方式：yangxiaoyan@ mofcom. gov. cn。

张乃根，法学博士，复旦大学特聘教授，博士生导师，法学院国际法研究中心主任，WTO 争端解决指示性名单专家。学术兼职为中国法学会世界贸易组织法研究会副会长，上海市WTO 法研究会会长等。曾任美国哥伦比亚大学和乔治华盛顿大学法学院访问学者，密歇根大学和乔治城大学法学院富布莱特研究学者，德国马克斯－普朗克国际法研究所等客座教授。代表作包括《国际法原理》《WTO 法与中国涉案争端解决》和《国际贸易的知识产权法》。

张凤丽，北京市君泽君律师事务所资深律师，巴塞罗那大学国际政治经济法律政策（IELPO）项目法律硕士。主要执业领域为国际贸易法特别是 WTO 争端解决。曾先后就职于北京市环中律师事务所和北京市金杜律师事务所，是我国较早从事 WTO 争端解决的律师之一，有 9 年参与世贸争端解决案件经验，曾代表中国政府参与十余起 WTO 案件，包括中国政府作为第三方、起诉方及应诉方的案件，且全面参与过磋商、专家组及上诉程序，案件覆盖了 GATT 1994、《反倾销协定》《反补贴协定》《服务贸易总协定》等主要协定。多次赴日内瓦参加专家组及上诉程序等各阶段案件的庭审工作，并多次在日内瓦参加 TBT 等热点领域最新案件的公开听证会。代表中国政府作为起诉方或应诉方参与过的 WTO 案件包括：中国对汽车及汽车零部件出口基地补贴措施案（DS450）、美国对某些中国产品的反补贴和反倾销措施案（DS449）、美国对某些中国产品的反补贴措施（DS437）、中国紧固件临时反倾销措施案（DS407）、中国电子支付服务案（DS413）、中国原材料出口限制措施案（DS394/395/398）、中国某些赠款、贷款及其他鼓励措施案（DS387/388/390）以及美国对中国的某些产品双反措施案（DS379）等。代表中国政府作为第三方参与过的案件包括：欧盟及其成员国空中客车补贴案（DS316）、美国虾产品反倾销案以及美国持续保证金"案（DS343、DS345）、欧盟海关案（DS315）以及美国归零案（DS294）等。联系方式：zhangfengli @ junze-jun. com。

张玉卿，商务部条约法律司前司长，WTO 争端解决机构专家组指示性名单成员，WTO PGE（常设专家组）成员，UNIDROIT《国际商事通则》第三版工作组成员，中国法学会世界贸易组织法研究会副会长，中国国际经济法学会副会长，中国国际经济贸易仲裁委员会仲裁员，香港国际仲裁中心仲裁员，中国政法大兼职教授和博士生导师，律师。主要从事国际经济贸易、WTO 法律咨询以及国际商事仲裁工作。主编《WTO 法律大辞典》《UNIDROIT 国际商事合同通则 2004》《WTO 新回合法律问题研究》《国际经济贸易百科全书》第 24 章（国际经贸协议）、《国际经贸条约集》（第一卷货物买卖卷），编著《国际货物买卖统一法——联合国国际货物销售合同公约（CISG）释义》（第三版）、《国际反倾销法律与实务》，编译《UNIDROIT 国际统一私法协会：国际商事合同通则 2010》，著有《WTO 案例精选：美国国外销售公司（FSC）案评介》，并发表中英文国际贸易与 WTO 法律专论文章数十篇。

张永晖，中国常驻 WTO 代表团三等秘书，曾在中国驻以色列大使馆经商处工作两年，任商务随员、三等秘书，成为外交官前在商务部条约法律司 WTO 法律二处工作。2009 年毕业于北京大学法学院，获法律硕士学位。曾参与诉美国禽肉限制措施案（DS392）、诉欧盟钢铁紧固件反倾销措施案（DS397）、诉欧盟皮鞋反倾销措施案（DS405）和美国诉中国取向电工钢反倾销反补贴措施案（DS414）等案件。发表与 WTO 相关的文章有：《美"归零"法在 WTO 再次败诉》（《WTO 经济导刊》，2011 年 8 月）；Analysis of the Actionability of Discretionary Legislation in the WTO Dispute Settlement System（Journal of WTO and China，2013 年 5 月）。参与编写《世贸组织规则博弈——中国参与 WTO 争端解决的十年法律实践》（商务印书馆，2011 年 11 月）。联系方式：zhangyonghui@ mofcom. gov. cn。

胡建国，南开大学法学院讲师。华中科技大学金融学学士，武汉大学经济法学学士（第二学位）、国际法学硕士和博士。2012～2013 年曾在商务部条法司挂职锻炼一年。学术领域为国际经济法学，主要研究方向为 WTO 法。主持国家社科基金青年项目和教育部人文社科研究青年项目各一项。著有《WTO 争端解决裁决执行机制研究》（人民出版社 2011 年版），在《法商研究》《欧洲研究》《武大国际法评论》等核心期刊发表论文数篇。联系方式：hylyhjg@ 126. com。

姜丽勇，北京市高朋律师事务所合伙人，北京大学法学硕士和英国牛津大学法学硕士（M. jur）。主要执业领域为 WTO 争端解决，反垄断法和公司法。曾供职于商务部，中国常驻世界贸易组织代表团和北京市金杜律师事务所等。联系方式：jiangliyong@gaopenglaw.com。

高树超，现任新加坡管理大学法学院终身教授，上海对外经贸大学东方学者讲座教授，WTO 秘书处 WTO 教席项目顾问委员会委员，国际法学会（ILA）国际贸易法委员会委员；兼任：新加坡国立大学国际法中心研究员，南洋理工大学淡马锡基金会贸易与谈判中心客座教授，澳门国际贸易与投资法研究院客座教授；曾任：WTO、世界银行、APEC、亚洲开发银行、美洲发展银行顾问，巴塞罗那大学国际经济法硕士项目（IELPO）客座教授，香港大学东亚国际经济

法与政策项目执行主任，香港特别行政区投标投诉审裁组织仲裁员，WTO 亚太地区区域贸易政策培训（RTPC）项目教务长。

程秀强，中国常驻世贸组织代表团二秘，从事 WTO 争端解决、与贸易有关的知识产权等工作，此前在商务部条约法律司工作。北京大学法学学士、南开大学国际经济法硕士。曾发表《美国诉我知识产权案评析》《在不同价值取向间争论的 WTO 争端解决机制改革》等文章。联系方式：chengxiuqiang @ live. cn。

韩立余，中国人民大学法学院教授，博士生导师。中国人民大学法学博士，香港大学法律学院普通法深造文凭。世界贸易组织访问学者。兼任国务院关税税则委员会咨询专家委员会委员、WTO 争端解决机构专家组指示性名单成员、中国法学会世界贸易组织法研究会副秘书长。主要从事国际经济法的教学与研究。主要著作有《世贸规则与产业保护》《经营者集中救济》《既往不咎——WTO 争端解决机制研究》（北京市哲学社会科学优秀成果一等奖、中国法学会中国法学优秀成果专著类二等奖）、《GATT/WTO 案例及评析》（1948～1995）、《WTO 案例及评析》（1995～1999）、《WTO 案例及评析》（2000）、《WTO 案例及评析》（2001）、《美国外贸法》（北京市哲学社会科学优秀成果二等奖）等。联系方式：hanliyu@263. net。

彭俊，北京金诚同达律师事务所高级合伙人。1999 年毕业于外交学院，获法学硕士学位。全国律协国际业务委员会委员，中国法学会世界贸易组织法研究会理事。业务专长是贸易和投资，包括国际贸易救济、WTO、双边投资协定、私募股权和创业投资、公司重组、上市和并购。钱伯斯国际贸易救济法律业务评级第一等级中国律师。参与了十多起 WTO 案件，包括"DS363 中国出版物和音像制品案""DS413 中国电子支付案"和"DS454/460 中国 HPSST 钢管案"等。联系方式：pengjun@jtnfa. com。

蒲凌尘，北京中伦律师事务所合伙人，负责贸易救济与 WTO 法业务。分别获得经济学、法学学历。执业领域主要涵盖 WTO 与国际贸易救济、投资、合规与海关法。2007 年加入中伦律师事务所前在比利时布鲁塞尔执业工作 20 年，1985～1986 年在欧盟委员会培训欧盟法，曾就职于美国 Oppenheimer Wolff & Donnelly 布鲁塞尔律所、荷比卢 Loeff Claeys Verbeke 律所以及英国 Eversheds 布鲁塞尔律所。1990～1991 年被聘为比利时鲁汶大学法学院访问教授，安特卫普大学政法学院客座教授。2012 年被聘为武汉大学 WTO 学院讲座教授，中国人民大学律师学院兼职教授。发表专业文章多篇，并于 2007 年出版《欧盟反倾销法——程序指南、应诉技巧、代理策略》。多次承接商务部委托的研究课题或专业报告。从事代理中国企业应诉各类贸易救济调查案件逾百起，主要涉及欧盟、加拿大、美国、东南亚、澳大利亚、俄白哈、拉美等国家和地区发起的反倾销/反补贴调查，代理商务部参与 WTO 争端解决案件，代理商务部应诉欧盟、美国、加拿大、埃及、南非发起的反补贴和保障措施调查，参与代理中国企业上诉欧盟法院诉讼案件，并多次代理中国行业协会、商会进行无损害法律抗辩。

廖诗评，北京师范大学法学院副教授、法学博士、硕士生导师。亚洲国际法学会会员，中国国际法学会理事，中国国际经济法学会理事，中国法学会世界贸易组织法研究会理事，中国欧洲学会欧盟法研究会理事，中国海洋法学会理事，中国国际人道法国家委员会专家委员。入选中国法学创新网"新秀100"人才支持计划。荷兰海牙国际法高等研究院访问学者。长期担任 JESSUP、IHL、ELSA（WTO）、ICC、Manfred-Lachs 等国际模拟法庭比赛的国内赛、区域赛和国际总决赛的评审法官，曾作为中国政府代表团成员在世界贸易组织争端解决机构中出庭。主要研究领域为国际公法、国际经济法、世界贸易组织法、欧盟法、国际模拟法庭竞赛和法学教学方法。